O MENINO FEITO de BLOCOS

KEITH STUART
O MENINO FEITO de BLOCOS

Tradução de
Ana Carolina Delmas

1ª edição

EDITORA RECORD
RIO DE JANEIRO • SÃO PAULO
2016

CIP-BRASIL. CATALOGAÇÃO-NA-FONTE
SINDICATO NACIONAL DOS EDITORES DE LIVROS, RJ

S92m Stuart, Keith
O menino feito de blocos / Keith Stuart; tradução de Ana Carolina Delmas. – 1a ed. – Rio de Janeiro: Record, 2016.

Tradução de: A Boy Made of Blocks
ISBN 978-85-0110-808-1

1. Romance inglês. I. Delmas, Ana Carolina. II. Título.

16-37262
CDD: 823
CDU: 821.111-3

Título original: A Boy Made of Blocks

Copyright © Keith Stuart 2016
Publicado originalmente na Grã-Bretanha em 2016 por Sphere, um selo da Little, Brown Book Group

Texto revisado segundo o novo Acordo Ortográfico da Língua Portuguesa.

Todos os direitos reservados. Proibida a reprodução, no todo ou em parte, através de quaisquer meios. Os direitos morais do autor foram assegurados.

Editoração eletrônica: Abreu's System

Direitos exclusivos de publicação em língua portuguesa somente para o Brasil adquiridos pela
EDITORA RECORD LTDA.
Rua Argentina, 171 – Rio de Janeiro, RJ – 20921-380 – Tel.: (21) 2585-2000,
que se reserva a propriedade literária desta tradução.

Impresso no Brasil

ISBN 978-85-0110-808-1

Seja um leitor preferencial Record.
Cadastre-se no site www.record.com.br e receba informações sobre nossos lançamentos e nossas promoções.

Atendimento e venda direta ao leitor:
mdireto@record.com.br ou (21) 2585-2002.

Para Morag, Zac e Albie, por tudo

Capítulo 1

Eu estou me separando.

É a primeira coisa que passa pela minha cabeça quando saio de casa, atravesso a rua e entro no nosso carro, uma perua velha e um tanto detonada. Acho que o certo seria dizer *nós estamos nos separando*, mas, aparentemente, a culpa é minha. Olho para trás pelo retrovisor e vejo minha mulher, Jody, na porta de casa, despenteada, os cabelos compridos embaraçados. Com a cabeça enterrada na cintura dela está nosso filho de oito anos, Sam. Ele tenta tapar os olhos e os ouvidos ao mesmo tempo, mas sei que não é porque não quer me ver ir embora. Sam está se preparando para o ronco do motor, que vai ser alto demais para ele.

Levanto a mão num gesto de "foi mal", daqueles que a gente faz quando dá uma fechada em alguém ao virar uma esquina. Então ligo o carro e começo a andar bem devagar. De repente, do nada, Jody aparece à minha janela e dá uma batidinha. Eu abro o vidro.

— Se cuida, Alex. E, por favor, vê se bota essa cabeça no lugar, algo que você já deveria ter feito há muito tempo, quando a gente era feliz. Talvez, se tivesse... Sei lá. Podíamos ser felizes agora.

Os olhos de Jody estão cheios d'água e ela enxuga com o dorso da mão, com raiva, uma lágrima que rola. Em seguida me encara, e parece que minha expressão, de tristeza, de culpa, tem um impacto sobre a ira dela. Seu olhar marejado fica um pouco mais terno.

— Você se lembra de quando fomos acampar em Cúmbria? — pergunta ela. — Das férias em que aquelas cabras comeram nossa barraca e você teve pé de trincheira? O que quer que esteja acontecendo aqui, não é tão ruim quanto aquilo, o.k.?

Faço que sim com a cabeça, sem falar nada, engato a primeira e sigo pela rua. Quando olho pelo retrovisor de novo, vejo que Jody e Sam já entraram em casa. A porta está fechada.

Então é isso. Dez anos juntos e esse pode ser o fim de tudo. E agora estou na nossa porcaria de carro, dirigindo sem rumo, sem ter a menor ideia de aonde estou indo.

Sam era um bebê lindo. Ele sempre foi muito bonito. Nasceu com uma farta cabeleira castanha e lábios carnudos — como um Mick Jagger em miniatura com incontinência urinária.

Desde o início foi uma criança difícil. Não comia, não dormia. Só chorava e chorava; chorava quando Jody o pegava no colo e chorava quando era tirado dos braços dela. Parecia revoltado por estar no mundo. Sam demorou mais de um dia para conseguir mamar. Exausta e desesperada, Jody o segurou firme junto ao peito e chorou aos soluços de alívio. Eu assisti à cena, extenuado e confuso, segurando uma sacola de mercado cheia de barras de chocolate e revistas; mimos irrelevantes para a nova mãe. Percebi muito rapidamente que não havia nada que eu pudesse dar para Jody que fosse ajudar a tornar as coisas mais fáceis. Então era isso. Aquela era a nossa vida.

Tudo aconteceu tão rápido.

— Pode ficar aqui o tempo que quiser, cara — diz Dan quando inevitavelmente apareço no apartamento dele vinte e três minutos depois.

Eu sabia que Dan estaria lá para me apoiar — ou pelo menos sabia que estaria em casa num domingo à tarde, pois é quando costuma estar se recuperando de algo — da inauguração de uma boate, de uma noite de sexo casual, ou de uma combinação interessante dessas duas coisas.

— Você pode ficar no quarto que eu uso como escritório — diz ele quando entramos no elevador. — Eu tenho um colchão inflável em algum lugar. Mas acho que tem um furo nele. Na verdade, todos têm algum furo, né? Você já dormiu num colchão inflável que não vazasse ar? Né? Foi mal, cara, você não tá com cabeça pra pensar nisso agora. Saquei.

Então me vejo de pé na soleira da porta do apartamento dele, me sentindo meio desnorteado, ainda segurando a bolsa da Nike que contém todas as minhas roupas, meu laptop, alguns CDs (por quê?), um nécessaire e uma foto que tirei da Jody e do Sam numas férias em Devon há quatro anos. Eles estão sentados na areia da praia, sorrindo, o que é um grande engodo. A semana inteira foi um verdadeiro inferno porque Sam estranhou a cama esquisita e o cobertor pesado, bem diferente daquilo a que estava acostumado, e não conseguiu dormir. Além disso, demonstrou ter pavor de gaivotas. Então dormiu com a gente, se revirando e acordando a noite toda — todas as noites — até que acabamos tão cansados que mal conseguíamos sair do trailer.

Não viajamos de férias muito mais depois disso.

— Quer sair e encher a cara? — sugere Dan.

— Eu... tudo bem se eu deixar minhas coisas no quarto e meio que só ficar sentado um pouco?

— Claro! Vou fazer um chá pra você. E te servir uns cookies. Tenho quase certeza de que tenho cookies aqui em algum lugar.

Dan vai para a cozinha e eu me arrasto até o quarto, jogo a bolsa no chão e desabo na cadeira de escritório perto do computador dele. Por um segundo penso em ligar o micro e mandar um e-mail para Jody, mas, em vez disso, fico só olhando pela janela. O que eu poderia escrever? "Oi, Jody, foi mal eu ter arruinado nosso casamento. Alguma chance de a gente esquecer os últimos cinco anos? RDR."

A verdade é que nem sei mais como falar com ela, quanto mais escrever para ela. Nós passamos basicamente a nossa vida inteira de casados nos preocupando com Sam — suas explosões de raiva, seu silêncio, os dias em que gritava com a gente, os dias em que se escondia debaixo das cobertas e evitava qualquer tipo de contato. Dias e dias que se tornavam meses, tentando nos preparar para o próximo ataque de fúria. E, enquanto lidávamos com tudo isso, o que Jody e eu tínhamos foi se perdendo de alguma forma. Agora, ficar longe do Sam, mesmo que por poucas horas, é estranho: a pressão se foi, mas, no lugar dela, uma tristeza começa a me inundar. A natureza não parece muito fã do vazio emocional.

Do apartamento do Dan, no sétimo andar do prédio de um condomínio moderno na periferia da cidade, dá para ver Bristol inteira se estendendo até o horizonte: uma colcha de retalhos de casas vitorianas geminadas, torres de igrejas e prédios comerciais da década de sessenta, todos se acotovelando como passageiros impacientes dentro do trem a caminho do trabalho. Ali há milhares de lares ocupados por famílias inteiras — famílias que não acabaram, nesse exato instante, de se desintegrar.

Começo a achar que beber talvez possa ser uma boa ideia, mas mal penso nisso e meus olhos já ficam embaçados. Demoro alguns segundos para entender o que está acontecendo. Ah. Ah, é, estou chorando. E então lágrimas gigantescas rolam pelo meu rosto, deixando um rastro quente e úmido, meleca escorre do meu nariz e meu corpo todo treme.

— O chá está pronto! — grita Danny do corredor. — Pensei que tivesse cookies, mas só encontrei um pacote de biscoito de maisena. Será que dá pro gasto?

Ele aparece na porta do quarto, olha para baixo e me vê sentado de pernas cruzadas no chão ao lado da cadeira, as mãos na cabeça, chorando descontroladamente.

— Tá. O.k. — diz ele, colocando o chá em cima da mesa com cuidado. — Vou procurar os cookies de novo.

Decidimos não encher a cara.

Mais tarde, naquela mesma noite, sonho que estou afundando nas águas escuras de um pântano assustador, de onde não há nenhuma escapatória. Quando acordo ofegante, estou convencido de que isso deve ser alguma manifestação desesperada do meu estado emocional — mas então me dou conta de que o colchão está esvaziando e que estou literalmente afundando. E eu culpando meu inconsciente.

Como cheguei a esse ponto?, eu me pergunto enquanto o ar que vaza emite ruídos iguais aos de um cachorro flatulento.

Você sabe como é pensar na vida às três da manhã: tudo gira em torno dos erros cometidos, as fissuras do fracasso retrocedendo no tempo como rachaduras em uma parede mal emboçada — mesmo no escuro dá para rastreá-las até a origem. Ou pelo menos você acha que dá. Normalmente acaba acontecendo de a origem ser esquiva e viver mudando de lugar — como o furo num colchão inflável. Os filósofos da Grécia Antiga criaram a máxima "conhece-te a ti mesmo". Eu me lembro de uma aula sobre Édipo na faculdade — o maior crime dele foi não saber que tinha sido separado dos pais ao nascer e que por isso deveria ser mais cauteloso quando se tratasse de matar homens desconhecidos na estrada e depois transar com mulheres com o dobro da idade dele. Mas quem é que se conhece de verdade? Não estou dizendo que nós todos vamos fazer as mesmas escolhas de vida equivocadas de Édipo — isso seria uma verdadeira tragédia. Mas quem, sinceramente, sabe por que fazemos as coisas que fazemos? Estou preso a um emprego que detesto, trabalhando que nem um condenado, me arrastando até em casa à noite por ruas escuras, e digo para mim mesmo que faço isso porque precisamos do dinheiro, precisamos de segurança. Sam faz terapia com uma fonoaudióloga e Jody não pode trabalhar porque ele precisa dela o tempo todo; é para Jody que Sam corre quando seu próprio comportamento o apavora. Eu só fico ali na retaguarda, meio deslocado, me preocupando, oferecendo o tipo de ajuda que não serve para nada. Como posso remediar isso tudo?

De algum jeito, lá pelas quatro da manhã, eu caio num estado de semiconsciência que, sendo generoso, me permitirei dizer que peguei no sono. Mas, no que parece ser uma questão de poucos minutos, a claridade inunda o quarto através da persiana, é segunda-feira de manhã e Dan está parado na porta com uma cueca boxer justa da Calvin Klein, comendo avidamente uma tigela de Sucrilhos.

— Você vai trabalhar? — pergunta ele. — Posso te dar uma chave. Tenho que sair em, tipo, dez minutos. Estou ajudando o Craig com um site que ele está criando… para uma gravadora em Stokes Croft. Pode se servir de Sucrilhos e de café à vontade. Está tudo bem? Você parece um pouco melhor. Quer dizer, sua aparência está um lixo, mas pelo menos você não está chorando.

Ele desaparece para ir tomar banho. Verifico meu celular; há duas mensagens de texto, mas nenhuma é da Jody. São de Daryl, do escritório. Uma diz: *Vem logo pro trabalho, tem 2 vítimas aki p vc*. A segunda diz: *Foi mal, digo, "clientes"*. Apago as duas.

Então estou arrumado, já na rua, e inicio minha jornada rumo ao centro da cidade. O sol está baixo e ilumina os prédios de apartamentos, sua luz refletida nos vidros e no concreto ofuscante. Vinte anos atrás só havia fábricas caindo aos pedaços e terrenos baldios cheios de lixo e cobertos de mato nessa área. Mas então a economia se aqueceu e ela, de repente, virou um reduto de imóveis valorizados. Num piscar de olhos, toda a região se transformou numa zona residencial futurista, uma placa de circuito gigante de condomínios com prédios em estilo pseudobrutalista recheados de microapartamentos para jovens profissionais que lutam para subir na vida.

Conheci várias dessas pessoas. Eu as ajudei a morar aqui. Entre todos os meus muitos pecados, sou consultor de crédito imobiliário. Meu trabalho é casar as esperanças e os sonhos dos nossos clientes com a realidade do mercado imobiliário e as economias deles. Em outras palavras, faço com que as pessoas troquem cada centavo que um dia terão por um conjugado dentro do qual não daria sequer para girar um gato pelo rabo, nem que fosse só uma foto de um gato baixada no smartphone. É um trabalho estranhamente parental — vamos analisar o que você tem e quanto pode gastar; não dá para forçar a barra, precisamos ser sensatos. Que bens você possui? Tem algum parente rico? Analisamos orçamentos domésticos juntos. Casais jovens e recém-casados, ou com um bebê a caminho, juntando seus parcos recursos. Eles olham para mim com uma esperança patética. Isso é suficiente? Dificilmente é. A única solução é viver de aluguel por mais alguns anos, economizar. Repito esses procedimentos todos os dias. O sistema é falho; vejo bairros inteiros onde os jovens não têm a menor chance de comprar um imóvel. Em vez disso, estão se mudando para lugares cada vez mais longe de suas famílias. Sabe-se lá onde.

Trabalho nisso há oito anos e já passei por tudo: pelo boom imobiliário, pela recessão e pela recente recuperação da economia. Este emprego era para ser um quebra-galho. Um trabalho administrativo qualquer para pagar as contas até surgir algo melhor. Mas escorreguei e caí em uma carreira e não consegui me levantar. Acontece que sou bom no que faço — solidário com os pobres, prestativo com os ricos. Sou muito paciente com clientes que não entendem do que estão falando — habilidade adquirida nos três anos que passei discutindo filosofia com pessoas que achavam que Nietzsche tinha razão. Quando a situação financeira está alinhada com o valor do imóvel, posso fechar negócio; quando não está, dou a má notícia para o cliente com a maior delicadeza possível. Mas, o que quer que esteja acontecendo na minha casa, *não dá* para consertar com um computador e com acesso ao sistema do mercado nacional de crédito imobiliário.

Simplesmente não dá.

Uma curta caminhada pela ponte sobre o rio Avon e pela beira do cais e chego ao escritório, uma pequena agência imobiliária independente chamada Stonewicks, enfiada entre um pub e uma lanchonete num quarteirão denso e démodé do centro da cidade. Daryl está lá, sentado próximo à janela, o terno vagabundo da Topman irradiando estática, o cabelo espetado e molhado murchando sob o reflexo do sol.

— E aí, cara? — diz ele de sua mesa, sem desviar os olhos do computador.

Daryl tem vinte e poucos anos e exibe uma postura calculadamente determinada, mas sem nunca deixar de lado uma animação e uma empolgação que são de dar medo. Esse cara não poderia ter sido outra coisa que não corretor de imóveis, literalmente. Em algum lugar do computador dele existe uma planilha que mapeia suas metas de vendas para os próximos trinta anos.

Toda vez que fecha a venda de um imóvel, ele toca a desgraça de uma buzina de bicicleta. É quase trágico que Daryl tenha nascido nos anos noventa e não no fim da década de sessenta. Ele deveria ter sido um jovem thatcherista. Deveria ter uma agenda Filofax e um Golf GTI. Em vez disso, tem um smartphone e um Corsa. É de dar pena.

Murmuro um "e aí?" também e sigo para a minha sala, subindo a escada de madeira que range a cada passo. Em seguida, ligo para a Jody.

— Oi. Sou eu.

— Oi.

— Como estão as coisas? E o Sam?

— Tudo bem com ele. Está na escola. Chorou no caminho todo até lá, mesmo depois de eu ter imitado os personagens de *Toy Story*. Ele me deu um soco na boca na hora do Buzz Lightyear. Justiça seja feita, não é a minha melhor imitação. A Sra. Anson disse que vai tomar conta dele.

— *Você* está bem? — pergunto.

Há uma longa pausa. Jeanette, a secretária, enfia a cabeça pelo vão da porta e faz um gesto de quem bebe de uma caneca. Faço que sim com a cabeça e levanto o polegar.

Minha sala não tem quase nada. Um carpete velho cor de vinho clarete, uma janela toda suja com vista para o pequeno estacionamento nos fundos do nosso prédio. Antes havia uma pintura da Bristol vitoriana pendurada na parede, mas eu substituí o quadro por uma foto da Villa Savoye, do Le Corbusier, para me sentir inteligente e irritar todo mundo. Há também um arquivo-armário e, sobre ele, vários cartões de agradecimento de jovens casais que partiram para o mundo com suas dívidas gigantescas.

— Então, o que estamos fazendo agora? — pergunta Jody.

— Não sei. Nunca fugi de casa antes. Foi mal, preciso desligar. Tem outro casal entrando aqui.

Assim que desligo o telefone, Jeanette chega com o chá. Ela põe a caneca na mesa sem falar nada, me lança um olhar solidário e vai embora. Ela ouviu tudo. Dentro de dez minutos, o restante do escritório vai ficar sabendo. Eu larguei minha mulher e meu filho autista.

Penso que escapei do tormento doméstico por um tempo, mas estou enganado. Uma hora depois saio para almoçar e entro numa pequena lanchonete aonde Jody e eu costumávamos levar Sam. Em meio à confusão do meio-dia, vejo Jody sentada a uma mesa com sua amiga Clare. As duas estão debruçadas conspiratoriamente sobre dois cafés lattes médios. Eu me aproximo, abrindo caminho por entre jovens mães e estudantes. Elas não me viram.

— Ele se tornou tão distante — Jody está dizendo. — Não posso contar com o Alex para nada em casa. Ele tem sempre alguma outra coisa para fazer.

— Ele experimentou fazer terapia? — pergunta Clare. — Quer dizer, o Alex já chegou a tentar enfrentar o que aconteceu com ele?

Claro, Jody e Clare falam sobre *tudo*. Claro, elas estão aqui na hora do almoço dissecando nosso relacionamento. As duas possuem aquela franqueza natural e sem cerimônia que a maioria dos homens é incapaz de reproduzir. Sabe como é: "Experimente um pedaço desta torta de limão, está deliciosa, e depois me conte mais sobre a desintegração emocionalmente apocalíptica do seu casamento de nove anos."

— Oi — digo, de um jeito meio patético.

As duas erguem o olhar, ligeiramente espantadas.

— Ah, oi, Alex — diz Clare. — Estávamos falando de você.

— Eu ouvi — digo. — Posso falar um instantinho com a Jody?

— Claro, eu já estava mesmo de saída. Jody, te vejo depois, o.k.?

Jody concorda em silêncio. Eu me sento. Ela brinca com o sachê de açúcar vazio ao lado da xícara.

— Pelo jeito a Clare já sabe de tudo, né? — pergunto.

— Sabe. Eu estava chateada e precisava conversar com uma amiga, Alex. *Nós* não conversamos. Não podemos mais viver assim. Estou tão cansada. Muito cansada mesmo disso tudo.

— Eu sei, eu sei. É que eu venho sendo muito requisitado no trabalho; a pressão lá anda muito grande. Foi mal por eu não ter estado disponível pra você e pro Sam; foi mal por eu não tomar conta dele quando você precisa. É tudo tão...

— Difícil? — Jody termina minha frase. — Pode apostar que é, Alex. É difícil pra caramba. Mas ele precisa de você.

— Sabe como às vezes a gente passa várias semanas com ele bem? Quando o Sam fica um amor. E então do nada ele retrocede. Isso é o pior de tudo. Sempre acho que a gente avançou um nível. É tudo isso acontecendo, e o trabalho...

— Ah, Alex. Não é o trabalho, é você.
— Eu sei.
— É por isso, Alex. É por isso que eu preciso de um tempo. Sam não consegue lidar com a gente gritando um com o outro. Minha mãe se ofereceu para ficar um tempo lá em casa se eu precisar de ajuda, e Clare está sempre por perto. Você precisa resolver os seus problemas.
— E quanto ao Sam e à escola dele? Nós só temos alguns meses para decidir se vamos tentar mudá-lo de escola.

E quanto ao Sam? Ah, como essas palavras têm ecoado em nossas vidas. Sam é o planeta de preocupações e caos que nós temos orbitado pela maior parte do nosso relacionamento. Ano passado o pediatra nos disse, depois de meses a fio de exames e consultas, que ele estava posicionado na extremidade superior do espectro autista. A de alto desempenho. A fácil. A superficial. Ele tem problemas de linguagem, tem medo de interações sociais, odeia barulhos, fica obcecado por determinadas coisas, e pode se tornar agressivo quando certas circunstâncias o confundem ou o assustam. Mas a mensagem subliminar pareceu ser: o caso de vocês é fácil se comparado com o de outros pais.

E, sim, o diagnóstico foi um alívio. Enfim, um nome para o problema! Quando ele grita e se debate a caminho da escola; quando se esconde debaixo da mesa em restaurantes; quando se recusa a abraçar ou a cumprimentar parentes, amigos ou qualquer um que não seja a Jody, é autismo. O culpado é o autismo. Comecei a ver o autismo como uma espécie de espírito maligno, um poltergeist, um demônio. Às vezes parece mesmo que estamos vivendo dentro de *O exorcista*. Há dias em que eu não me surpreenderia se a cabeça do Sam começasse a girar 360 graus e ele vomitasse uma gosma verde pelo quarto durante o giro. Pelo menos eu poderia dizer "Está tudo bem, é só autismo — e aquela gosma verde sai se a gente lavar com água quente." Mas rótulos só funcionam até certo ponto. Não ajudam você a dormir, não impedem que fique com raiva e frustrado quando alguma coisa é atirada em você, ou quando algo é quebrado. Não impedem que você tema pelo seu filho e pela vida dele; pelo que vai acontecer com ele daqui a dez anos, ou vinte, ou trinta. Por causa do autismo, não somos eu e Jody. Somos eu, Jody e o problema do Sam. É essa a sensação que dá. Mas eu não posso dizer isso. Não posso nem pensar isso.

— Com Sam e tudo mais... — Não consigo terminar a frase, mas é o bastante.

— Eu sei. Mas *você* precisa de ajuda. Ou pelo menos precisa começar a enfrentar as coisas. Por que você não vai lá em casa no sábado? Pode levar o Sam para passear.

Eu brinco com meu celular, virando o aparelho de um lado para o outro na mão. Imagino Sam no parque, chorando e fugindo. Correndo pelo portão. Correndo para o meio da rua.

— Acho que vai ser complicado, talvez precisem de mim no trabalho.

Mas vejo a ferocidade nos olhos dela, um lampejo de fúria visível mesmo em meio à algazarra do café.

— Tá, eu vou, claro — digo, por fim.
— A gente aproveita e conversa sobre as escolas.
— Certo. Vamos fazer isso.
— Tchau, Alex. Se cuida.
— Você também. Eu sinto muito. Sinto muito mesmo.

Capítulo 2

Acordo com um sobressalto. Tenho sonhado com meu irmão George — de novo. Estou ensopado de suor e com a respiração pesada. Tento estender a mão para Jody, mas o colchão esvaziou todo, baixando meu corpo sobre meu braço, que não sinto, pois está dormente. Em pânico, eu me sento e balanço a mão enlouquecidamente, batendo o membro inoperante na parede e na perna da mesa do Dan. Demora um tempo até eu sentir o braço de novo — e até eu me dar conta de que não estou em casa, de que estou no apartamento do Dan e sozinho no quarto que ele usa como escritório. O colchão faz um ruído patético parecido com um "shhhhhhhh", como se zombasse de mim.

É sexta de manhã. Dan está no banheiro cantando "Shake It Off", da Taylor Swift, e eu nem me atrevo a imaginar que ação acompanha essa performance. Eu me sento, vasculho minha bolsa à procura de algumas roupas, e vou para a sala de estar com suas portas francesas que se abrem para uma pequena sacada na qual Dan conseguiu enfiar duas espreguiçadeiras. No canto há uma minicozinha com um fogão, uma geladeira, um lava-louças e uma pia — todos de um branco imaculado. Dan quase não usa essas coisas. O restante do cômodo é um balé caótico de móveis da Ikea, revistas em quadrinhos, controles de videogame e equipamento de som. Uma TV de LED de 52 polegadas ocupa a maior parte de uma parede. O *Grand Theft Auto V* está pausado na tela, no meio de um tiroteio. Se os responsáveis pelo projeto desse condomínio pudessem ver Dan e o jeito como ele vive, provavelmente se parabenizariam. Esse é exatamente o tipo de jovem estiloso que eles tinham em mente. O tipo de cara descolado que não liga para o fato de não ser fisicamente possível abrir a porta da geladeira e a do forno ao mesmo tempo. A cuba da pia sequer comporta uma panela. O que não é problema, pois Dan não lava nada além de canecas. Ou ele come fora ou se vira com um pote de Cup Noodles ou de sopa instantânea. Eu não consigo entender o que raios ele faz para merecer esse apartamento dos sonhos de todo solteiro. É meio assustador ver como ele vive, vagando a esmo entre um projeto e outro, saltando sobre o precipício da economia moderna. Eu não conseguiria fazer isso. Não agora.

Depois de George — depois do que aconteceu com George — eu perdi de vista minhas ambições. Tudo escureceu, as possibilidades se fecharam ao meu redor como os muros de uma prisão. Eu passei pela faculdade como um sonâmbulo, e depois fiquei pulando de um emprego seguro e entediante para outro. Enquanto isso, Dan sempre teve amigos em diversas agências de criação que requisitavam sua ajuda com a elaboração de algum site, com a inauguração de uma boate ou com o projeto de interiores de alguma loja. Só não sei como exatamente ele os ajuda. Mas o desgraçado é tão fascinante que as pessoas continuam recorrendo a ele. Bristol é o tipo de cidade em que há sempre algo sendo construído, algum novo centro de artes ou galerias de lojas de artesanato feitas de contêineres. Dan parece conhecer todos os envolvidos; ele está no centro de tudo.

Eu tenho, claro, muita inveja dele; mas, pensando bem, foi sempre assim — desde que eu tinha sete anos e a família dele se mudou para a casa ao lado da minha, avançando pela entrada de veículos em sua BMW Série 5 azul-cobalto. Dan saltou do carro, um menino sorridente e precoce de cinco anos com calça de brim vermelha e camisa polo amarela da Lacoste. Emma, George e eu estávamos assistindo do pequeno jardim na entrada da nossa casa à chegada dos novos vizinhos glamorosos quando ele veio gingando até nós.

— Oi! Meu nome é Dan, do que vocês estão brincando? Posso brincar também? — perguntou, falando bem devagar.

E nós nos apaixonamos por Dan da mesma forma que o resto do mundo se apaixonou por ele no decorrer de sua vida. Mas eu, quem é que eu conheço? Eu conheço a amiga da Jody, Clare, e o marido dela, Matt, que têm quatro filhos e isso é basicamente tudo o que fazem. Conheço corretores de imóveis e consultores de crédito imobiliário. Conheço a Jody e o Sam. E só. Por que eu não dei conta de conhecer mais gente? O que diabos aconteceu?

Sam. Sam aconteceu.

Quando chego ao trabalho, verifico meus e-mails e descubro que todos no escritório foram convocados para um almoço no pub à uma da tarde. Daryl, Jeanette, os outros agentes, Paul e Katie, o gerente, Charles, e eu. Paul e Katie têm trinta e muitos anos e agem como se estivessem casados há uns trezentos. Eles formam uma unidade inseparável. Não têm filhos. Casas são seus filhos. É possível até que tenham dito isso algum dia, não me lembro. Falam um com o outro como se o relacionamento deles fosse uma grande transação imobiliária — em jargões cifrados típicos do mercado. Algumas vezes, sem querer, eu os imagino numa cena de sexo, e Paul está por cima gritando: "Vamos transferir, vamos transferir... nós TRANSFERIMOS!" Não consigo mais olhar para eles. Charles está na casa dos quarenta; ele é uma espécie de coadjuvante na cena imobiliária local. A essa altura já deveria ser gerente regional de algum grande escritório nacional, ou pelo menos vice-diretor de nossa modesta agência. Mas ainda está na sucursal trabalhando arduamente nas vendas; o cabelo ficando ralo, a pele, macilenta. Ele deixa uma garrafinha de uísque na segunda gaveta da mesa — Jeanette nos contou. As vendas caíram? Tome um gole, alivie a pressão. Por favor, Deus, não permita que eu acabe assim.

O pub em questão é o King's Head, uma linda estalagem com fachada em estilo Tudor em uma rua de paralelepípedos perto do cais. Mas o interior é igual a qualquer outro pub britânico. Um bar de madeira empenado e úmido de bebida respingada, uma máquina caça-níqueis piscando no canto, o mau cheiro universal do banheiro masculino, seus longos mictórios de porcelana com pastilhas desodorizadoras espalhadas pelo fundo. Se alguma empresa da indústria de cosméticos quisesse engarrafar a fragrância arquetípica da night britânica, seria essa: pastilhas desodorizadoras de mictório. Mas não tenho certeza se L'Eau de Bloc Désodorisant pour Urinoir seria um sucesso de vendas. Mesmo assim, é algo em que pensar enquanto conto os segundos até que Daryl comece a falar de trabalho.

A maioria das mesas está vazia, então escolhemos a que fica perto da janela, e pegamos os cardápios plastificados que listam a gororoba clássica dos pubs, ou seja, comida processada descongelada no micro-ondas por alguém na cozinha que a transfere de qualquer jeito para um prato, talvez salpicando um pouco de salsinha se estiver inspirado. Às vezes dá a impressão de que tudo na Grã-Bretanha é feito assim, automaticamente e sem dedicação. Esse não é um pub de verdade, essa não é comida de pub de verdade, e sim uma simulação estranha do que as pessoas acham que querem.

Meu Deus, não é de se admirar que eu tenha sido posto para fora de casa.

— Vou querer *fish and chips* — anuncia Daryl. — Mas preciso comer rápido; às duas vai chegar um comprador para aquela propriedade em Clifton.

Pronto, começou. Enterro a cara no cardápio e tento me decidir entre pedir uma lasanha suculenta e autêntica com lascas de muçarela ou me jogar no rio. O Avon deve ter um sabor melhor.

À noite, volto para a casa do Dan exausto e nervoso. Tudo em que consigo pensar é que vou ter de levar Sam para passear de manhã, provavelmente no parque, fechando com uma ida a um café. E estou morrendo de medo. Não me entenda mal, eu amo o Sam com cada molécula do meu ser, mas ele é tão difícil. E não sei como lidar com ele direito. Quando o vejo começar a ficar irritado — se é proibido de ver televisão, ou se acorda e percebe que é dia de aula, ou se fica confuso com relação ao que estamos planejando para o fim de semana — fico tenso também. Sinto o estômago embrulhar, a frustração cresce, e de repente a questão é quem vai explodir primeiro. Só a Jody consegue pegar o Sam e acalmá-lo. Só a Jody.

Esta tarde um casal veio pedir informações sobre um financiamento para uma pequena casa geminada em Totterdown; levaram junto o filho pequeno, que estava na fase de aprender a andar. "Ele fala *demais*", reclamam eles. "Não para de falar." No fundo, no fundo estão se gabando, porque, na verdade, estão me contando como o menino é esperto, como é avançado para a idade — esse menininho gorducho remexendo os papéis na minha lixeira e cantando músicas da Disney. Eu fico me coçando para dizer que quando meu filho tinha a idade dele só falava umas três palavras, talvez quatro, se contarmos "schlur", que ele dizia bastante e cujo significado até hoje não conseguimos interpretar. Naquela época nossos amigos diziam: "Ah, cada criança se desenvolve à sua maneira, ele vai chegar lá." Concordávamos com ares de sábios e fingíamos não nos importar. Mas depois corríamos para a internet e líamos tudo o que havia para ser lido em sites de cuidados parentais. "Diz aqui que ele deveria ter um vocabulário de cinquenta palavras ao completar dois anos!" Ele não tinha. Nem perto. Não tenho nem certeza se tem esse vocabulário hoje, e ele está com oito anos.

Pobre Sam. Meu pobre menino.

Dan vai sair.

— Você quer ir também? É uma nova boate em Creation. O gerente é meu amigo.

Ele sempre tem alguma boate para ir e o gerente é sempre amigo dele. Não é a primeira vez que me pergunto: como ele faz isso? Dan é dois anos mais novo que eu, mas não é só isso. Sua vida meio que segue no piloto automático; coisas boas acontecem com ele quer queira, quer não. Quando um tio distante morreu há três anos, aconteceu de ter deixado o carro de herança para Dan: um Porsche 911 Carrera vintage azul-calcinha. Dan raramente sai com ele, que fica estacionado na garagem do prédio, valorizando mais a cada dia. Ele não parece ter qualquer preocupação com nada, não tem responsabilidades reais, exceto as várias gravadoras independentes na região de Stokes Croft que parece estar auxiliando. O Dan é o Dan. Enquanto crescíamos juntos, frequentando as mesmas escolas, com os mesmos amigos, as mesmas meninas e os mesmos bullies, o Dan era sempre o Dan. Ele me livrou de brigas, protegeu Emma de investidas indesejadas nas matinês das boates. O que mais estivesse acontecendo comigo — a paternidade, o fantasma do luto, a constatação de que tenho de fazer esse trabalho de merda porque preciso sustentar minha família ligeiramente disfuncional — Dan estava aproveitando a vida, sendo cool.

Eu já fui cool também, por muitos anos. Bem, talvez quatro. Durante a faculdade, acabei sendo o líder de uma comunidade de música alternativa chamada Oblivion, em que tocávamos pós-rock e uma música eletrônica estranha em lugares minúsculos e cheios de músicos profissionais coçando o queixo. Às vezes fazíamos eventos em pubs decrépitos, e uma vez organizei um festival de música em uma fábrica abandonada, que recebeu a cobertura do jornal local e foi por ele descrita como "quase insuportável de se ouvir". Essa frase foi citada em todas as nossas filipetas pelos dois anos seguintes. Dan aparecia e nos ajudava enquanto cursava design em Bristol; ele criava nossos cartazes e até montou um site para nós. Ele ainda faz essas coisas, mas para mim perdeu a graça.

A vida entrou no caminho.

— Acho que vou ficar em casa. Mas valeu. Obrigado, Dan.

— Não esquenta, cara.

Fico olhando fixamente para a tela escura da televisão — ainda que na casa do Dan não faltem opções de entretenimento televisivo. Ele tem quatrocentos canais a cabo e um HD repleto de filmes e séries, mais do que qualquer um conseguiria ver em uma vida inteira. Mas esse rol de possibilidades tem um efeito perplexificante e paralisante em mim. Como se decide o que ver hoje em dia? E se você se comprometer com a série errada e houver uma melhor, mas você já tiver investido horas da sua vida nela? Esse é o tipo de coisa que algumas pessoas gostam de chamar de "Problemas de Primeiro Mundo". Você conhece esse tipo de gente — eles comentam triunfantes em seus posts no Facebook e no Twitter, criticando você descaradamente por se preocupar com coisas corriqueiras. Uma lição superdivertida que se aprende bem rápido como pai de uma criança propensa a rompantes frequentes: as pessoas adoram julgar. Gostam de zombar de você do alto de suas vidas aparentemente perfeitas. Enfim, não vamos entrar nessa questão. Preciso de alguma coisa que me faça esquecer o Sam e o dia de amanhã, mas nada parece funcionar. Não quero me concentrar em nada. Não consigo. Jody diz que preciso de ajuda; talvez eu precise. Minha mente dá voltas, meu cérebro é um redemoinho de medos e preocupações, e não consigo me fixar em nada.

O.k., respira fundo. Certo. Eis a questão: tive de deixar Jody e Sam. Saí de casa porque estávamos brigando muito e ficando estressados o tempo todo. Preciso pensar num jeito de não deixar mais isso acontecer. Tenho que aprender a lidar com a pressão. Preciso encontrar a centelha de luz que me guiará para fora do ponto em que estou.

Esse não parece ser o estado de espírito mais apropriado para finalmente começar a ver *Breaking Bad*.

Capítulo 3

Sam está pronto e me esperando na porta quando chego na manhã seguinte. Ele está com um casaco de moletom com capuz, que cobre sua cabeça, e, por baixo, uma de suas camisas de malha especiais com as costuras embutidas para que ele não as sinta na pele. Existem muitos sites especializados nesse tipo de roupa; e isso é algo que você descobre com o tempo, enquanto tenta lidar com cada mania e fobia aparentemente inexplicável. Há várias empresas voltadas para a alimentação de crianças que não se sentem confortáveis no mundo.

— Papai, a gente vai ao parque? A gente vai ao café? Papai, você vai entrar?

— Vou entrar só um pouquinho.

A sala de estar é um cenário de destruição dolorosamente familiar, com roupas, livros e brinquedos espalhados como destroços pelo chão. Todas as superfícies estão cobertas de coisas — lenços umedecidos, correspondências lacradas, jornais. O sofá é um mapa de manchas de Sucrilhos derramados; a tela da televisão está cheia de marcas de dedos; as prateleiras da estante explodem com os detritos da paternidade. Modelos de LEGO parcialmente montados, motos de Playmobil, bonecos com braços e pernas faltando. Meus CDs e DVDs estão empilhados de qualquer jeito em um canto, o trilho da cortina está se soltando da parede, e a cortina em si balança a esmo ao sabor da brisa de uma janela aberta.

Este é meu lar, penso. E de repente não consigo desfazer o nó na garganta.

Jody desce a escada, os longos cabelos ruivos molhados e enrolados numa toalha, alguns cachos soltos pendendo ao lado do rosto. Ela está de calças jeans e com um suéter folgado. Parece cansada e receosa.

— Oi, Alex.

— Oi. Como... como estão as coisas?

— Papai, a gente vai ao parque? Posso levar minha bola? Papai, preciso levar minha bola dentro de uma bolsa?

— Não sei se podemos levar a bola, vamos ao café depois e...

— AHHHHH — faz Sam, e logo começa a chorar.

— Enfrentamos alguns *desafios* hoje cedo — diz Jody com um sorriso forçado.

Ela cruza a sala e pega Sam no colo. Seus olhos dizem tudo. Ele provavelmente está acordado desde as cinco da manhã, talvez antes disso. Deve ter tentado ligar a TV e então tido um acesso de raiva quando Jody se levantou e foi cambaleando até ele para impedi-lo. Deve ter tentado preparar o café da manhã e derramado leite por todo lado, e então chorado por causa disso. Em seguida deve ter acordado Jody de novo pedindo para ver televisão, chorando até que ela permitisse. A história de sempre.

— O que aconteceu? — pergunto mesmo assim.

— Bem, não estava passando o desenho dos X-Men, então ele jogou o controle remoto na minha cabeça — conta Jody.

E, naturalmente, lá estava o hematoma. Quando Sam tinha três anos, acertou um balde de LEGO Duplo na minha cara, arrancando um dos meus dentes da frente. Ele era como Joe Pesci em *Os bons companheiros* — pequeno, engraçado, mas, mediante o acionamento de um interruptor mental, facilmente capaz de violência extrema e descontrolada.

Posso sentir meus níveis de ansiedade se elevando. Sam de bom humor é um desafio, Sam de mau humor é imprevisível e assustador. Sinto um frio na barriga de medo. E se ele fugir? E se algo acontecer e eu não conseguir protegê-lo? Minha cabeça é inundada por imagens do que pode acontecer se ele sair correndo. Sinto o suor brotar na testa.

— Quem sabe se a gente fizesse outra coisa? Se ele não está de bom humor... — sugiro, de mansinho.

Jody me encara com uma expressão acusatória. Um olhar que conheço bem.

— Nós combinamos, Alex — diz Jody, os dentes cerrados. — E eu coloquei isso no calendário dele.

Toda manhã Jody cria um guia ilustrado do dia do Sam, para que ele saiba quando tem de se vestir, quando vai comer, e tudo o que vai fazer até a hora de dormir. Nos fins de semana, Sam o carrega para todo lado, e o consulta regularmente. Se está no calendário, *tem que* acontecer. Como se para reforçar seu argumento, o olhar de Jody se desloca para Sam, que está tentando, com uma certa dificuldade, prender as tiras de velcro dos tênis. Isso é outra coisa: ele não sabe amarrar cadarços. Além disso, as tiras têm que ficar tão apertadas que sempre tenho medo de que estejam interrompendo a circulação dos pés. Tudo precisa ser justo. Não pode haver folgas.

— Eu sei — digo com a mesma agressividade contida. — Mas se ele está de mau humor... As ruas em volta do parque têm um tráfego muito intenso. Fico com um pouco de medo de...

— Não vai acontecer nada — interrompe Jody. — Você não pode ficar se esquivando dessas situações, e definitivamente não pode ficar se esquivando do seu próprio filho. Esse é o problema, Alex. Eu não deveria ter que ficar aqui tentando convencer você a levar seu filho para passear, a tomar conta dele por míseras três horas!

Começo a tentar dizer alguma coisa quando ela me interrompe de novo.

— E eu não quero ouvir sobre como seu trabalho é difícil — explode. — Tente ficar em casa esperando pelo próximo telefonema da escola avisando que Sam chutou alguém, ou que ele levou um soco, ou que ficou gritando meu nome a manhã toda. Tente preparar o jantar dele e então manter a comida na temperatura certa pela hora inteira que ele leva para comer. Tente! Eu estou exausta. E você não me ajuda em nada! É exatamente por isso que estamos nessa situação.

Ficamos um instante em silêncio, em uma espécie de impasse mexicano emocional.

— Papai, eu estou pronto — avisa Sam. — Estou pronto para ir ao parque. A gente vai levar a bola?

— Vai — respondo, tentando controlar a respiração. — A gente vai levar a bola e deixar a mamãe aqui. Ela precisa de um tempo sozinha.

— A gente vai ao parque?

— Vai.

— E depois ao café?

— Isso, Sam.

— Posso tomar leite com espuma?

— Pode.

— Mas a gente vai ao parque primeiro?

— Vai. Primeiro o parque, depois o café.

Eu aceno com a cabeça para Jody, mas não consigo olhá-la nos olhos. Por um instante, fico grato pela chance de sair dali.

— Papai, a gente vai levar a bola?

O parque fica localizado numa pequena colina entre os distritos de Bedminster e Totterdown, uma grande área verde cercada por fileiras e mais fileiras de casas vitorianas geminadas, com várias ruas irradiando em todas as direções, como os fios de uma gigantesca teia de aranha. Margeando o perímetro do parque ficam as trilhas ligeiramente esburacadas em que corredores bufam e tropeçam, cruzando com outros corredores sem cumprimentá-los, como se fossem um bando de robôs suados. Dentro do parque há uma pequena área com balanços e escorregas que foi construída no início da década de noventa e depois abandonada à própria sorte. Os balanços perderam os assentos, e só restam as correntes penduradas em estruturas enferrujadas, como uma espécie de "masmorra sexual" a céu aberto. O escorrega está todo pichado e cheio de desenhos inapropriados de partes da anatomia humana. Fico na dúvida se o conselho municipal deveria desmontar esse escorrega ou inscrevê-lo para concorrer ao Prêmio Turner de arte contemporânea.

Sam traz a bola agarrada ao peito. Às vezes, nós a chutamos um para o outro e às vezes ele não quer soltá-la. Olho em volta tentando prever o que pode irritá-lo.

Ataque de fúria no parquinho: probabilidades
Adulto tentando puxar conversa: 10/1
Cão latindo: 8/1
Outras crianças demonstrando interesse em jogar futebol: 5/2
Urtigas: 5/1
Vespas: 8/3
Grupo de grávidas meditando atrás das traves do gol (isso realmente aconteceu uma vez e Sam achou apavorante): 100/1
Carrocinha de sorvete ausente: 50/50

Hoje há apenas um pequeno grupo de crianças e elas parecem totalmente interessadas em brincar na "masmorra sexual", então isso não será problema. As poucas criaturas passeando com cães estão bem longe, o que me dá tempo de alertar o Sam. A carrocinha de sorvete está no lugar de sempre, esperando obter o máximo de vantagem desse raro dia de sol. Pode ser que dê tudo certo. Respiro fundo, aliviado.

Eis uma lição importante que aprendi razoavelmente cedo sobre o autismo. O filme *Rain Man*, de 1988, com Tom Cruise e Dustin Hoffman, NÃO é um documentário. Nem todas as crianças autistas têm poderes especiais. Se eu levasse Sam ao cassino em Bristol, ele não seria capaz de contar cartas e ganhar uma pequena fortuna para nós. Em vez disso, o barulho o deixaria apavorado, e ele acabaria escondido embaixo da mesa da roleta até o segurança me expulsar do recinto por ter levado uma criança para um cassino.

Mas Sam tem, sim, um jeito interessante de ver o mundo, e eu me esforço muito para me lembrar disso toda vez que os níveis de estresse chegam às alturas, seja quando o faço colocar o casaco errado, ou quando o prato de macarrão que Jody preparou está dois graus mais quente que o normal. Para Sam, o mundo é uma máquina gigante que precisa funcionar de determinada maneira, com ações previsíveis, para garantir sua segurança. Antes de poder relaxar, ele precisa conhecer os ritmos e os movimentos de tudo à sua volta, e precisa ficar o tempo todo com um dedo no botão de desligar.

Observo Sam correndo em direção a um agrupamento de troncos de árvores caídos, onde ele gosta de brincar, e sei exatamente a ordem do que vai acontecer. Ele vai subir numa árvore específica, vai andar por ela, e vai conferir se estou olhando quando chegar ao fim. Vai considerar a possibilidade de pular para o tronco seguinte, mas, em vez disso, vai descer de um e subir no outro. Se alguma criança estiver brincando nele, Sam vai empurrá-la para tirá-la do caminho — não porque seja um bully, mas porque essa é a máquina dos troncos caídos e precisa funcionar de determinada maneira. Para ele, uma outra criança é uma falha no sistema; tirá-las dali é, para Sam, o equivalente a passar um antivírus:

"CRIANÇA DETECTADA. SEQUÊNCIA DE ELIMINAÇÃO ATIVADA. CRIANÇA DELETADA. ATENÇÃO: CRIANÇA CORRENDO AOS PRANTOS EM DIREÇÃO AOS PAIS."

Eu poderia estar lá junto com ele, escalando os troncos também, mas não estou. Nunca faço isso. Eu empurro o balanço, chuto a bola de volta para ele, mas não sou o que se chamaria de uma pessoa ativa quando se trata de fazer bagunça. Não sou *esse tipo* de pai. Você sabe — aqueles de All Star e camisa de malha do Batman, parecendo desesperados para provar que são divertidos, que gostam de brincar e que são amigos dos filhos. São espalhafatosos, exibindo seu jeito brincalhão como se estivessem em uma apresentação ao vivo de *Quero ser grande*, com o Tom Hanks. Olham desconfiados para mim por estar afastado analisando a área em busca de perigos em potencial. Brincar não é algo que eu consiga fazer com facilidade. Brincar é difícil. Entrar naquele tipo de clima. Me soltar o suficiente.

Ficar olhando Sam subindo nos troncos de árvore encharcados me transporta no tempo, para quando George e eu éramos crianças em um parque perto de onde morávamos, desafiando um ao outro a escalar até o topo do trepa-trepa. George era dois anos mais velho, mais corajoso e menos cuidadoso que eu. "Vem até o topo. Vamos lá, Alex." Mas isso me faz perceber que estou começando a esquecer como era a voz dele. De repente, quero pegar Sam no colo e lhe dar um abraço, e então levá-lo de volta para casa e para Jody. Quero dizer: "Toma conta dele, Jody, cuida dele."

Enquanto estou pensando nisso, vejo um cão enorme, talvez um labrador, correndo em nossa direção vindo de trás de alguns arbustos. Está a cerca de cinquenta metros, mas viu a bola do Sam na grama. O cachorro quer brincar. Merda.

Começo a me aproximar de Sam, lentamente a princípio, mas depois acelero o passo. Preciso ter cuidado.

— Sam, não se preocupe, tem um cachorro vindo, você quer me dar a bola?

Sam se vira para olhar e, ao fazer isso, quase escorrega do tronco. Ele toma um susto. O cão está bem perto agora, pulando e latindo. Sam se vira para mim, apavorado, e então salta da árvore caída e corre na minha direção. A pior coisa que ele poderia ter feito. O cachorro fica na dúvida se parte para a bola ou para o menino correndo. Ele balança o rabo enlouquecidamente. Então decide que o garoto parece mais divertido.

— Sam, Sam, ele só quer brincar.

Eu corro e o levanto, girando-o para me colocar entre o cachorro e ele. Sam está tremendo de medo e chorando muito.

— Não, não, não — diz ele.

— Está tudo bem — garanto.

A essa altura o cão já está do nosso lado, latindo e pulando. Eu o empurro, enquanto tento achar o dono. Uma senhora de meia-idade aparece contornando os arbustos, segurando uma guia e uma bola. Está sorrindo. Aquele sorriso típico de todo dono de cachorro. O sorriso que parece dizer: "Eu gosto de cães, todo mundo gosta de cães, quem poderia se chatear com meu cão?"

— Ele só quer brincar! Ele adora crianças — afirma ela.

— Você poderia chamar por ele? — peço com o máximo de educação possível, mas com um quê de fúria reprimida na voz.

O tom dela se altera.

— Ele é manso, nunca machucaria alguém.

Sam está me escalando, gritando e chorando, lutando para se afastar do cão. A mulher chama o animal, agarra a coleira dele e o puxa para trás.

— Vamos, Timmy, vamos brincar ali.

Observo a mulher se afastando, totalmente alheia ao terror que seu vira-lata maldito causou, alheia à possibilidade de aquilo se tratar de algo mais que só uma criança que não gosta de cachorro.

— Ei! — grito. — Ele deveria estar na coleira. A senhora não sabe ler a merda das placas?

Ela olha para trás, obviamente surpresa com a minha agressividade.

— Vamos — digo baixinho para Sam, tirando seu cabelo da frente do rosto. Ele está choramingando e se abraçando com tanta força que os nós dos dedos estão brancos. — Vem, filho, vamos para o café.

Conforme nos afastamos, olho para trás e vejo um grupo de crianças brincando com um frisbee. Estão felizes e à vontade. Os pais estão sentados em um banco próximo, conversando, matando o tempo. Sinto uma breve pontada de inveja daquelas pessoas. Como a vida delas deve ser fácil.

— Papai, agora é a hora do café?

— É, estamos indo para o café.

— Posso tomar leite com espuma?

— Claro.

— O cachorro me deu medo. Não gostei do cachorro.

— Eu sei.

E esse foi nosso passeio no parque.

Capítulo 4

Em comparação com o parque, o café está tranquilo. Localizado no centro de uma pequena fileira de lojas, é um daqueles pontos de encontro "quase hipsters" que vêm surgindo nesta área, tendo como público-alvo mães de classe média que cresceram assistindo a *Friends* e ansiando pelo Central Perk. A decoração segue o estilo boêmio padrão de cafeteria. No canto há um velho jukebox e as paredes são cobertas de gravuras kitsch dos anos sessenta — imagens de mulheres sensuais e meninos com olhares melancólicos. Sam é fascinado por elas. Sentamos em nosso lugar de sempre, nos fundos — um grande sofá com uma mesa de centro de madeira em frente, com revistas, jornais e quadrinhos antigos espalhados pelo tampo.

— Papai, por que a cara daquela mulher é verde? Papai, por que eles desenharam cabeças tão grandes naquelas crianças?

Respondo que não sei, os anos sessenta foram uma época e tanto.

Peço um cappuccino — O Melhor do Oeste, de acordo com o quadro de giz do lado de fora, que também exibe uma citação de T. S. Elliot — "Eu medi minha vida em colheres de café" —, escrita com uma caligrafia irritantemente rebuscada. O barista, que — é claro — tem um bigode no estilo dos vilões dos filmes da década de vinte e usa uma camisa de malha justa que marca o contorno das costelas, traz nosso pedido e serve o leite morno de Sam exagerando nos trejeitos e na cordialidade.

— Aqui está, senhor, nosso melhor leite com espuma, extraído das melhores vacas de leite espumante de toda Somerset.

Sam dá risadinhas, extasiado. O barista é seu herói. Por algum motivo, apesar de toda sua inaptidão social, Sam fica fascinado por jovens carismáticos e confiantes. Não sente medo de nenhum deles, e faz até contato visual — o que é raro, até comigo. Quando Sam era bem pequeno, Jody costumava levá-lo para almoçar no refeitório da universidade — ele ficava tão hipnotizado pelos alunos que ela conseguia ter alguns instantes de paz. É estranho, mas bonito de ver. Não estou nem aí se o preço a pagar são quatro libras por um dedal de cafeína quente — vale a pena.

Agora que já estamos sentados calmamente com nossas bebidas, seria uma boa se eu conseguisse conversar com Sam — perguntar sobre a escola, sobre as coisas em casa, sobre sua mãe —, mas não é assim que ele funciona. Sam não bate papo. Na melhor das hipóteses ele balançaria a cabeça positiva ou negativamente em resposta a perguntas diretas, mas o mais provável é que se retraísse e se irritasse. Esses momentos em que estamos só nós dois são frágeis — não sei como tirar mais proveito deles sem estragar tudo. Em vez disso, entrego meu iPhone para Sam sem dizer uma palavra e pego um jornal de cima da mesa. Tranquilo e feliz, ele clica direto em seu aplicativo preferido, o Flight Track, que mostra a posição atual de aviões comerciais enquanto voam pelo mundo. Quando você toca em um dos ícones de aviãozinho, uma caixa de texto é aberta dizendo de onde ele partiu e para onde vai. Sam é obcecado por essas informações. Aos poucos ele foi aprendendo o nome das principais companhias aéreas, as rotas-chave, as distâncias entre as maiores cidades. Essa talvez seja sua habilidade mais próxima à do *Rain Man*. O mundo exterior o assusta a maior parte do tempo — ou no mínimo é um desafio para ele lidar com uma gama infinita de estímulos sensoriais imprevisíveis — por isso acho que o Flight Track é sua forma segura de explorar o mundo. Ele adora ficar só lá sentado, tocando na tela, e me fazendo ler todas as informações que aparecem. Às vezes mostro para ele onde a tia Emma está naquele momento. Emma é minha irmã. A viajandeira. Entrou num avião dois dias depois de fazer dezoito anos e nunca mais voltou. Sam não parece muito interessado, mas é minha tentativa de humanizar o processo. Aponto para Toronto na tela.

Na semana passada, ela postou no Facebook várias fotos da cidade. Nelas estão Emma e duas mulheres que não sei quem são, parecendo estar se divertindo em um barco de turismo, a CN Tower com sua silhueta de agulha ao fundo. Emma tem sempre a mesma aparência em todas as fotos que posta no Facebook: extremamente feliz, sem preocupações, vivendo o momento. Mas isso não me convence. Os olhos dela escondem algo que reconheço de muito tempo atrás.

— Se ela quisesse voar para o London Heathrow, levaria sete horas e quinze minutos — diz Sam. — Ela poderia decolar do Toronto Pearson International Airport. Ela poderia voar em um avião da British Airways ou em um da Air Canada. Por que ela não volta?

— Ela está feliz viajando — respondo. — Ela gosta de ver coisas novas.

Obviamente é mais complicado que isso. Ou ela está feliz viajando ou tem medo de voltar para casa. A segunda opção tem um peso maior, acho. Mas seus e-mails pouco frequentes não dão muitas pistas.

— Eu consigo ver coisas novas aqui. E a gente tem Google Maps. Eu posso ver coisas novas no Google Maps.

— Eu sei, mas não é a mesma coisa, é? Não dá pra ver as pessoas, os sons, os cheiros...

— Eu não gosto de nenhuma dessas coisas. Eu tenho autismo — diz ele.

Nós dois rimos dessa demonstração de autoconhecimento de Sam. Por mais que eu veja o autismo como uma espécie de fantasma maligno, Sam o assume de bom grado — em geral para fazer graça ou para se livrar de encrenca. Outras crianças culpam seus irmãos mais novos por um prato quebrado, pelos riscos de canetas hidrográficas no sofá ou pelo estranho desaparecimento de todos os biscoitos da lata. Sam diz "É o autismo", e se exime de culpa sem a menor cerimônia. Pensando bem, nós provavelmente não deveríamos ter tentado explicar o autismo para ele ao compará-lo com o Incrível Hulk ("Sabe, Sam, David Banner não consegue evitar o que acontece com ele por causa dos *raios gama!*").

Ficamos sentados em silêncio por alguns minutos, e então:

— Mamãe me deu um Xbox! — diz Sam.
— Ah — falo. — Ah. O.k.

Imediatamente me pergunto se esta é uma boa ideia. Sam já é fechado o suficiente — será que ele precisa de outra desculpa para passar mais horas sem interagir com alguém? Ele brinca sozinho a maior parte do tempo, até na escola — isso faz parte do distúrbio, ou do transtorno, ou de qualquer que seja a classificação correta para o autismo. Sam *consegue* brincar com outras crianças, contanto que elas não interfiram no que ele quer fazer e não tentem falar muito com ele. Sua definição de amigos parece ser "pessoas que consigo tolerar". O que, acho, não é tão estranho assim. Todos temos relacionamentos desse tipo. Quando você começa a dissecar os sistemas sociais, vê como é algo frequente. Você vai na valsa das interações: pergunta como foi o dia de alguém, ri de piadas ridículas, diz "Precisamos nos ver mais". Mas, no fundo, na maioria das vezes está presente a aceitação cúmplice de que é tudo balela. É uma dança, uma série de tiques nervosos sociais. Não é à toa que Sam acha tudo muito confuso. O autismo, na minha concepção, é como não receber o livro de regras ao nascer. Para Sam, todo mundo está jogando esse imenso jogo cujo funcionamento ele precisa desvendar com a partida em andamento. É exaustivo para ele, e também para Jody e para mim — porque somos o livro de regras dele. Nós dois temos que explicar tudo para o Sam, repetidas vezes, e algumas das regras jamais farão sentido para ele. Como aquela sobre não ter necessariamente de dizer a primeira coisa que lhe vem à cabeça. Só no mês passado nos vimos nas seguintes e constrangedoras saias justas:

(Para a mãe de Jody, sobre suas varizes) "Por que suas pernas têm canos?"

(Para nosso vizinho gorducho) "Seu rosto parece gelatina."

(Para a professora dele, durante uma reunião de pais) "Papai diz que essa escola é uma merda."

Então fico pensando que dar um videogame no qual ele vai se refugiar pode não ser a melhor ideia do mundo. Quer dizer, eu o deixo brincar com meu telefone, mas é diferente: ele gosta de aplicativos de voo e do Google Earth; pelo menos há algum tipo de conexão com o mundo real. Mas nos games o jogador fica no centro do universo e cada ação tem a ver consigo mesmo. Isso me parece o oposto do que Sam precisa conhecer da vida. Não estou com raiva da Jody, imagino que ela deva estar precisando de uma folga das perguntas intermináveis que ele faz — ou de seus ataques de fúria.

— Bom, vamos conversar com a mamãe sobre o Xbox — digo.

— O voo VO226 de Londres para Nova York está viajando a trinta e sete mil pés — diz ele.

Estávamos em casa — na casa *deles* (não tenho certeza se ainda é minha) — pouco depois das três da tarde. Jody arrumou tudo e parece renovada, quase relaxada. Prendeu os cabelos cacheados numa espécie de coque e está deitada no sofá lendo jornal.

— Meu menino chegou! Fiquei com saudade!

Ela dá um pulo do sofá e abraça Sam.

— Ele se comportou direitinho — digo. — Só tivemos um pequeno problema com um cachorro no parque, mas ele se comportou bem.

— O cachorro correu atrás de mim — conta Sam. — Tomamos leite com espuma no café. Eu brinquei com o Flight Track. Papai disse "merda" para a senhora com o cachorro. Eu estou com fome.

Tem mais uma coisa: não se pode nunca falar palavrão perto do Sam. Ele não esquece e sempre dedura.

Depois que explico o que aconteceu em detalhes, Jody prepara um sanduíche para o Sam — o único que ele se digna a comer: de queijo com piccalilli. Em seguida corre para jogar seu novo Xbox.

Essas são as leis que regem Sam e a comida. Seu cardápio contém quatro refeições aceitáveis. São elas:

Sanduíche de queijo cheddar com piccalilli (pão de forma branco sem casca, sem o menor sinal do piccalilli nas bordas das fatias).

Palitos de peixe fritos (das marcas Birds Eye ou Marks and Spencer... da marca Lidl, nem pensar!) com batatas fritas bem fininhas.

Macarrão argolinha com torrada (às vezes ele aceita macarrão de letrinhas, mas nunca fica claro quando vai ser o caso, então não vale a pena correr o risco, na verdade).

Macarrão com queijo (mas só se for feito pela Jody. Se sou eu fazendo, o prato acaba decorando as paredes da cozinha. Ainda que, para ser honesto, esta seja uma avaliação justa das minhas habilidades culinárias).

A coisa complica ainda mais quando se trata de Sucrilhos, iogurte e frutas picadas em cubos perfeitos. Frutas picadas EM CUBOS PERFEITOS. Você já cortou maçãs em cubos precisos de um centímetro às cinco da manhã? É muito difícil — especialmente quando o cliente faz Gordon Ramsay parecer um cara boa-praça e agradável.

— Então... ele ganhou um videogame?

— Foi. O filho de uma amiga não queria mais o dele. É um modelo antigo, pelo que entendi. Achei que seria melhor que a televisão, para variar, de vez em quando.

— Mas será que isso não vai levar o Sam a passar mais tempo sozinho? Quer dizer, a gente está tentando fazer com que ele se socialize mais.

— Como é? *A gente está* tentando?

— Você entendeu o que eu quis dizer.

— Entendi. Mas, talvez, ter algo em comum com as outras crianças não seja tão ruim assim. Todos na escola dele têm videogame.

— Tá, tudo bem. Foi mal. Mas nada de *Grand Theft Auto*, o.k.?

— Ah, não, esse é só para a mamãe. Descobri que dirigir pela cidade batendo com o carro em todos os lugares é uma ótima terapia.

Compartilhamos um frágil momento de trégua. Jody começa a recolher da mesa e do chão as revistas e os livros de colorir, distraidamente.

— Como você está? — pergunta ela.

— Estou bem. Sinto sua falta.

Ela para de arrumar as coisas por um segundo.

— Também sinto sua falta — diz baixinho, antes de retomar a tarefa, como se para mudar o rumo da prosa. — O que você anda fazendo?

— Ah, você sabe: trabalhando, assistindo à televisão enorme do Dan.

— Não chegue nem perto da nova temporada de *Homeland*, é uma porcaria.

— Não acredito! Você está vendo sem mim?

— Estou te fazendo um *grande* favor.

— De repente, quando eu voltar, a gente pode começar a ver uma daquelas séries policiais escandinavas que estavam na moda cinco anos atrás?

Silêncio constrangedor. Talvez tenha sido um pouco cedo demais.

— Não sei quando isso vai acontecer, Alex — fala Jody. — Por enquanto não consigo lidar com a sua presença aqui.

— Eu sei. Foi mal. Vou dar um jeito na minha vida. Seria ótimo voltar, sabe? Nem que seja só para impedir que você veja porcarias na televisão.

Jody força um sorriso.

— Você anda muito distraído e inacessível — diz ela. — E, quando a gente conversa, acaba brigando. O que só piora as coisas. Você se lembra daquela vez que a gente foi visitar a sua mãe, quando Sam ainda era bem pequeno? O carro quebrou, e ele estava chorando e gritando no banco de trás, e estava tudo escuro e chovia muito. Mas nós...

— Nós cantamos todas as músicas de *A pequena sereia*, e na ordem. Eu cantei "Aqui no mar" enquanto trocava o pneu.

— Nós enfrentamos aquilo juntos, não foi? Trabalhamos em equipe. Achamos graça da situação. Nada mais tem graça agora. Nem um pouco.

— Eu estou exausto. O trabalho, a insônia, e...

Imediatamente percebo que foi a coisa errada a dizer.

— Ai, meu Deus, lá vem você com essa ladainha! — exclama Jody. — Você fica dizendo que as coisas vão melhorar no trabalho, mas nunca melhoram. Você volta para casa estressado, passa o fim de semana estressado, volta estressado para o trabalho. Não consigo aguentar isso e Sam *ao mesmo tempo*. Você precisa dar um jeito em você.

— Eu sei, eu sei, mas...

— Não, Alex, chega de "mas". Você tem que *fazer alguma coisa* ou não pode voltar. Estou falando sério!

Jody está tentando não chorar, mas percebo a mudança na voz e vejo nos olhos dela, aqueles olhos castanhos que me atraíram uma década atrás. Eles não escondem nada, as pupilas tão grandes e escuras quanto galáxias. E isso é demais para mim. O que sei que está por vir é demais para mim.

— Você precisa dar um jeito no trabalho, precisa dar um jeito em VOCÊ, mas precisa mesmo, de verdade, resolver o lance do George. Está me ouvindo?

Nesse momento sei que vou chorar também. Porque essa é a dor lancinante e aguda que, mesmo um pouco mais fraca que antes, ainda se desloca ruidosamente sob a superfície como uma grande placa tectônica. E de repente fico aliviado por Sam ter um Xbox com que jogar, para que não precise ver essa cena de novo.

Mais tarde, estou com Dan no Old Ship Inn, o pequeno pub na esquina da rua dele. É uma relíquia solitária do passado industrial do lugar, a fachada de tijolos vermelhos em ruínas uma afronta para as novas estruturas de vidro, aço e concreto que agora o cercam. Dentro dele há alguns velhos, com cães dormindo a seus pés. Acabamos conhecendo alguns deles. Frank e Tony trabalharam na estiva nos anos sessenta, levando cargas de navios para os imensos armazéns — ambos gostam de se empoleirar no bar contando histórias de acidentes industriais horríveis. Alfie organiza as discotecas de rock'n'roll em domingos alternados, ainda usando os sapatos de camurça azul que comprou em 1957 (agora tão carecas quanto ele). O velho Sid, sentado a um canto, joga xadrez contra si mesmo, um copo de Guinness ao lado do cotovelo. Muitos clientes desavisados já se aproximaram, deram um tapinha no ombro de Sid e pediram para jogar, mas todos acabaram sendo xingados ou empurrados. "Jesus", o barman sempre fala. "Não interrompa o Sid durante uma partida." Diz a lenda que ele está jogando contra o fantasma da mulher morta. Talvez só queira paz e sossego.

Assim como seus frequentadores, o pub também é um remanescente velho e maltrapilho, mas, ao contrário das fileiras de casas que ele foi construído para servir, provavelmente é um prédio tombado.

Agora resiste sozinho, seus únicos clientes regulares um grupo cada vez menor de aposentados que se lembram da época em que só havia casas ali. E Dan e eu. Nós frequentamos o lugar porque a cerveja é barata e eles vendem batata frita de saquinho. Nos bares e bistrôs de grandes redes comerciais que dominam o cais você não encontra isso. Lá você só acha potinhos de azeitonas a preços absurdos. Valeu, Europa, a culpa é toda sua.

— Então, o que você andou aprontando hoje? — pergunto, dando um gole na cerveja.

— Fiquei brincando no meu Mac — responde Dan.

Ele tem o último modelo de Mac da Apple com um monitor gigantesco. Acho que é para os trabalhos de criação de sites ou de produção musical, ou... ah, sei lá.

— Você está saindo com alguém? — pergunto.

— Não, na verdade, não. Saí com a Nikki por um tempo, mas foi meio esquisito.

Nikki trabalha em um pequeno estúdio de design para o qual Dan faz alguns frilas às vezes. É habitado quase inteiramente por homens na faixa dos vinte e poucos anos que compram todas as roupas na Hollister e na Urban Outfitters — exceto pelas camisas de malha vintage com dizeres irônicos que eles adquirem por uma fortuna no eBay. Todos são apaixonados por Nikki, porque ela é três anos mais velha, linda e expert em Photoshop. Eles competiam em segredo para ver quem ia chamá-la para sair, mas então cometeram o erro de contratar Dan para desenvolver uma parte da campanha publicitária em mídias sociais. Os pobres coitados não tiveram a menor chance.

Dan é boa-pinta. Tem cabelos escuros e curtos, e um rosto bronzeado e amigável; tem um bom gosto inato para roupas que vão além das calças jeans skinny, camisas skinny, chapéus skinny que seus colegas de trabalho usam como uniforme. Nesse momento ele está de suéter de tricô, camisa de botão e calças de sarja pretas. As cores, os tecidos e o caimento são tão perfeitos que ele poderia estar numa sessão de fotos para uma revista. Mas seu charme é o que extrapola; ele o exala. Zumbe como uma tomada perigosamente sobrecarregada.

— Dan, obrigado por me ajudar. Está tudo meio... difícil.

— De nada. Amigo é para essas coisas. Eu gosto de ter você por perto. Me lembra os bons tempos. Eu estava ajudando Luke com um podcast hoje. Me fez lembrar quando a gente gravava aquele programa de rádio no antigo PC do meu pai.

— Rádio Shogun: A melhor rádio de rap da Costa Oeste em Somerset.

— Trazendo Wu-Tang para Weston-super-Mare.

— É, cara, eu tenho que confessar... nunca gostei muito do rap da Costa Oeste.

— Eu sei, Alex. Eu sei.

Deixamos a conversa em suspenso por alguns segundos.

— Então... Como está o Sam? — pergunta Dan.

— Ele está bem. Você sabe. Ele é o Sam.

— Vocês ainda estão pensando em trocar o menino de escola?

Fico surpreso por Dan se lembrar do assunto, mas é estranho falar sobre isso com ele. Em todos esses anos de convivência, por tudo que passamos, só conversamos sobre filmes e músicas. Tudo foi filtrado através disso. É desconfortável quando algo mais sério vem à tona.

— Não sei, a gente ainda está resolvendo. E você? Quer dizer, como estão indo as coisas no trabalho e tudo mais? — pergunto.

— É, bem, sabe, às vezes fica tudo um caos, mas é só fazer o lance certo para as pessoas certas que dá jogo. Eles me chamam quando dá zebra, quando tem algum cliente importante gritando com eles todos os dias. Mas, você me conhece. Eu sou do tipo *o.k., partiu*.

"O.k., partiu" é a frase motivacional de Dan. Sempre que ele tem de se preparar psicologicamente para alguma coisa, murmura isso e parte para a ação — seja um trabalho de reposicionamento de marca de um produto multimilionário ou um salto do Clevedon Pier para o mar. Se disser a frase, tem que cumprir o desafio.

— Jesus, Dan, eu não entendo como você consegue viver assim — digo, soando mais amargurado do que esperava. — Eu me sinto como se estivesse o tempo todo à beira do abismo, mas você... Como pode não se preocupar com nada? Por que não está sempre tenso e angustiado?

Ele sorri e fixa o olhar no copo de cerveja. Dos alto-falantes do pub sai a voz de Otis Redding cantando "These Arms of Mine". Sid move peças pelo tabuleiro. Faróis de carro atravessam as cortinas esburacadas pelas traças, lançando feixes de luz sobre o papel de parede manchado pela fumaça de cigarro.

— Eu não tenho que lidar com... Bem, com o que você precisa lidar: coisas reais, pessoas reais — diz Dan, por fim. Ele desvia o olhar. Por um instante parece que tem algo a dizer; está quase falando, mas acaba deixando para lá. Então pergunta: — Você consegue *me* imaginar como consultor de crédito imobiliário?

— Não! Mas e daí? Eu não conseguia me imaginar como consultor de crédito imobiliário cinco anos atrás. E olha para mim agora.

Nós rimos, numa tentativa consciente de amenizar o clima.

— Se você odeia tanto seu emprego, *tem* que cair fora.

— Não dá, tenho o financiamento da minha própria casa para pagar. Sam faz terapia com uma fonoaudióloga, o que é absurdamente caro. Jody não está trabalhando...

— Alex, escuta aqui. Se você odeia o emprego, tem que cair fora.

Dou um suspiro e termino de beber minha cerveja.

— Todo mundo sabe o que é melhor para mim.

— Segura esse pensamento aí — diz.

Ele se levanta e bagunça meu cabelo de um jeito que, se fosse qualquer outra pessoa, teria me deixado muito irritado. Então vai até o bar, pede mais duas cervejas e volta.

— Tá. Hora de mais um flashback. Você se lembra de quando vimos *Battlestar Galactica*? A nova série, não a antiga — pergunta.

Essa é uma saída pela tangente que eu não estava esperando.

— Leeembro.

— Eu te disse que não era sobre robôs espaciais assassinos, e que era sobre a Guerra do Iraque.

— Leeembro.

— E o que você falou?

— Eu falei, Dan, pelo amor de Deus, é óbvio que o programa é sobre robôs espaciais assassinos.

— Esse é o problema! — gritou Dan, respingando cerveja na mesa para dar um efeito dramático. — De todo mundo que eu conheço, você é o cara que mais pensa, você analisa tudo, tem teorias sobre tudo. Mas, quando cisma com alguma coisa, fica agarrado a ela até a morte. E se você estiver vendo as coisas pelo ângulo errado?

Tomo um gole demorado, e coloco o copo bem devagar na mesa.

— Dan, eu dou o maior valor ao que você está tentando dizer, sério. Mas esta é uma situação complicada e não é algo do qual eu possa fugir, tipo, largando tudo. Além disso, *Battlestar Galactica* é um programa sobre robôs espaciais assassinos. O que acontece é que vários jovens de vinte e poucos anos projetaram um significado nele para diminuir a culpa de assistir a uma série sobre robôs espaciais assassinos em vez de acompanhar as notícias sobre a Guerra do Iraque.

— Percepção é realidade — afirma Dan, e arma aquele sorriso ridiculamente adorável, que com certeza o ajudou a arrebatar dezenas de frilas bastante lucrativos.

— Ai, meu Deus, Dan, nós não vamos entrar nessa hoje — resmungo. — Agora me arranja mais umas batatinhas e vamos mudar de assunto. Não quero mais falar de trabalho, nem da minha vida e nem de robôs espaciais.

Uma hora mais tarde volto sozinho para a casa do Dan porque ele, como era de se esperar, foi a uma boate chamada Wicked Glitch, onde tocam apenas trilhas sonoras distorcidas dos jogos de fliperama dos anos oitenta. É o tipo de coisa que eu teria ouvido na faculdade, aquele oásis de prazer espontâneo e descomplicado que durou três anos. Até Kant era divertido. Às vezes me pergunto: será que aquele era o Alex de verdade ou um impostor?

Completo o ritual de encher o colchão e depois olho meu e-mail no Mac gigante do Dan. Tenho duas mensagens. Uma é da Jody, encaminhando o agendamento de uma visita a uma escola que tem boa reputação no auxílio a crianças no espectro autista. A outra é de Emma. Ela está pensando em voltar à Inglaterra. Só acredito vendo.

*

Sou acordado às quatro da manhã pelo barulho do Dan entrando no apartamento com uma mulher. Estão dando risadinhas e fazendo *shhh* um para o outro. De repente tudo fica em silêncio. E então escuto um estrondo. Quando vou investigar, encontro os dois entalados na base do corredor estreito, encostados em paredes opostas, as pernas e os braços bronzeados projetados para todos os lados, parecendo a cena resultante de algum tipo de batida de carro erótica.

— Estamos presos — balbucia Dan. — Nós estávamos nos beijando e agora estamos entalados.

— Oi, meu nome é Donna — diz ela. — Em homenagem à Donna da banda Elastica. Você pode ajudar a gente a se levantar?

Depois de um tempo acabo desistindo de calcular a idade de Donna com base no gosto musical dos pais dela e acendo a luz. As costas de Donna estão contra a parede, Dan está suspenso sobre ela, seus joelhos pressionados um contra o outro, as mãos no chão, uma em cada lado da cabeça de Donna, se equilibrando. Uma das pernas de Donna está entre as de Dan, a outra meio que se mexe a esmo. Ela está com um vestido de paetês prateados muito curto que ficaria lindo e sofisticado em praticamente qualquer situação, menos esta.

— Tá — digo. — Acho que já sei o que fazer aqui. Dan, vou ter que te levantar e então meio que te jogar para o lado.

— Tudo bem — diz ele. — Só um segundo, para eu me preparar. *O.k, partiu.*

Seguro Dan pelos quadris e o levanto, arrastando a perna dela até que fique livre, um sapato cintilante de salto gatinha voando no processo. Com a ajuda dele, consigo empurrar Dan para a frente até que ele desaba rindo ao lado de Donna, que agora consegue erguer o corpo serpenteando pela parede.

— Minha cabeça está formigando — diz ela.

— Alguém quer beber alguma coisa? — pergunta Dan. — Acho que vocês dois têm de concordar que a noite está sendo um sucesso.

— Melhor eu voltar pra cama — digo. — Ai, meu Deus, são cinco e meia da manhã. Divirtam-se, seus patetas. Mas não se esqueçam de andar em fila indiana no corredor.

Enquanto Dan liga o som e coloca uma música do Hot Chip, penso nele, meu velho amigo, nas coisas que fizemos, e nessa chama que ele carrega dentro de si, exatamente como minha irmã, Emma. Como eles conseguem fazer isso?

Fico deitado na cama ouvindo o ronco baixo do motor de um avião que cruza a alvorada em direção ao aeroporto de Bristol. O som se funde hipnoticamente com o assobio do colchão esvaziando enquanto minhas costas completam seu próprio pouso no chão duro.

Capítulo 5

Quando levamos Sam para casa no dia seguinte ao seu nascimento, estávamos inebriados com um coquetel de felicidade, adrenalina e privação de sono. Sam, por sua vez, só chorava. Gritava, rangia as gengivas e berrava, os bracinhos e as perninhas se debatendo com fúria. Na maioria das noites eu o levava para passear de carrinho pelas ruas desertas do bairro. Cantava para ele e lia histórias até que se acalmasse; então o levava para casa para mamar. E ele estava sempre faminto. Tentamos lhe dar leite na mamadeira para que Jody pudesse descansar um pouco, mas, Deus, ele não queria saber daquilo — já tinha suas manias na hora de comer. Eu me lembro de uma vez em que eu estava tentando espirrar o leite na boca dele, e Sam parecia estar de boa com aquilo — mas, então, deitado em meus braços, ele vomitou litros de leite semidigerido, que escorreu para os olhos dele. É uma lembrança divertida de culpa parental que não consigo esquecer.

Algum tempo depois, quando ele começou a ingerir comidas sólidas, foi rápido em desenvolver preferências bem específicas. Havia um sabor em particular de uma marca de comida orgânica de bebê que ele comia com gosto, e nós tínhamos tanto medo de que o fabricante a descontinuasse que estocamos duzentos potes no galpão do jardim. E, nesse meio-tempo, éramos inundados de conselhos bem-intencionados, mas extremamente irritantes:

— Vocês tentaram cortar os legumes em tirinhas?
— Tentaram servir a comida numa tigela em vez de num prato?
— Tentaram dar uma aparência *divertida* à comida?

Nós sorríamos e agradecíamos pelo conselho espetacular, que já tínhamos tentado várias vezes — como na vez em que coloquei uma fatia de presunto, duas azeitonas e um pimentão vermelho arrumados de um jeito que ficou impressionantemente parecido com a Peppa Pig (infelizmente, a Peppa acabou executando um voo dramático através da cozinha). Talvez essas experiências iniciais devessem ter nos dado uma dica de que havia algo diferente com Sam. Mas, na verdade, eu e Jody não conseguíamos nem nos falar, quanto mais debater sobre o desenvolvimento psicológico dele. Em vez disso, prontamente dividimos as tarefas. Nos tornamos sócios de uma empresa e nosso empreendimento era tentar sobreviver ao dia sem pegar no sono na privada ou no fraldário do mercado. Mas estávamos unidos e éramos determinados, e sabíamos que conseguiríamos superar qualquer coisa porque, meu Deus, havia tanto amor entre nós.

Fico pensando em tudo isso enquanto Jody e eu estamos sentados do lado de fora da secretaria da escola St. Peter's, em um bairro tranquilo na periferia da cidade. É a terceira escola que visitamos desde que decidimos tirar Sam do inferno que ele frequenta atualmente. A instituição recebeu a classificação de "excepcional" na avaliação do governo, nós moramos dentro da área atendida por ela — por questão de milímetros —, e o melhor de tudo é que Sam já conhece alguém aqui. Olívia frequentou a mesma creche que ele, parece, e Jody manteve contato com a mãe dela — uma manobra social perspicaz, pois a família mora em uma mansão gigantesca em Southville, uma construção tombada de cinco andares, incluindo uma sala de televisão com isolamento acústico no porão. De alguma forma os dois sempre se deram bem, apesar de Sam ter tentado enterrá-la numa caixa de areia.

Esta manhã, com uma dispensa preciosa de quatro horas do trabalho, fui buscar Jody e Sam em casa, e mal nos falamos enquanto percorríamos de carro a expansão urbana de Bristol. Jody e eu estamos cientes de tudo. Sam está tendo dificuldades na escola — não na parte acadêmica. Bem, *obviamente* na parte acadêmica, mas esse não é o problema principal. O maior problema é que ele não conseque se dar bem com as outras crianças. Não da forma como precisa ser capaz de fazer. Não tem uma vez que Sam se junte a uma atividade no pátio que ele não chore ou não roube a bola de futebol ou não chute alguém — e isso o transformou numa criança solitária. Pior, isso o transformou em alvo. As crianças sabem que podem obter uma reação imediata dele, e é isso o que acontece. São como piranhas: sentem o sangue na água e entram em um frenesi alimentar. Não sabem que isso é bullying, é só o jeito como as coisas são. Talvez seja instintivo: identificar e excluir o mais fraco da ninhada pela segurança do grupo. Tudo o que sei é que Sam não brinca com as outras crianças. Achamos que, talvez, numa escola mais pacata, longe de garotos de cidade grande na confusão de uma sala lotada, todos brigando para ser o macho alfa, ele possa conseguir se enturmar. Vale a pena tentar. Tem que valer a pena tentar.

— Vocês podem entrar agora — avisa a secretária, uma senhora gentil que parece idosa o suficiente para ter sido aluna da escola na época da inauguração, no início do século dezenove.

Fico tão entretido imaginando aquela senhora com uma touca cheia de babados na cabeça escrevendo a tabuada do três na lousa, que Jody tem de me dar uma cotovelada para que eu saia do lugar. Somos levados a uma pequena sala ocupada por uma mesa de madeira enorme, cheia de papéis e pastas. Ao fundo há uma antiga janela de guilhotina entreaberta e mantida assim por uma caneca com a frase "Keep Calm e continue dando aula". Esse é o primeiro ponto negativo daqui, concluo. As paredes são um emaranhado de massa corrida rachada, camufladas por dezenas de desenhos e pinturas de crianças. Alguns são representações coloridas e encantadoras de casas quadradas simples e famílias felizes, ainda que um deles pareça mostrar dois homens de capa preta abatendo uma vaca.

— Oi, sou a Srta. Denton, é um prazer conhecê-los — diz uma voz suave e amigável vinda de trás de um monitor de PC vagabundo em cima da mesa, apoiado meio torto em uma pilha de livros didáticos.

A Srta. Denton se levanta e estende a mão. Deve ter pouco mais de trinta anos e é franzina, mas sua presença é amplificada pelo vestido floral em tons berrantes. O cabelo loiro e curto está preso para trás por um pregador e o batom é vermelho como o do corpo de bombeiros. Ela parece amigável e cheia de energia, um contraste gritante com o bando de professores sem vida que diligentemente nos tranquilizaram ao longo dos primeiros anos de péssima educação de Sam.

— Eu sou a Jody e esse é o pai do Sam, Alex.

Não sou "meu marido Alex"; fico relegado ao papel de pai biológico.

Cumprimento a Srta. Denton com um aperto de mão e tento não deixar transparecer nada que não seja entusiasmo. Sinto como se isso fosse uma entrevista, um teste talvez. Não sei. Tudo o que sei é que não quero ser reprovado.

— Soube que Sam está tendo problemas de socialização — diz ela. — Ele foi diagnosticado como estando dentro do espectro autista no ano passado, certo?

— Certo — responde Jody. — Ele é...

Ela faz uma pausa, claramente pensando no que vai falar. Como exprimir oito anos de luta em uma frase sem parecer que você está tentando vender uma daquelas biografias cheias de drama para uma editora?

— Ele sempre foi um pouco atrasado em termos de linguagem — continua ela. — Sempre foi muito ansioso com tudo. Primeiro pensamos que podia ser algum problema de audição, mas fizemos a audiometria e estava tudo bem. Continuamos indo ao pediatra, mas ele só falava "fiquem observando". Quer dizer, ficar observando *o quê*? Enfim, quando Sam foi para a creche, eles sabiam que algo estava errado, mas não puderam fazer muita coisa. A primeira pessoa a mencionar o autismo foi o coordenador de necessidades especiais da pré-escola, mas... o que eles disseram, Alex?

— Que o caso dele não era "grave" o suficiente para justificar uma assistência individual. Não iam conseguir a verba de que precisavam. Mas ele ficava tão nervoso todo dia de manhã que eu tinha que arrastá-lo até a escola. Sabe, era assim que todos os dias começavam. Uma briga para vestir a roupa, para ir para a escola, e então ficar preocupado com ele o dia todo. Melhorou um pouco no ensino fundamental. Mas...

— Ele ainda não está feliz — interrompe Jody. — Seja lá o que isso significa. — Ela olha para mim, e então rapidamente vira o rosto. — Ele é totalmente solitário.

Jody pega um lenço de papel no bolso do casaco e o encosta cuidadosamente nos olhos.

A Srta. Denton sorri, solidária, e então com um tom de voz animado começa a nos descrever a escola. Tem quatrocentos alunos, portanto é uma escola grande, mas ela insiste em que a atmosfera é familiar. Fala na "ênfase em promover um ambiente colaborativo e acolhedor". Alguns professores têm experiência com autismo. É um discurso bem ensaiado, mas genuíno. Lá no fundo, vejo surgir uma esperança dentro de mim — e sinto que em Jody também. A escola normalmente tem uma longa fila de espera, mas uma nova Steiner Academy foi inaugurada ali perto e muitas crianças mudaram para lá. Há uma vaga para Sam. Se precisarmos dela.

— Pensem no assunto durante as férias — diz a Srta. Denton. — A mudança vai tornar a viagem de carro mais longa todas as manhãs e demandar mais preparativos. Mas faremos nosso melhor com o Sam. Por que não o trazem para dar uma olhada na escola? Ele pode conhecer alguns alunos e integrantes da equipe. Obviamente não posso prometer que ele receberá uma quantidade enorme de ajuda especializada, mas, bem, somos uma escola feliz.

Uma escola *feliz*. Estranho que esse seja um argumento de venda. Todas as escolas não deveriam ter como meta fazer as crianças felizes? Mas é encorajador que ela admita que não é assim que funciona. Ao contrário, a felicidade é um bem intangível. Não pode figurar em nenhum projeto educacional ou empresarial — nem em nenhuma planilha. Não pode ser distribuída por meio das subvenções governamentais. Não está disponível na TV a cabo por um baixo custo mensal (o que me faz lembrar que estão testando em Bristol uma internet banda larga muito rápida, 200 mega, fibra ótica, entregue... ai, merda, estou me desviando do assunto). Se felicidade fosse assim, todos a teríamos. Assinaríamos um plano de felicidade on-line. Faríamos o download e instalaríamos o aplicativo da felicidade. O preço não seria um problema. Pagaríamos qualquer coisa por ela.

A secretária nos mostra a saída. Caminhamos em silêncio até o pequeno estacionamento. Há pássaros cantando nas árvores em volta do parquinho. Entramos no carro e ficamos sentados por um longo tempo.

— Gostei — fala Jody.

— Eu também.

Não conseguimos evitar. Apesar de tudo, apesar de todas as nuvens negras se formando sobre nosso relacionamento, sorrimos. Igual a quando descobrimos que Jody estava grávida. Foi tão no início — tão cedo — do nosso relacionamento. Éramos crianças — bem, eu tinha vinte e quatro anos, mas, nos dias de hoje, no século vinte e um, isso é praticamente adolescência. Olhamos para o teste de gravidez, as pequenas linhas indicando "positivo", e, depois do choque inicial, sorrimos inebriados por horas.

— Vamos trazer o Sam? — pergunto.

— Você consegue tirar mais algumas horas de folga no trabalho?

— Com certeza. Isso é importante.

— Ótimo. Obrigada. Você está morando com aquele idiota do Dan?

— Estou.

— Já descobriu o que ele faz para viver?

— Ainda não. Tem algo a ver com design, talvez? Acho que ninguém sabe ao certo.

— Em dez anos ele será o CEO de alguma nova plataforma de mídia social. Sinceramente, acho que vamos ver o Dan na capa da *Wired* com um pulôver branco de gola alta, falando sobre como gastou seu primeiro bilhão.

Viro a chave, e o carro se arrasta pelo terreno da escola e de volta ao centro de Bristol. De volta às nossas vidas de verdade. As vidas que se separaram. E, quando Jody salta do carro e anda até a porta de casa, apesar de toda a positividade da manhã, eu me sinto mais distante dela do que nunca.

Capítulo 6

Chego ao trabalho às duas. Daryl saiu do escritório para fazer algumas avaliações e deve estar na casa de alguém com seu terno risca de giz, coçando o queixo diante de uma prancheta e uma trena a laser. Paul e Katie estão roçando os pés nas pernas um do outro por baixo da mesa enquanto verificam a papelada. Eu tenho duas reuniões hoje: uma com um aspirante a incorporador imobiliário que deseja comprar uma velha igreja perto da Gloucester Road e a outra com um casal de idosos que quer se mudar para um apartamento jeitosinho em Clifton. O último de seus três filhos saiu de casa e o lugar ficou muito grande para os dois, eles explicam. Querem liberar algum capital e viajar, ver o mundo juntos. "A casa ficou tão vazia", diz a mulher com uma espécie de resignação melancólica. Olho para o marido que assente em solidariedade. Mas o que vejo nos olhos dele — e de algum modo tenho certeza disso — é alívio.

Três horas depois estou de volta a casa para pegar algumas roupas e livros. Sinto falta dos livros. Quando nos mudamos para cá oito anos atrás, transformei o corredor do segundo andar em um escritório/biblioteca em miniatura, com uma fileira de estantes cheias de livros, histórias em quadrinhos e os meus antigos textos da faculdade. Todas as manhãs, quando ainda estava aprendendo a andar, Sam passava pelo corredor e derrubava sistematicamente o maior número de livros que conseguia, e depois os empilhava na porta do nosso quarto. Eu levantava da cama com os olhos ainda embaçados para ver que barulho era aquele, e então tropeçava em uma pilha de Penguin Classics. Depois de um tempo nós nos cansamos daquilo e guardamos vários dos livros em caixas e as enfiamos no sótão.

Jody me convida para entrar e eu tropeço no carpete da sala de estar, coberto de revistas em quadrinhos rasgadas e cards colecionáveis do Pokémon.

— Jesus, Jody, você precisa começar a guardar suas coisas — brinco de leve.

Então olho ao redor com mais atenção, e essa não é mais a desordem habitual de livros, jornais e coisas do Sam. Há vários pratos sujos pelo chão e em cima das caixas de som. Há uma mancha escura no tapete onde algo foi derramado. O dever de casa de Sam está amassado no sofá, coberto de migalhas e sujo de piccalilli. Eu olho de novo para ela. A luz difusa da televisão lança sombras em seu rosto. Ela abre um pequeno sorriso, mas parece exausta.

— Vá pegar suas coisas, o Sam está no quarto dele jogando Xbox.

Fico ali de pé por um instante, em silêncio, olhando de novo ao redor. As coisas parecem estar desmoronando.

— Estou pensando cá com meus botões, talvez eu deva subir sem fazer barulho para não incomodá-lo. Não quero chatear o Sam.

Jody dá de ombros e respira fundo. Eu havia tentado demonstrar minha preocupação por ela, mas, obviamente, a Jody consegue enxergar através de cada artifício que tento usar, como sempre fez.

— Tanto faz, Alex.

Vou até lá em cima e posso ouvir o som distinto do controle em ação, os cliques dos pequenos botões de plástico ecoando pelo corredor, vindos do quarto do Sam. Para minha surpresa, também ouço uma música de piano — delicada, lenta, ligeiramente melancólica, saindo do jogo que ele está jogando. Pelo menos com certeza não é *Call of Duty*. Bato na porta e abro. Lá dentro, Sam está sentado de pernas cruzadas na cama, de frente para um pequeno monitor de LCD e para o Xbox 360, ambos apoiados em uma mesinha da Ikea. Acima deles há um imenso mapa-múndi que comprei no ano passado, e que acabei tendo de pregar na parede porque vivia caindo no meio da noite e quase matando o Sam de susto. Além disso, as coisas normais de criança — roupas e brinquedos jogados, papéis de bala, bonecos com as pernas e os braços quebrados.

— Oi, que música de piano é essa, Sam? — pergunto, percebendo que tenho em minhas mãos a base para uma piadinha inspirada em *Casablanca*, que seria totalmente desperdiçada com uma criança de oito anos. — Que jogo é esse?

— *Minecraft, Minecraft* — responde, sem desviar o olhar da TV.

Já ouvi falar de *Minecraft*, claro, mas nunca joguei. Na tela vejo uma paisagem de cubos de grama e pedras, pontuada por árvores troncudas — Sam parece estar derrubando uma com um machado esquisito. Ao fundo, a melodia lúgubre cria uma atmosfera estranhamente agradável. É quase hipnótica.

— Esse jogo é legal? — pergunto alegremente.

— Eu estou construindo uma cabana. Uma cabana bem grande com dois andares e um quarto. Senta aqui, papai. Senta aqui e vê.

— Foi tudo bem na escola hoje?

— Eu tenho que derrubar as árvores para fazer essa cabana.

— Isso é ótimo. Mas e a escola? Foi um dia bom ou ruim? Sam?

— Foi. Papai, olha só os porcos, eles são engraçados.

Olho para a tela. Os porcos são blocos cor-de-rosa interconectados, como algo saído de um desenho animado estranho. Não sei o que devo dizer, nem o papel dos porcos no jogo. Há um longo silêncio enquanto Sam continua jogando, cortando árvores e correndo de um lado para o outro. Mexo na maçaneta da porta, metade dentro e metade fora do quarto, sem saber como me comunicar. Depois de um minuto assim, começo a me sentir desconfortável. Sigo a pantomima de verificar o relógio — mesmo que Sam não esteja vendo e tudo que me espera no apartamento seja o Dan jogando videogame, de pijama.

— Sam, eu preciso ir embora.

— Não! Olha, papai, eu consigo construir coisas.

Mas com que objetivo?, eu me pergunto. Quando eu era pequeno, esses jogos traziam vilões que você tinha de matar e havia pontuações máximas a serem batidas. Havia consideravelmente menos porcos em formato de caixa para arrebanhar.

— Não é um jogo para adultos — resmungo, por fim. — Papais não brincam com jogos de computador.

— Aaah — diz ele. — Eu quero que você fique me vendo jogar!

É o tom choroso que com frequência precede um ataque de fúria, e eu naturalmente reajo ficando tenso. Mas dessa vez ele desvia a atenção do jogo e me olha com um ar de decepção. A essa altura já estou ansioso e impaciente. Sei que mais tarde vou me sentir culpado por tê-lo abandonado, mas digo a mim mesmo que preciso ir embora antes que eu faça algo errado e o deixe irritado. A verdade, porém, é que quero ir embora. Estou desesperado para ir embora.

— Tenho que ir para casa — repito.

Sam bate na cama com a mão livre e por um instante acho que ele vai atirar o controle do videogame.

— Isso não é justo! — grita.

Mas então, depois do rompante, ele volta a ficar absorto no jogo.

Saio de costas devagarinho, observando o rosto dele, a expressão levemente intrigada, as cores refletindo em sua pele macia. Sam está sentado bem perto da tela e tão concentrado no que faz que, por uma fração de segundo, parece que está dentro da paisagem.

Fecho a porta atrás de mim e vou para nosso quarto. A cama está desfeita, os lençóis empilhados no meio do colchão ao lado de alguns vestidos bem amassados. O cesto de roupa suja, como sempre, está transbordando. Sem pensar muito, sem ficar ali parado observando, sem absorver cada detalhe angustiante desse quarto, abro a última gaveta do amplo armário de madeira e enfio cuecas e camisas de malha na minha bolsa de viagem. Sinto como se estivesse praticando um roubo. Pego alguns livros ao lado da cama — uma biografia de Isambard Kingdom Brunel (eu moro em Bristol, uma história interessante ou fato curioso sobre Brunel é sempre útil), uma coleção de contos de Raymond Carver, alguns romances policiais — e então saio dali, correndo escada abaixo como uma criança com medo de fantasmas imaginários.

Capítulo 7

É quinta-feira à noite e estou cruzando a cidade para ir à gigantesca casa de Matt e Clare, em um condomínio de luxo no extremo nordeste da cidade. É uma área típica de classe média, com propriedades amplas, mas simples — uma disposição cuidadosamente planejada de casas enormes, todas projetadas para parecer ligeiramente diferentes umas das outras em sua uniformidade bege. Algumas são construções tradicionais de três andares, outras são menores e têm janelas amplas projetadas para fora, inspiradas nas casas geminadas da década de trinta. O objetivo é reconstituir a atmosfera pluriarquitetônica dos clássicos bairros residenciais britânicos, mas aqui todas as superfícies de pedra, todas as garagens para dois carros e todas as cercas de madeira são novinhas em folha. Esta é uma cidade para pessoas que têm medo de cidades.

Matt me convidou para ver uma partida da Champions League: Barcelona e Juventus. Bem, para falar a verdade, ele não me convidou, implorou que eu viesse. Sei exatamente o que está acontecendo. Ele quer assistir ao futebol em paz, mas normalmente não consegue; eles têm quatro filhos com idades entre um e oito anos, então as noites são uma interminável linha de produção de fraldas, banhos e contação de histórias para dormir. E, ao mesmo tempo, Clare quer saber como eu estou — talvez em uma missão de espionagem para Jody — então ele conseguiu trocar a rotina por um tempo comigo e com vinte e dois jogadores de futebol de primeira linha.

Clare e Jody cresceram juntas. Quando crianças, eram como irmãs. Então as duas acabaram se mudando para Bristol mais ou menos na mesma época. Jody já penava cuidando de Sam enquanto a maioria das suas amigas ainda curtia a vida adoidado, mas Clare teve Tabitha um ano depois. Elas brincavam dizendo que eram mães adolescentes irresponsáveis. Depois Clare teve Archie, largou o emprego como gerente de restaurante, e as duas se transformaram em uma microrrede de apoio familiar. Rapidamente, elas perceberam a importância de arquitetar uma relação amigável entre mim e Matt, porque assim seria mais fácil elas se verem com mais frequência — tais são as dinâmicas da amizade entre adultos. Sendo assim, ganhamos muitas horas de pub juntos quando Sam era pequeno e Matt só tinha dois filhos. Sentávamos no pub quase exaustos demais para falar, tentando sutilmente extrair um do outro relatos dos nossos traumas domésticos — principalmente através do uso da linguagem universal do "papo-furado masculino".

Por exemplo:

— Acho que o Liverpool se estrepou de novo essa temporada.

— É, eles precisam de pelo menos dois novos zagueiros e um meio-campo.

— Falando em meios-campos, faz três noites que eu não durmo e não me lembro mais onde eu moro.

— Essa... essa frase não faz muito sentido.

— Me abraça.

Essas coisas.

Na verdade, Matt e eu somos bem diferentes. Ele é gordinho e fofo, propenso a gargalhadas, e, sem perceber, só usa camisas de times de futebol. É consultor de software de gestão e ganha muito dinheiro, que vai todo para os gastos com as crianças. No começo era comida de bebê orgânica e os carrinhos top de linha que as celebridades desfilavam nas páginas de revistas. Agora são aulas de piano, os melhores conjuntos de LEGO e viagens todo ano para a Disneyland em Paris. Ele é um exemplo de pai de classe média. Superpai. Ele veste o canguru sem pensar duas vezes. Na verdade, eu nem sei em que ele pensa. Matt e Clare nunca leem jornais, nunca assistem a telejornais, raramente saem. Para eles, o mundo real é algo que acontece com as outras pessoas. Eles vivem em uma bolha parental hermeticamente fechada, um prisma no qual todas as outras experiências são sugadas e apagadas. Um buraco negro de domesticidade. Mas eles são muito bons nisso. Matt consegue trocar duas fraldas simultaneamente enquanto participa de uma videoconferência via Skype com um desenvolvedor de software em Bangalore.

Meu único consolo é que a casa deles é tão bagunçada quanto a nossa. Mais, até. Matt me convida para entrar e o hall já parece uma zona desmilitarizada da Brinquedolândia. Há Barbies e Kens seminus pelo chão, as roupas minúsculas espalhadas por todo lado, como a manhã seguinte a uma orgia na Mansão Playboy Fisher-Price. Há um AT-AT de LEGO *Star Wars* caído nos degraus da escada, vomitando pecinhas em um carro esportivo rosa-choque da Barbie. Há centenas de soldadinhos de plástico formando pelotões de perigos iminentes para pés descalços. No meio da sala de estar, um sofá gigantesco da Habitat está tragicamente perdido sob um ataque massivo de Beanie Babies. As estantes de livros se transformaram em uma caótica área de imigração em massa de DVDs da Disney. Há uma cozinha de brinquedo do lado, cercada de panelinhas de metal e vegetais de plástico, como se — no meio dessa batalha maluca — algum chef de cozinha premiado com estrelas Michelin tivesse tido um chilique por causa de um corte de carne de mentirinha.

— Vejo que você arrumou a casa pra me receber — digo.

— Bem, a gente faz o que pode. — Matt dá de ombros.

Sou fascinado por bagunça, acho que ela revela muito. Parafraseando Tolstói (foi mal), todas as casas arrumadas são parecidas, as desarrumadas são desarrumadas cada uma à sua maneira. Nossa casa foi sempre Jody e eu sendo desorganizados e acumuladores, eram nossas coisas espalhadas por todos os cantos, com Sam adicionando um toque de cor. Aqui, tudo é dominado pelas crianças. Uma invasão hostil.

Enquanto penso nisso e procuro um lugar para me sentar que não esteja coberto de brinquedos ou sujo de geleia, a filha de Matt, Tabitha, chega rodeada de pelo menos quatro amigas, todas gritando, rindo e vestidas como personagens de *Frozen*. Seguindo-as de perto está o filho de Matt, Archie, com uma fantasia de stormtrooper, com detalhes incríveis, brandindo uma arma que emite uma gama eletrizante de sons de laser absurdamente altos e assustadores. Ele passa por elas com uma frieza psicopata, levando suas presas a um frenesi de gritos de gelar o sangue. De repente estão todos pulando e gritando em cima do sofá, e então pulam no chão, trotam pela copa e rumam cozinha adentro como dervixes uivantes com roupas 100% poliéster e uma arma plástica.

— Caramba! — exclamo. — Que diabos foi isso?

— Bem — diz Matt. — Esta é minha vida. — E ele abre um sorriso largo. Ele é tão feliz com essas crianças que tenho vontade de abraçá-lo e nunca mais soltar.

Acabamos conseguindo abrir um espaço no sofá, tirar a fantasia do Batman que cobria a televisão e nos sentar. Clare aparece na porta da sala. Está de camisa xadrez e calças jeans, o que é basicamente seu uniforme. Ela cortou o cabelo curto dois anos atrás porque estava farta das gêmeas de um ano e meio se pendurando nele. Ela está trazendo, graças a Deus, duas latas de Stella Artois.

— Oi, Alex — diz, afetuosamente. Eu me levanto e lhe dou um abraço típico da classe média britânica: educado, mas, Deus nos livre, sem encostar direito. — Como você está?

— Estou bem, sabe. Bem.

— Toma uma cerveja — oferece ela. — Você está morando com o Dan?

— Sim, mas só por enquanto, acho. Não tenho certeza.

— Por enquanto?

— Eu não sei, Clare. A Jody disse alguma coisa?

Clare entrega a outra cerveja para Matt e os olhares deles se cruzam por uma fração de segundo — o suficiente para que eu entenda que não vou chegar nem perto de saber a história toda.

— Não muita coisa, Alex. Ela está chateada, mas... precisa de um tempo e de espaço.

— Certo.

— Mas você está bem?

— Estou, quer dizer, não estou maravilhosamente bem, mas vou levando. Vai ficar tudo bem.

Quero perguntar se tenho alguma chance de voltar para casa logo. Quero descobrir se existe alguma meta a cumprir aqui, se há algo que eu definitivamente precise fazer para poder voltar para casa. Mas, por algum motivo, não consigo fazer a pergunta. Há muito em jogo na resposta.

— Tudo bem, então — retruca ela. — Aproveita o jogo, eu coloco as gêmeas para dormir.

E então ela encara Matt, um olhar de encorajamento, um olhar de "CONVERSE COM ELE". Mas estou a salvo porque sei que ele não vai falar. Não com todas as letras.

— Então — começa ele. — Como está o Sam?

Matt foi corajoso ao puxar a conversa desse jeito. Fico sem ação por um segundo.

— Está bem. Nunca tenho certeza do quanto ele entende. É muito difícil saber o que ele pensa sobre as coisas. Sei quando sirvo o jantar errado, ou escolho o casaco errado ou se amarrei os tênis frouxos demais. Mas não sei se ele tem saudade de mim. Não sei se ele entende... — Paro de falar.

O silêncio paira no ar enquanto encaramos a televisão e fingimos ponderar sobre as análises pré-jogo.

— Ninguém segura o Barcelona — diz Matt, por fim.

— Tem toda razão — concordo. — Ninguém segura.

— Quer dizer, o Juventus tem uma boa defesa, mas não sei se tem força para contra-atacar.

Tomo um gole de cerveja. Matt mexe no celular, fazendo uma careta de concentração. Quando tento olhar para a tela, ele sutilmente muda o ângulo e o tira do meu campo de visão. Sem interesse nos segredos dele, volto a prestar atenção na linha de defesa do Juventus.

— Às vezes não há como fugir — digo. — Às vezes é preciso aguentar a pressão e esperar por um milagre.

— Bem, milagres acontecem no futebol — acrescenta Matt.

— É verdade. É, eles acontecem no futebol.

O Barcelona vence por 3 a 0.

Capítulo 8

Na manhã do dia seguinte, no trabalho, Charles convoca uma reunião. Seu rosto está inexpressivo e os olhos, vermelhos e inchados. Ou ele está bêbado ou tem más notícias. Estamos reunidos no meio do escritório, Daryl vira a cadeira e se apoia no encosto, mexendo no celular como um adolescente na hora do recreio.

— Como vocês sabem, este ano tivemos uma certa dificuldade em cumprir nossas metas, mesmo com a recuperação do mercado — balbucia Charles. Ah, então ele está bêbado e tem más notícias. — Esse não é um problema só da nossa filial, as outras também têm passado por problemas. — Ele espera alguns segundos para que a informação seja digerida. — Agora, não é para entrar em pânico nem nada, já estamos acostumados com esse nosso negócio, às vezes ele fica em baixa sem motivo. Estamos na luta, conseguindo boas propriedades e fazendo um bom trabalho para os clientes, mas temos enfrentado competidores bastante agressivos e ousados. -- Outra pausa dramática. Será que ele está com pretensões ao Oscar, ou será que vai vomitar? — E, na verdade, já estamos conversando com um desses competidores. Urban Chic. Eles estão interessados em nos comprar.

Alguém na sala se sobressalta. Daryl tira os olhos do celular.

— A conversa ainda está em fase inicial, então, de novo, nada de pânico. — Charles continua, mexendo o braço num movimento que, acho, tem a intenção de nos acalmar, mas que, na verdade, faz parecer que ele está perdendo o equilíbrio à beira de um precipício. — Mas preciso alertar vocês. É possível que haja algumas mudanças.

Mudanças. O jargão empresarial para demissões. A alternativa humana ao "downsizing". Ou "abate". Ninguém parece surpreso. Estamos com trabalho, mas não o suficiente, considerando como o mercado imobiliário está agressivo. Todos voltam de fininho para suas mesas. Eu entro na minha sala e fecho a porta. Estou prestes a ligar o computador quando chega uma mensagem de texto no celular. É da Jody.

> Você pode vir aqui hoje à noite e ficar com o Sam?
> Clare quer sair comigo. Não consigo achar uma babá.

Hesito por um instante, aquele temor familiar tomando conta. Começo a digitar uma desculpa, mas apago. Começo outra e apago também.
Acabo enviando:

> Claro, tá, tudo bem. Vou direto do trabalho.

Às seis e trinta e sete estou na porta de casa com uma sacola cheia de revistas em quadrinhos, um livro de colorir novo, uma embalagem de LEGO Minifigures e alguns pacotes de figurinhas de times de futebol. Jody falou algo sobre a turma do Sam estar desenvolvendo um projeto sobre Londres, então também comprei um livro cheio de fotos da cidade. Sem chance de ir até lá sem munição. Misturado com a preocupação e com a ansiedade de sempre, dessa vez há algo mais. Percebo que estou com saudade de Sam. Jody abre a porta e está linda, com um vestido azul-claro esvoaçante que não reconheço e um perfume que nunca senti; a maquiagem é discreta e impecável; o cabelo cai como uma cascata sobre os ombros em cachos sedosos. Estou sem fôlego, pregado ao chão. Fico encarando Jody, embasbacado. É estranho como, quando alguém para de ser uma presença rotineira na sua vida, volta a ser humano de novo — misterioso e desconhecido.

— Oi, entra — convida. Seu tom de voz é amigável e descontraído. — Sam, o papai está aqui! Foi mal, tenho que ir, prometi encontrar a Clare às sete e meia. Não vou demorar. Tem vinho na geladeira, se você quiser. Obrigada, Alex. Obrigada!

E ela se foi. Cuidadosamente, espio a sala de estar, me perguntando: "Que versão de Sam me espera?" Ele está de pijama assistindo a um desenho animado na televisão; vários de seus bonecos preferidos estão espalhados à sua volta, todos cuidadosamente posicionados para que possam ver a TV também. Fico tão aliviado que dou um suspiro audível. Quando me sento ao lado dele, eu me pergunto por quanto tempo ele vai poder ficar vendo televisão, quando recebo uma mensagem de texto. Só deixe o Sam ver desenho até o fim deste episódio, diz a mensagem. Pelo menos ainda temos aquele laço parental empático quando se trata das regras na hora de dormir. Espero o desenho terminar antes de tentar puxar conversa.

— Então, como foi seu dia hoje?

— Bom. Papai, você está sentado no Homem-Aranha.

— Ah, foi mal.

Tiro o boneco de plástico de baixo de mim e o coloco na almofada, ao lado do Batman. A maioria desses brinquedos foi comprada em bazares ou brechós há alguns anos — ele tinha começado a mostrar interesse em super-heróis, então entramos na onda, procurando revistas em quadrinhos, bonecos, DVDs. Qualquer coisa para alimentar a imaginação dele. Sam gostava de organizá-los, e levá-los para todo lado, mas não parecia brincar sozinho com eles, não criava as cenas imaginárias fantásticas que os filhos de Matt criam com os brinquedos deles — este era mais um sinal de que havia algo diferente em Sam. Pela meia hora seguinte, tento distraí-lo com as coisas que eu trouxe. Ele desenha alguns borrões com o hidrocor verde no livro de colorir, depois rasga o envelope com as figurinhas e as espalha no chão antes de montar a LEGO Minifigure — alguns momentos de concentração intensa. Mas então fica entediado de novo. Lemos as revistas em quadrinhos juntos, ele gaguejando ao tentar ler as falas de um ou dois balões nas primeiras páginas antes de se irritar comigo por tentar forçá-lo a ler mais. A escola diz que ele está progredindo. Esta é uma palavra que ouvimos muito. Progresso. Um avanço contínuo, ainda que muito lento, é o melhor que podemos esperar, aparentemente. Mas sua leitura é forçada e penosa, enquanto que a filha mais velha de Matt — que é um ano mais nova que Sam — está lendo um Harry Potter atrás do outro. Sabemos que deveríamos perguntar à escola se algum dia ele vai alcançar os outros da sua idade, mas acho que ambos tememos a resposta. E a escola não parece dar muita bola. Por fim, mostro a ele o livro com as fotos de Londres e leio algumas das legendas. Folheamos as imagens do Big Ben, do Gherkin e do Lloyds Building, ele para na Torre de Londres e parece interessado, então leio a história dela, mas Sam não parece estar ouvindo — vira a folha antes que eu termine de ler a legenda.

— O.k., já lemos os quadrinhos, montamos o LEGO, abrimos as figurinhas, visitamos Londres, o que vamos fazer agora? — pergunto a ele.

— Você trouxe mais alguma coisa?

— Não. Hoje não. Vamos brincar com os bonecos?

Eu me sento no chão e chamo Sam para se sentar lá também. Então, num arroubo de improviso, pego o Batman e o Homem-Aranha, e ponho os dois num tanque de guerra, convenientemente posicionado debaixo da mesa de centro. Em seguida, acho uma caixa de papelão vazia e boto o Coringa dentro dela com o gato de pelúcia de Sam, que se chama Kitty.

— Ah, não, o Coringa sequestrou Kitty, o gato — grito, imitando a voz dramática de um narrador de desenho animado das antigas. — Só a improvável parceria do Cavaleiro das Trevas com o Homem-Aranha poderá salvar o dia... e o gato!

Mexo a cabeça do Batman para parecer que ele está falando:

— Vamos, Homem-Aranha! Apesar de sermos os personagens principais de duas empresas de quadrinhos inimigas, precisamos trabalhar juntos para salvar Kitty.

— Você está certo, e essa aliança com certeza será incrivelmente lucrativa!

Olho para cima e vejo que Sam chegou para trás devagar e agora está encolhido no sofá, fascinado.

— Estou assistindo — diz.

— Não sou um desenho animado, Sam! — protesto.

Rindo, ele pega o controle remoto e aperta o botão de desligar. Largo os bonecos, caio no chão e fico imóvel. Ele dá uma sonora gargalhada e aperta o botão de novo. Volto imediatamente à vida. Repetimos isso umas vinte e sete vezes, até que, por algum motivo, perde a graça. E então não sabemos bem o que fazer. Volto para o sofá. O silêncio se instaura novamente. Esses são os momentos que eu mais temo: as transições. Transições não são nada boas. Desligar a TV em geral é uma das grandes, se arrumar para sair de casa, terminar uma refeição, sair do banho — qualquer troca de marcha é um estopim em potencial. Acho que transições podem ser algo assustador para todos nós, né? Arranjar um emprego novo, começar um relacionamento, terminar um relacionamento. Mas, para Sam, parece que qualquer mudança, por menor que seja, desencadeia as mesmas emoções de medo e pavor. Em suma, o silêncio é apavorante.

— Posso te mostrar uma coisa? — pergunta ele, finalmente. — Mas é no Xbox!

Sua animação é tanta e me pega tão de surpresa que, sem nem pensar, faço que sim com a cabeça, e então ele me pega pela mão, me puxa do sofá e me leva escada acima. Subimos aos tropeços, desviando dos brinquedos e das roupas jogadas nos degraus, e Sam está explicando, ofegante:

— Tem uma porta da frente. Não, uma porta da frente não, tem uma porta do lado e uma porta de trás. Elas abrem e fecham. Tem oito janelas, quatro pequenas e quatro grandes.

Ele entra no quarto como um raio, e na mesa estão o Xbox e o controle.

Na tela há um jogo pausado.

— A mamãe sabe que o jogo está ligado? — pergunto.

E, enquanto estou pensando que é uma má ideia deixar o console no quarto dele, a tela da TV se acende.

É *Minecraft*.

Parece que estamos em um platô com vista para um grande vale. Os quadrados que formam a paisagem do jogo lhe emprestam uma aparência irregular e acidentada, e por todo lado há áreas de rochas despontando através da grama pixelada. O personagem de Sam não aparece na tela; em vez disso, a câmera mostra o que ele vê, como se estivéssemos enxergando tudo pelos olhos dele. Quando Sam empurra uma alavanca no controle, a câmera aponta para grandes blocos de nuvens brancas suspensas no céu azul-claro. Depois ele olha para a frente e começa a se deslocar em direção à beira do penhasco.

— É ali embaixo — diz ele.

E, alguns metros à nossa frente, num desfiladeiro que mais parece feito de degraus, está uma grande construção, uma parte de seu exterior construída com o que parece madeira, e a outra parte com pedras cinzentas e manchadas. É quase totalmente retangular, exceto pela torre alta erguida em seu telhado plano, e por alguns blocos que se projetam das laterais aqui e ali. Há uma cerca de madeira ao redor da maior parte da construção, e, dentro dela, uma espécie de jardim com flores vistosas dispostas a esmo. O efeito é estranhamente incongruente — uma propriedade pequena e esquisita destacada no meio de uma erma paisagem digital.

— Isso é uma casa — explica Sam. — Fui eu que construí.

— Você construiu isso? — pergunto. — Sozinho?

Ele se aproxima da porta lateral da casa e entra.

— Dá para construir coisas nessa bancada de trabalho, e aqui tem uma fornalha que derrete coisas. Eu fiz todas as minhas coisas nessa sala.

Encaro a tela em silêncio por um tempo, tentando assimilar tudo. Por fim, digo:

— O.k., isso é muito impressionante, Sam, mas agora é hora de dormir.

— Posso te mostrar mais uma coisa?

— Da próxima vez, Sam, vamos.

— Eu mostro rapidinho. É que tem uma escada que vai até...

Mas eu quero colocá-lo para dormir, descer para a sala e relaxar. Sinto como se já tivesse feito o bastante. Eu o interrompo:

— Não, Sam, agora é hora de ir para a cama, você precisa desligar isso.

— Mas eu não quero ir dormir! — grita.

E de repente estamos naquele impasse habitual. Sam odeia dormir. Odeia a perda de controle que isso representa. Mas ele odeia especialmente ir para a cama num dia de semana, porque isso significa ter de acordar no dia seguinte para ir para a escola. Sempre foi assim — se recusar a ir dormir é o jeito dele de lutar por alguma autonomia, adiando o inevitável — e todas as vezes a tensão vai aumentando. Como de costume, prevejo o que vai acontecer, minha mente salta direto para o caminho sem volta dos gritos e da choradeira. E, como de costume, me apresso para chegar lá primeiro.

— Sam, desliga isso! — grito.

Ele vira de costas para mim, o controle nos punhos cerrados, e encara determinado o monitor. Agora furioso, perco a paciência, aperto o botão de desligar do Xbox, e a tela fica preta. Sam grita e joga o controle no chão.

— Eu não salvei, eu não salvei! — grita ele, e então se joga no chão, as mãos na cabeça, me chutando para que eu mantenha distância, seu corpo se debatendo de raiva e tristeza.

Imediatamente me sinto culpado — ou pelo menos uma pequena parte do meu cérebro se sente, a parte ainda alerta o suficiente para não entrar no piloto automático quando surgem essas centelhas. Mas estou exaltado demais para ouvi-la; não posso me desviar do caminho em que estou, por onde já segui tantas vezes.

— Sam, não me interessa, eu disse para você desligar, agora vá para a cama!

Saio como um trovão para o corredor, pego a escova de dentes dele no banheiro e a jogo em cima dele enquanto berra. Sam parece arrasado, um ser magro e abandonado no chão, os braços cobrindo o rosto de um jeito desengonçado, o pijama de super-herói enrolado no peito. Eu o tiro do chão e o coloco na cama, motivado exclusivamente pela cega determinação de sair dali. A adrenalina da exaustão e do medo.

— Eu não salvei a minha casa — ele ainda está dizendo, em meio a gemidos baixos e às lágrimas que escorrem misturadas com meleca.

— O que está acontecendo? — pergunta Jody.

De repente, ela está atrás de nós no corredor. Eu não a ouvi chegar. A raiva rapidamente dá lugar à vergonha. Sinto como se tivesse sido pego no ato.

— Ele não queria desligar o Xbox, então eu desliguei. Agora ele está chorando.

— Ele desligou, mãe, e eu não tinha salvado. Os porcos vão fugir.

Ela olha para mim com um ar acusatório.

— Ah, quem vai resolver é você — digo.

Então saio rapidamente do quarto e desço a escada cheia de armadilhas perigosas. Ouço Jody falando por alguns minutos no andar de cima enquanto ando pela sala de estar, movido pela adrenalina e pela vergonha. E então ela aparece.

— Por que você não deixou o Sam salvar o jogo? — Jody meio sussurra, meio grita.

— Você não estava lá. Eu pedi várias vezes.

— Você podia ter pegado o controle e ter salvado você mesmo.

— Eu não sei como! E ele devia ter desligado quando eu pedi!

— Ah, dá um tempo pro menino, Alex! Essa é a única coisa que deixa o garoto feliz no momento.

— Ah, tá, e isso é culpa minha?

— Jesus, Alex, não venha pra cima de *mim* agora! Eu tive uma noite ótima, não quero chegar aqui e entrar numa nova competição de gritos.

As palavras dela pairam no ar por alguns instantes, e ambos entendemos o que ela está dizendo. É por isso que estou morando com o Dan. Foi exatamente por isso que tudo desmoronou. Mas detectar uma coisa é tão mais fácil que mudá-la. Por trás do estresse, do cansaço, sei que estou fazendo tudo errado, mas não sei o que fazer para mudar. Não consigo parar. Então continuo.

— Eu achei que se eu o convencesse a desligar o videogame, ele iria para a cama sem reclamar. Mas obviamente perdi a cabeça. Estraguei tudo outra vez. Sinto muito.

— Isso não se trata de você, mas de Sam e do que ele precisa! — diz ela. — Você tem essa noção de como tudo deveria ser nas nossas vidas, mas não pode controlar *tudo*! De alguma forma, você precisa aprender a conviver com isso. Estou cansada, Alex. Por favor, vai lá em cima e dá boa-noite para o menino. Deixa o Sam falar daquele jogo bobo se quiser. E então você vai embora.

Entorpecido por essa explosão súbita e pela ordem bastante clara no fim, não há nada mais que eu possa fazer senão concordar e subir novamente. Encontro Sam já dormindo, imóvel e em posição fetal, o edredom jogado no chão. Quando o cubro, vejo o livro de Londres que comprei para ele descartado sob uma pilha de livros de colorir e caixas vazias de LEGO. Delicadamente ajeito o edredom para que ele fique todo coberto. Sam abre os olhos por um instante e eleva a cabeça do travesseiro, mas deita de novo sem acordar de fato. Eu me lembro de quando ele era mais novo, depois de um dia de brigas e ataques de fúria, nós entrávamos sorrateiramente no quarto dele à noite e nos deleitávamos com a paz que reinava ali. Falávamos sobre como poderíamos lidar melhor com as coisas no dia seguinte, sobre tudo o que faríamos de diferente. Nós nos abraçávamos e concordávamos em não perder a cabeça, porque olhe só para esse menino lindo, tão perfeito e tão doce. E então fazíamos tudo de novo, exatamente do mesmo jeito.

Quando desço, Jody está saindo da cozinha com um copo d'água. Ela está com uma aparência radiante, o cheiro do ar fresco do verão ainda ao seu redor. Me pego ansiando que ela diga "volte para casa". Mas nada poderia estar mais longe da realidade. Talvez eu possa ao menos acalmar um pouco a situação, ou vou ficar acordado a noite toda remoendo cada detalhe.

— Como está a Clare? — começo.

— Está bem. Preocupada com o Matt. Não sei bem por quê. Ele está um pouco distante, parece. Você percebeu alguma coisa?

Balanço a cabeça negativamente. Não sabemos mais o que dizer.

— Sam te mostrou o que ele tem feito no *Minecraft*? — tento prosseguir.

Quando voltamos a falar de Sam, Jody parece se animar.

— Se ele mostrou? "Mamãe, construí uma casa. Mamãe, construí uma cerca. Mamãe, tem um lobo comendo minhas vacas"...

— Mas estou um pouco preocupado com o Xbox ficando no quarto dele.

Jody suspira e imediatamente percebo que este é um ponto controverso e que essa não é a hora de abordá-lo. Nesse momento, nosso relacionamento é como pisar em ovos — e eu estou usando Doc Martens com biqueiras de metal.

— Bom, talvez um dia você possa vir me ajudar a arrumar a sala de jantar e nós possamos trazer o Xbox aqui para baixo. Pelo menos assim eu não vou ter que subir todas as vezes que ele construir uma extensão da casa.

— Mas ele parece estar bem, não parece? — pergunto.

— Vamos ver como ele vai estar amanhã de manhã quando tiver de ir para a escola — diz Jody.

Então ela se dá conta de que eu não estarei aqui. E o clima entre nós fica estranho de novo.

— É melhor eu ir embora — anuncio, e Jody não faz qualquer esforço para me deter.

Quando me viro para sair, acidentalmente chuto o boneco do Batman para baixo do sofá. É o fim da breve parceria com o Homem-Aranha.

Capítulo 9

A chuva está vindo. Estou andando pela tranquila Baldwin Street, às oito da manhã, as lojas fechadas, as gigantescas barras de ferro presas com cadeados. Há grandes sacos de lixo enfileirados pela rua exalando um cheiro pútrido, e as calçadas são uma miscelânea escorregadia de restos de kebabs. O céu parece um cobertor cinza e sujo suspenso sobre os topos dos edifícios comerciais da cidade. Já sinto pequenas gotas no ar. Logo estará chovendo torrencialmente.

Chego ao escritório segundos antes de a tempestade desabar, o aguaceiro açoitando as janelas atrás de mim. Já faz uma semana que Charles mencionou os planos de venda da empresa, e os funcionários da Stonewicks voltaram a um tipo de normalidade sob leve tensão. No entanto, quando fecho a porta e me viro para dizer bom-dia para todos, sou recebido por uma parede de rostos lívidos, tão sombrios e opressivos quanto o céu lá fora. Oh-oh.

Daryl não consegue nem olhar para mim; Paul e Katie estão agitados, nervosos. Viro o rosto em direção a Charles, que me encara, os olhos fundos e embaçados em seu rosto corpulento, como seixos afundando na areia molhada. Não é preciso ser um gênio para entender o que está acontecendo. O mar não está para peixe; o peso morto tem de ser descartado. E acontece que eu sou o peso mais morto daqui.

— Posso dar uma palavrinha com você, Alex? — pergunta Charles. Ele falha totalmente em sua tentativa de reproduzir a habitual afabilidade graças à voz sufocada e a um consequente rubor nuclear que faz o ambiente inteiro ficar vermelho.

— Claro — respondo.

Entramos calmamente na minha sala e Charles fecha a porta. Sento na minha velha cadeira giratória, ele do outro lado da mesa, onde meus clientes normalmente ficam empoleirados agarrando-se a seus extratos bancários. A chuva desce em rios pela minha pequena janela; posso ouvir a água formando cascatas e batendo nas calhas de metal lá fora.

Charles pigarreia e então começa sua fala.

— Então, como você sabe, a Urban Chic está querendo nos comprar. A oferta deles é boa, vai salvar nossas vidas. Mas receio que eles não precisem de um consultor de crédito imobiliário. Eles usam um corretor independente, sabe? É assim que a maioria das agências trabalha. Então, receio que teremos que dispensar você.

Apesar de já esperar por isso, ainda assim sou acometido por uma súbita e nauseante onda de pavor. Sam. A terapia de Sam com a fonoaudióloga. As prestações da casa. Jody. Minhas responsabilidades lampejam diante de mim como símbolos de uma máquina caça-níqueis. Abro a boca para dizer algo, mas não consigo. Charles continua:

— Isso não tem nada a ver com você ou com seu trabalho. Você tem sido de grande valor para essa empresa desde o seu primeiro dia aqui. Mas o mercado é assim. Sinto muito, de verdade.

E ele sente mesmo, coitado. Os ombros de Charles estão encurvados, as mãos se movem nervosamente da minha mesa para seu colo e de volta para a mesa. Fico com a impressão de que seus olhos estão um pouco marejados.

— Posso garantir que você receberá um bom pacote de benefícios com a sua demissão. Três meses de salário integral e depois três meses de metade do valor. Você tem direito ao seu fundo de pensão. Não há aviso prévio. As coisas estão progredindo bem rápido.

— Com certeza, estão — digo.

— Sinto muito. Todos sentimos.

— Então estou liberado?

— Há uma papelada a ser preenchida, claro, e vamos precisar avisar aos seus clientes, mas Jeanette vai ajudar você com isso. Temos que amarrar as pontas soltas.

Então é isso que sou agora. Uma ponta solta.

As duas horas seguintes são uma sequência solene de telefonemas e assinaturas em formulários. Eu processo tudo em um estado de animação suspensa. Todos entram para dizer que sentem muito, e então deixam a sala e voltam constrangidos para suas mesas — mesas atrás das quais ainda trabalham. Jeanette continua me servindo um chá atrás do outro, como a Srta. Doyle em *Father Ted*, expressando sua tristeza e seu constrangimento da única forma que nós britânicos sabemos fazer em situações como essa: com bebidas quentes. As canecas se amontoam na minha mesa, sem lavar. Tiro a foto do Le Corbusier da parede e lentamente esvazio oito anos de acúmulo de bugigangas sem utilidade na minha gaveta em um saco. Tenho dois porta-retratos em cima da mesa: um com a foto de Jody e Sam no Dyrham Park, em Bath, fazendo um piquenique na grama; o outro com uma foto minha aos dez anos, em pé ao lado de George em frente a um café em Londres. Guardo ambos no saco, dou log out no computador e o desligo. A tela pisca e se apaga.

Saio da minha sala e murmuro alguns "adeus". Daryl se levanta, aparentemente para me abraçar, mas, em vez disso, estende a mão, como se estivesse fechando uma venda ligeiramente insatisfatória. Quando chego à porta, Charles me dá um tapinha nas costas:

— É claro que vamos dar cartas de referência para você. Aviso se eu souber de qualquer oportunidade. Você vai estar em um novo emprego num piscar de olhos. Volte quando quiser se precisar de qualquer coisa, Alex. Quando quiser.

— Pode deixar. Obrigado, Charles.

Então vou embora. A porta se fecha e quando olho para trás mal consigo ver meus ex-colegas de trabalho escondidos pelos anúncios de casas à venda. A chuva está mais fraca, mas ainda há água correndo pelos cantos das ruas até os bueiros. Na calçada oposta, um casal anda de mãos dadas em direção a um restaurante; um garotinho e sua mãe pulam nas poças; dois homens de terno riem alto enquanto passam, ambos segurando sacos de papel de uma delicatéssen chique no fim da rua. Tudo está normal.

Mas nada está.

Fui banido pela segunda vez em um mês. Eu me sinto sem peso. Sinto como se estivesse sendo levado pela correnteza em direção a um redemoinho. Nunca quis esse emprego, eu o aceitei porque precisávamos de estabilidade, precisávamos de dinheiro e tínhamos um bebê a caminho. E então fiquei nele porque não tinha ideia do que realmente queria fazer. Ainda não tenho. O emprego fornecia algo fixo e seguro, algo certo. Mas não há certezas nessa vida. Eu, mais do que ninguém, deveria saber disso — pelo amor de Deus, eu fiz faculdade de filosofia. O que me ajudou *muito*. Ninguém fica do lado de fora da sua ex-empresa, desempregado e aterrorizado, e pergunta: o que Karl Popper faria? Penso em ligar para o Dan e encher a cara, mas então lembro que ele está em Bath trabalhando em algum projeto de design. E só há uma pessoa com quem eu tenho vontade de falar em uma situação dessas. Pego meu celular e digito o número na tela.

Eu me apaixonei pela Jody uns trinta e cinco segundos depois de conhecê-la. Saí da faculdade com o mesmo plano de carreira da maioria dos graduados da área de humanas — ou seja, nenhum, a não ser por um possível estágio no jornal *New Statesman*. Sendo assim, fui atrás da mesma solução financeira imediata que todo jovem entediado, solitário e falido procura em Somerset: colheita de maçãs. Uma fazenda perto da casa da minha família, na qual eu já vinha fazendo um trabalho aqui e outro ali (mal e porcamente) desde que era adolescente, ficou feliz em me acolher por alguns meses. Quando apareci por lá naquela manhã de setembro, há dez anos, Jody estava no jardim em meio a um pequeno grupo de trabalhadores pouco entusiasmados, segurando uma cesta. Fomos designados para a mesma fileira de árvores. Era um dia lindo e o pomar reluzia no calor do fim do verão.

— Vamos trabalhar juntos na mesma árvore ou vamos nos revezar? — perguntei.

Ela me olhou com uma expressão intrigada.

— Não sabia que teríamos que criar uma estratégia. Você é obviamente o especialista aqui. Como devemos proceder?

Jody era linda, confiante e intimidadora; os cabelos na altura dos ombros cascateavam em grandes cachos rebeldes. Ela estava com uma camisa do Nirvana e shorts jeans tão curtos que dava para ver o bumbum. Tentei não olhar enquanto colhíamos as frutas das árvores.

— Para de ficar olhando para a minha bunda — exigia ela continuamente do alto da escada.

Naquele outono, Jody e eu passamos seis semanas juntos, colhendo maçãs durante o dia e bebendo cidra no pub local todas as noites, uma existência perfeitamente circular. Nossas conversas não tinham fim. Descobri que ela havia estudado em uma escola para meninas a cerca de oito quilômetros de onde eu morava, que ela estudou desenho industrial na faculdade, que estava matando o tempo antes de começar o mestrado em gestão de artes. Tinha acabado de voltar de uma escavação num sítio arqueológico no Cazaquistão; eu tinha passado duas semanas em um trailer estacionado em Brean com Dan e mais dois amigos de quem não me lembro. "Somos tão parecidos", brincávamos. Ela me contou tudo sobre como os smartphones são projetados. Contei a ela sobre meu diploma inútil, e sobre minha família, e a coisa horrível que havia acontecido com a gente uma década atrás. Algumas noites pegávamos um trem para o centro da cidade e assistíamos a filmes independentes bizarros no cinema Watershed, ou enchíamos a cara e andávamos cambaleando pelo Arnolfini, discutindo em voz alta sobre uma série de exposições de arte incompreensíveis. Nos fins de semana comprávamos ingressos e andávamos de táxi aquático pelo rio, desde a estação Temple Meads até o navio SS *Great Britain*, relaxando nos assentos de plástico enquanto o barco deslizava com seu barulho asmático pela rede de rios de águas escuras de Bristol. Quando passávamos pelas enormes gruas sem uso ao longo das docas, eu falava que os AT-ATs de *O império contra-ataca* foram inspirados em estruturas similares no porto de São Francisco. Na verdade, acho que dizia isso para ela todas as vezes que os víamos. E Jody sempre fazia que sim com a cabeça, com a maior boa vontade.

Uma noite, depois de duas semanas dessa rotina, voltamos para a casa dos pais dela, nossos rostos suados iluminados pela lua.

— Boa noite — eu disse, sem jeito.

— Você não vai me beijar? — perguntou ela.

E eu reuni coragem para me inclinar da minha bicicleta para a dela, sem dizer nada, segurar seu rosto e dar um beijo demorado em sua boca. Não sou um homem dado a hipérboles românticas, mas, quando finalmente nos separamos, eu não teria ficado surpreso se visse o céu noturno repleto de fogos de artifício.

Então Jody atende ao telefone e sou trazido de volta à Bristol do presente. A cidade onde tudo está dando errado.

— Oi, Alex. Tudo bem?

— Não, na verdade, não, Jody. Eu fui demitido.

— O quê? Ah, merda! Eles não deram aviso prévio?

— Isso vem rolando há semanas; a empresa foi vendida. Eles não precisam de um consultor de crédito imobiliário... Sinto muito.

— Pelo quê?

— A casa, Sam... eu sou responsável por vocês.

A linha fica muda por alguns instantes. E me pergunto se a proporção disso tudo está sendo absorvida do outro lado.

— Olha, não pensa nisso agora — diz Jody. — O Dan está por perto? Você pode ir se encontrar com ele?

— Dan está trabalhando. Você está...

— Alex, me desculpa, tenho um compromisso inadiável.

— Claro, eu entendo.

— Te vejo algum dia nessa semana, aí a gente conversa, tudo bem?

— Tudo bem.

— Alex, se cuida. É só um emprego. É o que você sempre disse. Vai conseguir outro.

Fico à deriva.

— Está bem. Tchau.

Mais tarde, Dan chega ao apartamento dele e me encontra jogado no sofá, na frente da TV, jogando *Grand Theft Auto V*, atirando enlouquecidamente em pedestres de um carro grande e potente, mas bastante avariado, enquanto dirijo que nem um louco por ruas cheias de gente.

— Que diabos, entrei no apartamento errado? — pergunta ele.
— Peraí, aconteceu alguma coisa. Por que você está jogando videogame?
— Fui demitido. — Suspiro. — Como faço para desbloquear o lançador de foguetes?
— Põe esse controle na mesa. A gente vai sair e encher a cara.
Pela primeira vez, não discuto com ele.

Toda sensação de segurança na vida é uma ilusão. Esse é o pensamento feliz que passa pela minha cabeça às duas da manhã, quando desabo no colchão inflável no quarto sem nem me dar ao trabalho de enchê-lo. Dan e eu fomos de bar em bar na Gloucester Road e na Cheltenham Road, antes de chegar a uma lanchonete de comida caribenha para viagem — um fim de noite clássico dos bêbados em Bristol. Não falamos dos acontecimentos do último mês, não conversamos sobre minhas opiniões ou minhas emoções. Tomamos nossas bebidas e falamos de música, filmes e todos esses assuntos inofensivos e neutros aos quais recorremos quando a vida fica difícil demais para ser encarada de peito aberto. Mas agora estou bêbado e sozinho, e, no silêncio ensurdecedor do apartamento, tudo volta à tona. O que eu vou fazer? Como vou cuidar da Jody e do Sam? Como vou descobrir um jeito de ajudar o meu garotinho, ele mesmo tão perdido no próprio mundo? E, então, de alguma forma, começo a pensar: bem, talvez o autismo não seja uma fraqueza, ou uma doença — talvez seja um estágio evolutivo; um distanciamento autoprotetor do universo e das incertezas cruéis que ele representa. Então, penso, talvez eu não devesse ter tomado aquele último Jägerbomb.

A semana seguinte é um borrão de eu deitado dormindo, perambulando pelo apartamento do Dan, e depois dormindo mais um pouco.

Me engajo sem muito ânimo em uma maratona de séries de TV, como muitos potes de Cup Noodles e bebo vários litros de chá. Entro na internet e, sem muito entusiasmo, navego em alguns sites de emprego sem ter ideia do que estou buscando. Deito no sofá e fico olhando para o teto. Ajudo Dan a reorganizar a coleção de discos de vinil, limpo a cozinha, lavo todas as nossas roupas. Num processo assincrônico peculiar, quanto mais me desorganizo internamente, mais o apartamento fica arrumado.

Uma noite, Jody manda uma mensagem de texto me perguntando se posso cuidar do Sam, mas, cheio de remorso, invento uma desculpa. Não posso encará-lo do jeito que estou — não posso atender às necessidades dele, não tenho força nem paciência. Para minha sorte, os dois vão passar as duas últimas semanas das férias de verão do Sam na casa dos pais da Jody em Gloucester, me salvando de uma série de manhãs de sábado no parque. Matt me convida algumas vezes para ver futebol na casa dele, mas eu declino também. Fico pensando que aquela casa caótica, com seu exército de crianças bagunceiras, me faria entrar em pânico agora. Só saio do apartamento uma vez em sete dias para repor o estoque de biscoito e leite. A mulher atrás do balcão da loja da esquina me olha com aquele misto de compaixão e medo; quando volto para casa me dou conta de que estou com a calça xadrez do pijama, uma camisa amarrotada da Marks and Spencer, e um pé de cada tênis. Acrescente-se a isso o fato de eu não fazer a barba há cinco dias e finalmente tenho a aparência do que sou — a carcaça patética e sôfrega de um homem.

Dan, por sua vez, tem sido fantástico. Toda noite ele volta para casa e meio que finge que está tudo bem — não de um jeito estranho e tipicamente masculino de "Eu não sei lidar com uma crise emocional", mas de um jeito que diz "Você precisa de tempo, cara, então fique à vontade para desmoronar no meu apartamento". Ele não se intromete, não pergunta como estou me sentindo ou por que pareço Jack Nicholson no fim de *O iluminado*. Apenas vai levando — embora eu tenha notado que ele não tem trazido nenhuma mulher para casa há vários dias. Ai, meu Deus, eu sou a louca do sótão. Ou, para ser mais preciso, sou o homem triste do quarto que é usado como escritério, usando tênis descasados e uma camisa suja de Super Noodles sabor carne e tomate.

Uma noite ele sugere que tentemos ligar para Emma pelo Skype, só para rirmos um pouco, então faço a barba rápida e dolorosamente, e ambos nos sentamos em frente ao Mac dele e ligamos para ela — mas ninguém atende. Dan parece mais decepcionado que eu. Lembro vagamente de eles terem namorado por um curto período de tempo quando éramos vizinhos, mas, bem, o que quer que tenha acontecido entre os dois, terminou bruscamente quando ela embarcou num voo para a Nova Zelândia e nunca mais voltou. Nesse exato momento, esta parece uma ideia interessante. Não é a primeira vez que sinto inveja da liberdade dela.

Mais tarde, naquela mesma noite, entro em um site de viagens e, sem nada específico em mente, procuro voos para lugares distantes. "Foi mal, Jody. Não posso tomar conta do Sam hoje à noite, estou em Kuala Lumpur."

E então, numa terça-feira à noite, quando estou deitado no sofá assistindo ao sétimo episódio de *Arrested Development*, Jody me liga.

— Oi, Alex, tudo bem?

— Ah, tudo indo. Bem, eu meio que fiquei um pouco fora do ar. Temporariamente.

— Já sabe o que vai fazer?

— Não. Não, ainda não. A ficha está caindo aos poucos. Ainda estou digerindo tudo. E você? Como estão as coisas lá nos seus pais? Como está o Sam?

— Bem, tudo bem. — Ela faz uma pausa. — Surgiu uma coisa, na verdade. Uma das mães da escola do Sam trabalha em uma galeria de arte no centro da cidade, e eles estão precisando de um curador assistente. Minha mãe me levou até lá para conversar com eles, e me ofereceram o emprego. Querem que eu comece assim que as férias escolares terminarem. São só duas vezes por semana, mas, Alex, eu quero muito fazer isso. Eu sei, sinto muito, o momento é péssimo, é...

— Você tem que aceitar — digo de pronto. — É o que você sempre quis fazer.

— Mas o Sam...

— Vamos dar um jeito.

— Alex, isso significa que você vai precisar buscar o Sam na escola.

Com isso, o tempo de repente se distorce e entra em câmera lenta. Sinto uma enorme pressão no peito, as bordas da minha visão escurecem como uma antiga tela de TV, e gotas de suor se formam na minha testa. Estou congelado no tempo e no espaço, uma espécie de limbo excruciante.

E então volto vinte anos no tempo.

Meu irmão mais velho, George, e eu, saindo correndo da aula e indo para o portão, fazendo bagunça, empurrando e perseguindo um ao outro. É segunda-feira à tarde, as aulas acabaram, e tudo que queremos é entrar em casa e desabar no sofá na frente da TV. Estou tentando fazer com que ele tropece, esticando minha perna para dar uma rasteira nele enquanto corremos.

— Para — grita ele. — Para com isso, Alex.

Mas estou me divertindo demais provocando meu irmão, porque normalmente é o contrário. Mais à frente, há crianças agrupadas perto do portão, e alguns pais esperando pelas crianças menores. É fim de fevereiro e já está escurecendo. Uma brisa gelada sopra. George está acelerando, e eu acelero também, rindo e batendo nele com a minha mochila.

— Alex, me deixa em paz! — grita ele.

E, então, George aumenta a velocidade; chega ao portão e passa correndo por ele, ziguezagueando pela multidão de pais, pela calçada, pela rua em direção ao beco do outro lado, que leva até nossa casa. Mas ele não chega lá.

Não consigo ver direito através do alvoroço de mães e pais esperando os filhos, mas escuto o som de pneus freando. Por um segundo, vejo um corpo voando. Eu sei que é o George, e quase rio porque a visão dele sendo arremessado no ar é tão ridícula. Continuo correndo, esperando que ele se levante, que chore ou que grite comigo, mas, quando alcanço a multidão, ouço um grito e depois outro. Uma das mães me reconhece.

— Fique aqui, Alex, fique aqui, querido.

As mãos dela, quando seguram meu rosto, têm cheiro de detergente. Ouço um barulho de porta de carro.

— Ah, merda, ah, não.

— Você estava dirigindo rápido demais!

— Chama uma ambulância, Lindsay!

— Cadê o Alex? Cadê o irmão dele?

— Mãe — eu digo, primeiro baixinho e depois mais alto. — Minha mãe. Minha mamãe.

Há barulho e gritos, os adultos parecem empurrar e brigar uns com os outros enquanto se aglomeram na rua. Sinto uma fraqueza nas pernas, e a mulher me pega no colo. Ao longe escuto o barulho de uma sirene, que se mistura ao choro de pessoas desconhecidas. Fecho os olhos o mais forte que consigo e tento tapar as orelhas. O mundo se fecha à minha volta.

— Não deixe que ele veja. Não deixe que ele veja.

George foi levado às pressas para o hospital, mas declarado morto logo depois de chegar. Traumatismos cranianos de consequências catastróficas. Quando retornei à escola uma semana depois, dei uma volta enorme e entrei pelo portão do ginásio, nos fundos do prédio. Nunca mais usei o portão da frente.

— Eu sei que é difícil — diz Jody. Não sei quanto tempo se passou depois que falamos alguma coisa. — Posso pedir a outra pessoa, talvez. Minha mãe? Alex, você está bem? Você ainda está aí?

— Não. Não, está tudo bem. Eu consigo. É outra escola. Está tudo bem. Está tudo bem.

Mas Jody sabe que eu sempre atravesso a rua, e até saio do meu caminho andando vários minutos para evitar passar por portões de escola. De qualquer escola.

— Está tudo bem — repito.

Depois nos despedimos, coloco o celular na mesa e fico sentado com as mãos na cabeça, respirando deliberadamente devagar. E é óbvio que estou longe de estar bem. É óbvio que não tenho estado bem há muito tempo.

Capítulo 10

É a "grande noite de quiz" no Old Ship Inn, o que significa que haverá dez clientes em vez de quatro lá. Dan e eu fomos cooptados a participar, mas, como a maioria das perguntas é sobre música e programas de televisão dos anos setenta, acho que não temos muita chance. No meio de toda aquela agitação incomum e do barulho de gente conversando, o velho Sid permanece sentado sozinho, balbuciando diante do tabuleiro de xadrez, um copo de cerveja preta quase intacta ao seu lado. Quando alguém passa, ele levanta o cotovelo para se proteger, formando um perímetro defensivo ao redor da mesa.

— Então — diz Dan. — As coisas melhoraram um pouco essa semana?

— Bem... — começo. — Consegui pegar o Sam na escola duas vezes.

— E como foi?

— Ah, tranquilo. Muito tranquilo.

Eis o que realmente aconteceu. Na quinta-feira, eu me acovardei e esperei um pouco antes na rua, longe do portão da escola, então tive que gritar para o Sam quando ele emergiu da multidão, carregando a mochila surrada e duas pinturas.

— Cadê a mamãe? — perguntou ele.

— Ela está trabalhando. Ela contou para você sobre o trabalho, não contou?

— Quando ela vai voltar?

— Ela vai estar de volta às cinco e meia, ou seja, daqui a duas horas. Vou levar você para casa.
— Mas a mamãe está em casa?
— Não, ela está no trabalho.
— Por que ela está no trabalho?
— Vamos para casa, o.k.?
— Mas a mamãe está lá?

E essa foi basicamente a nossa ida a pé até em casa. Tentei perguntar sobre o dia dele, mas obtive o rol tradicional de reações: ele me ignorou, disse "bom", ou perguntou algo que queria saber. Tentei contar a ele sobre o meu dia ("O papai assistiu a quinze episódios dos *Simpsons*"), mas as engrenagens da cabeça de Sam se voltaram para sua preocupação primordial.

— Mas cadê a mamãe?

Ao entrar em casa, ele subiu correndo para jogar videogame. Jody disse que ele podia jogar uma hora, então sentei e zapeei ociosamente pelos canais da TV. Uma hora depois, subi até o quarto para avisar que o tempo havia acabado, e Sam jogou o controle no chão.

— Cadê a mamãe?!

No dia seguinte, fui me esgueirando até o portão, agarrando a grade como se estivesse percorrendo um desfiladeiro mortal. Algumas mães pareciam me olhar desconfiadas; tive a impressão de que uma delas era amiga de Jody, mas não tinha certeza. Sorri para ela mesmo assim, e ela se virou rapidamente e se engajou numa conversa com alguém. O sinal bateu dentro da escola e aos poucos as crianças saíram, algumas rindo e brincando, outras andando rápido até os pais, a cabeça baixa, determinadas.

Num primeiro momento, vi Sam com um professor, um jovem de terno barato que gentilmente direcionava meu filho para o portão. Sam partiu em retirada, e eu estava prestes a acenar, mas então um garoto surgiu do nada e deu um tapa na cabeça dele, por trás. Sam se encolheu. Enfurecido, fui até o portão, mas então parei, dividido entre a fúria protetora e o fantasma de George correndo, atravessando a multidão, e avançando pela rua. Sam me viu e foi andando devagar até onde eu estava. Tentei me recompor.

— Quem era aquele garoto? Por que ele bateu em você? O que está acontecendo?

Ele me olhou, perplexo, incapaz de compreender minha enxurrada de perguntas.

— Não sei. Cadê a mamãe?

— Você quer que eu fale com o professor?

— Não, papai, não.

— Por que ele bateu em você?

— Eu quero ir pra casa! Cadê a mamãe? Eu quero jogar *Minecraft*.

E então começou a chorar, a chorar com vontade, de soluçar, os ombros sacudindo e tudo mais. Tentei abraçá-lo, mas ele se esquivou. Como sempre, eu não fazia ideia de como acalmá-lo. Deixei que fosse na frente, e, assim que entrou em casa, foi direto para o quarto de novo, antes que eu tivesse a chance de dizer qualquer coisa. Perambulei pela sala de estar, sem conseguir me sentar, movido pela raiva e pelo medo. Pensei em ligar para a escola e relatar o incidente, mas decidi que era melhor falar com a Jody, que com certeza saberia lidar melhor que eu com a situação. Do andar de cima emanavam os sons cada vez mais familiares do *Minecraft*. A música suave do piano, os efeitos eletrônicos quase hipnóticos.

— Aconteceu tudo do jeito que eu esperava — respondo ao Dan.

— Foi tão ruim assim? — retruca.

Nosso desempenho no quiz foi surpreendentemente bom. Por incrível que pareça, Dan se revelou um especialista em rock progressivo, e eu tenho passado tanto tempo assistindo a programas antigos de TV que consegui responder corretamente a duas perguntas sobre *The Sweeney* e identificar o ator Fulton Mackay na rodada de fotos. Terminamos em segundo lugar e ganhamos como prêmio uma garrafa de xerez.

— Mas, no fim das contas, o que raios é xerez? — pergunta Dan.

Depois de quatro copos de cerveja, começamos a conversar de verdade. Para minha surpresa, é Dan quem dá o pontapé inicial.

— Então, cara, quais são seus planos?

— Meus o quê?

— Seus *planos*, sua meta. O que você vai fazer agora?

— Não sei. Estou dando uma olhada nas ofertas de emprego, mas nada me agradou até agora. Ajudaria se eu soubesse o que quero fazer, ou no que sou bom. Você precisa que eu saia do apartamento? Eu entendo totalmente.

— Não! — diz Dan. — Mas você precisa começar a pensar no futuro, cara. Você já passou muito tempo preso ao passado.

— Eu não sei o que é o futuro. O que eu tenho é um passado devastador e esse presente que não acaba, e não tem muito espaço para mais nada. As coisas simplesmente *acontecem comigo*. Você entende o que eu quero dizer?

— Então faz alguma coisa! Vira o jogo. Assume as rédeas.

Mas estou começando a ficar irritado. Não quero outro sermão sobre o que fiz de errado, especialmente não de Dan.

— Quer dizer, assumir as rédeas como você fez?

Não sei de onde as palavras estão vindo, mas saem de qualquer jeito.

— O que você quer dizer com isso?

— O que eu quero dizer é que você fica à deriva entre um frila e outro, não tem nenhum plano, nenhuma ambição, e não acho que tenha tido um relacionamento que tenha durado mais que um mês. Como você consegue viver assim? Você é tão errado quanto eu.

— Não — diz Dan. A voz dele é baixa e controlada. — Eu sou diferente porque não estou fazendo mais ninguém infeliz.

Há um momento de silêncio entre nós, pontuado pelo som do jukebox começando a tocar Everly Brothers. Não sei se fico furioso com Dan ou impressionado que ele tenha sido tão direto e incisivo. Então decido tomar a atitude madura e inteligente de fugir.

— Bem, obrigado pela conversa animada. Vou pegar minha depressão e levá-la para outro lugar.

Eu me levanto, mas Dan segura meu braço e me coloca de volta na cadeira.

— Alex, escuta aqui, cara. Eu te amo. Como irmão, quer dizer. E isso não é a cerveja falando. Existe um Alex engraçado, brilhante e inteligente dentro dessa sua cabeça irritante e você precisa trazê-lo de volta.

Fico atordoado por um instante, em parte porque Dan nunca encostou um dedo em mim, então isso é novidade, e em parte porque nunca operamos nesse nível de honestidade. Este é um território inexplorado.

— Eu não sei como — digo, por fim. — Quer dizer, talvez se eu arrumar um trabalho e começar algo novo...

— Não, escuta, você *tem* um trabalho agora — diz Dan. — Um trabalho extremamente importante. Alex, seu trabalho é conhecer melhor o seu filho. Esquece todo o resto, esquece o trabalho, esquece o George por um tempo. Isso é o que você precisa fazer. Quer dizer, isso é tão óbvio, porra. Você precisa encontrar o Sam.

Tomo um gole de cerveja e olho para o velho Sid, sozinho em um canto, provavelmente escondendo ele mesmo algum tipo de passado triste — um passado tão distante, agora, que não dá mais para resgatar e mudar.

— Você pode me dizer onde começar a procurar? — pergunto. — Porque estou completamente sem ideias.

— Ih, cara — diz. — Tô fora. Essa foi a conversa mais profunda que tive em uns dez anos. Não tenho mais nada a acrescentar. Precisamos ir pra casa, beber um pouco de xerez, o que quer que raios seja essa coisa, e conversar sobre o novo álbum do Chvrches.

Capítulo 11

Na semana seguinte estou na livraria Blackwell, na Park Street, na parte de livros de saúde, quando vejo alguns livros sobre autismo. Resolvi ler um. Ler de verdade. Temos alguns em casa — a maioria comprada pela internet em momentos de desespero depois de um dia cheio de ataques de fúria. Alguns dão conselhos demais e são didáticos ao extremo, tratando o autismo como se fosse uma árdua tarefa doméstica do tipo faça-você-mesmo; outros são mais como manuais de estilo de vida alternativa, então no fim você acaba achando que o problema é *você*, por ver o autismo como algo negativo. De qualquer jeito, eu nunca consegui ler mais que alguns capítulos antes de me distrair ou de desistir. Para mim, os livros de autismo se fundiram no mesmo miasma de conselhos que se tornou parte da nossa vida diária desde que Sam era bem pequeno. Talvez seja assim com todo mundo que tem filho, sei lá, mas se existem três palavras que os pais de crianças autistas têm horror de ouvir são: "Vocês já tentaram...?" Sabe, uma coisa é ouvir isso de amigos (o lance da Peppa Pig me vem à cabeça de novo), mas é mais divertido ainda ouvir isso de desconhecidos. Por exemplo:

— Vocês já tentaram pegar um caminho alternativo?

Em seguida ao chilique do Sam na calçada em frente à loja de brinquedos, só porque não o deixamos entrar.

— Vocês já tentaram deixar o menino brincar com a comida?

Dentro de um restaurante, quando Sam começou a forçar o vômito porque nós acidentalmente tentamos envenená-lo com um grão de milho.

— Vocês já tentaram ouvir o que ele tem a dizer? As crianças nos dizem mais do que imaginamos.

Quando ele passou o dia inteiro aos prantos na praia, e nós não conseguíamos entender qual era o problema ou o que tínhamos feito de errado.

O último deles, durante uma viagem malsucedida a Salcombe, é o meu preferido. Jody me impediu de pegar Sam no colo e o entregou para a mulher muito preocupada na espreguiçadeira ao nosso lado, dizendo: "Aqui, toma, pode ficar com ele." (Ainda não temos ideia de qual foi o problema, mas apostamos nossas fichas em "areia na cueca").

Com tudo isso em mente, separei alguns livros que pareciam estar em algum lugar entre as escolas de pensamento "Você pode consertar seu filho" e "Ei, cara, é a *sociedade* que precisa ser consertada". E então fui até o caixa. No meio do caminho, vi uma pilha de livros de *Minecraft* dispostos em volta de um boneco de papelão segurando uma picareta. Por impulso, pego um que alega ser um guia completo do jogo.

— Então seus filhos também são loucos por *Minecraft*? — pergunta o vendedor quando chego ao caixa. Ele me olha atentamente enquanto enfia os livros numa sacola.

— Meu filho começou a jogar há pouco tempo. Mas é, ele parece gostar.

— Ah, os meus não falam de outra coisa. É *Minecraft* isso, *Minecraft* aquilo. Minha filha passou o último fim de semana inteiro construindo o Taj Mahal.

— Certo...

— E meu filho começou a construir o estádio do Manchester United. Passei duas horas ontem à noite procurando fotos da arquibancada dele no Google e imprimindo todas elas. Por que raios ele não escolheu o estádio do Bristol City? Dá pra ver esse da janela da nossa casa.

— O.k., bem, se é o que eles gostam de fazer.

— É melhor do que algumas das outras coisas que eles poderiam estar fazendo em outros jogos, atirando na cara das pessoas, cortando cabeças com espadas, espancando prostitutas e coisas do gênero.

— Tenho certeza que é. Obrigado.

Inabalado por essa interação ligeiramente inquietante, passo em uma loja de videogames a caminho da casa do Dan para comprar uma cópia de *Minecraft*. É a primeira vez que entro numa loja dessas desde que comprei o *FIFA Football* para o Mega Drive, há uns cento e cinquenta anos. A sensação é estranhamente libertadora. Não que eu seja tecnofóbico. Tenho um smartphone, sei como usar um computador, mas essa coisa de ficar jogando algo numa tela, só por jogar, me parece um tanto estranha. Há sempre filmes para assistir e livros que eu deveria ler — ainda estou no meio da bibliografia obrigatória que recebi no início da faculdade. Hoje, sempre que quero tentar algo novo, inconscientemente faço referências a Dickens ou a Derrida. Aqui não há nada pretensioso assim. As prateleiras estão cheias de caixas brilhantes com capas que exibem fuzileiros navais espaciais musculosos e soldados enfurecidos; uma imensa tela de LCD presa na parede exibe cenas de jogos com resoluções gráficas impressionantes. Por fim, encontro o *Minecraft* e pego a caixa. Sou o tipo de cara que compra videogames agora, penso. Quer dizer, provavelmente vou precisar pedir ao Dan que o coloque para funcionar, mas, mesmo assim... Quando saio da loja, sou invadido por uma onda incomum de otimismo. Não sei o que fazer com relação a mim e a Jody, realmente não sei. Mas vou entender o Sam; vou aprender tudo sobre o autismo ou sobre *Minecraft*, um dos dois.

Quando Dan chega em casa à noite, me encontra sentado de pernas cruzadas em frente à TV, o controle do Xbox em uma das mãos, o guia do *Minecraft* na outra.

— Jogando videogame *de novo*? — pergunta ele. — Quantos anos você tem, quinze?

A tela exibe a cada vez mais familiar paisagem de blocos, os pastos chanfrados pontilhados de plantas em forma de cubo. Já descobri que sempre que você começa um novo jogo, ele gera uma nova paisagem, feita só para você. É como se fosse sua própria versão do Gênesis — sem a árvore da sabedoria (mas, se houvesse, você provavelmente poderia derrubá-la e construir um abrigo com ela). A experiência seria meio que fantástica e emocionante se eu tivesse alguma ideia do que devo fazer. Escolhi o modo de sobrevivência, que parece significar que, se eu não construir um abrigo até o anoitecer, serei atacado por zumbis e aranhas gigantes. Por algum motivo, isso me deixa apavorado. Seguindo o guia, consigo cortar alguma madeira para fabricar alguns blocos, que então jogo em um trecho de terra e construo uma casa muito rudimentar. Parece uma cabana de escoteiros da Ikea. Quando começa a anoitecer, e o céu pixelado escurece, percebo que não incluí nenhuma abertura, então não consigo entrar na casa. Rapidamente abro um buraco na parede, acesso o inventário para escolher uma porta e a instalo no buraco. Ela se abre e depois fecha atrás de mim com um estalo satisfatório. Estou seguro. É isso o que o Sam vem fazendo há semanas?

— Você sabe o que eu devo fazer agora? — pergunto ao Dan.

— Cadê as armas? — questiona ele.

— Acho que não tem arma nenhuma.

— Então você está por sua conta, cara.

Pauso o jogo e escolho a opção "salvar", para que o meu mundo não seja apagado para sempre, e então desligo o aparelho.

— Não entendo o século vinte e um — digo.

Naquela noite verifico meus e-mails, preocupado por não ter notícias de Emma há algumas semanas. Nada. Olho no Facebook e no Instagram — nenhuma atualização neles também. Então me ajeito no colchão com os livros de *Minecraft* e autismo, folheando todos, lendo trechos aqui e ali. Pego no sono preocupado com esqueletos guerreiros e barreiras sociais.

O alarme do celular me acorda cedo no sábado de manhã, o dia do Sam, e sinto aquela onda de ansiedade costumeira. Choveu muito nos últimos dias, e agora está caindo uma garoa contínua, tipicamente britânica, então talvez possamos pular o parque. Considero a possibilidade de levá-lo para nadar, mas esse é outro tipo de pesadelo — vou levar a toalha certa, vamos conseguir entrar na cabine certa na hora de trocar de roupa, alguma criança vai jogar água nele, provocando um verdadeiro ataque de fúria? Vou ter que explicar tudo isso a um salva-vidas que pula da cadeira achando que Sam está se afogando? Talvez eu possa levá-lo de ônibus a Bristol. Podemos ficar indo de café em café, comer bolo o dia todo, ver os voos no Flight Track. Mas então eu o mandaria para casa, de volta para Jody, com uma overdose de açúcar, o que provavelmente não seria justo.

Quando chego perto da casa, estaciono e vejo Jody ocupada arrumando a sala. Levanto o capuz da minha jaqueta impermeável e corro até a porta. Ela me vê do lado de fora e acena.

— Oi, papai, eu construí um castelo — diz Sam ao abrir a porta.
— Ah, o.k., *Minecraft*, acertei?

Mas nisso ele já subiu correndo. Fico sozinho com Jody e nada para dizer.

— Oi.
— E aí?

Um CD que não reconheço está tocando, uma melodia de guitarras dissonantes, distorcidas e vocais estridentes. Jody está de jeans skinny e uma camisa de malha preta e justa do Joy Division. Parece ter dez anos a menos que eu.

— Você está ótima — digo.
— É que tenho conseguido dormir à noite — responde.
— Como está o emprego?
— Maravilhoso! É estranho voltar a trabalhar, mas tenho umas exposições interessantes para montar, novos artistas para conhecer e muitas coisas novas para aprender.

De repente ela parece se dar conta de como está efusiva, e se vira para me olhar, a expressão de culpa no rosto. Alguma coisa mudou, e não sei o que foi, mas existe uma distância entre nós e, pela primeira vez, com uma sensação de pavor tomando conta de mim, suspeito que não possa ser transposta.

— Enfim, e como você está? Quer café? Acabei de fazer.

Ouço uma risada vindo lá de cima, e, com uma pontada de surpresa, percebo que é Sam, sozinho e feliz. Sentamos e tomamos café enquanto ouvimos nosso filho, que normalmente precisa de contato quase constante com a Jody, se divertindo longe de nós, em outro mundo. Conversamos parecendo pouco à vontade, e o papo é superficial — ela fala um pouco mais do emprego, eu conto dos novos livros sobre autismo, dos meus planos de enfim, honesta e *genuinamente,* entender o Sam.

— Bem, pode ser que você tenha uma chance de colocar isso em prática — diz Jody.

— Como assim?

— É, então, no mês que vem, minha amiga de faculdade, Gemma, vai se casar em Norfolk. Eu estava me perguntando se você não poderia ficar com o Sam durante o fim de semana, de sábado de manhã até domingo à noite. É o segundo fim de semana de outubro. Você dá conta?

Não estou pronto para isso, mas fui eu quem deu a deixa. Um fim de semana inteiro. Minha mente entra num estado confuso de pânico. Nunca fiquei tanto tempo sozinho com ele — nem quando Jody e eu estávamos juntos. A ideia de mantê-lo feliz, de mantê-lo a salvo, por dois dias, as chances de as coisas darem errado. Correr para a rua, passar pela multidão de pais, ser arremessado no ar.

— Droga, acho que tenho uma despedida do trabalho nesse sábado aí — digo. — Você sabe, ver todo mundo, dizer um último adeus, encher a cara e implorar pelo meu emprego de volta, essas coisas. Foi mal.

Jody me encara por alguns segundos.

— Está bem, tanto faz, Alex. Pensei que seria bom para vocês dois, mas obviamente não é.

Acuado, dou um jeito de canalizar meu medo em raiva.

— Jody, o que a gente está fazendo? Já faz quase dois meses. Não sei qual é o plano aqui. Não sei o que eu tenho que fazer.

É uma estratégia desesperada, fora de hora e mal-ajambrada. Percebo imediatamente que é um erro. Ela suspira e olha pela janela.

— Eu não sei, Alex. Também não sei. Também estou tentando fazer sentido das coisas. Sinto que tudo tem sido o Sam pelos últimos oito anos: como lidar com o Sam, a preocupação com o Sam. E, Alex, honestamente, eu nunca senti você inteiro ao meu lado. Sei que você estava trabalhando, sei disso. Mas não era só o trabalho, você estava ausente de *tudo*. Não posso mais fazer isso. Estamos andando em círculos.

— Eu estava fazendo o que precisava fazer para que vocês ficassem seguros.

— Nós *estávamos* seguros! Não precisávamos que você trabalhasse o tempo todo.

Ficamos um bom tempo em silêncio, interrompido apenas pelo ronco grave de um avião cruzando o céu, um ruído funesto de trovão. Olho em volta e tenho a impressão de estar na sala de outra pessoa.

— O Sam está ótimo hoje — diz Jody, a voz calma e ponderada. — Está jogando lá em cima e está feliz. Então acho melhor você ir embora.

— Precisamos conversar sobre isso — digo.

— Não, hoje não. Agora não. Temos uma reunião marcada na segunda de manhã na St. Peter's para mostrar a escola para o Sam. Você pode pelo menos se comprometer com isso?

— Claro que posso.

— Bom, então a gente se vê na segunda.

Eu me viro para sair e, quando ponho a mão na maçaneta, ela diz:

— Ah, sua mãe ligou. Não mencionei o que está acontecendo. Você devia ligar para ela.

Eu paro e faço que sim com a cabeça.

— E olha — diz ela. — Eu agradeço por você buscar Sam na escola. Acredite, sei como deve ser difícil. Mas você precisa de ajuda, Alex. Você está vivendo a vida como um sonâmbulo. É hora de acordar

Capítulo 12

Quando George morreu, o mundo se fechou à nossa volta. Mamãe, Emma e eu passamos a existir em uma micropartícula de luz. Por um tempo, parentes, amigos e vizinhos se achegaram, tumultuando, tentando ajudar — e conseguiram, num primeiro momento. As pessoas vinham cozinhar e limpar, não me lembro quem. Alguns vizinhos mandavam seus filhos com brinquedos e doces, que nós aceitamos de bom grado. Mas estávamos sozinhos no centro de tudo, afastados, isolados pelo choque e pela dificuldade de entender o que tinha acontecido. Então a generosidade e o apoio externos começaram a escassear. Parentes que há anos não víamos voltaram para suas vidas; as amigas da minha mãe começaram a se revoltar por ela não estar vivenciando o luto do jeito que achavam que deveria. Ela é uma mulher forte e orgulhosa que cresceu com quatro irmãos em uma casa minúscula em Redruth, durante os últimos anos áureos da mineração de estanho. Não havia muito espaço para sentimentalismo e tristeza naquela época, então ela sobreviveu às semanas após a morte de George com uma determinação que muitos confundiram com frieza. Como abutres da tristeza, eles nos rodeavam, esperando que ela desmoronasse, o que não aconteceu; privados de seu show, eles viraram as costas para ela e partiram. E então éramos só nós três de novo, agarrados uns aos outros como sobreviventes de um terremoto.

Mas nossa mãe nos empurrou de volta à vida. Ela teve de fazer isso. Nosso pai tinha ido embora há muito tempo — embora "pai" esteja longe de ser a palavra certa para um homem de quem nenhum de nós se lembra. Meus tios o chamavam de imbecil irresponsável, eles o consideravam imprestável e insignificante, mas mesmo assim conseguiu convencer minha mãe, desesperada para escapar daquela vida, acho, a ir com ele para Somerset, para um emprego na casa impressora de Bath, que logo perdeu. Ele foi embora antes de Emma nascer, e mamãe nunca mais o viu nem falou com ele. Sabíamos que não devíamos fazer perguntas, da mesma forma que soubemos que, quando ela nos mandou voltar para a escola uma semana após a morte de George, isso era algo que teríamos de fazer. Eu já tinha idade suficiente para entender que o que tinha acontecido era definitivo e que George não ia mais voltar, mas Emma precisou ser convencida. Minha incumbência, aparentemente. E, dentro de mim, bem ancorada e firme, apesar dos protestos de todos com quem me abri, havia uma culpa agonizante.

— Para, Alex, me deixa *em paz*!

Aquelas palavras me assombraram; pairaram sobre mim como uma nuvem negra.

Gradualmente, porém, eu me condicionei a me lembrar de outro acontecimento. Algo que ocorreu na véspera da morte de George. Mamãe havia nos levado a Londres para visitar os museus de ciência e de história natural. O dia estava estranhamente quente, o primeiro sinal da aproximação da primavera. Passamos a manhã correndo de uma exposição a outra, apertando botões, explorando fósseis de dinossauros e o módulo de comando da *Apollo*, e depois fomos a um antigo café perto dali, com um toldo vermelho e mesinhas de madeira do lado de fora. Sentamos ao sol e tomamos sorvete, conversando e rindo, comparando cada souvenir que compramos: blocos de cristal, cartões-postais, uma bola de quicar que Emma jogou no meio da rua e pensou ter perdido, mas que George conseguiu recuperar. No caminho de volta para a estação de metrô, ele colocou o braço no meu ombro e eu fiz o mesmo, e mamãe riu de nós.

— Olhe para vocês dois — disse ela. — Meus homenzinhos.

Eu recorria a essa lembrança para combater a escuridão. Todas as noites, por muitos meses, eu me forcei a lembrar cada detalhe para que ela não se perdesse. Agora tenho a foto de George comigo, de pé em frente ao café — mamãe a encontrou e me deu há alguns anos. Tenho várias cópias dela, além de versões digitais num HD. Quando você perde alguém, a dor vai atrás de você com tudo, como uma enchente-relâmpago, derrubando todas as defesas que ergueu com tanto cuidado. Você faz o que pode; usa o que estiver à mão para ajudá-lo a sobreviver.

A manhã está bela e ensolarada quando estaciono de novo à porta do nosso lar na pequena rua de casas geminadas vitorianas idênticas. Vamos levar o Sam para conhecer a St. Peter's. Jody me disse que ela o vem preparando há dias — ele precisa ser avisado de eventos como esse: não ir à sua escola por um dia para conhecer outra é um acontecimento e tanto. Quebra a rotina e desorienta. Isso não vai ser divertido. Jody sai de casa emburrada, a camisa social enfiada de qualquer jeito na saia. Ela segura um Sam desconsolado pelo pulso enquanto fecha a porta de casa e ruma para o carro.

— Oi — diz ela com um ar cansado.
— Oi, está tudo bem?
— Não pergunta.

Sam se senta no banco de trás, põe o cinto de segurança e fica lá com a cabeça enterrada nas mãos.

— Oi, Sam — digo, animado.
— Cala a boca!
— O.k. — falo e olho para Jody.
— Não tinha Crunchy Nut Cornflakes em casa — sussurra ela. — E as calças dele estão compridas demais.

Faço que sim com a cabeça, fechando a cara.

Não conversamos muito no caminho. Começo a contar sobre a escola para Sam — sua entrada ladeada por árvores, as salas de aula relativamente pequenas, os professores amigáveis —, mas ele tapa os ouvidos.

— Eu não quero ir para essa escola!

Ele começa a chutar o meu encosto com uma violência crescente. Chego o banco para a frente sem falar nada.

— Viu o que você está perdendo? — diz Jody.
— Não por opção *minha* — respondo.

A atmosfera no carro está carregada de ressentimento. Quando chegamos à escola e estacionamos, nenhum de nós se mexe, como se estivéssemos congelados nesse estado de hostilidade mútua. Sam afundou o máximo que pôde no banco traseiro, Jody está com o olhar perdido no horizonte.

— O.k. — digo, por fim. — Vamos entrar e conhecer a diretora.

Saio do carro e Jody faz o mesmo, mas, quando tento abrir a porta para Sam, ele a puxa de volta.

— NÃO! — grita. — Nada de escola nova!

— Sam — falo. — Sam, vamos lá, você vai gostar.

— Não!

Abro um pouco a porta, mas com um baque ele consegue fechá-la de novo, depois se deita no banco e chuta a janela.

— Sam, para com isso, você vai quebrar o vidro — diz Jody.

Com um movimento brusco e repentino, ela escancara a porta, agarra Sam pelo tornozelo e começa a arrastá-lo para fora do carro. Pasmo, fico sem ação por um instante, sem saber como intervir, e a lembrança de centenas de situações iguais a esta invade minha mente: Sam bem pequeno se recusando a sair de dentro de um carrinho de supermercado; Sam na creche, escondido debaixo da mesa de atividades, chutando as outras crianças, assustando-as de tal forma que tivemos que levá-lo para casa; Sam sendo carregado por nós para a escola enquanto chora e se debate tanto que chega a passar mal. Às vezes parece que foi só isso que fizemos nos últimos oito anos — conduzir nosso lindo menininho de um drama para o outro.

— Dá para me ajudar? — grita Jody enquanto Sam se agarra ao banco do carro, chutando as mãos e os braços dela.

De repente me dou conta de que estamos em frente à escola, bem à vista de uma sala de aula e da recepção.

— Você vai *machucar* o Sam! — digo.

Vocifero estas palavras com uma fúria inesperada, inspecionando as janelas à procura de professores. Jody olha para mim, consternada, e imediatamente me sinto culpado por tê-la acusado. Houve um tempo em que enfrentávamos coisas desse tipo juntos, lutando para vestir o uniforme nele ou brigando com ele na hora da refeição.

Agora estamos separados e fica muito fácil nos virarmos um contra o outro.

— Olha, isso não vai dar certo — falo. — Não podemos levá-lo lá para dentro desse jeito.

— Ah, foda-se! — grita Jody.

Ela solta a perna do Sam e ele rasteja de volta para dentro do carro, aos prantos. Agora Jody também está chorando.

Tento desesperadamente pensar em como neutralizar a situação quando meu celular começa a tocar no bolso. Preocupado com a possibilidade de ser alguém da escola querendo saber o que diabos está acontecendo no estacionamento, pego o aparelho e olho para a tela.

— Ai, merda — exclamo quando vejo o nome.

Distraído por um instante do caos à minha volta, aperto o botão para atender.

— Alô?

— Oi, Alex, sou eu! — A voz dela está animada e nítida; o contraste com tudo o que aconteceu essa manhã é gritante.

— Onde você está?

Jody está secando as lágrimas com um lenço de papel. Ela volta para o carro e bate a porta. Sam bota o cinto e se senta empertigado, instantaneamente mais calmo agora que a visita parece ter acabado.

— Estou bem! Estou de volta, Alex!

— O quê?

— Voltei para a Inglaterra!

— O quê? Quando?

— Agora, estou aqui agora! Estou a caminho de Bristol! Então, posso passar alguns dias com vocês?

A sensação que dá é de que minha vida foi posta em fast-forward e tudo está voando na minha direção com uma rapidez incompreensível.

— Você está o quê? — consigo perguntar.

E então a ligação cai. Fico ali olhando de boca aberta para o telefone por alguns segundos, e então entro no carro devagar.

— Emma voltou — conto.

— Eu ouvi — diz Jody.

— Foi mal. Foi mal eu não ter ajudado mais. Vamos trazer o Sam de novo na semana que vem. Quando estiver com um humor melhor.

Jody concorda e desvia o olhar.

Entramos em Bristol, o silêncio pontuado apenas por Sam, agora muito mais animado, fazendo perguntas sobre a cidade ao longo do caminho.

— Isso é uma igreja? O que é uma igreja? Por que aquele prédio é tão alto? Quantas pessoas moram naquela casa? Vou construir aquele prédio no *Minecraft*. Papai, você sabia que dá pra fazer degraus no *Minecraft*? E cercas? Eu fiz uma escada que vai até o céu.

Ligo o rádio.

Quando chegamos a casa há um táxi parado na porta. Saltando dele com uma mochila tão grande que poderia caber uma pessoa dentro está Emma. O cabelo loiro está curto, quase joãozinho, e a pele está bronzeada num tom dourado. Ela coloca dinheiro na mão do motorista, diz algo para ele, e então tira outra mochila mastodôntica da mala. Ficamos todos no carro, olhando para ela em silêncio.

— Que diabos... — fala Jody.

— Típico da Emma — comento.

Salto do carro.

— Precisa de ajuda com isso? — pergunto.

— Alex! — grita ela e abre os braços para mim.

Eu a abraço, ainda atordoado e sem raciocinar, ainda incapaz de processar essa reviravolta. Não a vejo há mais de um ano — ela voltou brevemente para a festa de aniversário extravagante de uma amiga na Babington House, mas só estive com ela por algumas horas. E foi assim que aconteceu por quase dez anos — visitas breves aqui e ali.

— Você está bem? Aconteceu alguma coisa?

— Típico do Alex! — Ela ri, olhando para Jody, que finalmente saiu do carro. Sam também saiu e olha para Emma com interesse e cautela.

— Este é o Sam? — grita Emma. — Ai, meu Deus, ele está enorme!

Ela vai até ele, mas, usando de bom senso, em vez de abraçá-lo, estende a mão. Sam não olha para ela, mas aperta sua mão por um segundo antes de se esquivar.

— Muito prazer, Sam. Eu sou a Emma! Tia Emma se preferir. Mas não *titia*, pelo amor de Deus. Ouvi dizer que você gosta de aviões. Eu já estive dentro de tantos aviões!

Emma se vira para Jody. As duas quase não tiveram contato. Emma não estava por perto quando começamos a namorar, perdeu nosso casamento en petit comité, embora tenha enviado uma mensagem em vídeo do Vietnã; perdeu o nascimento do Sam. Jody e ela se falaram por Skype, mas só. As duas se abraçam com certa cerimônia.

— Espero que vocês não se incomodem por eu aparecer assim! — diz Emma.

— Jody — digo —, quer levar o Sam para dentro? Acho melhor eu dar uma palavrinha com a Emma.

Jody me encara tentando me comunicar algo, mas não tenho ideia do que seja. Ela pega a mão do Sam e eles se dirigem para casa.

— O que é que tá pegando? — pergunta Emma.

— É complicado. Por que você não me avisou que estava voltando?

— Eu decidi de repente. O que está acontecendo?

— Olha, nós... nós estamos no meio de uma... de uma separação experimental... É assim que se chama, né? As coisas têm estado muito tensas. Sam e tudo mais. O trabalho...

— Merda. Quer que eu vá embora?

— Não — falei, titubeando, mas logo em seguida reforçando. — Não! Claro que não. Mas, cara, é muita coisa ao mesmo tempo. Não te ocorreu que ligar antes para avisar poderia ser uma boa ideia? Jesus. Eu não vejo você há mais de um ano.

Ela dá de ombros, então começa a mexer no celular.

— O.k., acho melhor a gente ir para a casa do Dan e talvez deixar suas coisas lá.

— Você está morando com o Dan?

— Estou, ele tem um novo apartamento em Redcliffe.

— Tá. Tanto faz.

Tento explicar para Jody o que está acontecendo, mas, como eu mesmo não sei direito, acabo dizendo coisas sem sentido. Jody se despede de mim de repente e fecha a porta.

— Então — diz Emma. — Isso foi esquisito.

Penso em colocar Emma a par dos acontecimentos dos últimos meses: as brigas e o estresse por causa do Sam, minhas jornadas de trabalho intermináveis, o domingo macabro em que Jody disse: "Precisamos de um tempo sem você", a demissão. Mas ainda estou em estado de choque e isso é coisa demais para descarregar em cima de alguém que acabou de chegar do outro lado do mundo.

— Jesus, Emma — digo, balançando a cabeça.

— Você quer que eu vá embora? — O tom de voz dela carrega uma petulância familiar que me faz voltar uma década.

— É coisa à beça que você tem aí nessas malas, hein?

— Nem me fala, tenho mais duas, que deixei na estação de trem.

Ela olha para mim, claramente esperando que eu ria, e, quando isso não acontece, ela resmunga e volta a mexer no celular. Entramos no carro para percorrer o caminho rápido até a casa do Dan e nada dizemos, Emma totalmente concentrada no celular. Só quando paramos em frente ao condomínio, e eu tenho de esperar o portão abrir, é que quebro o silêncio.

— Vou ligar para o Dan. Tenho certeza de que não tem problema você ficar na casa dele.

— É só por um tempo. Tenho outros amigos em Bristol. Vou embora logo.

— Tá — digo. — Não duvido nada.

É uma farpa, mas Emma não parece notar. Não consigo desvendar o quanto ela mudou nos últimos dez anos. Quando consigo falar com o Dan, ele parece estranhamente animado com o fato de Emma estar de volta e fica mais do que feliz em deixá-la ficar em sua casa. Combinamos de ela ficar no quarto do escritório por alguns dias até se reaclimatar, e eu com o sofá da sala. Uma sensação familiar para mim: abrir caminho para Emma. Na adolescência, ela era um pouco mimada e egocêntrica, mas ao mesmo tempo cheia de vida, extrovertida e popular — o oposto de mim. Seus amigos a chamavam de avoada, mas o faziam com carinho e afeição. Enquanto eles mergulhavam na cena emo com camisas de malha pretas, rostos taciturnos e delineador preto, ela era uma supernova com vestidos berrantes e Doc Martens rosa-choque. Às vezes me dava a impressão de que ela estava tentando compensar alguma coisa, querendo aparecer para todos, em especial para nossa mãe. Se era esse o caso, ela nunca baixou a guarda. E então Emma foi embora.

— *Você* está bem? — pergunto, finalmente, enquanto saímos do carro.

— É, estou bem — responde. — Só cheguei a um ponto em que fiquei com vontade de voltar para casa e ver todo mundo.

— Você pretende ficar de vez?

— Não sei.

Suspiro.

— Alex, o jet-lag está me matando, podemos não fazer isso agora?

Quando subimos para o apartamento, ela entra sem pedir licença, passa pelo Dan, entra no quarto e desaba no colchão inflável de um jeito bastante dramático.

— Ai, que merda esse colchão — comenta.

E, com isso, fecha a porta com um chute. Deixo a mochila dela no chão do corredor. Tenso e aturdido, vou para a sala e me jogo no sofá.

— O que diabos foi aquilo? — pergunta Dan.

— Vai se acostumando — respondo.

Mais tarde, Dan sai e decido que jogar um pouco de *Minecraft* vai ser um bom jeito de relaxar da minha vida em processo bizarro de demolição. Já fiz algumas sessões experimentais do jogo, basicamente vagando a esmo pelo cenário, construindo pequenos abrigos ao anoitecer. Agora quero construir algo de verdade — algo que se pareça com um projeto arquitetônico em vez de com um galpão de madeira caindo aos pedaços de filmes de terror americanos onde um caipira psicopata sai com uma motosserra em punho ameaçando adolescente excitados. É melhor eu ficar muito bom nesse jogo, se vou passar o fim de semana todo com Sam. Então reviro minha caixa de coisas do trabalho e encontro a fotografia da Villa Savoye, do Le Corbusier, que ficava pendurada na parede da minha sala. A casa é um retângulo branco sobre uma série de pilotis — parece um projeto viável. Duas horas depois, no entanto, construí algo que parece uma enorme caixa de sapatos suspensa por uma série de colunas de tijolos meio atarracadas. As dimensões estão totalmente erradas. O que fiz, na verdade, foi um desenho tridimensional de criança de uma casa do Le Corbusier.

Enquanto estou lendo o guia, Dan volta segurando uma garrafa de vinho e três latas de Pringles.

— Onde ela está? — pergunta ele.

— Ah, oi pra você também — digo. — Ainda está dormindo.

Emma não sai do quarto até uma da tarde do dia seguinte.

À noite levo Emma para ver Jody e Sam. Eu me dei conta, em meio a tudo o que está acontecendo, de que sinto falta dele, que as semanas estão virando meses, e que essa pessoinha que Jody e eu criamos está começando a crescer sem mim. Mais uma vez tenho aquela sensação: preciso conhecer o Sam antes que seja tarde demais.

Ele fica com vergonha da Emma no começo, se escondendo meio desajeitado atrás da mãe, agarrando a barra da saia dela, mas então Emma lhe dá uma sacola cheia de aviõezinhos de brinquedo que pegou de praticamente todas as companhias aéreas em que voou nos últimos cinco anos. Ele fica tão maravilhado que esquece todos os seus temores e pega a sacola da mão dela.

— Me dá um abraço, então! — demanda Emma. E ele dá.

— Por que você não leva o papai lá em cima para mostrar o que tem feito no seu jogo? — sugere Jody.

— Pode ser — diz Sam. — Não está muito bom.

Então, enquanto minha mulher e minha irmã começam uma conversa ligeiramente travada porém amigável, Sam me leva para o quarto dele, liga o Xbox e coloca *Minecraft* para rodar. Estamos sentados juntos, mas ele se afasta um pouquinho de mim, chegando mais perto da tela de LCD. Ele navega com agilidade pelos menus e carrega um arquivo que salvou e nomeou "Castelu du Sam".

Quando o jogo carrega, estamos do lado de fora de uma construção feita basicamente de paralelepípedos cinza salpicados de preto. Há torres atarracadas em cada um dos cantos e ameias de tamanhos irregulares. Parece meio que com um banheiro público vitoriano em ruínas. Não digo isso a ele.

— Esse é o meu castelo. Eu construí com pedras. Ali vai ter...

Mas Sam para no meio da frase, subitamente entretido com seu deslocamento naquele mundo. Ele entra na edificação por uma porta dupla. Na parte de dentro, ele colocou chão de madeira e uma escadaria de pedra que leva até o nível do telhado.

— Eu acho que vou fazer um quarto, tem que ter um quarto — diz ele. — Também posso fazer uma sala de livros, mas ainda não fiz livros. É só para se...

Ele fala com se conversasse consigo mesmo, baixo, em frases entrecortadas e que não fluem, mas há palavras novas aqui e ali — encantamento, bioma, portal — e de repente me dou conta de que ele está usando o tipo de linguagem criativa na qual a fonoaudióloga nos disse para prestar atenção. Isso é um progresso. Um progresso de verdade. Sei que preciso encorajá-lo, que devo participar de alguma forma, transformar aquilo em diálogo, mas não sei o suficiente sobre o jogo e fico travado. Então vejo um livro ao lado do Sam — aberto na foto da Torre de Londres. Percebo, com um sobressalto, que é o que comprei para ele, o que pensei que ele tivesse descartado sem dar a menor bola.

— Ah, você está fazendo um castelo como esse aqui? — pergunto, apontando para a foto.

— Eu tentei. — Ele suspira. — Não consigo. É muito alto. Eu tentei mas me irritei.

— Não é para menos. Ele é muito alto e tem aquelas torres nos cantos. Isso deve ser difícil.

Ele se anima, mudando o ângulo de visão na tela para que eu possa ver melhor.

— Olha aqui, eu tentei as torres — explica ele. — Eu tentei, mas os blocos são quadrados. Eu fiz uma torre alta, mas aí eu caí e morri. Então agora eu tenho quatro torres pequenas. Uma, duas, três, quatro.

— Bem, acho que esse foi um ótimo começo, mas precisamos desligar agora. Sam, você pode me mostrar como salvar o jogo? Eu não sei como.

— É fácil — diz ele. E, para minha surpresa, Sam pega feliz o controle, aperta o botão para pausar e abre o menu de salvar. Clica nele devagar, mostrando os botões certos no controle. — E *só agora* você pode desligar — diz ele, meio que imitando o jeito de falar dos pais.

Eu o ajudo a se arrumar para dormir, então descemos para que ele dê boa-noite a Emma e Jody. As duas parecem estar se entendendo. Cada uma segura uma taça de vinho branco, o que provavelmente ajudou. Jody está contando do emprego na galeria — eles estão expondo o trabalho de um artista digital, o que exigiu a instalação de imensas telas de LCD por todo o espaço. A logística soa complicada. Jody está adorando. Mas então me dou conta de novo de que não moro mais aqui. Sou uma visita tanto quanto minha irmã.

Uma hora depois, nos despedimos e vamos embora. Não há uma só nuvem no céu e a noite está fria — é possível até que haja sinais de geada no para-brisa de manhã. É o outono a todo vapor. Enquanto andamos até o carro, Emma fecha o cardigã e treme de frio, de um jeito dramático.

— Então, o que está havendo, Alex? O que você vai fazer?

— Não sei. Ela disse alguma coisa?

— Não exatamente. Ela acha que você precisa de ajuda. Por causa do George e tudo mais.

— Não tenho certeza se sei o que isso quer dizer.

Quando chegamos ao carro, Emma para antes de entrar.

— Jody ainda te ama, isso é óbvio — diz ela. — Só Deus sabe por quê. Você é um desgraçado infeliz.

Dan está em casa quando chegamos ao apartamento. Abro a porta e ele está esperando atrás dela.

— Emma, sua vaca!

— Dan, seu imbecil!

Eles se abraçam e ela parece bastante aliviada por finalmente estar com alguém que não se encontra debaixo da nuvem negra que paira sobre a nossa família — alguém que, com o maior prazer, vai se engajar naquele popular jogo de salão britânico: "Vamos fingir que não está tudo uma merda."

— Acho que temos que ir imediatamente para o pub! — fala Dan. Ah, aquele *outro* famoso jogo britânico para evitar situações difíceis.

— Você não mudou nada — declara Emma.

Então acabamos no Old Ship, onde é noite de *fish and chips*, o que significa que só os mesmos quatro clientes de sempre estarão lá, a diferença é que agora todos estarão comendo *fish and chips*.

— Cadê o Sid? — pergunto quando me levanto para pedir nossas bebidas.

— Ele nunca vem na noite de *fish and chips* — explica Maureen, a garçonete, que tem AMOR tatuado nos nós dos dedos da mão esquerda, e hoje está com uma camisa de malha preta com o desenho de um golfinho. — Fred sempre pede ovo em conserva com o peixe, e parece que Sid não suporta o cheiro. Não o culpo.

Concordo com uma carranca, enquanto Fred, sentado no banco ao meu lado, dá uma mordida no monstro avinagrado em seu prato, enchendo a área do bar de um odor sulforoso e lacrimejante. Quando levo as bebidas para a mesa, Emma e Dan estão conversando, rindo e dando tapinhas um no outro de brincadeira. A noite toda transcorre assim. Ela conta para ele suas aventuras ao redor do mundo, ele a entretém com histórias das boates e dos festivais de música de Bristol.

Fico sentado em silêncio, bebendo e rindo no que acho que são as horas certas, sem conseguir entrar no clima deles. Depois de algumas cervejas, levanto para ir ao banheiro e, quando volto, Dan está interrogando Emma num tom jocoso.

— Não, mas *por que* você foi embora? — pergunta ele.

— É, eu gostaria de ouvir essa resposta — digo, tentando passar a mesma impressão de pouco interesse.

— Ai, meu Deus, a grande pergunta! — exclama Emma. Ela bebe um gole da cerveja, secando a boca com o dorso da mão, fazendo um floreio exagerado. — Eu precisava de *espaço*! Lá em casa tudo era tão claustrofóbico, e meus amigos me tratavam como se eu fosse uma coisa... e com defeito. Alex ficava pelos cantos, deprimido, e mamãe fingia que nada tinha acontecido. E, Dan, você era um amor, mas era muito inconstante, e tinha um fã-clube de garotas te seguindo para todo canto, como se fosse a versão de Bristol do Justin Timberlake. Não dava pra te levar a sério. Ai, foi mal!

Dan dá de ombros e ri, mas reparo algo em sua linguagem corporal, uma hesitação infinitesimal. Emma o observa também. Há um longo silêncio, durante o qual bebo quase metade da minha cerveja.

— Na minha opinião, o que aconteceu foi o seguinte — digo, encorajado pela embriaguez que me atinge de repente. — Antes de George morrer, você era o bebê da família, todo mundo te mimava. Você era o centro das atenções. Mas aí, depois do acidente, todos tivemos que mudar, e as dinâmicas se alteraram. Você ficou perdida nesse cenário. Tem aquele poema do Philip Larkin sobre as jovens mães no parque: "Algo as está colocando à margem de suas próprias vidas." Foi assim que você se sentiu por todos aqueles anos antes de partir. Como se estivesse sendo relegada à margem pelo luto e tudo mais. Você se sentiu desprezada.

Levanto meu copo e tomo o último gole.

— Talvez você tenha ido embora porque queria um novo palco para fazer seu show e ser adorada.

Emma dá uma risada curta e mordaz, e então se levanta.

— Vai se foder — diz.

E então minha irmãzinha, que mal vi nos últimos anos, sai do pub, batendo a velha porta de madeira.

Dan me encara, mas não consigo decifrar a expressão nos olhos dele.

— Hora de fechar! — grita Maureen lá do bar. — E espero que o resto de vocês saia tão rápido quanto ela.

Do lado de fora, o frio me ajuda a recobrar um pouco da sobriedade. Dan recebe uma mensagem de texto de Emma avisando que ela vai dormir na casa de uma amiga.

— De onde saiu *tudo aquilo*? — pergunta Dan.

Dou de ombros e andamos o restante do caminho em silêncio. Fico pensando em Jody, e em como ela foi deixada para trás, como uma vez eu fui — e em como *ela* não tem para onde fugir. Quando a conheci ela era uma aluna genial, ia fazer mestrado, sair da universidade e ser curadora das exposições de arte mais maravilhosas, mas seus planos saíram dos trilhos. Um ano depois de nos conhecermos, quando compramos um pacote de viagem barato para a Espanha, houve uma noite com muita bebida e nenhuma precaução, e, nove meses depois, o Sam chegou. Ele foi amado, mas não planejado. O que quer que eu tenha sacrificado ao longo dessa jornada, Jody perdeu mais.

— Merda — acabo dizendo. — Eu não tenho sido bom para a Jody.
— Jody? — questiona Dan. — E quanto à Emma?
— Ah, *ela* vai ficar bem.

Quando chegamos ao apartamento, me jogo no sofá e pego o celular. Por um instante, fico em dúvida entre dois nomes nos meus contatos, então tomo uma decisão. Mando uma mensagem para Jody explicando que estarei livre naquele fim de semana, se ela quiser viajar. Digo que ela *tem* que ir. Nós vamos ficar bem, escrevo. Sam e eu vamos ficar bem.

E sei que devo estar bêbado porque quase acredito nisso.

Na manhã seguinte, sou acordado por Dan fazendo muito barulho ao se arrumar para ir para o trabalho. Eu me sento no colchão e verifico o celular. Jody deixou uma mensagem: Obrigada! Vou aceitar a oferta. Ai, merda, agora não tem mais volta. Então ouço a campainha tocar. Dan vai até o corredor e verifica quem é pela pequena tela de LCD ao lado do interfone.

— Oi, Emma — diz ele com a voz arrastada, como provocação.
— Posso entrar? — A voz dela está animada, mas com um toque de cautela.
— Claro, cara.

Eu me levanto e vagueio até a sala com uma calça de moletom e uma das camisas de malha antigas do Dan do Massive Attack.

— Sua irmã está subindo.
— Eu ouvi.
— Esta é a minha casa, então seja bonzinho, seu babaca.
— Eu sei.

Há uma batida à porta e Dan a abre, puxando Emma para dentro. Ela aparece na sala, e sua expressão me leva direto à nossa adolescência, quando ela voltava para casa de manhã, depois de um encontro ou uma festa, no olhar um quê de rebeldia misturado com culpa.

Ela obviamente pegou uma roupa emprestada da amiga — está com um suéter de lã roxo enorme e uma saia jeans stonewashed.

— Jesus — falo. — Com quem você passou a noite, com os anos oitenta?

Dan me lança um olhar ferino, então continuo:

— Olha, foi mal pelo que eu disse. Quer dizer, pelo que eu disse ontem à noite, não sobre essa roupa. Eu estava fora de mim.

— O.k., tanto faz — diz ela. — Eu quero consertar as coisas.

— Eu também. Mas você está com uma aparência ridícula.

Sentamos à mesa da cozinha e comemos Corn Flakes juntos, a frágil atmosfera de reconciliação englobando apenas conversas sem importância. Quando estamos terminando, um avião sobrevoa o prédio e os olhos de Emma se voltam para a janela — ela fica olhando até ele desaparecer nas nuvens longínquas. Quando volta a atenção de novo para nós, me pega olhando para ela.

— Já está se coçando para viajar? — pergunto.

Ela faz uma careta e joga um floco de milho empapado em mim.

Quando estou limpando o rosto, recebo outra mensagem da Jody. Temos um horário marcado daqui a uma semana para visitar uma escola para crianças no espectro autista. São quarenta e cinco minutos de carro até lá, o que vai ser puxado, percorrer essa distância todos os dias, mas achamos que valia a pena dar uma olhada. Foi uma das últimas coisas sobre as quais conseguimos concordar antes de eu ser ejetado de casa. E então Dan e Emma saem, ele para trabalhar, ela para bundear por Bristol com alguns dos seus companheiros de viagem. Fico sozinho de novo.

Passo uma série de tardes agonizantes olhando sites de empregos e atualizando meu lastimável currículo. Acontece que não há muita coisa disponível em Bristol para filósofos frustrados com experiência indesejada em consultoria de crédito imobiliário. Então passo a só ficar deitado no sofá folheando minha biblioteca crescente de livros sobre autismo (tédio, ansiedade e a opção "comprar-com-um--clique" nos sites de vendas on-line são uma combinação perigosa). Setembro dá lugar a outubro. Dan divide seu tempo entre jogar o novo game de matar dragões e criar o logo de uma gravadora. Emma paira sem rumo, entrando e saindo das nossas vidas como bem entende.

Uma tarde, estou fazendo hora antes de buscar Sam na escola, lendo um capítulo sobre ataques de fúria e como entender o que os desencadeia, quando meu celular toca. É o professor do Sam.

— Não se preocupe — diz, bizarramente alheio ao fato de que as palavras "não se preocupe" ditas por um professor ligando do nada no meio do dia vão inevitavelmente provocar essa exata reação. — Tivemos que tirar o Sam de sala hoje de manhã porque ele bateu em outro menino. Ele foi levado para a biblioteca com um professor-assistente, mas se mostrou um tanto difícil de controlar. Você poderia vir buscá-lo?

Não é a primeira vez que isso acontece. Jody é chamada na escola regularmente — às vezes porque Sam está escondido debaixo de uma mesa ou na casinha do parquinho, e está gritando e chorando, assustando as outras crianças, mas com mais frequência por estar "brigando". Nunca sabemos ao certo como essas brigas começam, porque Sam não consegue nos contar e o professor é sempre vago, provavelmente porque há outras trinta e cinco crianças em cada turma. Em geral, Jody arrasta Sam da escola, desculpando-se, e nós diligentemente aceitamos que a culpa foi dele. Mas, depois de ver o incidente no portão da escola, o garoto correndo e batendo no Sam, estou menos certo disso. Hoje recebo a notícia com outra disposição. Pego as chaves do carro e saio do apartamento como um raio.

Está calmo do lado de fora da escola quando estaciono a alguma distância da entrada. A confusão usual de pais ainda não começou, e, dentro do enfadonho prédio da década de setenta, posso ver as crianças em suas salas, ainda concentradas, escrevendo e desenhando. Eu me detenho quando chego ao portão e me preparo psicologicamente, enquanto aquela imagem mental familiar se apresenta.

Me deixa em paz, Alex.

Às vezes consigo eliminar trechos da cena, mas nunca o final.

Entro pelo portão e sigo até a recepção. A secretária está atrás de um vidro, como uma caixa de banco — medida de segurança exagerada e estranha para uma escola primária, penso.

— Oi, sou o pai do Sam Rowe, acho que preciso buscá-lo.

— Ah, é, espere aqui, vamos trazê-lo já.

Eu me sento em uma cadeirinha de plástico e olho para o corredor vazio, as paredes enfeitadas com pinturas a dedo bem coloridas. Quando tento me lembrar da escola que frequentei, as memórias são difusas e efêmeras, como se eu as tivesse pegado emprestado de alguém. Acho que estão ligadas demais ao que aconteceu depois — e desbotaram, como roupa velha.

Então vejo Sam ser conduzido por uma porta pelo professor, o Sr. Strachan, uma figura curvada, magra e enrugada de óculos vermelhos, parecendo mais velho que seus cinquenta e poucos anos. Ele trabalha aqui desde os anos oitenta, de acordo com Matt, cujo irmão estudava aqui na época. Ao que parece, naquele tempo o Sr. Strachan tentava projetar a imagem de apresentador de programa infantil de TV. Agora parece o personagem secundário de um seriado policial.

— Oi, Sr. Rowe — diz, uma animação forçada. Baixo os olhos para Sam, que fita o chão, desolado. — Sam teve uma tarde e tanto.

— Oi, Sam, o que aconteceu? — pergunto, mas sei que não haverá resposta. E, como não podia deixar de ser, ele vira o rosto. Então peço esclarecimentos ao Sr. Strachan.

— Bem, ele se desentendeu com o menino que senta ao lado dele, e tivemos que retirá-lo de sala. Normalmente deixamos que fiquem um tempo na biblioteca, mas Sam não conseguia se acalmar, e, como temos aulas lá, agora que o anexo está sendo reformado, achamos que seria melhor que ele fosse para casa.

— E o outro garoto? — pergunto.

— Como assim?

— O garoto com quem Sam estava brigando. Ele está na biblioteca?

— Não, não achamos necessário. Sam também se desentendeu com um grupo de meninos no recreio. Parece estar num dia ruim.

— Mas quem começou? Você sabe quem começou?

— A culpa é sempre meio a meio quando se trata desses meninos, não é mesmo?

Sinto que estou prestes a perder a cabeça — aquela alteração primitiva nas engrenagens mentais que nos leva de uma situação de "interação social estranha" para "ameaça em potencial". Quando se é jovem, a reação de lutar ou fugir é motivada puramente pela segurança pessoal, mas, quando se é pai, ela se estende para os filhos. Não importa se você está sendo ameaçado por um bandido numa lanchonete de comida árabe, ou discutindo o comportamento do seu filho no corredor da escola: o resultado, a princípio, é o mesmo.

— Meio a meio? — acabo por dizer, a incredulidade crescendo. — Um grupo de meninos contra ele? Isso é meio a meio? Jesus, espero que o senhor não seja professor de matemática.

— Veja bem, Sr. Rowe...

— Achei que o combinado era Sam ter um professor-mediador em sala. Vocês viram o diagnóstico, ele está dentro do espectro autista. Não consegue lidar com determinadas situações sociais, como, por exemplo, gangues de meninos no recreio.

— Estamos cientes da questão do Sam, obviamente.

— E mesmo assim você recorre a esses clichês de como os meninos entram nessas briguinhas e, sabe, são seis de um lado, meia dúzia do outro, mas os seis de um lado são, na verdade, um garoto só, que acha a escola um lugar apavorante.

— Sr. Rowe...

— Não, escuta aqui. Eu quero um relatório sobre como a escola está lidando com o Sam. Quero falar com a diretora e não com o senhor. Quero ver o programa pedagógico que a escola preparou e quero ter certeza de que meu filho está sendo protegido. Não quero ouvir ninguém descrevendo o que parece ser um caso de bullying sistemático como um incidente "meio a meio". Vamos embora, Sam.

Pego a mão dele, dou meia-volta e saio do prédio. Quando estamos indo para o carro, faço aquela tentativa hesitante de sempre de extrair de Sam o lado dele da história.

— Sam, o que houve? O que aconteceu hoje?

Ele olha fixamente para os sapatos enquanto anda.

— Sam?

— Não sei. Cadê a mamãe?

— Ela está no trabalho. O que aconteceu, Sam?

— Eu não sei! Eu não sei! — grita ele, e começa a chorar.

Quando chegamos ao carro, tento abraçá-lo, mas ele me empurra.

— Sam, eu preciso descobrir...

Mas ele tapa as orelhas e fica batendo a cabeça de leve no vidro do carro, chorando.

— Eu quero ajudar, Sam — digo, de novo.

Quando destranco o carro, ele entra e bate a porta.

— Não, papai! — grita ele lá de dentro. — Sem ajuda!

Tendo esgotado os parcos canais de discussão, seguimos para casa em silêncio. Deixo que ele veja TV enquanto preparo o jantar, e, quando Jody chega, conto a ela o que aconteceu.

— Você gritou com o Sr. Strachan? — pergunta ela.

— Eu não gritei, não exatamente...

— Porra, Alex, eu estou tentando fazer com que a escola cuide mais do Sam, e você se mete e acusa o Sr. Strachan de ser incompetente!

— Ele *estava sendo* incompetente. Estou de saco cheio dessa escola. Cansei dela. Quanto mais rápido tirarmos o Sam de lá, melhor.

Ela se senta à mesa da cozinha, as mãos na cabeça. Estou a centímetros de distância, mas a impressão que dá é de que demoraria um século até que eu pudesse alcançá-la.

— Vai embora — diz Jody.

E, de repente, tenho um flashback das vezes que lidamos com esse tipo de coisa no passado: quando Sam empurrou uma menina do triciclo no encontro de crianças na igreja; quando, na escola, ele derramou uma lata de tinta na gaiola dos hamsters porque alguém disse que não era a vez dele de dar comida para Minty e Monty — Jody teve de ajudar a lavá-los com detergente, como se fossem vítimas do menor derramamento de petróleo do mundo. Rimos disso tudo. Agora não existe uma frente unida de onde tirar esses momentos de humor salvadores da pátria.

Antes de sair, pergunto:

— O fim de semana do casamento ainda está de pé?

— Está. — Ela suspira. — Já me programei toda para isso.

Eu me afasto da porta da casa e olho para o quarto do Sam. Ele está me olhando pelo vidro. Levanta o trinco e abre a janela.

— Você gritou com o Sr. Strachan — diz, me provocando.

E, com uma expressão inconfundível de rebeldia, faz um sinal de positivo com o polegar. Mesmo sem querer, faço o mesmo. Talvez com a vantagem do distanciamento reflexivo e da culpa compartilhada, nós possamos encontrar uma forma de falar sobre a situação na escola. Mas isso não será possível porque tenho que ir embora. Os espaços nos quais somos capazes de nos comunicar estão diminuindo — preciso fazer de tudo para que eles não se fechem para sempre.

Capítulo 13

Os dias passam, nebulosos e despercebidos, e então, de repente, é o fim de semana do casamento — o fim de semana do julgamento. Sam é só meu por quarenta e oito horas. Saio da casa do Dan às oito da manhã, jogo minha bolsa de viagem no banco de trás do carro e sigo para a nossa casa. No caminho, repasso tudo mentalmente — a necessidade de ser paciente, identificar cedo os sinais de pirraça, dar um tempo para ele quando começar a ficar irritadiço, preparar o almoço e o jantar da maneira certa. Memorizei três possíveis rotinas de acordo com a disposição dele: Bom Humor, Humor Neutro, e Deus Nos Acuda, É o Apocalipse. O último envolve deixar que ele veja televisão até cair de sono. Quando estaciono e ando até a casa, vejo que a porta já está aberta. Depois de toda aquela discussão por conta do Sr. Strachan, espero uma recepção fria, e Jody age de acordo. Espio a sala timidamente, e ela está lá no sofá com uma expressão que muda num instante de surpresa, por eu ter de fato aparecido, para uma espécie de desdém latente.

— Ah, é você — diz ela. — Estou fazendo uma lista de coisas que você precisa lembrar. Por sorte, ele não vai à escola, então posso pular o item "não ameaçar os professores do Sam".

— Eu sinto *muito* por aquilo.

Ela está segurando várias folhas de papel A4 com instruções escritas de forma clara, todas numeradas. Obviamente, Jody acha que não darei conta do recado, mas não digo isso para não começar uma nova e acirrada batalha quando ela já está de saída. Assim que entro mais um pouco, vejo uma grande mala perto da porta e percebo que a sala foi arrumada. Está com cara de casa, agora, e não de um brechó atingido por um tornado e depois por um míssil. Sam está ajoelhado à mesa de centro escrevendo a tabuada do dois numa folha de papel milimetrado. Ele nem me cumprimenta.

— Ele está zangado porque tem que fazer o dever de casa — diz Jody, em parte para mim, mas especialmente para o Sam, enquanto redige as últimas palavras do manual "como cuidar do seu próprio filho". — Depois você pode brincar com o papai.

Ela está sendo enérgica e assertiva, muito por causa da nossa discussão mas também porque está ansiosa — não sei se está preocupada por ficar longe do Sam, ou por deixá-lo comigo. Enfim, só quero que ela vá embora para começarmos logo com isso.

— O.k. — diz ela, por fim. — Isso é tudo de que você precisa: horários das refeições, regras, hora de dormir, tudo. Se precisar, me liga.

— Vai ficar tudo bem, mas obrigado.

— Você tem certeza disso?

— Tenho certeza. Pode ir. Divirta-se.

De alguma forma essa conversa muda o clima — uma daquelas micromudanças que casais que estão há muito tempo juntos conseguem botar em prática, mesmo quando todo o resto está desmoronando entre eles.

— Não vejo esse pessoal há anos, vai ser tão esquisito — comenta ela com uma risada nervosa.

— Não vai, não. Eles vão adorar ver você.

Ficamos em silêncio por alguns segundos. O embaraço estala como estática — são muitas tensões não resolvidas.

— Vem aqui, meu amor — diz ela para Sam, e se abaixa para abraçá-lo. Ele se deixa ser abraçado, passivamente. — Vou sentir tanta saudade de você! Comporte-se. E tome conta do papai.

Jody fica esperando por uma resposta, mas nada acontece. Sam está com a caneta na boca, perdido em pensamentos, ou simplesmente não está processando o que vai acontecer.

— Diga tchau pra mamãe — falo.

— Tchau, mamãe — diz ele, sem olhar para cima.

Dou de ombros, sem jeito. Ela olha para mim e para o Sam — os dois homens da sua vida, igualmente difíceis de lidar, penso.

— Pode ir — digo, tentando mostrar consideração em vez da crescente impaciência que estou sentindo. — Vai ficar tudo bem.

Pego a mala e a levo para fora, e Jody me segue devagar. Não dizemos mais nada. Não nos abraçamos — e a ausência de contato físico, a total impossibilidade de um toque que seja, é devastadora. Ela entra no carro, olha para mim de relance, dá a partida e vai embora, rua afora, e eu fico sozinho com o Sam. Por quarenta e oito horas.

Quando volto para casa, a primeira reação dele é inevitável:

— Cadê a mamãe?

— Ela saiu — respondo simplesmente. — Somos só nós dois o fim de semana todo.

Minha intenção é que isso soe como algo divertido, mas, quando sai, parece mais que o estou mandando cumprir uma pena de dez anos em Wormwood Scrubs.

— Eu quero a mamãe — choraminga ele.

Já começo a sentir uma pontada de pânico, a sensação de que o menor deslize poderia fazer a situação sair do controle. Sei que tenho que infundir algum tipo de ordem para os acontecimentos do dia.

— O.k., vamos terminar esse dever de casa, para então podermos fazer algo divertido — falo.

— Eu quero a mamãe — repete ele, se levantando e se jogando no sofá.

— Bem, como eu disse... — Meu plano é ir devagar na explicação, para que fique claro que a mãe dele está longe e não pode voltar logo. Mas num instante fica óbvio que não vai funcionar.

— NÃO, CALA A BOCA! CADÊ A MAMÃE?!

Ele atira longe o lápis, que cai do outro lado da sala. Eu o pego do chão e bato com ele na mesa de centro.

— Sam, fica calmo, ela vai passar o fim de semana fora.

— Eu quero a mamãe agora! — grita ele, e então começa a chorar, e vejo o dia se estendendo desse jeito; todos os planos esquecidos e inúteis.

— Não tem nada que a gente possa fazer, estamos os dois presos aqui — digo.

É uma forma intencionalmente cruel de definir a situação, fazendo parecer que é um fardo para mim. Mas é assim que funciona: você cai nesse ciclo — por exaustão, por medo — e, sem perceber, não está fazendo de tudo para evitar um ataque de fúria... mas sim estendendo o tapete vermelho para ele e montando guarda de honra.

— Vai embora — diz ele. — Você nem mora aqui!

Sam pula do sofá e me ataca, tentando me acertar com os punhos. Eu estendo os braços para impedi-lo e tento segurar as mãos dele, procurando desesperadamente pensar num jeito de administrar essa batalha que eu comecei. Pôr fim à guerra não está na lista de desenlaces possíveis; é tudo uma questão de controlar os danos.

— Calma — digo no tom mais sereno que consigo. — Calma, está tudo bem. Que tal se a gente jogar *Minecraft*...

— *Minecraft*! — grita Sam.

E, antes que eu consiga raciocinar, ele está galgando os degraus da escada, indo direto para o quarto, e ouço o Xbox sendo ligado. O.k., penso, eu ia dizer que nós podíamos jogar mais tarde, depois do dever de casa e de uma ida ao parque. Dou uma olhada nos papéis que Jody deixou — não há nenhuma instrução que diga especificamente "Não comece a jogar *Minecraft* dois minutos depois de eu sair de casa". Considero a possibilidade de subir e dizer a ele que temos que sair primeiro, mas isso teria consequências apocalípticas. Pelo menos em casa é menos provável sermos atacados por cães selvagens. Talvez seja isso o que eu deva fazer para sobreviver ao fim de semana. Então ouço os passos de Sam de novo, e ele para no topo da escada.

— Vem, papai! — grita.

E todas as minhas dúvidas são instantaneamente eliminadas pela empolgação dele, não apenas com o jogo, mas com o fato de querer compartilhá-lo comigo.

Marcho escada acima e entro cautelosamente no quarto. Há alguns pôsteres novos de *Minecraft* na parede: uma imagem do personagem principal, Steve, feliz da vida brandindo sua picareta, outra mostrando todos os tipos de blocos disponíveis no jogo. Há revistas de *Minecraft*, lidas várias vezes e com as bordas rasgadas. Estão espalhadas na cama em que Sam está sentado, todo empertigado, vidrado na tela de TV.

— Então, o que vamos construir? — pergunto.

— Um castelo! Esse castelo! — diz, pegando o livro que dei para ele e apontando para a foto da Torre de Londres.

A tela inicial surge, e, mesmo eu dizendo que já joguei um pouco, ele quer me explicar tudo. Quer ficar no comando.

— Você pode jogar no modo de sobrevivência ou no modo criativo. O de sobrevivência tem monstros e você precisa estar dentro de algum lugar de noite senão eles pegam você. Eles fazem barulhos assustadores e eu não gosto nem um pouco disso. Mas eu sei de uma coisa. Se você mudar a configuração para o modo pacífico, os monstros não vêm. Você pode cavar e encontrar ouro, diamante e ferro. Aí você pode construir coisas e tudo fica bem.

Acho que esta foi a frase mais longa que já ouvi Sam dizer. Ela sai naturalmente. Sem gaguejar, sem pausar. Tento não esboçar nenhum tipo de reação, mas é uma revelação para mim. O autismo também tem essa coisa estranha: uma hora ele é uma arremetida de revirar o estômago e no outro, uma queda livre, tantos são os altos e baixos. Num minuto Sam está me atacando na sala, no outro está falando comigo com uma eloquência que jamais ouvi. Raramente há um meio termo — é como a paternidade no volume máximo — Paternidade MAX.

— Por que você escolheu construir a Torre de Londres? — pergunto enquanto o jogo carrega, determinado a continuar com o diálogo.

— Mamãe diz que reis e rainhas moram lá. Eles pegam pessoas más e cortam a cabeça delas. Isso é verdade?

— É, mas isso foi há muito tempo. Eles não podem mais cortar a cabeça das pessoas. Nem se elas forem muito más, como ladrões ou corretores de imóveis.

— Posso ir lá ver?

— A Torre de Londres? Talvez um dia.

— É perto daqui?

— Fica a mais ou menos duas horas de trem.

— Posso ir no trem?!

— Os trens fazem muito barulho, Sam, e Londres é uma cidade grande e barulhenta.

— Eu tenho fones de ouvido agora.

Ele procura pelo chão, revirando modelos de LEGO quebrados e revistas em quadrinhos, até encontrar um par de protetores de ouvido robustos — do tipo que operários de construção civil usam quando operam britadeiras, só que azul-claro e coberto de adesivos de robôs. Jody deve ter comprado isso recentemente, talvez por causa de outro ataque de fúria motivado por barulho. Ele o põe na cabeça.

— Mamãe diz que eu pareço um astronauta — diz ele.

— O.k., então talvez você *possa* ir a Londres de trem. Vamos ver.

— Você vai me levar?

— Vamos ver, Sam. E então, como vamos chamar nosso novo mundo?

— Mundo do Sam e do Papai. Aí você vai ter que jogar comigo sempre.

E essas palavras me dão um aperto no peito de culpa. Papai. O papai que estava gritando com você e dizendo que fardo isso aqui seria.

— Perfeito — digo.

Digitamos as palavras juntos e selecionamos a configuração pacífica. Alguns segundos depois, um novo cenário aparece na tela. A primeira coisa que vemos é uma pastagem verde e sinuosa se estendendo até uma grande praia com uma larga faixa de areia. À direita podemos ver uma cadeia de montanhas entrecortadas, com várias aberturas de cavernas bem amplas. Há certa beleza nisso, mesmo que os gráficos sejam muito rudimentares se comparados aos de *Grand Theft Auto* do Dan. Uma paisagem majestosa, artisticamente representada para nosso divertimento. Os únicos sons que saem são o da melodia hipnotizante de piano e o dos mugidos de vacas retangulares que pastam por ali.

Sam me entrega outro controle e, quando entro no jogo, a tela se divide em duas, para que nós dois possamos ter cada um a sua visão desse mundo. Viramos para ficar um de frente para o outro. O personagem do Sam é a versão padrão do Steve, a camisa de malha azul, calças jeans e a cabeça quadrada enorme, mas, por alguma razão, o meu é o Steve com uma roupa de tênis branca e curta, com a faixa na cabeça e tudo. É um visual poderoso.

Passamos algum tempo fazendo nossos personagens se cumprimentarem com movimentos de cabeça, e então corremos e pulamos para cima e para baixo, aproveitando o fato de estarmos coabitando esse espaço estranho. O problema é que eu ainda não consegui dominar os controles, então quase que imediatamente caio de um precipício, o que come um grande pedaço da minha barra de energia.

— Eu fiz de propósito — digo, me arrastando de volta morro acima. — Queria saber o que tinha lá embaixo.

— Vamos começar o castelo! — diz Sam, aparentemente alheio à minha queda.

— Precisamos encontrar um terreno plano — anuncio, sentindo com se devesse assumir a liderança.

Logo descobrimos uma área plana cercada de árvores e com vista para o oceano. O território perfeito para um castelo. Começamos a cortar árvores, coletando blocos de madeira conforme avançamos. Construímos uma bancada de trabalho e transformamos a madeira em picaretas. Sam narra baixinho tudo que fazemos:

— Nós precisamos de madeira, agora precisamos de pedras, Sam e papai têm picaretas, vamos para as montanhas, papai caiu em outro buraco, Sam está quebrando a pedra...

Vou para perto de Sam na beira do penhasco, extraindo dezenas de paralelepípedos. Em determinado momento, percebo uma criatura esquisita se aproximando às minhas costas. Parece um conjunto de caixas xadrezes verdes empilhadas.

— Ei, Sam, qual é o problema desse cara? — pergunto quando ele se aproxima com o que deve ser uma atitude ameaçadora.

— Papai! É um Creeper! Se ele chegar muito perto vai...

Há um barulho de estopim e logo em seguida uma explosão. E, de repente, estou sozinho no meio de uma enorme cratera.

— ... explodir — termina Sam. — Creepers são tão maus.

Recolhemos todos os blocos extraídos em decorrência da explosão do nosso amigo detonador e voltamos para nossa tarefa. Enquanto ele trabalha concentrado na superfície da montanha, tirando os blocos sistematicamente em fileiras, minha técnica de extração é mais aleatória, derrubando com violência e sem uma ordem certa tudo o que esteja ao alcance da picareta.

Quando temos material suficiente, o projeto de construção se inicia.

— Vamos começar com um grande salão de entrada — digo.

Sam faz que sim com a cabeça.

Ele cria claramente um padrão: cada parede tem vinte blocos de largura e oito de altura — Sam os conta baixinho. Ele constrói com rapidez e destreza, jogando blocos na paisagem, construindo metodicamente as paredes idênticas. Eu dou um duro danado a cada colocação, me atrapalhando todo com as ferramentas. Blocos ficam projetados para fora da parede, ou não encaixam no buraco e caem no chão ao lado de onde deveriam ficar. Toda hora acontece de eu arremessar a picareta do outro lado do mapa sem querer, em vez de cortar. Enquanto Sam age como um profissional, eu sou um daqueles construtores amadores que aparecem na sua porta oferecendo para refazer a entrada da sua garagem por uma ninharia.

— Papai, você demora — critica Sam. E, quando termino uma parte, eu o vejo contando os blocos e fazendo ajustes.

Quando todas as paredes do nosso salão de entrada relativamente grande estão prontas, nós entramos.

— Eu vou fazer a porta — digo. — E você pode...

Mas vejo que Sam já está fazendo um teto, e destruindo dois blocos de cada parede para colocar janelas. Estou prestes a botar a porta quando um porco entra correndo e eu passo os cinco minutos seguintes perseguindo o animal pelo salão até que ele acaba tentando pular por uma das janelas do Sam e fica entalado. Sam e eu rimos juntos dessa cena ridícula.

— Eu *peguei* um porco — falo. — Vamos comer como reis essa noite.

— Papai, você faz a porta — diz Sam enquanto vai para o telhado.

Nós acabamos de completar o primeiro estágio do castelo quando o sol começa a se pôr no horizonte. Tá, tudo bem, não foi tudo em equipe. Sam fez a maior parte do trabalho, enquanto eu estrelava minha própria comédia pastelão. Mas é um começo. Do lado de fora, pequenas estrelas quadradas enchem o céu enegrecido e as silhuetas das árvores emprestam formas sinistras à escuridão. Ainda não construímos camas, por isso não podemos dormir, o que nos permitiria pular para o dia seguinte, mas, em vez disso, ficamos no telhado e observamos as grandes nuvens negras passando pelo céu.

Quando o sol cuboide nasce novamente, irradiando seus pixels de luz pela paisagem feita de blocos, digo a Sam que deveríamos explorar a área e talvez procurar uma caverna ou mesmo um vilarejo onde, aparentemente, os pequenos e estranhos habitantes farão negócio com a gente.

— Eu sei — diz ele. — Precisamos encontrar as Joias da Coroa e colocá-las na Torre!

— Como vamos fazer isso?

— Podemos procurar algum ouro, alguns diamantes e algumas esmeraldas, e então podemos guardar tudo aqui, assim.

Ele pega o livro de Londres e me mostra a foto das Joias da Coroa em suas caixas de vidro. Parece uma ambição viável. Cavamos um pouco e talvez tenhamos sorte, e ouvi dizer que as pedras preciosas às vezes ficam armazenadas em vilarejos e templos que pontuam a paisagem. Isso é *Minecraft* básico — até eu consigo fazer.

— O.k., vamos lá. Vamos encontrar as Joias da Coroa e devolvê-las à Torre! — exclamo.

Então saímos vagando pela área de floresta e rumo às montanhas, felizes em explorar a paisagem. Sempre que achamos uma maçã no chão, Sam grita: "Pegue, podemos comer para aumentar a energia!" — e eu me pergunto se ele consideraria comer maçãs na vida real se eu as deixasse espalhadas pela casa.

Logo nos deparamos com um pequeno grupo de ovelhas e Sam grita:

— Vamos pegá-las!

Mas somos muito desajeitados e elas desaparecem por entre as árvores com Sam correndo em seu encalço e brandindo uma espada de madeira. Segundos depois, porém, tenho sorte quando uma ovelha apavorada emerge da floresta bem na nossa frente. Sem pensar, e com uma adrenalina e uma fúria inexplicáveis, ataco o animal repetidamente com a picareta. É como a cena do chuveiro em *Psicose*, se Janet Leigh fosse uma ovelha feita de seis blocos brancos. A pobre criatura cai de costas e em seguida desaparece, deixando apenas um bloco de lã para trás.

— Eu matei uma ovelha por *isso*? — pergunto.

Sam vem correndo da floresta e o apanha.

— Muito bem, papai! — elogia. — Podemos usar a lã para construir camas!

Eu me sinto ligeiramente orgulhoso de mim mesmo.

Conforme jogamos, nos entranhamos cada vez mais naquele mundo, até dar a impressão de que ele compõe tudo à nossa volta. De alguma forma, perdemos a noção de que isso é uma tela; não estamos mais controlando personagens digitais em um ambiente computadorizado. Somos *nós* mesmos espiando dentro de cavernas e caminhando por planícies verdejantes sob o brilhante sol quadrado. É como se tivéssemos nos libertado de nós mesmos.

Depois de duas horas, sei que temos de parar e fazer outra coisa. Aviso a Sam que pararemos dali a dez minutos e volto a falar quando faltam cinco, uma tática de preparação sobre a qual tenho lido. Mudanças bruscas não são uma boa ideia. Ele precisa de vários avisos assim. Quando finalmente salvo o jogo e o desligo, o humor dele piora e posso ver que uma pirraça está sendo cozida em banho-maria, mas, dessa vez, eu me adianto, dizendo que vamos ao café, e que podemos conversar sobre nossos planos de construção no caminho. Para meu espanto, ele concorda e vai buscar os sapatos e o casaco. Balanço a cabeça e murmuro para mim mesmo:

"Obrigado, *Minecraft*."

O café está cheio quando chegamos lá. Em todos os lugares há casais lendo jornais e bebendo baldes gigantes de café latte enquanto o jukebox toca clássicos do soul ao fundo. Nosso lugar de sempre está ocupado por uma mãe e seu filho, então vamos para uma mesa próxima, que tem uma poltrona de couro e um banquinho. Eu acabo no banquinho.

— O que vamos construir agora? — pergunto, depois que nos sentamos.

— Uma mina bem grande! — exclama Sam. — Precisamos de ouro, diamante, esmeralda e de redstone!

O barista traz nossas bebidas, deixando o café na frente do Sam e me entregando o leite com espuma.

— Eu acertei, não acertei? — pergunta ele ao Sam, que dá uma risadinha.

Pego o livro sobre *Minecraft* e nós o folheamos, olhando as descrições detalhadas de todos os materiais disponíveis no jogo: lingotes de ferro, redstone, lápis-lazúli, o que quer que isso seja. De vez em quando, finjo ler errado um dos nomes e deixo Sam me corrigir, permitindo que ele fique orgulhoso de seu crescente conhecimento do jogo. Ao fundo, porém, ouço algo acontecendo perto de nós. Um dos atendentes levou um pedido para a nossa mesa cativa, mas o garoto parece ter se irritado. Ele tem uns seis ou sete anos, o cabelo loiro despenteado, um rosto fino e pálido, a camisa de malha das Tartarugas Ninja coberta de tinta e outras manchas.

— Está tudo bem — diz a mãe dele. — É o mesmo tipo de biscoito, é exatamente o mesmo tipo.

Mas o menino está balançando a cabeça e gemendo. Então começa a bater na mesa, espirrando café numa pilha de revistas. Os outros casais começam a levantar os olhos de seus jornais, sussurrando uns para os outros.

Olho para a mãe do menino. Ela deve ter uns vinte e tantos anos, talvez, e é bem franzina — o tipo de corpo que as revistas masculinas chamariam de esbelto, ou mignon, ou algo igualmente horrendo. O cabelo ruivo tem mechas loiras e está preso em um rabo de cavalo meio frouxo; o vestido verde-escuro de renda e os óculos de armação preta e grossa criam um elaborado estilo anos cinquenta. A expressão em seu rosto é uma mistura de exaustão com determinação — uma aparência que reconheço imediatamente. Deve ser algo familiar a todos os pais, mas então também identifico o comportamento do filho.

Ele é autista, em um grau com certeza mais grave que o do Sam, mas obviamente com a mesma propensão a se fechar e depois explodir quando algo não está certo. Já passei por isso. Na verdade, eu estava exatamente naquele sofá quando aconteceu.

Eu me viro para Sam por um instante, mas, ao fazer isso, um boneco do Incrível Hulk voa pela nossa mesa, atingindo minha xícara e espirrando café na minha camisa. Sam olha para mim, depois para o boneco no chão. Eu me abaixo, pego o brinquedo e me levanto. O.k., estou improvisando agora, sem saber ao certo o que fazer, mas — ah, é — já estou andando na direção deles. No caso do Sam, uma intervenção inesperada porém amigável pode ajudar, às vezes.

Ignoro a mãe num primeiro momento e abordo o garoto com cuidado.

— E aí, cara, esse Hulk é seu? Porque eu tenho certeza de que não pedi um super-herói hoje. Será que ele estava atrás de um bandido?

O garoto para de bater na mesa e olha para mim.

— Achei melhor trazer o Hulk de volta, ele deveria estar protegendo a sua mesa. Vou deixá-lo aqui. Hulk, você tem que vigiar toda essa área, não vai sair por aí de novo, viu? Sinceramente, ele é tão levado. E cadê o resto das roupas dele? Ele deve estar morrendo de frio.

O menino ainda olha para mim sem entender nada, mas pelo menos parece que eu consegui distraí-lo. Falo com a mãe dele.

— Biscoito errado?

— Bem, o tipo *meio* certo de biscoito — diz ela com um óbvio sotaque de Bristol. — Não aquele para o qual ele apontou. Obrigada por trazer o Hulk de volta. Sinto muito pela sua camisa.

— O quê, essa coisa velha? Tenho mais quatro exatamente iguais. Nem gosto dela. Quem usa xadrez hoje em dia? Eu pareço uma cadeira de praia.

A mãe sorri. Um sorriso doce, afetuoso, sincero e sem reservas. Sem querer, me engajei numa interação social com uma bela desconhecida.

— Meu nome é Isobel — diz. — Esse é o Jamie.

— Sou o Alex e este é o Sam, ele tem oito anos e também gosta de super-heróis.

Os garotos se entreolham desconfiados.

— Você mora aqui perto? — pergunto.

— No fim da rua; acabamos de nos mudar para um daqueles apartamentinhos em cima do supermercado. É meio pequeno, mas está bom para nós dois. Só acho que não somos muito populares com os vizinhos.

— Ah, é, isso soa familiar. Jamie está...

— No espectro? Está. Eu sei disso desde que ele tinha dezoito meses, mas levou uns quatro anos até que fosse diagnosticado. Foi o suficiente para que o pai dele se enchesse e fugisse. Pronto, a história da minha vida em cinco segundos. Você quer trazer pra cá o que sobrou da sua bebida? É claro que não precisa, se estiver com medo do Hulk.

Mas pego meu café e vou para lá, levando a poltrona para perto do sofá, puxando o banquinho para o Sam, que aceita desconfiado. Ele tenta pegar o boneco do Hulk de cima da mesa, mas Jamie pula do sofá e o agarra. Isso, ao que parece, não é o começo de uma linda amizade.

Por alguma razão, conto a Isobel sobre a minha situação — sobre Jody e nossa "separação experimental", que ao que parece será logo rebatizada sem a palavra "experimental". Falo da nossa própria dificuldade em receber o diagnóstico de autismo, e sobre como nós meio que desmoronamos no processo. É libertador me abrir com alguém que não conheço, e há algo no jeito dela que torna as coisas mais fáceis. Isobel é aberta e entusiasticamente honesta. Descubro que toda a família dela vive na região de Eastville, que já foi famosa por ser o lar do Bristol Rovers, até que derrubaram o estádio para construir uma Ikea ("Pelo menos eles mantiveram a atmosfera de tédio e desolação", diz ela). Pelo que parece, ela trabalhou na mesma loja de roupas vintage na Park Street desde que tinha dezoito anos, e agora é uma das sócias-proprietárias. Conto que estou entre uma carreira irrelevante e insatisfatória e outra. Enquanto isso, Sam faz uma leitura intermitente do nosso livro sobre *Minecraft* enquanto lança olhares cheios de inveja para o Hulk. Sentindo o interesse dele, Jamie passeia a figura pela mesa enquanto sussurra "Jamie e Hulk, Jamie e Hulk". Os garotos mal se olham.

Eventualmente, Isobel tem que ir embora — jantar na casa da mãe. Nós nos levantamos e nos despedimos meio sem jeito.

— Talvez a gente se veja de novo por aqui — diz Isobel.

— Tomara, espero que sim. Diga tchau, Sam.

Ele resmunga por trás do livro. Jamie já está longe, passando pelos clientes que fazem fila no balcão, empurrando todos, e em seguida tropeçando numa mesa, fazendo com que alguns jornais alcem voo.

— Ele vai ser *tão* popular aqui. — Ela dá de ombros, e segue o filho até a porta, ignorando os olhares de julgamento que a acompanham.

Sam e eu andamos até o parque conversando sobre nossos planos para o *Minecraft*. Sempre que tento mudar de assunto, a conversa morre, então fico nela durante a maior parte do caminho, fazendo perguntas e deixando que ele divague, adorando observar sua digressão desarticulada de memórias, planos e observações sobre *Minecraft* Ele me fala do Nether, a visão de Inferno do jogo, que existe abaixo da paisagem normal.

Quando chegamos ao parque, fingimos que o trepa-trepa é uma casa do *Minecraft* e que o escorrega é uma descida para uma caverna. Então caçamos ovelhas por entre as árvores enquanto a fraca luz da tarde se esvai. Sam entra e sai de arbustos, perdido na própria imaginação. A hesitação habitual e o medo de outras crianças, ou de cachorros, parecem temporariamente ausentes.

Depois do jantar, por volta das sete e meia, coloco Sam para dormir, sem choros nem ataques — nem da parte dele nem da minha. Leio uma história para ele e lhe dou um beijo de boa-noite. Será que ser um pai normal é assim? Muito estranho. Quando estou saindo do quarto, ele se senta na cama.

— Quando a mamãe vai voltar? — pergunta.

— Amanhã à noite.

— Eu sinto falta da mamãe quando ela não está por perto.

— Eu também.

Fico esperando o pior, mas ele se acomoda novamente.

*

Depois de um começo ruim, o dia transcorreu muito bem. Na verdade, melhor que isso: foi divertido. Divertido de verdade. Tudo que preciso fazer é garantir que amanhã seja exatamente igual.

Eu me instalo na frente da televisão e abro uma das cervejas que Jody deixou para mim. Os bilhetes dela permanecem não lidos, em cima da mesa da cozinha.

Minha animação é um pouco abalada quando subo para dormir e descubro que Jody arrumou a cama no quarto de hóspedes para mim. Eu deveria ter imaginado que isso ia acontecer, mas ainda assim dói. Eu sou um hóspede.

Enfim, pelo menos não é um colchão de ar.

Capítulo 14

Sam acorda às seis e vinte e cinco da manhã de domingo. Um pouquinho mais tarde que o normal. Ele entra no meu quarto e sobe na cama, batendo com o livro de Londres no meu peito.

— Eles já tiveram um urso polar na Torre, uma vez — diz.

Dou um gemido e me viro para olhar para ele.

— Bom dia, Sam.

— Será que cortaram a cabeça dele?

— Posso dormir mais cinco minutinhos?

— Papai, por que eles cortaram a cabeça do urso polar?

— Não sei do que você está falando, Sam. Só mais cinco minutos e nós vamos investigar o mistério do urso polar, está bem, Sammy? Por que você não desce e toma café da manhã?

— O.k.

Segundos depois, desperto totalmente com o barulho inevitável de algo caindo na cozinha.

— Papai — diz uma voz vinda de baixo. — Alguns dos Coco Pops caíram no chão.

Uma hora depois, já limpei o lago de leite achocolatado e estamos trabalhando no dever de casa de matemática do Sam com o maior entusiasmo que consegui reunir para essa matéria na minha vida inteira. Então passamos para a soletração, e ele tem dificuldade com uma lista de palavras muito simples. Preciso deixar que ele estude por um bom tempo antes de tentar soletrar as palavras de cabeça. Há algum tempo, descobrimos por meio de uma professora-assistente que com frequência o Sam recebe o mesmo dever de casa das crianças uma série abaixo da dele. A escola repete o mantra de sempre: "Ele está progredindo." Não consigo evitar pensar na filha de Matt, Tabitha, com seus livros do Harry Potter. Recentemente, alguém sugeriu a Jody que ele pode ser disléxico também — parece que os dois problemas estão relacionados em alguns casos. Outra guerra de diagnóstico que teremos que enfrentar.

Quando Sam finalmente soletra todas as palavras corretamente, depois de dezenas de começos e recomeços, estou exausto. Mas pelo menos podemos riscar isso da lista.

— O que vamos fazer agora? — pergunto.
— *Minecraft?* — diz, simplesmente.

E então, sem maiores discussões, subimos a escada juntos, fingindo empurrar um ao outro para chegar primeiro.

— Acho que devíamos ligar os monstros — digo. — Podemos ganhar alguns pontos de experiência se os matarmos.
— Mas eles vão pegar a gente. Eu não gosto disso.
— Está tudo bem, é só um jogo, Sam.
— Tá beeeeem.

Estamos expandindo o castelo, acrescentando mais dois andares e construindo escadarias de pedra para conectá-los. Começamos a dividir os cômodos, fazendo o chão de placas de carvalho e pendurando tochas para adicionar luz. Sam é meticuloso como sempre, se certificando de que cada cômodo tenha o mesmo tamanho e o mesmo formato, corrigindo os meus muitos desvios dos planos que estão na cabeça dele. Do lado de fora, começamos a levantar um muro em forma de S para proteger todo o perímetro, aplainando colinas e cobrindo precipícios para abrir caminho; planejamos as quatro torres dos cantos, de modo que nosso castelo possa começar a se parecer com a foto do prédio da Torre no livro do Sam. E então a noite cai. Do lado de fora das pequenas janelas que criamos, o céu azul adquire um tom laranja-avermelhado e então se dissolve em escuridão.

— Ai, não! — exclama Sam com um misto de ansiedade e empolgação. — Os monstros vão chegar!

— Está tudo bem, não seja bobo — digo, cutucando o ombro dele.

Por um tempo, nada acontece, só o som do gado mugindo nos campos do lado de fora e aquele lamento ao piano. Mas então, de repente, há barulhos em algum lugar ali perto: um gemido estranho, um som de rugido, seguido por um uivo gutural. Sam tapa os ouvidos e vira o rosto. Um zumbi aparece na porta, os olhos sem vida nos encarando, os braços troncudos estendidos. Sam dá um pulo e grita.

— Vou sair — digo, me divertindo com o que vejo como tensão lúdica.

— Nããão! — grita ele. — O zumbi vai te pegar.

Provoco Sam ao me deslocar lentamente em direção à porta, chegando mais perto, um centímetro por vez.

— Quero ficar amigo do zumbi — brinco.

— Não, eles não gostam de amigos!

— Vem, zumbi, vem comer um pedaço de bolo!

— Não!

Sam joga o controle no chão e tenta pegar o meu. Por um segundo, brigamos por ele até eu perceber que o ciclo noturno se completou no jogo e que o sol está nascendo, enviando raios de luz e calor para dentro do castelo. O zumbi — pego do lado de fora pela luz — irrompe em chamas.

— Meu amigo! — lamento. — Viu, estamos *bem*. Ele explodiu!

Após um almoço de triângulos de queijo, bolachas e rosquinhas, canalizamos a euforia gerada pela ingestão de açúcar em um frenesi arquitetônico, completando as quatro torres, desenhando cuidadosamente as paredes para lhes dar uma aparência circular. Mais uma vez, perdemos a noção de que estamos separados daquele mundo por uma tela; estamos *ali dentro*, extraindo paralelepípedos das pedreiras, construindo andaimes para alcançar os pontos mais altos, olhando das ameias de cima das torres para o vale e para o mar. Sam fabrica uma espada e eu digo que ele precisa dar um nome para ela, como os guerreiros de *Game of Thrones*. Ele a chama de Cortadora de Cabeças.

Enquanto trabalhamos, me dou conta de uma coisa. Em geral, quando brincamos juntos — nos preciosos momentos em que ele está disposto a se concentrar —, o que experimentamos é uma solidão compartilhada: ou eu o observo, ou o guio, ou me preocupo com ele. Ou, quando brincamos com blocos de montar ou de LEGO, eu faço alguma coisa com a qual ele brinca por alguns minutos ou simplesmente a destrói. Mas aqui, por algumas horas, estamos trabalhando como se fôssemos um só — bem, contanto que eu faça o que tenho de fazer. Mas esse é outro ponto positivo. Nesse universo, onde as regras são precisas, onde a lógica é clara e infalível, Sam está no controle.

Só que estou ansioso para ver mais desse mundo, para começar nossa jornada à procura das Joias da Coroa.

— Vamos lá — digo. — Vamos sair numa expedição. Vamos procurar ouro ou diamante.

— Mas a gente devia mudar para o modo pacífico — diz Sam. — A gente vai precisar de armaduras e tochas.

— Ah, qual é, a gente toma cuidado.

Ele dá de ombros e concorda, talvez sentindo minha frustração, com medo de que eu me canse e desça para a sala. Nós fabricamos várias picaretas, e então rumamos para as montanhas, abrindo caminho entre as árvores, colhendo maçãs e cogumelos enquanto andamos. Escalamos uma encosta íngreme, pulando de bloco em bloco, passando por porcos e vacas que se equilibram precariamente na face acidentada do penhasco. Quando chegamos ao topo, temos uma ampla visão do mundo — uma vastidão de terra que se estende até a neblina distante em uma colcha de retalhos de cores vivas, como uma grande paisagem expressionista.

Continuamos andando, passando por um caminho pedregoso, em direção ao que parece a abertura de uma gruta. Quando entramos, vejo que é uma imensa caverna de pedra, levando até uma longa fissura escura na outra extremidade, como uma cicatriz profunda na terra.

— Olha! — exclama Sam. Ele aponta para a parede da direita, e, entre as muitas rochas cinzentas, há pontos rosados: minério de ferro. — A gente precisa de ferro para poder escavar os diamantes!

Enquanto cavamos animadamente com nossas picaretas, também desenterramos veios de carvão, enraizados nas profundezas das montanhas. Cavamos febrilmente, comparando nossas descobertas.

— Tenho doze minérios de ferro!

— Tenho vinte pedaços de carvão!

— Acho que podemos encontrar tesouros lá dentro — digo.

Começo a me embrenhar na caverna, pensando em fabricar algumas tochas, mas então percebemos que, do lado de fora, a cor do céu mudou.

— A noite está vindo, a noite está vindo! — grita Sam.

— Dá tempo — insisto.

Mas não dá. O sol se põe mais depressa do que me lembro. Devíamos construir uma cabana e esperar pelo amanhecer, mas Sam sai correndo da caverna e sobe a colina.

— Espera! — chamo.

E então ambos estamos correndo de volta a casa, ziguezagueando entre as árvores conforme a luz esvanece. Olhamos em volta, tentando avistar qualquer movimento por entre as folhas. De repente, fica difícil enxergar, a escuridão descendo à nossa volta. Sam corre na frente e é engolido pelas sombras.

— Eu não me lembro de como voltar! — digo.

Ouço um estalido estranho, algo que nunca ouvi antes, algo vindo das folhagens até mim. Penso que deve ser outro animal de fazenda, uma galinha, talvez, mas então algo me acerta nas costas, e sei imediatamente que estou muito machucado.

— Ai, não! Esqueletos! — diz Sam. — Eles têm arcos e flechas!

E então, do lado direito, vejo um escondido atrás de uma árvore de bétula-branca, seu rosto branco e macabro uma imitação medonha de caveira. Ele atira de novo, dessa vez me acertando na perna. Estou morrendo rápido. De repente, outra figura se aproxima. Acho que é outro monstro, mas é Sam emergindo da floresta na hora errada.

— Corre! — grito, surpreso com o tom de urgência na minha voz.

Mas é tarde demais. Outras duas flechas me atingem, drenando o que resta da minha força. A escuridão da floresta envolve tudo, não há escapatória. Caio no chão, a comida, o ferro e todo o resto que coletei espalhados à minha volta. Vejo Sam durando apenas alguns segundos a mais antes de ser atingido por outra flecha. E então nada mais.

Segundos depois, estamos acordados de novo, mas agora dentro do castelo, revigorados, porém de mãos vazias. Sabemos que, nesse mundo, se conseguirmos voltar para o lugar onde morremos, podemos pegar todas as coisas que deixamos cair.

— Para que lado nós fomos? — pergunto. — Para que lado?

Mas, no escuro, é impossível saber ao certo, e logo ouvimos o gemido baixo de um zumbi. Não vamos a lugar nenhum esta noite. Precisamos voltar para dentro do castelo, para ficarmos em segurança. Os espólios estão perdidos.

Sam põe as mãos na cabeça.

— Todas as nossas coisas. — Ele geme. — Todo o ferro. E a espada que eu fiz. Perdi a Cortadora de Cabeças. Papai, a culpa foi sua!

— Está tudo bem, podemos pegar mais, é só ferro — digo.

Mas sei que não adianta.

— Minhas coisas, meus objetos! — diz ele, as mãos no rosto. — Você disse que era seguro.

Tento abraçá-lo, mas Sam se afasta e vai até o outro lado da cama, perdido em sua própria decepção e frustração.

Volto a atenção para a tela e salvo o jogo. Mas é tarde demais. Tarde demais, de novo.

Passamos o resto da tarde na sala, em silêncio. Faço uma torrada para ele e o deixo ver desenhos na TV, o que melhora ligeiramente seu humor, como sempre. Quase deixo escapar um suspiro de alívio quando escuto Jody se aproximando da porta de casa, a chave girando na fechadura.

— Mamãe! — grita Sam.

Jody abre a porta quase imediatamente e dá um abraço forte em Sam, pegando-o no colo. Ela está relaxada e linda, os cabelos longos envolvendo nosso filho. Mas, quando me vê, algo sombrio passa pelo seu rosto e ela percebe que notei.

— Como está meu garoto? — pergunta ela.

— A gente jogou *Minecraft* — responde Sam. — Construímos um castelo, mas fomos mortos por esqueletos e foi culpa do papai.

Eu dou de ombros, aceitando a culpa.

— Eu já pedi desculpas.

— O que mais vocês fizeram? — pergunta Jody.

— Fomos ao parque e fingimos que era *Minecraft* — diz ele. — Eu senti saudade de você.

Ele se agarra a Jody quando ela se senta no sofá, incapaz de largá-la. Sam parece estar se inclinando para longe de mim.

— Ele se comportou, papai? — diz Jody.

— Sim, se comportou muito bem.

Decido não contar a Jody sobre o breve ataque de fúria. Agora ela está aqui, o humor dele está melhor, e não quero estragar tudo.

— E você? Como foi o casamento? — pergunto.

— Foi ótimo — responde Jody. E então ela se volta para Sam e tira algo da bolsa. — Comprei um novo DVD para você, pode ir lá para cima assistir, se quiser.

— Legal! — exclama Sam, e vai embora.

Imediatamente, percebo que aquilo foi uma tática. Alguma coisa está acontecendo. Jody se levanta e anda até a janela, os braços cruzados. Postura de quem está na defensiva.

— O.k. — digo. — Aconteceu alguma coisa?

— Alex, esses meses têm sido tão estranhos, tão difíceis. Eu... Sim, aconteceu uma coisa.

Há um silêncio pavoroso. Sou tomado por uma estranha sensação de dissociação, como se isso não estivesse acontecendo comigo, ou como se já tivesse acontecido, séculos atrás, e estivéssemos nos esforçando para lembrar. Estou procurando algum tipo de ponto de apoio em uma caverna escura.

— O que foi? — consigo perguntar. — O que aconteceu?

— Richard estava lá, da minha faculdade, e...

Engulo a seco, como um personagem de desenho animado, representando com exagero o papel de quem leva um susto.

— Você dormiu com ele?

— Não! Não. Nós estávamos na mesma mesa. E começamos a conversar, e tudo fluiu tão bem. Então, no fim da noite, nós nos beijamos. E depois cada um foi para o seu quarto. Sinto muito. Simplesmente aconteceu.

— Isso é... você está... o que você está dizendo?

— Não sei.

E ela está chorosa, o que torna tudo pior, porque sei que o que quer que esteja acontecendo aqui é sério. Significa alguma coisa. Jody tomou uma decisão, ou sente que precisa tomar uma.

— Alex, as coisas têm sido difíceis por tanto tempo, eu estou tão cansada de tudo. Achei que um tempo pudesse consertar tudo, mas essa situação em que estamos agora, não acho que seja um tempo. Acho que pode ser o fim.

Mal consigo ouvir a voz dela; some quando ela abaixa a cabeça.

— Você fica bêbada, dá um beijo num casamento e então é o fim? — digo.

— Não é só isso. Ficando longe daqui, de você, mesmo que por pouco tempo, eu consegui ver tudo de uma perspectiva diferente. Você sabe como tem sido difícil! Nós éramos crianças quando ficamos juntos, nós nem nos conhecíamos direito, e então viramos pais.

— Eu conhecia *você*! — exclamo, e sai com uma força acusatória que eu não pretendia.

— Talvez — diz ela. — Sinto muito. Eu sinto muito.

Olho para Jody por alguns instantes, e, naquele momento, vejo a garota que conheci na fazenda, a luz dourada do sol enquadrando seu rosto, os braços também cruzados enquanto ela se apoiava na velha cerca e se perguntava por que estava ali e para onde estava indo. E se não tivéssemos ficado juntos? Como nossas vidas teriam sido, como duas coisas separadas? Para onde ela teria ido? Eu me sinto desconsolado e responsável. Fico com vergonha do passado que criei para nós. Ele me envergonhou.

— Vou embora agora — digo, por fim. — O que quer que você esteja dizendo, não estou pronto para ouvir.

Dou um passo atrás em direção à porta, que ainda está aberta, e ando vacilante para a escuridão acolhedora. O gélido ar noturno atinge meu rosto, transformando minha expressão em algo que se assemelha a uma resignação fria.

Alex, me deixa em paz. Me deixa em paz.

Capítulo 15

Mais uma vez, eu me retiro do mundo. Fico só deitado no quarto, sem ânimo, tão vazio e inútil quanto a porcaria do colchão inflável. Dan aparece de vez em quando para deixar xícaras de chá, biscoitos de chocolate e tigelas de macarrão instantâneo. Ele se oferece para conversar, mas viro a cara para a parede como um adolescente mal-humorado. Emma está direto na casa de uma amiga chamada Posie, cujos pais têm uma mansão vitoriana em Sneyd Park, o bairro residencial mais chique de Bristol. Jody envia algumas mensagens de texto, mas eu as apago sem ler.

Tudo que faço é dormir e pensar, e em seguida tentar pegar no sono para não ter que pensar. O que sinto é mais vazio que tristeza, na verdade. Sinto como se eu fosse um espaço em branco. Não consigo sair dessa, e nem tento.

Sou, basicamente, um ensaio de Jean-Paul Sartre ambulante.

Quando Emma enfim aparece — no terceiro dia do meu exílio autoinfligido —, entra por conta própria no apartamento (imagino que Dan tenha dado uma cópia da chave para ela) e então suspira profundamente quando me vê jogado no sofá, de camisa de malha e calça de moletom, assistindo a *Countdown*. Fico esperando ouvir um insulto engraçadinho ou um convite para ir ao pub. Em vez disso, ela vai para a cozinha, enche a chaleira de água e põe para ferver.

— Fiz terapia por uns meses lá na Austrália — diz. — Foi bom, nós conversamos, e muito. Principalmente sobre mim, claro, o que, como você bem sabe, é meu assunto favorito. Acabou ficando meio entediante no fim, mas com certeza estava me ajudando. E então eu me mudei para uma comunidade praieira na Malásia. Você podia tentar isso. A parte da terapia, digo. Você não ia gostar da Malásia.

— Oi pra você também — falo.

— É sério — diz ela. — Pode ajudar você com as suas coisas. Com George.

— Sei lá. Ia ser esquisito, depois de tanto tempo.

— Nada é esquisito para os terapeutas, é o trabalho deles. Você tem que se soltar, Alex. E, por falar nisso, abre a janela. Esse lugar está fedendo a homem deprimido.

Então ela me faz sentar e procurar por terapeutas no Google. Escolhemos um que atende aos meus critérios (ninguém muito perto daqui e nenhum hippie), e ela me passa o celular. Marco um horário com uma mulher simpática que tem um consultório em Bath e que pede desculpas por só ter horário disponível daqui a alguns meses. Pelo menos isso me dá um tempo para me preparar psicologicamente para essa nova e glamorosa vida de quem faz terapia.

No quinto dia, vou até a sala de estar enrolado num edredom e me jogo no sofá. Penso em assistir a uma maratona de ficção científica, uma série pavorosa, mas nisso vejo o Xbox 360 abaixo da TV. Ligo o aparelho e preguiçosamente carrego o *Minecraft*, sem a intenção de fazer muita coisa, talvez visitar um dos jogos que salvei, talvez empurrar meu personagem para o fundo de uma mina. Mas então uma mensagem aparece na tela e me diz que SamCraft04 está on-line. É o nome da conta do Xbox do Sam, e só de ver isso sinto uma descarga elétrica percorrendo o isolamento enfadonho da minha tristeza. Quase imediatamente me lembro de como saí de casa no domingo, o longo silêncio depois do meu comportamento imprudente no jogo. Será que Sam vai querer jogar comigo de novo? Vou até o menu principal do jogo e verifico se algum dos meus amigos no Xbox tem um mundo compartilhado aberto.

E lá está ele, uma única opção, mas a única que eu quero.

Mundo do Sam e do Papai.

E Sam está jogando neste exato momento.

Clico nele e aguardo o mundo ser carregado, sem saber o que esperar e nem se vai funcionar. A tela permanece estática. Não vai acontecer nada, penso. E então acontece.

De repente estou ali, na paisagem, no mundo que construí com Sam alguns dias antes. Ao meu redor há árvores de bétulas, o bosque cheio de flores amarelas. Eu me sinto mais animado, o mais desperto que estive em dias. É como ver o sol depois de muito tempo doente. Mas não faço ideia de onde o castelo está — nem como encontrar Sam.

Enquanto estou me perguntando que direção tomar, uma linha de texto surge na tela: `SamCraft04 enviou uma mensagem`. Acesso o menu e leio: `Papa, coloca hedfone`. Reviro as caixas de plástico perto da TV de Dan, em meio a pilhas de cabos e controles, até encontrar o que parece um fone de piloto de avião com microfone acoplado. Eu o conecto com o controle e coloco na cabeça.

— Alô? — digo.

Num primeiro momento, nada, seguido por alguns segundos de ecos e zumbidos, e então nada de novo. Mas, por fim, escuto, longe porém nítida, como um interurbano: uma voz que reconheço. Meu coração dá um pulo.

— Papai!

É o som mais doce do mundo, invadindo os dias de um silêncio cinza e vazio.

Meu filho, a quilômetros de distância, mas de repente bem aqui debaixo das mesmas nuvens cúbicas. E ele parece feliz em me encontrar, mesmo depois de tudo. Sam me deixou entrar em seu mundo. Fico tão estupidamente empolgado que não caibo em mim de felicidade. Ele ainda quer jogar comigo. Ganhei outra chance.

— Sam! Cadê você?

— Você tem que pegar seu mapa. Nosso castelo está lá Estou construindo.

Fuço meu inventário e encontro o mapa, que mostra uma aproximação em formato de mosaico da nossa paisagem compartilhada. O castelo que construímos no fim de semana está representado por um grande quadrado no canto nordeste do mapa.

Sigo adiante, ziguezagueando com cuidado em meio a uma série de grandes abismos, até que o terreno começa a se inclinar em direção ao topo de um penhasco gramado. Daquela posição estratégica, vejo o castelo que construímos, erguendo-se alto e grandioso do chão. Eu me sinto como um rei exilado retornando à capital de seu reino — só que não há multidões de súditos fiéis, só uma vaca descendo os degraus do penhasco. E há algo diferente na construção agora. Duas das paredes externas, que antes eram feitas de paralelepípedos cinza e sem graça, estão cobertas de blocos amarelos que parecem captar a luz do sol. Conforme eu me aproximo, vejo Sam no alto da terceira parede, adicionando metodicamente as camadas da nova pedra, tijolo por tijolo. Então ele me vê e começa a descer imediatamente. Alcanço nosso muro de defesa, que construímos para tentar manter os lobos selvagens afastados, e entro como um raio pelo portão enquanto ele corre para me encontrar. Não há um botão de abraçar. *Deveria* haver um botão de abraçar.

— Oi, Sam! — grito, entregue àquele momento. — Como você está? O que você está fazendo?!

— Papai! Estou colorindo a Torre de Londres. Como na foto. Isso é arenito!

Agora vejo. A cor mais pálida não é a única mudança. Ele acrescentou mais um andar e fez as janelas nos lugares certos, para que fiquem mais parecidas com o prédio de verdade. Deve ter levado horas.

— Está maravilhoso — digo. — Posso ajudar?

— Claro! É o *nosso* castelo.

— Sam, sinto muito pelo domingo. Desculpa a gente ter perdido as nossas coisas. Eu fico fazendo tudo errado.

— Tudo bem. Mamãe disse que as pessoas perdem coisas nas aventuras, é o que acontece. Sabe, a Torre de Londres tem um lugar chamado Torre Sangrenta, que é uma palavra feia.

— Eu sei! Então a mamãe falou com você quando eu fui embora?

— Falou. Eu estava triste, mas a mamãe disse que não tinha problema. Ela disse que as aventuras são perigosas e que é por isso que são aventuras, e não passeios.

Típico da Jody — ela sempre conseguiu explicar o mundo para o Sam, converter as experiências dele em uma linguagem que ele utiliza e entende. Isso é algo que vivo esquecendo — que, de várias maneiras, ele é um turista no nosso mundo, um viajante desorientado sem noção das peculiaridades e dos costumes do lugar. Ela é o Google Tradutor dele. Enquanto eu paraliso, recuo e me retiro, Jody o pega pela mão e o guia. Eu sou um merda. Tenho que parar de ser um merda.

— Certo, vamos terminar essa Torre! — exclamo.

Pego meu celular e procuro no Google Imagens uma foto da Torre de Londres. Fica óbvio que precisamos remodelar e reduzir o tamanho das quatro torres dos cantos, então começo por aí, construindo uma série de escadas para alcançar o topo de cada parede, e depois eliminando blocos na descida. Meu maior objetivo dos últimos dias. Eu me livro do edredom e sento direito, ficando totalmente focado. E lá está mais uma vez aquela estranha sensação de imersão, em que transponho a tela e entro naquele mundo. Depois de tudo o que aconteceu, é uma espécie de fuga, como abrir o guarda-roupa e entrar numa versão pixelada de Nárnia — mas sem a forte alegoria religiosa e o leão falante.

Enquanto construímos e remodelamos, nós conversamos. Primeiro sobre a tarefa que estamos realizando, dividindo materiais e ferramentas, planejando, alertando um ao outro sobre entrar quando a noite começa a cair. Mas então, gradualmente, expandimos o assunto.

— Papai — diz Sam. — Você trabalha construindo casas?

— Quase — respondo. — Eu costumava trabalhar em uma espécie de loja que vendia casas para as pessoas. Mas não trabalho mais com isso.

— Quando eu for grande, quero fazer casas.

— Você quer ser arquiteto? É assim que se chama.

— Isso, eu quero ser um artiqueto. Vou fazer um castelo que nem esse.

— Boa sorte com a permissão de planejamento.

É uma piada, mas, enquanto digo essas palavras, percebo que estou com um nó na garganta. Eu me dou conta de algo. Este breve diálogo — por mais trivial e fugaz que possa parecer — é talvez o mais profundo que já tivemos. *Sam sabe em que eu trabalhava.* É uma revelação para mim. Sempre presumi que ele não entendesse, ou que não estivesse interessado em nada além das próprias experiências. E nós nunca falamos sobre o futuro dele antes, nem de suas expectativas ou ambições.

Ele tem ambições.

Continuamos a construir, trocando os tijolos, aperfeiçoando as torres. Ele me mostra como criar uma fornalha onde podemos transformar areia em vidro para fazer janelas de verdade. Assim que terminamos, nos afastamos um pouco e ficamos admirando nosso trabalho.

— Acho que terminamos — digo. — Acho que está na hora de pegar nossas espadas, nossas tochas, e sair em busca de tesouros. Precisamos achar as Joias da Coroa e trazê-las de volta para o castelo. Quem está comigo?

— Hein? — fala Sam.

— Você vai me ajudar nessa missão épica por diamantes, ouro e esmeraldas?

— Vou — diz Sam.

— Somos bravos aventureiros e nada pode nos deter!

— Sim! Nada! — Ouço uma conversa abafada pelo fone. — Mamãe disse para eu dar boa-noite.

— Ah, tá. Nada pode nos deter exceto a hora de dormir. Boa noite, Sam.

— Nós podemos ir para Londres logo? Eu quero ir, eu juro.

— Acho que sim. Vamos dar um jeito. A gente pode ver a Torre e vários prédios legais. Tem outro lugar que talvez eu possa te mostrar também. Um lugar que é importante para mim e para a tia Emma.

— Épico — diz Sam.

E então o microfone fica mudo, e o mundo se fecha. Fico sentado olhando a tela de menu por um longo tempo, remoendo as coisas. Parece que meu cérebro está reinicializando. Eu me pego pensando naquele filme *O discurso do rei* — sobre como George VI foi capaz de vencer a gagueira ouvindo música enquanto falava. Talvez esse estranho jogo feito de blocos proporcione ao Sam um tipo similar de distração. Talvez *Minecraft* seja a música dele.

Talvez esse seja o jeito de eu deixar de ser um merda.

Mais tarde, recebo uma mensagem da Jody, que dessa vez leio. É um lembrete de que na segunda temos uma reunião para conhecer a escola para autistas. Conseguir uma vaga para o Sam vai ser difícil, ambos sabemos disso. Ele está na extremidade superior do espectro, apesar de estar alguns anos atrasado na escola, apesar do vocabulário titubeante. No ano passado, fomos a um grupo de apoio para autistas e o conselheiro da Autoridade Educacional nos disse que havia muitas crianças com necessidades muito mais complexas, por isso era pouco provável que conseguíssemos um encaminhamento. Mas temos que tentar. Uma coisa que se aprende muito cedo na paternidade é que os sistemas de saúde e educacional compõem um tipo de jogo demorado e complicado: se seu filho vier a precisar de ajuda especializada, você terá que aprender as regras e a explorá-las. É preciso lutar por tudo, por cada exame, cada consulta, cada especialista — você aprende a falar os termos corretos, pesquisa todos os formulários, declarações e processos de que precisa, e, se não conseguir alguma coisa pelo sistema, você paga por ela, se puder. Nada acontece com aqueles que esperam.

Dan entra em casa às onze. Ele está trabalhando com mais uma agência de criação jovem e descolada, ajudando-os a desenvolver uma "campanha de marketing off-line" (leia-se: panfletos) para uma nova loja de frangos fritos orgânicos para viagem chamada Birdhouse. Só podia ser em Bristol mesmo.

— Você saiu da cama — diz ele ao entrar em casa parecendo atipicamente exausto.

— Saí, tenho jogado *Minecraft* com o Sam. On-line.

— Bem-vindo ao século vinte e um. Como está se sentindo?

— O.k. Melhor. Não sei. Acho que meu casamento acabou.

— Já falamos sobre isso. A Jody precisa de um tempo, só isso.

— De um tempo para sair com o Richard?

Dan fica boiando, obviamente. Ele finge ponderar sobre as brasas moribundas do meu relacionamento por um segundo antes de pegar o MacBook Pro de uma bolsa carteiro e abri-lo na mesa de centro. Imediatamente o Photoshop se abre e, ocupando a tela toda, está o design inacabado de uma propaganda que diz: "Birdhouse: para a sua alma" — uma referência musical que passará despercebida para oitenta e cinco por cento do público-alvo. Pior que isso, a refeição promocional em oferta — um hambúrguer de frango duplo com batata-frita e uma Coca-Cola grande — se chama Chick Beater.

— Dan, o nome dessa promoção vai ser mesmo Chick Beater?
— É, foi o que me disseram.
— O.k., você precisa dizer a eles que não façam isso.
— Por quê?
— Porque é uma alusão à violência doméstica, caramba! Como eles podem ter achado que esse nome era uma boa ideia? Você consegue imaginar como vai repercutir no Twitter? Eles vão ser massacrados!
— Ah, o.k.

Dan fica visivelmente irritado com minha crítica repentina.
— Achei que você estava chafurdando em depressão — diz ele.
— E estava, mas andei jogando *Minecraft* e agora estou acordado e criativamente frustrado.
— Tá, só não precisa descontar em mim, cara.

Ele fecha o laptop e vai se refugiar no quarto. Volto ao jogo e carrego um novo mundo. Uma nova paisagem é gerada em poucos segundos, surgindo na tela — um campo irregular que termina no horizonte distante de um bosque nevado. É um território realmente inexplorado, imaculado e intocado por qualquer coisa que o tenha precedido.

Queria que tudo na vida pudesse ser tão facilmente reiniciado assim.

Ainda estou digerindo esse pensamento quando meu celular toca. É o Matt.

— Oi, Alex, como você está?
— Ah, você sabe, arrasado.
— Cara, sinto muito. Mas, olha, tem uma coisa que talvez possa te alegrar um pouco. Dois dos meus amigos desistiram de ir ao jogo

amanhã, a partida do Saints contra o Chelsea. Você quer ir? Pode levar o Dan, se quiser, tenho dois ingressos sobrando.

— Peraí, meu casamento está desmoronando e você me convida para um jogo de futebol?

— Dizendo dessa forma, não parece uma boa ideia.

Num primeiro momento, penso que não há nada que eu queira menos no mundo que ficar num estádio com trinta mil torcedores gritando uns com os outros. Mas faz tempo que não vejo o Matt, e talvez seja bom encontrar com ele em seu habitat natural. E isso vai me distrair um pouco.

— O.k., ótimo — me pego dizendo. — Mas não acho que o Dan vá querer ir. Futebol não é a praia dele.

Nessa hora ele entra na sala e vai para a cozinha.

— Dan, você quer ir ao futebol amanhã?

— O que é "futebol"? — pergunta.

— Acho que isso é um "não" — falo para Matt.

— Não, peraí, talvez isso me dê alguma inspiração, sabe, estar num lugar completamente diferente, cara. Beleza, eu vou.

E assim, quinze horas depois, nós três estamos sentados na arquibancada do estádio do Southampton FC, em meio a um mar de camisetas listradas em vermelho e branco, enquanto Matt e outros milhares de homens orgulhosamente cantam "When the Saints Go Marching In". É uma tarde fria, porém clara — a luz do sol pinta uma parte do campo com uma espécie de brilho transcendental em tons de bronze. Dan está folheando o programa, criticando o design e o layout, e eu estou remoendo o fim do meu casamento, prestes a ser simbolizado pela derrota inevitável do Southampton para o Chelsea. Quando a cantoria termina, Matt começa a conversar com os torcedores à nossa volta, se engajando naquele tipo de análise esportiva séria e compenetrada que assola escritórios e fábricas ao redor do país — e possivelmente do mundo inteiro: "Agora ninguém segura o jogador X, um verdadeiro herdeiro do jogador A"; "Ver o jogador Y em ação contra o jogador Z vai ser um caso à parte hoje"; "Eles não deveriam ter demitido o Mourinho"; "O Mourinho era um babaca"; "Não se pode comprar o título do Campeonato Inglês"... É como ficar preso no estúdio de um programa de esportes na televisão com cinco mil imitadores do Alan Shearer.

O juiz apita, a multidão vai à loucura e então se passam quinze minutos de bola rolando sem rumo e sendo chutada para lá e para cá enquanto os times testam um ao outro. Matt está inclinado para a frente, a mão apoiada no queixo, como *O pensador* do Rodin com um boné listrado. Dan dá um longo suspiro, revira a bolsa, puxa dela o MacBook Pro, e em segundos está com o laptop e o Photoshop abertos. Matt olha horrorizado para ele.

— Dan! — exclama com voz estridente. — Você não pode tirar a droga do laptop da bolsa durante uma partida de futebol!

— O quê? Por que não?

— Porque aqui é o estádio St. Mary's e não a merda do Starbucks! E tem mais: se nosso time marcar, ele vai sair voando.

— Não sou nenhum especialista em futebol, cara, mas isso tem chance de acontecer?

Naquele exato instante, um zagueiro do Chelsea marca um gol de cabeça e a pequena torcida adversária vai à loucura. À nossa volta, porém, o silêncio é total. Dan fecha o laptop sem dizer nada e o coloca de volta na bolsa, me encarando com ar de infeliz.

No intervalo, nós nos dirigimos diligentemente até o bar em meio a um mar de homens quase carecas, sacudindo as cabeças desconsolados e se lamentando. Dan e eu bebemos nossas cervejas aguadas em copos de plástico, enquanto Matt fica na fila do hambúrguer discutindo as fragilidades da defesa do time com um skinhead corpulento.

— Queria que *tivesse* um Starbucks aqui — fala Dan.

O segundo tempo é uma apresentação agonizante de um futebol cauteloso e travado, com os dois times mal chegando ao campo adversário. Até o Matt parece distraído, mexendo no celular e resmungando. Nos últimos dez minutos, no entanto, algo parece mudar para o time da casa. Um gol de empate decorrente de uma batida de falta bem-executada arranca urros da multidão. Matt fica de pé num pulo para comemorar, então se senta de novo e se inclina para Dan.

— Sem chance de gol, hein? — provoca ele.

E então, no segundo minuto dos acréscimos, um ataque do Chelsea é desarmado na pequena área, a bola sai rolando desembestada, e três jogadores do Southampton contra-atacam, correndo pelo meio-campo. De repente, um clima de expectativa se espalha pela arquibancada. Matt está meio sentado, meio de pé, como se estivesse agachado para não encostar a bunda no vaso. Até Dan está prestando atenção. Uma troca de passes tira o zagueiro da jogada, o atacante fica de cara com o gol — então eu pisco e de alguma forma a bola já está na rede. A arquibancada explode, Matt dá um pulo e um soco no ar, num gesto aterrorizantemente inconsciente de satisfação violenta.

— Ai, meu Deus, é a cara de orgasmo do Matt — grita Dan.

E então Matt está nos abraçando, e as pessoas à nossa volta, e os seguranças. O abraça-abraça ainda está rolando quando o juiz dá o apito final. Olho para a multidão, gostando de ver a atmosfera de celebração; os rostos contorcidos de prazer porque um marmanjo chutou uma bola entre dois postes de alumínio. Então, algumas fileiras abaixo, vejo um homem e seu filho, ambos com a camisa do time, o garoto mais ou menos da idade do Sam — um com o braço no outro, se congratulando e conversando animados. O que quer que essa partida signifique, para o time, para a tabela do Campeonato Inglês, para o ridículo mundo do futebol em geral; para eles, é uma preciosa lembrança, só dos dois. Eles irão para casa encher o saco do resto da família com seus relatos — e, quando o menino for dormir, o pai vai se sentar ao lado dele na cama e os dois vão reviver aquele momento juntos. No meio desse carnaval de vitória, por mais efêmero que seja, várias cenas como essa devem estar acontecendo por toda a arquibancada. E isso me faz pensar no que eu não tenho mais, ou que talvez nunca tenha tido — essa sensação simples e natural de pertencimento, de ser capaz de compartilhar coisas, sem complicações. Entre mim e Sam, sempre houve complicações, mas agora elas se multiplicaram.

— Vamos — fala Dan, batendo no meu ombro. — Vamos voltar para Bristol; tem homem demais aqui e isso está me deixando nervoso.

Capítulo 16

Quando paro o carro na porta de casa na manhã de segunda-feira, Jody está do lado de fora me esperando com um casaco de lã comprido e cachecol; Sam está do lado dela de touca com pompom e casaco com capuz, parecendo deprimido. Obviamente, ambos estão com raiva, ambos se ressentem dessa situação. É uma manhã fria de outubro, mas o clima entre nós baixa ainda mais a temperatura.

— Não quero ver a escola — fala Sam ao subir no banco de trás e colocar bruscamente o cinto de segurança. — Não quero, não quero.

— Vamos acabar logo com isso — diz Jody batendo a porta.

— É essa a sua solução para tudo agora? — murmuro.

Ela balança a cabeça, impaciente.

A escola Avon para crianças com autismo fica nos confins de um bairro residencial arborizado, cercado de pequenos campos. É um prédio bem moderno, de arquitetura quase futurista, com grandes painéis de vidro formando toda a área da entrada. Dentro, uma recepção em forma de átrio leva a um corredor largo e branco que vai até o fim do prédio. Dessa vez, Sam sai do carro por conta própria, talvez fascinado pela aparência do lugar, mas fica segurando a mão de Jody conforme nos aproximamos do balcão, repetindo a frase:

— Mais forte, mamãe, segura a minha mão mais forte.

É um sinal claro de que está ansioso. Quando vamos ao centro da cidade e o barulho do trânsito é muito alto, minha mão fica doendo de segurar a dele — e nunca é apertado o suficiente. A recepcionista, uma mulher bem-vestida que parece mais uma atendente de banco que uma funcionária de escola, vê que estamos nos aproximando.

— Ah, Sr. e Sra. Rowe? E você deve ser o Sam? Sentem-se, por favor. Nosso diretor os receberá em breve.

Mal temos tempo de nos aclimatar ao quase silêncio à nossa volta quando um homem alto, na casa dos cinquenta, os cabelos grisalhos, o terno azul, sai de uma sala ao lado da recepção.

— Sou Tristan Foster, o diretor — diz ele enquanto cumprimenta a mim e a Jody com um aperto de mão. Ele se agacha para falar com Sam. — Ah, oi, Sam. Vamos dar uma olhada na escola?

Conforme o seguimos, passando por uma porta dupla e entrando no corredor principal, ele nos conta como a escola foi fundada com um misto de dinheiro público e doações, e de como o ambiente foi cuidadosamente planejado, sem espaços claustrofóbicos, sem pontos de afunilamento, sem corredores estreitos. As paredes são vazias porque os trabalhos artísticos que normalmente cobrem as paredes de escolas convencionais podem representar uma sobrecarga sensorial para certos alunos. As turmas são pequenas, e tanto os professores quanto os assistentes são especialistas. A atmosfera é tranquila e informal, o extremo oposto do que Jody e eu estamos passando nesse momento. Eu me pergunto se o diretor percebeu a tensão.

Sam nos segue de perto, segurando com força a mão de Jody ou o casaco dela. Tento encorajá-lo:

— Olha, Sam, eles estão brincando com iPads... Olha, eles têm uma televisão enorme...

Mas ou ele olha desanimado ou vira o rosto.

Enquanto o passeio continua, Tristan explica que há crianças em todos os níveis do espectro, e que algumas precisam de assistência constante. Em uma das turmas, vemos um garoto lendo em sua carteira, agitando as mãos ao lado da cabeça sem parar e gemendo baixinho. Sam se encolhe. Mas também passamos por uma salinha de audiovisual em que alguns adolescentes estão criando um podcast, e, quando Tristan lhes pergunta o que estão fazendo, eles respondem com educação, de um jeito brincalhão, parecendo confiantes. Depois disso, ele nos explica como funciona o processo de seleção e a burocracia arcaica do órgão que regula as escolas daquela região. Tentamos absorver tudo, mas é muita informação. Quando a visita se encerra, ele se vira para nós a fim de salientar um último ponto.

— Trabalhamos para garantir que os alunos saiam daqui com habilidades suficientes para poder levar vidas independentes — diz ele.

Por alguma razão, a realidade nua e crua dessa frase me atinge em cheio. Esse é um assunto no qual tocamos muito de leve no passado — toda essa questão do que o Sam vai fazer quando crescer. Agora eis ela aqui, apresentada para nós em sua dura realidade. Um pouco de independência é tudo que ele pode almejar? Para ser sincero, até isso é difícil de conceber. Já tentei imaginá-lo num ambiente de trabalho, seguindo instruções, se adequando, entendendo as complexidades da vida adulta, das relações entre os adultos. E não consigo. Simplesmente não consigo. E morar sozinho? Cuidar de si mesmo? Conhecer alguém? Neste momento essa ideia parece uma fantasia.

Tristan cumprimenta de novo a mim e a Jody com um aperto de mão, e mais uma vez se ajoelha diante de Sam.

— Acho que você ia gostar daqui — diz ele.

Mas, do lado de fora, Sam permanece silencioso e apático. Estamos de pé, um grupo desolado na entrada de veículos feita de concreto, enquanto as portas automáticas se fecham atrás de nós.

— O que você acha? — pergunto ao Sam.

— Alguns garotos eram assustadores. Não gostei.

— Eles tinham computadores e era um lugar bonito e tranquilo — comenta Jody.

Ele olha ao redor, o rosto contorcido de concentração, como se procurasse desesperadamente uma forma de falar algo, alguma preocupação complexa demais para expressar em palavras.

— Mas... eu quero ser um artiqueto — diz ele, por fim.

E caminha devagar para o carro.

Eu olho para Jody.

— Então? — pergunto.

— O lugar é impressionante — diz ela.

— É. Mas Sam percebeu que aqui é diferente. Ele sabe, não sabe? Sabe que, se vier para cá, ele é diferente também.

Estamos absortos demais nos nossos próprios pensamentos e problemas para ter qualquer conversa produtiva nesse sentido. Em vez disso, voltamos para o carro, no encalço do nosso filho, tremendo com o vento frio do outono.

Mais tarde naquela noite, Sam e eu nos encontramos no *Minecraft*. Fabricamos espadas de pedra e tochas, e encontramos ferro suficiente para forjar armaduras. Agora estamos nos afastando mais do castelo, pegando comida, escalando rochedos e entrando em cavernas. Encontramos veios de carvão, que desenterramos com avidez. Às vezes nos aventuramos a ir mais fundo, esperando encontrar o brilho dourado do ouro em meio aos intermináveis blocos cinzentos abaixo das montanhas. Mas tem sempre um ponto em que Sam pede para voltar, um nível de profundeza que ele não ultrapassa.

— Vai ter aranhas e esqueletos. Não gosto disso — diz ele.

Há também uma caverna gigante que parece uma enorme boca aberta na face de um grande penhasco. Parece abrigar uma mina abandonada — todo o mundo de *Minecraft* está permeado delas — e isso significa que haverá tesouros. Mas ele não quer chegar nem perto. Onde há minas, há monstros.

É frustrante, mas não o forço. No mundo real, há sempre a impressão de que tenho de guiar o Sam em direção à normalidade. Aqui, me dei conta, não faz diferença. Não há a mesma sensação de pressão. Ele pode sentir medo. Podemos ir devagar.

Então seguimos para o norte, em direção a uma grande área deserta, um tapete amarelo interminável. Nunca tínhamos vindo para cá porque tudo parecia tão vazio e sem atrativos, mas, nunca se sabe. Trazemos várias pedras para construir um abrigo se precisarmos, e fazemos pão e cozinhamos costelinhas de porco para nos dar energia. Aprendemos a nos preparar.

Por um longo tempo, só andamos, passando por dezenas de pequenos cactos que mais parecem caixas verdes cheias de espinhos, e por formações escarpadas de terra e rochas. Estou prestes a sugerir a Sam que voltemos, pois não há nada por aqui, quando vemos uma série de formas retangulares no horizonte. Nunca vimos nada assim.

Não se parecem com colinas nem com protuberâncias aleatórias de blocos. Parecem construídas por alguém.

— Um vilarejo! — diz Sam.

Já li sobre eles. Toda paisagem de *Minecraft* tem vários deles espalhados. São habitados por personagens esquisitos que perambulam pelo lugar. Conforme nos aproximamos, vemos um amontoado de casas, construídas de um jeito singular e todo certinho, como casas de LEGO Duplo. Ao redor delas há um grupo de habitantes estranhos, todos com a mesma cabeça quadrada e narizes compridos, andando com longas capas marrons como se fizessem parte de uma ordem monástica silenciosa. Sam caminha por eles sem problemas.

— Li no meu livro que se tivermos esmeraldas eles vão negociar com a gente — diz. — Ah, já sei: às vezes o ferreiro tem ouro!

Com certo ímpeto, investigamos cada casa até encontrar a ferraria, uma construção achatada com uma calha de lava do lado de fora. Sam e eu invadimos o lugar e encontramos uma arca no canto do cômodo.

— Você abre — digo, me afastando.

Ele avança, abre a caixa de madeira e espia lá dentro.

— Ah, não tem ouro — lamenta. Sinto-me ridiculamente decepcionado. — Peraí, estou vendo. Tem um diamante! Um diamante, papai!

— Pega! — digo.

Mas então fico com medo de estar, no fundo, encorajando o roubo de joias.

— Normalmente a gente não deve pegar coisas que não nos pertencem — digo, bem sério. — Mas isso aqui é uma aventura, e às vezes é preciso quebrar as regras um pouquinho. Mas só um pouquinho.

— A gente deixa a sela aqui, então?

— Não, a gente leva. E os lingotes de ferro. Deixa a maçã. Não, peraí, podemos precisar dela. Pega tudo, vamos deixar um bilhete pedindo desculpas.

Passamos um tempo abrindo mais baús, procurando pão, mais ferro, algumas armaduras; encontramos uma biblioteca cheia de estantes — e pegamos todos os livros. Em seguida entramos em uma estrutura maior, um único cômodo com várias mesinhas. Ambos percebemos ao mesmo tempo que se parece com uma sala de aula.

— Sam, senta lá no fundo e eu vou ser o professor — sugiro.

Ele vai para perto de uma das mesinhas de madeira.

— Esse aqui parece o lugar onde eu sento na minha sala — diz ele. — É perto da janela. Mas o Ben não está aqui.

— Ben é o garoto que senta do seu lado? — pergunto.

— É.

— Ele é seu amigo?

— Não.

— Por quê?

Em geral é nesse ponto que o Sam se fecha, evitando a pergunta, mudando de assunto ou fugindo. Faz-se um longo silêncio.

— Ele fica me batendo embaixo da mesa. Ele tenta me fazer chorar. Mas ninguém vê.

— Você contou isso ao professor?

— Não.

— Por que não, Sam?

— Ninguém me ouve, nunca. Eu quero sair de lá, mas não posso.

Silêncio.

Então é isso, penso. *Estão* implicando com ele. De um jeito sutil, camuflado, uma cutucada aqui, outra ali. Será que a escola tem sido assim para ele desde sempre? Esse pensamento me deixa enjoado. Jody e eu conversamos frequentemente sobre o quanto gostaríamos de ter uma câmera escondida para que pudéssemos ver como é o dia dele — como faz as coisas, se os outros alunos são legais com ele, se se importam com ele. Mas, no fundo, acho que ficamos aliviados por não ter.

Sam e eu nos abrigamos em uma das outras casas da vila durante a noite, e pela manhã fazemos uma incursão à horta para pegar cenouras antes de voltar ao castelo. Quando chegamos lá, cavamos sob o chão de carvalho do salão de entrada para criar uma câmara secreta. Um salão de tesouros. Criamos uma arca com um bloco de vidro e o Sam joga o diamante dentro dela. Depois que saímos de lá, soterramos a entrada e marcamos o local com um pedaço de casca de bétula.

— Está seguro — diz Sam. — Os monstros não vão encontrar.

— E nem o ferreiro. Sabe, acho que fomos muito corajosos indo até o vilarejo. Acho que estamos prontos para ir mais fundo naquela caverna, se levarmos espadas e armaduras.

— Tá, o.k. — diz Sam. — Acho que estou pronto.

— Você é um menino corajoso — digo. — As pessoas não acham que você é, mas você é.

A campainha toca. Quando me estico para olhar o monitor, vejo Clare esperando do lado de fora, na entrada principal, enrolada num casaco de lã de ovelha, roendo as unhas. Em todos esses anos de convivência com a Clare, não acho que tenha me encontrado com ela uma vez sequer sem a presença do Matt ou da Jody. Fico me perguntando se o motivo da visita dela tem a ver com a Jody e comigo. Ou com Jody e Richard. Será que há algum novo ângulo terrível no que aconteceu no casamento de Gemma?

— Sam, acho que a gente vai ter que parar por hoje. Sinto muito, precisamos começar essa nossa aventura outro dia.

— Ah... — diz ele.

Penso desesperadamente numa saída.

— Já sei, por que você não constrói um estábulo para o castelo? Nós temos uma sela agora, então talvez possamos pegar um cavalo.

— O.k. Vou construir o estábulo perto do muro.

— Ótimo. Muito bem. Tchau, Sam.

Desligo o Xbox, vou até o corredor e aperto o botão do interfone.

— Oi, Alex. Desculpa incomodar você. Você tem cinco minutos?

— Claro, vou abrir o portão para você poder subir.

Quando ela chega, nós batemos papo por alguns minutos. Conto da escola que visitamos para o Sam, da minha procura por emprego. Ela fala sobre as gêmeas. Mas as coisas emperram quando pergunto do Matt.

— Foi por isso que vim aqui — diz.

Quase instintivamente, sigo para a cozinha. Uma reação muito britânica: a conversa parece séria, então obviamente preciso botar água na chaleira. Clare se senta na poltrona, de casaco e tudo, e fica passando o celular de uma mão para a outra. Não esperava que isso tivesse a ver com o Matt. Tipo, o Matt? Tudo que ele faz é trabalhar, dormir, ver futebol e brincar com os filhos — meio que como um Homer Simpson inteligente.

Que diabos pode ter acontecido? A não ser que ele esteja doente? Será que o Matt está doente? Sem perguntar, encho uma caneca de chá para Clare e a levo para a sala junto com a minha. Ela segura com as duas mãos.

— Então, o que está acontecendo? — pergunto.

— Você tem falado com o Matt ultimamente?

— Não muito, só uma mensagem de texto aqui e ali. Fomos a um jogo de futebol juntos.

— Ele disse alguma coisa? Sei que ele é seu amigo, mas eu preciso saber, Alex.

— Não. Alguma coisa sobre o quê? O que está havendo, Clare?

Ela me olha por um instante, como se estivesse tentando ler algo na minha expressão, então encara de novo a caneca. Eu tomo um gole da minha.

— Acho que ele está tendo um caso.

Quase pulverizo a sala com chá quente.

— O quê? O Matt?! Ah, Clare, por que você pensaria isso?

— Ele foi a um congresso de software em Londres no mês passado. Ficou três dias lá em um hotel com alguns colegas de trabalho. Ele vai todo ano, sem problemas. Mas, desde que voltou, tem agido de um jeito muito estranho. Ele está reservado, silencioso e bastante mal-humorado com as crianças. Outro dia estava vendo futebol na TV quando surtou e atirou o controle remoto do outro lado da sala. Nem era jogo do Southampton, era um jogo qualquer. Então ele desligou a televisão. Alex, você conhece o Matt, ele não desliga a televisão quando tem alguma partida de futebol rolando.

— Merda.

— Eu sei! Fiquei me perguntando se ele teria dito alguma coisa para você.

— Não. Não disse nada, Clare. Eu troquei algumas mensagens com ele para contar do Sam e da Jody. Mas ele não falou nada.

— Eu estou quase enlouquecendo. Dei uma olhada no celular dele, mas não tem nenhuma mensagem de texto lá, e eu *ouvi* o bipe do telefone. Acho que o Matt vem deletando todas elas.

— Clare, você não devia...

— Eu sei, mas o que mais eu posso fazer? Nunca aconteceu nada assim antes, e depois de Jody e...

Clare para, subitamente consciente do que está dizendo. Ela fica vermelha.

— Jody e Richard? — pergunto.

— É, foi mal. Sinto muito.

— O que você sabe sobre isso?

— Só sei que ela o viu no casamento, eles beberam um pouco, uma coisa levou à outra. Ela está se sentindo culpada, mas não aconteceu nada além disso.

— Mas você ficou preocupada, porque se é *fácil* assim...

— Eu sinto muito.

Bebemos nosso chá em silêncio por um tempo, perdidos nos nossos dramas matrimoniais. Do lado de fora, ouço o ruído distante do tráfego lá embaixo e, em algum lugar, em outro apartamento, alguém está ouvindo Fleetwood Mac. Fico me perguntando o que Matt fez, se é que fez alguma coisa. Mas, na verdade, o que fico tentando imaginar mesmo é o quanto Clare sabe sobre a Jody. Ela me olha por um instante e parece saber o que estou pensando.

— Olha, eu não acho que seja sério — diz ela, por fim. — A Jody não tem sido mais ela mesma há muito tempo. Tudo que faz é para o Sam, e você não tem estado muito disponível. Sinto muito, mas é assim que as coisas são.

— Eu sei. Eu sei.

— Alex, eu odeio ter que pedir isso, mas você falaria com o Matt?

— Sem problemas. Mas, Clare, os nossos problemas, as nossas vidas, são totalmente diferentes. O Matt não faria isso com você, tenho certeza. Ele idolatra três coisas na vida: os filhos, você e o Southampton Futebol Clube. E ele nunca vai abrir mão de nenhuma dessas coisas. O.k.?

— O.k. É melhor eu ir. Preciso buscar Tabitha na aula de break-dance. E ainda tem a maldita festa de aniversário à fantasia para organizar. O Sam vai?

Eu me lembro de Jody ter dito algo sobre Sam ter sido convidado. Várias crianças correndo para lá e para cá com roupas estranhas e gritando umas com as outras? Bem-vindo à Cidade do Chilique, população: Sam.

— Vamos ver — respondo.

Clare se levanta, olha o rosto no espelho e segue pelo corredor.

— Não se preocupe com o Matt — digo. — Vou descobrir o que está acontecendo.

Ela faz que sim com a cabeça e entra no elevador.

— Alex, escuta. Acho que a Jody vai encontrar o Richard de novo essa semana, para um drinque. Para esclarecer as coisas. Não sei bem. Mas não se preocupe, ele é um babaca. Aguenta firme.

As portas se fecham e fico ali, sozinho, olhando meu reflexo no aço polido.

— Você precisa fazer alguma coisa — digo. — Você precisa fazer algo acontecer.

Segundos depois, o outro elevador se abre e Emma sai dele com dificuldade, carregando uma mochila enorme e duas sacolas de mercado. Nos entreolhamos em silêncio por alguns instantes.

— Voltei! — diz ela. — De novo.

Por alguma razão, uma ideia surge na minha cabeça.

— Vou levar o Sam para Londres — digo. — Quer ir com a gente?

Capítulo 17

Jody aceita surpreendentemente bem a ideia de ir a Londres, assim como Sam, o que é um choque ainda maior. Dois dias depois, estamos no carro às oito da manhã para buscá-lo. Jody aparece à porta e me entrega uma mochila do Homem-Aranha.

— Aqui tem tudo de que ele vai precisar. Sanduíches, água, os fones de ouvido, algumas canetas e um bloco.

— O.k. Como ele está?

— Animado, mas ansioso.

— Ele vai ficar bem.

— Ele pode não ficar bem.

— Eu sei. E, se não ficar, a gente dá um jeito.

Sam marcha devagar pelos degraus com suas calças cargo pretas e uma enorme parca com capuz forrado de pelo.

— Londres fica longe? — pergunta ele.

— Umas duas horas de trem. Vai ser divertido!

— Posso jogar no seu iPad?

— Claro que pode. E tem um café no trem para a gente poder comprar bebidas.

— Legal!

Jody olha para mim, em seguida para o carro. Emma acena para ela do banco do carona.

— De onde veio essa ideia? — pergunta ela.

— Ele me perguntou se poderíamos ir lá algum dia — respondo.

— Então estamos indo. Vem, Sam, vamos entrar no carro.

Jody o abraça e abre a boca para dizer mais alguma coisa, mas se detém. Eu pego a mão dele e o levo até o carro.

— Pronto para uma aventura? — pergunta Emma quando ele se senta no banco de trás.

— Acho que sim, titia Emma.

— Ótimo, mas eu já falei: não me chama de titia. Não tenho setenta anos.

Deixamos o carro no estacionamento da estação Temple Meads e andamos pela confusão da área de acesso às plataformas. O barulho dos trens, as pessoas, os avisos chiados nos alto-falantes, tudo ecoa sob o teto vitoriano rebuscado. Eu pego os protetores de orelha de Sam e ajudo a colocá-los.

— Segura a minha mão — pede. — Mais forte. Mais forte.

Nosso trem já está na plataforma e o embarque começou. Escolhemos um banco em frente a uma mesa e Sam se senta perto da janela, espiando os prédios enegrecidos da estação. Emma tira um exemplar da *Marie Claire* de dentro da bolsa de pano surrada.

— Você está bem? — pergunto a Sam.

— A gente vai andar rápido?

— Vai, bem rápido.

— Aqui tem cinto de segurança?

— Não, aqui não precisa de cinto.

— É seguro?

— É, sim. Você não precisa se preocupar.

Ele volta a espiar pela janela.

Olho para ele, meu garotinho, o cabelo loiro escurecendo, despenteado e bagunçado, os olhos esbugalhados indo de uma nova paisagem a outra, as mãos ocupadas ajeitando os fones. Conforme outros passageiros vão embarcando, ele se vira para observá-los, intrigado com a estranha formalidade da situação. Então vem o apito, as portas se fecham, há um ronco quando as rodas começam a girar, e nós partimos, serpenteando para fora da estação, para a pálida luz da manhã.

No começo, Sam nem se mexe, a testa colada na janela, olhando a cidade passar. Mas então aquilo deixa de ser novidade e ele começa a ficar inquieto, alternando rapidamente entre desenhar, jogar no meu iPad e observar todo mundo no vagão. Ele não consegue ficar parado, dando um pulo cada vez que as portas do vagão abrem e fecham.

— A gente já está chegando? — pergunta, pela décima vez. — Aonde aquela moça está indo?

Preparei um guia visual do que faremos na cidade, como os planejamentos diários de Jody, a diferença é que os meus desenhos são horríveis. Trafalgar Square, o Parlamento, a Torre e finalmente os museus. Temos que repassar o esquema diversas vezes; Sam repete a sequência talvez para se acalmar. Ele trouxe o livro de Londres, e olhamos as fotografias enquanto os campos sem fim passam depressa. Por um tempo, ele fica sentado ao lado de Emma e ela narra o que está vendo nas páginas da *Marie Claire*.

— *Que roupa é essa* que ela está usando? Que físico esse cara tem. Comprei um chapéu igual a esse na Austrália. Ele está saindo com ela, mas ela era casada com ele.

Sam parece genuinamente interessado, mesmo quando Emma começa a testar o conhecimento dele sobre celebridades, perguntando seus nomes.

Quando o trem para na estação de Reading, um grupo de homens de meia-idade com camisas de rúgbi embarca, latas de cerveja na mão, falando gracinhas inconvenientes e em voz alta uns para os outros. Sam chega perto de mim e agarra meu braço, e é ali que permanece pelo restante da viagem.

A estação de Paddington é uma introdução caótica a Londres. É lotada e barulhenta, e os cheiros de sujeira e da engrenagem do trem são fortes e inevitáveis. Diversas fileiras de passageiros se aglomeram em frente às telas informativas, e em seguida correm para outros portões, empurrando e abrindo caminho pela multidão espremida. Turistas saltam do Heathrow Express com malas espalhafatosas do tamanho de geladeiras. Voluntários de instituições de caridade abordam perdidos e incautos. Pego Sam pela mão e sigo Emma por aquele turbilhão até sairmos na rua. Ele aperta os fones de ouvido enquanto eu o guio e o arrasto até o ônibus ao mesmo tempo.

— Se os corvos abandonarem a Torre, ela vai tombar — diz ele.

Subimos os degraus do ônibus e, por um milagre, os bancos da frente estão livres, então nos atiramos neles e coloco Sam no meu colo para que ele possa ver lá fora. Incapaz de absorver a enormidade de tudo, o barulho, a dinâmica frenética da cidade, Sam fica sentado em silêncio absoluto, a boca aberta de perplexidade e surpresa, as mãos presas ao banco, e depois em mim, e então nos fones de novo — um ciclo de tranquilização sensorial. De repente, fico morrendo de medo de ter tomado a decisão errada, de que ele fique traumatizado para sempre, e penso que deveríamos voltar para casa. Olho para Emma, no banco em frente, mas ela está com a cara enterrada no celular, alheia a tudo. Passamos pela Edgware Road, com suas casas de narguilé e lojas de eletrônicos, e depois pela Oxford Street, com calçadas largas e multidões de compradores. Já estamos na Regent Street, onde uma quantidade interminável de ônibus passa diante das grandes fachadas de lojas, quando falamos alguma coisa de novo.

— Você está bem, Sam? — pergunto.

Ele não responde, então dou uma batidinha em um dos fones e ele se vira para mim.

— Hein?

Levanto o fone.

— Você está bem? O que está achando de Londres?

— Está tudo acontecendo ao mesmo tempo! — reclama ele. — Estou com medo.

Ele se aconchega ao meu lado, os dedos brincando com as casas dos botões do meu casaco.

— Está tudo bem. É igual a Bristol, só que maior — falo.

— E tem muito mais caras esquisitos — diz Emma, digitando algo no celular.

Saltamos e andamos devagar até Trafalgar Square, Sam agarrando minha mão. Ele parece à beira das lágrimas, mas então olha para cima e fica admirado ao ver a Coluna de Nelson se elevando acima de nós. No mesmo instante ele quer se sentar na beirada da fonte para poder pegar o livro de Londres e comparar o monumento real com a foto. Conto para ele que antigamente era possível comprar alpiste aqui para alimentar os pombos, mas isso foi proibido porque eles faziam muito cocô nas pessoas. Esse, suponho, é o tipo de fato histórico que agrada crianças de oito anos. Emma tira uma foto de mim e de Sam em frente à fonte. Finjo que vou empurrá-lo e ele grita. Seguimos a pé até o Parlamento, irritando outros pedestres ao andar de mãos dadas, lado a lado. Mais uma vez, Sam quer comparar cuidadosamente o lugar de verdade com a imagem no livro, e fica decepcionado com o fato de a hora no Big Ben estar diferente da que aparece na foto.

— Não vamos passar sete horas aqui esperando! — exclama Emma.

Acabamos saindo rápido dali, a multidão agitada barulhenta e agressiva demais para Sam.

— É muito rápido! — diz. — Tudo é muito rápido.

Embarcamos em outro ônibus e seguimos ladeando o Tâmisa, vendo a espuma na esteira das balsas marcando as águas do rio. Em todos os pontos de ônibus, Sam olha pela janela e pergunta por que as pessoas estão descendo e aonde estão indo. Emma lhe empresta o celular e mostra nosso itinerário no Google Maps.

O próximo ponto é "a grande parada". Descemos do ônibus e andamos até chegar aos primeiros muros da Torre. Sam grita e aponta quando a vê, erguendo-se imponente sob a fraca luz da tarde — a construção que criamos para nós no *Minecraft*.

— A Torre de Londres! — grita ele, e agarra o braço de Emma, maravilhado.

— Vamos entrar? — pergunto.

Num primeiro momento, ele concorda entusiasmado, mas, conforme nos aproximamos da entrada, a multidão à nossa volta começa a adensar. Há crianças correndo, gritando e brigando; um grupo de turistas está parado no meio do caminho, tirando fotos com os celulares.

Sam leva uma cotovelada e é empurrado. O humor dele muda na mesma hora.

— Não gosto disso — diz, baixinho.

Emma pega a mão dele.

— Vai lá na frente ver como está a fila — diz ela para mim.

O portão de entrada se agiganta à nossa frente, lançando uma grande sombra no chão. Sigo em frente em meio à multidão, mas decido me virar para ver se os dois ainda estão juntos. De repente, vejo que Emma está tentando tirar uma selfie com um dos guardas cerimoniais, mas não consigo avistar o Sam. Paro de andar. Uma onda de pânico me invade. Corro os olhos pela multidão, mas não o encontro. Então volto correndo, ziguezagueando freneticamente pelos turistas.

— Sam! — grito. Quando alcanço Emma, já estou uma pilha de nervos. — Você consegue ver o Sam? — berro. — Era para ele estar com você.

— Ele não pode ter ido longe — diz ela.

Ambos ficamos ali, olhando ao redor, tentando ver um garotinho por entre os grupos de visitantes. Tento elaborar um plano quando vejo um objeto familiar jogado no chão.

É o protetor de ouvidos dele.

Corro até lá apavorado, pego o objeto e grito de novo. O terror se torna repentinamente muito real.

— Sam!

Pensamentos desesperados perfuram meu crânio. Será que ele está indo para a rua? Para o rio? Devo chamar a polícia? Alguém o sequestrou? O tempo se arrasta, o barulho se funde em um poço de temor — o sentimento que todos os pais conhecem: o medo nauseante e aterrorizante de perder um filho. Tenho uma leve lembrança de isso já ter acontecido num supermercado — foram dez minutos de correria às cegas pelos corredores —, mas isso foi num mercado perto de casa. Aqui é Londres. Não há um balcão de atendimento ao cliente.

— Jesus, Emma, você estava segurando a mão dele! — grito.

— Eu só soltei um segundo — diz ela.

Seu tom é desafiador, mas posso ouvir a preocupação em sua voz.

— Meu Deus, você é tão irresponsável!

E então escuto um som familiar, próximo e nunca tão bem-vindo. O choro do Sam. Vejo que está ao lado do muro com uma senhora.

Ela está lhe fazendo perguntas e olhando em volta, o rosto cheio de preocupação. Corro até eles, e Sam enfim me vê. Ele se desvencilha da senhora que o estava ajudando, e corre aos prantos. Eu o pego no colo e o abraço bem forte.

— Eu quero ir embora, eu quero ir embora! — grita ele.

Mas não consigo reagir, estou em choque, o medo ainda circula nas minhas veias, sinto como se minhas pernas fossem ceder a qualquer momento. E então Emma nos alcança.

— Ai, ufa! — diz ela. — O que eu vou fazer com você?

Ela põe o braço na minha cintura, mas eu me afasto.

— Alex, está tudo bem, ele está aqui agora. Não vai acontecer de novo.

Olho para Emma, mas não digo uma palavra. Minha garganta está seca, e não sei o que eu seria capaz de dizer para ela no calor do momento.

— Vamos — diz ela. — Eu tive uma ideia.

E com Emma nos guiando, começamos a andar, passando da Torre e indo em direção à margem do rio, e em seguida para a Tower Bridge.

Estou numa espécie de torpor, Sam ainda chora, os protetores de novo na orelha, como um tipo de talismã.

— Podemos atravessar aqui e fazer um piquenique do outro lado — explica ela. — É a melhor vista mesmo, no fim das contas.

— O.k. — digo. — O.k.

Vamos até lá, compramos café e alguns burritos num food truck, e então nos sentamos em um banco com vista para o Tâmisa. Sam está calado, mas, quando lhe entrego o sanduíche de queijo e piccalilli, além dos salgadinhos de cebola com um cheiro incrivelmente forte, ele começa a se animar.

— É uma aventura — digo a ele baixinho. — Coisas assim acontecem em aventuras às vezes.

— É por isso que não são só passeios — completa.

Depois disso ficamos em silêncio por um tempo, observando os pombos se juntando em bando perto de nós e revoando quando os corredores e os transeuntes passam.

— Fizemos as janelas errado — diz Sam, olhando para a Torre Branca do outro lado do rio.

Levo alguns segundos para entender que ele está se referindo à nossa versão do *Minecraft*.

— É, é difícil construir arcos quando só temos blocos — pondero. E me viro para Emma. — Estamos jogando *Minecraft* on-line juntos. Construímos uma réplica da Torre — explico.

— Vocês são uns nerds — diz Emma.

— Eu gosto de Londres, só não gosto de me perder — comenta Sam.

— É minha terceira cidade favorita — diz Emma. — Depois de Nova York e Tóquio.

— Por que você mora no mundo todo? — pergunta Sam. — Papai disse que é porque você tem medo.

— Sam! — exclamo, fingindo estar horrorizado.

— Seu pai é um psiquiatra amador.

— Um o que amador? — pergunta Sam.

— Deixa pra lá — responde ela. — Sabe, o engraçado é que, quando sai viajando, você pode ser quem você quiser. Pode inventar uma versão nova de si mesmo todos os dias.

— Como um videogame! — exclama Sam.

— Mais ou menos. E, quanto mais você fica longe, mais difícil é voltar. Além disso, eu sabia que seu papai estava muito chateado comigo.

Ela sorri e dá uma cotovelada de leve no meu braço. Sorrio também, mesmo não querendo.

— Você está chateado com a titia Emma? — pergunta Sam, entre um salgadinho de cebola e outro.

— Estava. Estou. Um pouco. Mas não muito. É só porque eu sinto falta dela. E porque ela foi embora e me largou sozinho com a sua avó, que é maluquinha.

— Maluquinha! — repete Sam.

— Como está a mamãe? — pergunta Emma.

— Você não ligou para ela?

— Não — responde ela. — Você ligou?

— Não, não recentemente. Ela não sabe do lance com a Jody. Outro desastre que vai dar a ela a oportunidade de demonstrar sua sabedoria e seu estoicismo.

— Não se prenda ao passado, meu amado — diz Emma, fazendo a pior imitação do sotaque da Cornualha que já ouvi na vida. — O futuro é aquilo que você pode mudar.

— Obrigado, mamãe — digo.

— Mas ela está certa, sabe? Ainda há esperança. Você nasceu preocupado, Alex, e está agindo como se tivesse sessenta e três anos em vez de trinta e três. Mas você não é de se jogar fora. Dá até para tolerar, com algum esforço.

— Obrigado, posso contratar você como minha nova coach de vida?

— Você tem marido, titia Emma? — pergunta Sam.

— Não — responde ela, terminando seu burrito e amassando o embrulho prateado. — Os homens não prestam. Tirando você.

— Agora, sério, o que você vai *fazer*? — pergunto. — Continuar pipocando pelo mundo sozinha, para sempre?

— Meu Deus, você faz soar tão deprimente. Talvez. Não sei. Uma parte de mim gosta desse caos. Faz com que eu lembre que estou viva.

— O Vietnã parecia mesmo maravilhoso nas fotos. Talvez *eu* deva começar a viajar.

— Você? — Emma ri. — Alex, há cinco minutos você sujou as calças porque perdeu seu filho por dois segundos. A selva ia te comer vivo. Literalmente.

Por um tempo, só ficamos sentados vendo os barcos passarem. O vento sopra lixo e folhas mortas pelo caminho.

— Titia Emma — diz Sam. — Onde está o tio George?

— Vamos — digo. — Tem mais um lugar aonde preciso ir. Posso falar mais sobre o George quando a gente chegar lá.

Eis um segredo sobre o luto. É meio que um "segredo aberto", porque todo mundo que já passou por isso sabe, mas aqui vai, mesmo assim: o luto nunca acaba de verdade. O tempo não cura a ferida. Não totalmente. Depois de um tempo — alguns meses, talvez alguns anos —, o luto se esconde nos cantos mais escuros da sua mente, mas vai viver ali, espreitando, para sempre. Ele vai se infiltrar em qualquer coisa que você fizer ou sentir; vai aparecer de repente, quando você menos esperar. Vai assombrá-lo durante o sono. Eu ainda sonho com George, duas décadas depois da morte dele. Às vezes, sonho que ainda somos crianças e que nada aconteceu. Estamos brincando com as nossas bicicletas, ou explorando um museu — esses são os melhores sonhos. Às vezes, no entanto, os fatos se confundem, e sonho que George aparece de repente na minha vida de hoje, mas ainda é criança. Nesses sonhos eu sei do acidente, mas mesmo assim não estranho que ele esteja de volta. "Você está bem", eu digo, "você está vivo". E eu o abraço e choro de soluçar — um choro rasgado e sem fim. Às vezes acordo convencido de que aquilo é real, e levo algum tempo na escuridão total até entender que não é. O tempo não cura a ferida, só cauteriza.

Emma e eu nunca falamos nada sobre isso. Durante a adolescência, só olhávamos para o nosso próprio umbigo, tentando formar a nossa identidade à sombra da morte de George. E então ela foi embora. Nas três ou quatro vezes que voltou para casa, agimos como parentes distantes — com conversas educadas e piadas vazias, ficando apenas na superfície. Se estivéssemos participando de alguma espécie de *reality show* na televisão, eu confessaria para a câmera que nós não "enfrentamos os nossos problemas", nem "lidamos com o passado", ou qualquer coisa assim. Não sei se um dia faremos isso porque a) agora é um pouco tarde e b) nós somos ingleses. Além disso, nossa mãe nos ensinou que é no futuro que temos que nos apoiar, não no passado, porque o futuro é algo que podemos mudar. Mas eu ainda quero levar Emma àquele café em Londres, para que possamos reviver isso juntos — nosso último dia perfeito.

Pegamos o metrô para ir até a estação de South Kensington. Sam insiste que temos todos que ficar de mãos dadas de novo, o que torna a escada rolante um desafio. Quando saímos na rua, a luz já está começando a desvanecer. É uma caminhada de cinco minutos, passando por mansões suntuosas com fachadas rebuscadas e casas de tijolos vermelhos. Então, virando para entrar numa pequena rua transversal, tanto Emma quanto eu diminuímos o passo de repente. Nós estivemos aqui, muito anos atrás, num dia quente de primavera. Carregávamos os souvenirs dos museus, George e eu andando na frente. E ali, no meio da rua, entre dois postes vitorianos, está o Palace Café.

Ele não mudou nada; o toldo vermelho está um pouco surrado, mas ainda ali. Dentro, o piso xadrez de azulejos pretos e brancos, o grande balcão de madeira, a estante abarrotada de livros usados, as paredes repletas de cartazes de exposições do Victoria & Albert Museum. O cardápio na parede do fundo costumava ser um daqueles quadros com letras de plástico amarelas removíveis, mas agora é um grande quadro-negro, os vários tipos de cafés e de sanduíches escritos à mão. Não há cadeiras nem mesas do lado de fora — está muito frio para isso hoje. Sam nos observa com um ar interrogativo enquanto ficamos ali de pé, só olhando.

— Nós vamos entrar para beber alguma coisa? Posso jogar no iPad? — pergunta ele, confuso com a nossa mudança de humor.

— Sam — digo. — Nós vamos fazer isso daqui a um minutinho, mas esse lugar é importante para mim. Viemos aqui muito tempo atrás, com a vovó, e com nosso irmão George. Ele era um pouco mais velho que eu, era muito inteligente e engraçado. Mas um dia depois da nossa vinda aqui, ele sofreu um acidente e morreu. Eu fiquei muito triste por muito tempo, mas tenho uma foto minha com ele do lado de fora desse café e isso...

— A gente pode entrar e tomar leite com espuma?

— Pode, daqui a um segundo. Eu queria explicar isso para você, porque meio que faz parte da história da família. Você entende? O que aconteceu no dia seguinte, quando meu irmão morreu, foi tão difícil. Ainda é difícil, até hoje. Acho que é por isso que às vezes eu fico tão nervoso e preocupado com as coisas.

— Vou pegar uma mesa perto da janela — diz Sam, e corre na frente, abre a estreita porta de madeira e desaparece no café.

Eu olho para Emma. Ela encosta a cabeça no meu ombro.

— Ele é pequeno demais para entender — fala.

— Eu sei. Ele é muito bom em algumas coisas, como identificar a marca de peixe empanado com uma única mordida, lembrar os detalhes de voos comercias, descobrir a senha de acesso aos canais restritos da TV a cabo para impedir todo mundo de assistir aos programas. Mas ele não entende esse tipo de coisa. Achei que, se ele visse, a ficha ia cair. Nem sei se algum dia ele vai entender.

— Bom, fico feliz que a gente tenha vindo. É estranho voltar aqui, mas fico feliz. Nós dois temos fugido desde aquele dia, né? Só que em direções diferentes. Foda-se, vamos tomar um chocolate quente, estou congelando aqui fora.

Lá dentro, me pergunto se Sam vai querer saber mais alguma coisa sobre George, mas, em vez disso, ele fica sentado em silêncio, olhando ao redor, bebericando seu leite com espuma, parecendo alheio a tudo. Emma e eu tentamos nos lembrar de detalhes daquele dia — nossa roupa, sobre o que conversamos, as coisas que fizemos; digo que vou ligar para a mamãe durante a semana, que não tenho falado com ela há muito tempo.

— Por favor, não conta pra ela que eu voltei — pede Emma.

— Por quê?

— Porque... eu preciso me preparar. Por favor, não conta.

E, por um segundo, olho nos olhos dela e vejo a minha irmã de vinte anos atrás, atrapalhada e na defensiva. De repente, a viajante global confiante e sem preocupações se foi. E, sentados aqui nesse café, fica mais óbvio que nunca: nós dois precisamos nos reinventar quando George morreu. Meu instinto foi assumir o controle de tudo, estabelecer uma ordem; o dela foi fugir e se tornar outra pessoa. Mas nenhum plano de fuga é infalível — há sempre um preço a pagar.

Quando saímos, vejo que a luz de um dos postes pisca fracamente diante da noite que cai.

No trem para casa, Sam dorme a maior parte da viagem, aconchegado no meu ombro. Emma e eu trocamos poucas palavras, ambos presos nas nossas memórias, o olhar perdido atravessando a janela, vendo a escuridão lá fora. E penso em Sam e em como a vida dele será quando ele crescer. Fico me perguntando se algum dia ele vai conhecer de verdade alguém. Pessoas com autismo se apaixonam? Nem isso eu sei. Nem isso.

Eu o abraço. Os protetores de ouvido caem no meu colo.

Capítulo 18

Minha mãe voltou para a Cornualha depois que Emma e eu saímos de casa. Acho que ela nunca se adaptou a Bristol, portanto, minha ida para a faculdade e a fuga de Emma para o outro lado do planeta deram a ela a deixa de que precisava. Ela comprou uma casa nos arredores de Fowey, com vista para o estuário. Nós a visitamos algumas vezes ao longo dos anos, quando Sam ainda era bem pequeno — colocávamos o casaco vermelho impermeável dele e o levávamos para caminhadas sinuosas em dias de garoa. Ele parecia aquele anão assassino em *Inverno de sangue em Veneza*. Mamãe também foi passar alguns dias em Bristol com a gente, apesar de ela e Jody ficarem sempre com um pé atrás, ambas teimosas e obstinadas, com opiniões fortes nem sempre concordantes — especialmente no quesito "cuidado com os filhos". Isso gerou confrontos animados em alguns fins de semana. Minha mãe é intensa e franca: se ela tiver uma opinião sobre algo, você vai ouvi-la, como podem atestar vários guardas de trânsito, professores, colegas de trabalho, médicos, parentes distantes e condutores de trem. E é por isso que não estou ansioso por esse telefonema.

É uma tarde tranquila. Dan e Emma saíram, não tem nada de bom na televisão, então parece que agora é a hora certa — ou pelo menos é um momento em que não tenho uma desculpa decente. Percorro a sala à procura do telefone fixo de Dan e teclo o número. Ela atende depois de um toque.

— Alô, você pode esperar um pouco, estou assistindo ao final do noticiário, quem está falando?

— Oi, mãe, sou eu.

— Ah, Alex! Oi! Como você está? Acho que posso assistir ao noticiário mais tarde.

— Tudo bem, e você?

— Alex, conheço esse tom de voz.

— Que tom de voz?

Lá vamos nós.

— *Esse* tom de voz. Você não me liga há meses e parece um adolescente deprimido falando. Não preciso ser a Miss Marple para saber que tem algo errado.

— Jody e eu nos separamos — falo de uma vez. — Não sei se é temporário ou não. Estou morando com o Dan.

— Ah, Alex. O que aconteceu? O que você fez?

— O que *eu* fiz? Ah, obrigado, mãe! — Paro por um instante. — É mais complicado que isso. O Sam tem sido um desafio muito, muito grande. Eu ficava trabalhando sempre até tarde, e a gente não estava se comunicando muito bem.

— Então Jody colocou você pra fora de casa.

— Mais ou menos isso.

— Ah, querido. Como está o Sam?

— Está bem. Estamos tentando mudá-lo de escola porque não estamos satisfeitos com a atual. Visitamos duas, mas não temos certeza. Sam parece odiar ambas. Não sei o que fazer. Ah, e eu fui demitido. Então isso é mais uma coisa que tenho para resolver.

— Alex. — Ela suspira. — Você sempre carregou o peso do mundo nas costas.

Se eu estivesse no "bingo de clichês da mamãe", teria feito o primeiro X no cartão.

Conversamos por meia hora, conseguindo contornar os assuntos importantes em favor das fofocas da família (um dos primos dela foi preso por fraude, outro fugiu para a Noruega com o amante gay) e das rivalidades intensas que ela nutriu com alguns dos moradores de seu pequeno vilarejo, assim como de outros nas redondezas. Menciono que tenho buscado o Sam na escola duas vezes por semana e ficado com ele o dia todo aos sábados. Conto que fomos a Londres, que visitamos o café. E que eu queria contar ao Sam sobre George, mas que ele não entendeu.

— Você não pode viver no passado, e nem ele — diz.

Mais um X no cartão do bingo.

Por fim, os assuntos se esgotam. Se eu estava esperando qualquer conselho ou apoio, não pareceu funcionar.

— Como está a Emma? — pergunta ela, do nada.

Fico em silêncio por um segundo. Será que ela sabe?

— Está bem, acho.

— Ah, ela voltou. Posso dizer pela sua reação. Você não consegue esconder nada de mim. Sou como Kylo Ren.

— Jesus, mãe, você devia ser detetive. E, sério, você viu *O despertar da Força*?

— Vi, Alex, nós temos cinema na Cornualha. Temos até aparelho de DVD. Mas, de volta à Emma, ela não quer falar comigo?

— Emma acha que nós dois estamos com raiva dela.

— E ela acertou! Estou aqui sentada sozinha numa casa cheia de goteiras, cercada de estrume de vaca e fazendeiros por todo lado, enquanto ela viaja pelo mundo tirando fotos com pedaços de mau caminho.

— Mamãe.

— É verdade, eu vi no Facebook.

— Mãe, sério.

— Ai, Alex, faz sua irmã me ligar. Ou, melhor ainda, faz com que ela venha aqui. Não vou me irritar nem passar sermão nela. Bem, não vou me irritar, pelo menos. E, por falar nisso, por que você não vem me visitar? Traz o Sam. Ele nem deve se lembrar da minha cara.

— É, pode ser — digo enquanto Dan entra em casa.

Ele acena da porta e segura uma embalagem com quatro cervejas japonesas. Levanto o polegar em sinal de aprovação.

— Sam está começando a se acostumar com trens — digo para minha mãe. — Preciso consultar a Jody, mas é uma boa ideia.

— É isso aí. E, Alex, não se preocupa tanto. Você se aborrece muito, sempre foi assim. Não deixa o mundo te encurralar em um canto. George não ia gostar disso.

Sinceramente, acho que ela nunca usou o nome dele dessa forma. O que George ia gostar...

— Tenho que ir agora, filho. Se cuida. E me telefona logo com uma data. Mas espera uma ou duas semanas, mais ou menos. Você se lembra do Sr. Davis, que mora no fim da rua? Ele está consertando o telhado. Não sei o que ele faz lá em cima, mas o barulho é ensurdecedor.

— Mãe, esse homem deve ter uns oitenta anos.

— Ele tem setenta e oito e está totalmente em forma. E me deve um favor depois de ter dado ré na minha cerca-viva com o Land Rover dele.

— Tá, o.k. Vou desligar. Se cuida você também. E pega leve com os pobres homens de Fowey.

Chegou a hora. Não podemos mais adiar. É hora de vasculhar a grande caverna em busca de tesouros.

Sam e eu estamos nos preparando há dias. Juntamos ferro suficiente para fabricar espadas e armaduras, assamos vinte peças de carne e vinte pães, que vão nos curar se formos atacados. Temos cem tochas para iluminar o caminho. Não poderíamos estar mais preparados para essa expedição.

— Nós vamos conseguir — digo ao Sam enquanto admiramos o céu noturno de uma das janelas em forma de cruz do castelo.

— Pode ser que a gente encontre ouro — diz ele. — Pode ser que a gente encontre uma esmeralda!

Quando surge o primeiro raio de sol, nós saímos do castelo, passando pelos portões e seguindo em direção às planícies. Num primeiro momento, Sam dispara na frente, mas, conforme as montanhas e a entrada da caverna se aproximam, seu ritmo diminui. No entanto, ele não para, não reclama e nem pede para voltar.

— Como foi a escola hoje? — pergunto enquanto nos abaixamos sob as árvores e galgamos terrenos gramados.

— Boa — responde. — Ganhei uma estrela na aula de matemática porque eu me esforcei à beça.

— Você brincou com alguém no recreio?

— Não, eu brinco sozinho. Mas não ligo. Às vezes a moça da cantina vem conversar comigo.

O.k., penso, isso é de partir o coração. Mas ele está bem, está tudo bem.

Escalamos as rochas que parecem uma escada até a entrada da caverna, tão grande e sombria que sua escuridão nos engole. Coloco tochas nas paredes para iluminar o interior, revelando o túnel escarpado que leva até o interior da montanha. Entramos devagar, já conseguindo enxergar mais veios de carvão salpicados pelas paredes. Depois de alguns centímetros, a passagem estreita se abre em uma pequena caverna, e, assim que acabo de colocar algumas tochas na parede, reparo numa grande fenda no chão, um abismo profundo e angular que mergulha em completa escuridão.

— Papai, com certeza vai ter aranha lá embaixo — comenta Sam.

— Está tudo bem. Acho que vamos conseguir descer em segurança — digo. — Mas vou ser cuidadoso. Já aprendi minha lição.

As bordas das paredes criaram uma espécie de escada, então conseguimos descer muitos metros, colocando tochas pelo caminho, iluminando gradualmente o vórtice abaixo de nós. Eu paro para descansar na descida, e aproveito para desbastar alguns blocos de pedra para construir uma série de degraus mais adequada. Sam se desloca atrás de mim, cauteloso.

Por fim, chegamos a outra caverna com pequenas passagens que levam a diferentes direções.

Também ouvimos o som de pingos e, quando aponto a tocha, vemos um pequeno riacho correndo por um dos caminhos escuros abaixo.

— Vamos por aquela passagem — diz Sam.

— Claro. Você está sendo muito corajoso — falo. — Dá um pouco de medo, não dá? Mas nós podemos fazer isso juntos.

Um pouco abaixo, há mais uma queda e outra passagem, só que, no canto oposto, alguns metros à frente, vejo algo inesperado — um brilho alaranjado, fraco, porém distinto, na escuridão.

Lava.

Estamos mais fundo do que jamais estivemos.

Seguimos a luz até a origem, mas nosso caminho está bloqueado por uma parede de pedra. Uma pequena fenda nos permite ver a claridade tremulante do outro lado.

— Está pronto? — pergunto.

— Ai, ai. Estou!

Bato na pedra e nós entramos.

— Uau! — exclama Sam.

Estamos em uma câmara enorme, incrivelmente ampla, se estendendo muitos metros acima de nós e iluminada por grandes cachoeiras de lava, cascateando pelas paredes planas. É de tirar o fôlego, como uma pintura gigante do inferno, a escuridão além do líquido inflamado parecendo seguir até a eternidade. Abaixo de nós, o rio de lava segue até um lago, formando uma linha irregular de rocha bem negra.

— Obsidiana! — grito, animado.

Eu sei o que é isso, vi no meu guia. É a substância mais dura de *Minecraft*, e o que você precisa ter para construir um portal para a dimensão do Nether.

Mas olho para o Sam e o personagem dele está admirando algo completamente diferente, do outro lado do fosso gigantesco, alguma coisa na parede. Meus olhos percorrem a superfície até que vejo o que ele está olhando: dois pedaços de pedra pontilhados de partículas verdes.

— Ali tem esmeralda — diz. — Esmeralda para as Joias da Coroa.

— Isso!

Batemos as mãos num high-five, animadíssimos.

— Mas como vamos até lá? — pergunto.

Ambos olhamos para baixo, para o largo rio de pedra derretida. Se um de nós cair, perde todos os itens, absolutamente tudo — e o outro vai ficar abandonado na caverna, sozinho.

— Já sei, a gente precisa construir uma ponte — diz Sam.

— Mas não tem como, não tem nada em que possamos apoiar as pedras, você teria que construir a ponte enquanto a atravessa. É praticamente impossível.

— Eu consigo — afirma Sam.

Ele anda muito perto da beirada, a poucos centímetros dela, e se inclina sobre o precipício. Então, cuidadosamente, apoia uma única pedra, que fica projetada sobre a queda.

— Será que você consegue fazer isso até chegar lá? — pergunto

— Não sei.

— Acho que você consegue, Sam. Você é bom nisso.

Então ouço alguns guinchos baixos, mas facilmente reconhecíveis. Eu me viro e, no fundo do caminho, à minha direita, consigo distinguir os inconfundíveis olhos quadrados vermelhos de uma aranha. Mas não são só dois olhos, há pelo menos seis. Dou alguns passos cuidadosos na direção deles e coloco uma tocha na parede. De repente, vejo tudo. Três aranhas da caverna, atropelando-se no desespero de chegar até mim e Sam, seus corpos pretos gigantescos formando uma verdadeira massa de pernas e presas.

— Sam — digo, baixinho. — Tem umas aranhas aqui. Pode continuar construindo a ponte. Vou dar um jeito nelas.

— Elas vão me derrubar na lava — diz ele.

— Não vão, não. Continua construindo.

Ele não diz nada, mas vejo que olha mais uma vez para a beirada do bloco. Em um movimento infinitesimalmente lento, ele coloca a próxima seção de pedra sem cair. Eu me viro para encarar as aranhas. Só tenho à mão uma espada de ferro — se pularem em mim, vão me derrubar na lava. Sei que é só um jogo, mas a tensão, a sensação de perigo, é palpável. Parte de mim está ciente de que, na verdade, isso se tornou muito mais que um jogo. É um enigma psicológico que não tenho tempo para desvendar porque preciso apunhalar três aranhas gigantes.

Sam está no quarto bloco, sua estreita ponte chegando à metade do caminho. Mais um passo à frente e ele poderá colocar uma pedra do outro lado — contanto que as aranhas não o alcancem.

Então elas chegam a mim, seus guinchos estranhos ecoando pelas paredes altas da caverna. Eu balanço minha espada, sem mirar, sem olhar, só golpeando a esmo como uma espécie de assassino psicopata num filme de terror. Uma das aranhas cai na lava, seu corpo bulboso desaparecendo no fogo. Mas uma delas ainda está perto de mim, avançando, me mordendo várias vezes. Minha energia está acabando. Na confusão, acabo deixando a espada cair, e preciso pegar minha picareta. Quase morto, desfiro um último golpe, acertando a lateral do corpo da aranha. Ela tem um espasmo esquisito e então, convulsionando loucamente, cai na lava. Sinto um alívio momentâneo — até perceber que a terceira escalou a parede, passou por cima de mim e está indo furtivamente para a ponte de Sam.

— Ai, não! — exclama ele.

— A esmeralda! — eu grito.

Ele começa a golpear a parede com a picareta. A aranha rasteja pela ponte. Saio em disparada, mas estou muito longe. Então lembro que tenho um arco e flecha. Nunca usei o arco, não com sucesso. Mas eu o empunho agora enquanto a aranha se aproxima. Sam ainda está escavando, mas finalmente o bloco de esmeralda se solta e ele o recolhe. Tento mirar um pouco à frente, entre Sam e a aranha. Sam se vira e vê a criatura a centímetros dele.

— Papai! — grita ele.

Atiro a flecha. Ela dispara invisível e inaudível pela caverna. Não consigo nem olhar. Ouço um baque. Algo caiu. Ouço o barulho sibilante do impacto de algo no rio derretido. Abro os olhos devagar. Primeiro olho para o lugar onde Sam estava e vejo o buraco na parede, onde ficava a esmeralda.

Mas nada de Sam. Nada de aranha.

Ai, não, eu penso. Derrubei os dois.

— Papai, peguei o tesouro!

E Sam está do meu lado, pulando de felicidade e orgulho.

— A aranha me mordeu uma vez, mas eu tentei bater nela com a minha picareta. Acho que acertei.

Guardo o arco.

— Você acertou. Acertou, sim. Pegou a esmeralda e matou o monstro.

— Vamos levar a esmeralda para o castelo. Já temos uma Joia da Coroa!

Voltamos pelas cavernas, deixando tochas para marcar o caminho, parando de vez em quando para extrair ferro e carvão das paredes. E então estamos ao ar livre de novo. É dia, o sol quase cegante alto no céu azul.

— Papai, nós somos um time — diz Sam.

— Somos, sim. Somos um time corajoso de aventureiros.

— Temos que guardar a esmeralda no nosso baú, com as outras Joias da Coroa.

Conforme ele corre para o castelo, olho em volta mais uma vez, e para trás, para a entrada da caverna. Por um segundo tenho certeza de que vi outra figura ali, um personagem, não um monstro, com uma roupa laranja, olhando para mim do alto da montanha. Mas, quando dou um passo atrás, ele parece recuar e é engolido pela escuridão.

Capítulo 19

Na tarde seguinte é minha vez de buscar o Sam na escola. E sou incumbido de uma tarefa extra, algo inteiramente inesperado: ele vai levar uma amiga para brincar em casa — Olívia, a menina que frequentou a mesma creche que Sam e que estuda na escola de que gostamos. Ela parece ser um contato social importante. Estou nervoso com a possibilidade de eu estragar tudo, ou de Sam estragar tudo. E então penso: com que raios estou preocupado? São duas crianças se juntando para brincar, não um casamento real entre duas facções rivais.

Ao me aproximar do portão, experimento a habitual sensação de medo latente, e, quando os pais começam a chegar, a visão deles esperando e conversando perto da entrada completa o quadro que vem me assombrando durante todos esses anos. Também há sempre uma ansiedade a respeito de como o Sam vai estar, e se haverá um professor junto dele para me contar, falando baixinho, sobre algum incidente no recreio, alguma outra confusão do tipo "meio a meio" com um grupo de garotos. Como sempre, estou dividido entre desejar poder ver o que acontece com ele durante o dia e feliz por não poder.

Hoje, quando o sinal toca e as portas se abrem, ele está no primeiro grupo a sair. Sam corre através da confusão de pais direto para os meus braços.

— A gente vai buscar a Olívia? A gente vai jogar *Minecraft*!

— Sim, o.k., vamos buscá-la no caminho. Como foi a aula?

— Boa.

— O que você aprendeu?
— Nada.
— Nadinha?
— Não.
— Maravilha.

Dirigimos pelo tráfego vespertino irritantemente lento até a St. Peter's. Crianças com um uniforme diferente estão saindo aos montes pelos portões, sorrindo e gargalhando, nas mãos desenhos e trabalhinhos estranhos feitos com rolos de papel higiênico. Deve ser fruto da minha imaginação, mas elas já me parecem muito mais simpáticas que as crianças da escola do Sam. Estaciono no fim da rua e levo Sam comigo até o portão. Não me lembro da cara da Olívia, então vou ter que confiar nele para me ajudar. Mando uma mensagem de texto para Jody comentando como isso me parece imprudente. Procure a menina mais bonita, responde ela. O que não me ajuda em nada. Pelo menos Jody vai estar em casa daqui a uma hora para tomar as rédeas desse compromisso social.

— Olívia! — grita Sam e corre até uma menina esperando ao lado do portão.

Ela é ligeiramente mais alta que ele, os cabelos pretos, lisos e compridos, e um rosto delicado de beleza refinada. Ela o cumprimenta carinhosamente e começa a conversar com ele. Sam faz que sim com a cabeça, compenetrado. Uma mulher se dirige a eles e imediatamente presumo que seja a mãe dela. Está vestida com requinte, de saia e jaqueta da Burberry, o rosto, como o da filha, é lindo e altivo. Ela tem aquela aura despreocupada e confiante de quem tem muito dinheiro.

— Oi, você é o pai do Sam? — pergunta. Seu jeito de falar é cadenciado e formal.

— Sou, sim, oi. Sou o Alex.

— Meu nome é Prudence, sou a mãe da Olívia. A Olívia vai para a sua casa, aparentemente. Combinei com a Jody ontem.

Por um segundo, fico em silêncio, me sentindo intimidado. Sam nunca levou ninguém para brincar em casa. Agora parece ter ficado amigo de uma família saída diretamente da coluna social da *Tatler*.

— Isso, é isso mesmo — digo. — Devo levá-la de volta mais tarde?

— Não, eu irei buscá-la. Vocês lhe servirão o jantar?

— Hum, claro. Quer dizer, o Sam não come muito, então provavelmente vai ter de ser macarrão com torrada.

Ela se encolhe de leve.

— Está ótimo.

— Que bom.

— Olívia estava ansiosa por essa visita. Ele vem jogando um jogo de computador. *Mindcraft?* É muito bom, aparentemente. Enfim, imagino que seja disso que eles irão brincar.

— Ah, o.k., é, eu sei.

— O irmão dela, Harry, também é obcecado por esse jogo — diz, olhando para um garoto com jeito meio marrento atrás dela. — Assim como todos os amigos dele. Não entendo nada de jogos de computador, mas não parece que estejam atirando em terroristas nesse, o que é um alívio. Enfim, nos vemos mais tarde.

Ela pega a mochila da Olívia, segura a mão do filho e segue pela rua em direção a um Range Rover imenso e impecavelmente branco. Fico ali parado, boquiaberto, até o carro ser ligado e começar a andar, e então desaparecer atrás da curva de casas geminadas.

— Eu vou ensinar a Olívia a construir um castelo — fala Sam.

— Oi, Sr. Rowe — diz Olívia. — Qual é o seu carro?

— É aquele constrangedoramente medonho ali — respondo. — Crianças, vocês querem ir ao café primeiro e tomar um leite com espuma?

Ambos gritam "queremos" e pulam enlouquecidos antes de correr para a nossa perua suja e detonada.

Quando chegamos ao café, abro a porta para eles, que entram conversando animadamente (na verdade, quem fala é a Olívia, Sam só concorda). Enquanto vão até o fundo para pegar um dos sofás confortáveis, ando até o balcão, onde o barista favorito do Sam está lendo o extenso cardápio para uma senhora idosa. Quando ela vai para uma mesa próxima andando bem devagar, parecendo bastante confusa, faço meu pedido.

— Vejo que tem uma convidada hoje — diz ele, olhando para o Sam. — É a namorada dele?

Também olho para eles. Estão sentados juntos, conversando, folheando quadrinhos e revistas sobre a mesa. Parecem duas crianças tendo uma conversa normal. Mas essa situação não é normal para nós. Sinto como se eu pudesse dar um soco no ar de tanto orgulho, como Judd Nelson na cena final de *Clube dos cinco*.

— Esse lugar parece extrair do Sam o que ele tem de melhor — afirmo.

— Ah, é, bem, foi bom enquanto durou.

Sinto um aperto no peito de repente.

— O que você quer dizer com isso? — pergunto.

— O dono botou à venda. Ele conheceu uma pessoa, na verdade, um cliente assíduo, e eles estão indo embora para abrir uma pousada em algum lugar da Itália. O contrato vence em alguns meses, e então acabou-se o que era doce.

— Ah, não, isso é péssimo — lamento.

— Nem me fala. Gosto daqui. É um lugar legal. E a maior parte do tempo parece que estamos recebendo amigos, em vez de trabalhando. Vou sentir falta. Enfim, pode se sentar. Já levo suas bebidas.

Vejo que há pessoas na fila atrás de mim, então me afasto do balcão, mas a notícia me deixou pasmo. Esse é o nosso café, nosso refúgio. Decido não contar ao Sam. Não hoje, não durante o seu programa com uma amiga. Em vez disso, ficamos sentados e aproveitamos o momento. Olívia fala sem parar sobre o dia dela na escola — o que ela fez, com quem brincou, quem disse o quê —, o tipo de informação que nunca obtemos do Sam. Enquanto isso, ele fica levando o assunto de volta para o *Minecraft*.

— Eu sei construir com arenito — anuncia, do nada.

Então, subitamente empolgada por ter se lembrado de algo, Olívia interrompe Sam colocando a mão suavemente no braço dele. Noto que ele não se esquiva.

— Ah, meu irmão me contou que vai ter uma competição de construção em *Minecraft* — diz ela. — Vai ser daqui a alguns meses, você devia se inscrever, Sam. É uma feira de videogames em Londres.

Todo mundo tem quatro horas para construir um modelo e os melhores ganham um prêmio.

— Eu posso ir? — pergunta Sam.

Já consigo imaginar a cena: um imenso salão de exposição cheio de adolescentes barulhentos, consoles de videogames e música eletrônica. Se a festa de Tabitha promete ser a Cidade do Chilique, isso seria o Apocalipse do Ataque de Fúria.

— Não sei. Temos que ver quando vai ser. E provavelmente vai ser muito barulhento.

— Londres era barulhenta — diz ele. — E eu completei.

— Quando a gente voltar, vamos adicionar o meu irmão no seu Xbox — sugere Olívia a Sam. — Aí vamos todos poder jogar no mesmo mundo de *Minecraft*.

— Papai, a gente pode fazer isso?

— Pode — respondo, feliz de sair do assunto da competição.

Quando voltamos para casa, eles saltam do carro e sobem a escada correndo. Ouço o Xbox sendo ligado. Pego leite e alguns biscoitos na cozinha e levo para eles numa bandeja, esperando conseguir manter para Olívia a ilusão de que a) sou um pai totalmente funcional e confiável e b) Sam traz gente para brincar o tempo todo, e isso não é *de forma alguma* um verdadeiro milagre.

No quarto, Sam está ocupado mostrando nosso castelo para Olívia. Ele acrescentou uma série de pequenas áreas de plantio onde está cultivando trigo e cenoura. Ela parece impressionada. Deixo o lanche na mesa e fico observando, mas Sam olha para mim com uma cara que interpreto como sendo de vergonha. Antes de eu sair do quarto, Olívia fala mais uma vez da feira de videogames e de como Sam deve se inscrever de verdade na competição de *Minecraft*. Ele concorda entusiasmado e eu demoro alguns segundos para perceber que, na emoção do momento, estou fazendo que sim com a cabeça também.

Capítulo 20

Começamos falando de amenidades. São sete da noite de um dia de semana e eu estou num pub no centro da cidade com Matt. Ele veio aqui para assistir à partida decisiva entre o Manchester United e o Porto pelo campeonato da Liga dos Campeões da UEFA, enquanto que eu vim aqui para descobrir se ele está tendo um caso. Mas não posso deixar que ele saiba disso assim de cara. Tenho que chegar lá com astúcia, puxando algum assunto nada a ver — no caso, discutindo a incapacidade do Manchester United de substituir Roy Keane por um meio-campo mais agressivo. É assim que se faz entre homens.

— Então — começo (e isso acontece depois de dez minutos de uma longa análise da história recente do clube) —, por falar na decepção que pode advir de uma estagnação criativa duradoura, como vão as coisas entre você e Clare?

Matt ergue os olhos do copo de cerveja.

— Bem, bem. Estamos nos preparativos para a festa de aniversário da Tabitha. Vocês vão com o Sam?

— Não decidimos ainda. Não sei como ele vai estar no dia. Tem mais alguma coisa acontecendo com vocês?

— Por que você está perguntando isso?

— Ah, você tem estado um pouco distante ultimamente. E até durante a partida você ficou bastante tempo no celular mandando mensagens. Não pude deixar de notar.

Devagar, penso com meus botões. Ele vai mudar de assunto, mas é apenas a primeira tentativa. Temos a noite toda, então...

— Não conta nada para a Clare! — Ele solta o verbo, parecendo apavorado.

Ai, merda, ele já caiu na armadilha. E *está* tendo um caso.

— O.k. — digo. — Não contar nada para a Clare sobre o quê?

Ele demora um instante para se recompor.

— Eu me meti numa pequena enrascada. Uma enrascada financeira.

— O quê? Como?

Matt respira fundo algumas vezes e olha desamparado para um homem de meia-idade com uma camisa do Manchester United que passa por nós carregando uma grande bandeja de copos de cerveja.

— Eu tenho apostado, principalmente em futebol, mas também em rúgbi, críquete, corrida de Fórmula 1, o que quer que eu esteja vendo no momento. Eu aposto pelo celular.

— Desde quando?

— Comecei há um ano. Eu estava viajando muito, visitando programadores e analistas. Eu ficava tão entediado, sentado em quartos de hotel o tempo todo, assistindo aos canais esportivos. Quando você tem filhos, fica sempre reclamando que queria poder ter um pouco de paz e sossego sem as crianças em volta, mas, quando consegue, não tem a menor ideia do que fazer. Então comecei a apostar em algumas partidas aqui e ali, para tornar as coisas mais interessantes. Só que de repente eu não conseguia mais assistir a um jogo sem apostar em alguma coisa: no primeiro a marcar, no número de gols, no número de escanteios. Meio que saiu do controle. Você sabe que está com problemas quando se vê sentado em um quarto de hotel em São Francisco às seis da manhã apostando cem libras no jogo do Hartlepool contra o Barnet.

— Então... você está endividado?

Ele bufa.

— É, pode-se dizer que sim.

— Então?...

— Umas quinze mil libras. Era menos, mas naquele fim de semana que viajei a trabalho, tentei ganhar tudo de volta em um só dia. Apostei umas cinquenta vezes. Foi uma merda de um desastre, Alex.

— Ai, merda.

Matt baixa os olhos para o próprio colo. Primeiro acho que é por estar envergonhado, mas então tento ver onde está o seu celular. E está na mão dele.

— Peraí, você não está apostando nesse jogo agora, está?

— Não! Bem... estou.

Eu avanço e tiro o celular da mão dele.

— Ei! — grita.

— Sério, Matt, o que diabos você está pensando?

— Não sei. Talvez em apostar cinquenta pratas que o Porto vai marcar primeiro?

— Matt, estou falando sério!

— Foi mal!

Ficamos em silêncio por um segundo. Ao fundo, escuto o apito do juiz autorizando o pontapé inicial, e uma comemoração pouco efusiva de alguns torcedores tagarelas do Manchester United.

— A casa está fora dessa? Você consegue pagar a prestação?

— Por enquanto, sim. Mas vai ficar difícil. Merda, que confusão.

— Você precisa contar para a Clare.

Ele olha para mim, os olhos vermelhos e cheios de desespero.

— Eu tentei. Mas imaginei que, se eu conseguisse pagar tudo aos poucos, talvez ela não precisasse saber.

— Matt, ela acha que você está tendo um caso.

— O quê?!

— Ela me procurou na semana passada, achou que você estava com alguém. Ela sabe que alguma coisa está errada. *Ela* não é a parte sem noção desse relacionamento.

— Merda.

— Você tem que contar para ela.

— Estou apavorado, Alex. Não vou conseguir viver sem a Clare e as crianças. Não sei o que fazer.

Comemorações irrompem ao fundo. Instintivamente, olhamos para a tela. O Porto marcou um gol. Matt olha pensativo para o celular.

*

No dia seguinte, dou uma volta pela cidade, ainda processando aquela conversa estranha com o Matt e me perguntando o que devo dizer para a Clare, que já me mandou duas mensagens de texto. Preciso ficar fora do apartamento um pouco, sair daquele quartinho deprimente. O único ponto positivo é que, graças a uma ida penosa até a Ikea, agora tenho uma cama de solteiro meio bamba em vez de um colchão inflável. Também tenho uma luminária (porque você nunca sai da Ikea *apenas* com aquilo que foi comprar) e um tapete vagabundo que gera eletricidade estática suficiente para fazer a luminária funcionar.

Sem rumo e entediado, perambulo pelas passagens cheias de poças do Saint Nicholas Market, com suas livrarias abarrotadas, pequenas barracas vendendo ervas, especiarias e comida vegana. Então verifico meu saldo bancário, que está assustadoramente baixo, mas mesmo assim vou até uma loja na Park Street e compro alguns discos de vinil para ouvir na vitrola ridiculamente cara e ridiculamente pouco usada do Dan. Depois de almoçar em uma hamburgueria gourmet, desço a ladeira e passo em frente à loja de roupas vintage onde a Isobel trabalha. Então paro. E, quase sem pensar, sem debater com a minha consciência sobre o que estou fazendo, volto alguns passos e entro nela.

O interior da loja é um arroubo caótico de nostalgia. As paredes são cobertas de araras cheias de vestidos dos anos cinquenta, jaquetas college e calças da Levi's desbotadas. Capas de antigas revistas de estrelas de cinema revestem todas as superfícies. Dos alto-falantes sai a música de um grupo feminino da Motown. O lugar é impregnado de um forte cheiro de incenso.

Eu a vejo do outro lado da loja, processando uma venda numa antiga caixa registradora dos anos sessenta e entregando uma grande sacola de papel para uma cliente. Isobel está com um cardigã rosa sobre um vestido preto, os cabelos arrumados num penteado retrô. Ela está incrível, como se tivesse acabado de sair de uma sessão de fotos do David Bailey. Quando ela olha na minha direção e me vê, me pergunto se vai me reconhecer. Mas, para minha surpresa, ela abre o mesmo sorriso largo e cativante que iluminou o café quinze dias atrás.

— Olá — diz ela, se aproximando. — O que o traz aqui?

— Estava só de passagem — respondo, imediatamente consciente da resposta sem graça e estereotipada que acabei de dar. Ai, meu Deus, estou prestes a fazer papel de bobo. — Como vão as coisas?

— Ah, tudo bem. Meu pai levou Jamie para pescar, o que é ótimo porque o que poderia dar errado com um garoto autista e hiperativo em águas profundas e com anzóis afiados? Enfim, a loja está muito vazia hoje, então, quando o hospital ligar, eu posso fechar e sair correndo sem problemas. Bom ver você de novo.

— Bom ver você também. Então, hum, a que horas você sai? — Era para ser uma pergunta casual, mas percebo, assim que as palavras atravessam o ar perfumado, que parece um convite.

— Isso é um convite? — pergunta ela.

— Não! — Pequena pausa. Isobel parece decepcionada. — Quer dizer, sim. Quer dizer, não era para ser, mas agora eu gostaria que tivesse sido. Ai, meu Deus, não sei o que dizer, posso sair e entrar de novo?

— Eu saio às seis. Podemos tomar um café no fim da rua, se você quiser. Tenho que estar em casa por volta das oito.

— Ótimo, vamos sim. Vejo você aqui, então. Às seis. Para um café.

Saio da loja e fico na esquina por alguns instantes, me sentindo estranho e fora do meu próprio corpo. É como se tivessem me servido um banquete emocional de culpa, excitação e terror, e, quando vejo que está demorando a passar, resolvo ir até o museu para me acalmar na ala do Egito Antigo. É assim que passo a hora seguinte — racionalizando tudo na minha cabeça enquanto observo os artefatos de uma civilização extinta há muito tempo. Não estou traindo a Jody, não vou trair a Jody, isso é um tipo de experimento, nós somos amigos, e tudo bem. Está tudo bem. Quer dizer, claro que não está. Obviamente o meu casamento está descosturando, e a mulher que eu amo, a mulher com quem passei uma década da minha vida, pode muito bem estar sentada agora num bar tomando vinho com um cara chamado Richard. Nada está bem. Mas talvez eu possa puxar uma linha de felicidade dessa confusão.

Volto para a loja às cinco para as seis e fico esperando do lado de fora, parecendo um meliante. Dez minutos depois, Isobel e uma colega de trabalho saem, trancam a porta e se despedem com um abraço. A amiga dela me lança um olhar inquisitivo e segue pela Park Street.

— Então — começo a falar, tentando fazer com que tudo pareça o mais casual possível. — Aonde nós vamos?

— Tem uma excelente cafeteria perto do Triangle — diz ela. — Vamos lá.

Andamos pela rua juntos, uma distância respeitável entre nós, desviando de grupos de estudantes, a cabeça baixa para proteger do vento. A cafeteria é um pequeno estabelecimento independente espremido entre uma pizzaria e um mercado de alimentos orgânicos. Houve uma leve tentativa de decoração no estilo parisiense chique, o que significa que há fotos sépia nas paredes e um CD do Jacques Brel tocando sem parar. O lugar está cheio de clientes com a aparência cansada, exceto nos bancos enfileirados junto ao vidro, que estão ocupados por homens na casa dos vinte e poucos anos com rostos sérios e camisas de malha com dizeres irônicos, debruçados sobre seus MacBooks. Dan deve conhecer todos eles. Pedimos dois cafés latte e nos sentamos em uma cabine perto do caixa.

— Meu pai me mandou uma mensagem no celular — conta Isobel. — Aparentemente o Jamie não se afogou, o que é bom, mas ele *ficou* impaciente e jogou todo o equipamento de pesca no canal, então a pescaria acabou por hoje. Como está o Sam?

— Bem, acho. O mesmo de sempre. Terrível numa semana, maravilhoso na seguinte. Tenho lido vários livros sobre autismo, tentando entender o que desencadeia os ataques e o que fazer para preveni-los.

— E aprendeu alguma coisa?

— Sim, não faça nada novo ou inesperado. O que é fácil, obviamente, porque nada de novo ou inesperado acontece no mundo.

— Na semana passada, Jamie destruiu a sala porque o seriado *Deu a louca na história* começou dez minutos atrasado. Não há muito que eu possa fazer a respeito. Ele é obcecado pela Idade Média. Era assim com *Thomas & seus amigos*, agora são torturas, armas para cerco de batalha e doenças. Na semana passada tive que ir à Waterstones para ver se eles tinham algum livro infantil sobre a Peste Negra.

— Sam está totalmente obcecado por *Minecraft*. Se não está jogando, está lendo ou vendo vídeos no YouTube sobre ele. Mas tem sido bom, é uma coisa que o acalma, e nós jogamos muito juntos, o que é ótimo. Vai ter uma competição de construção de modelos no *Minecraft* em Londres e ele quer ir. Quer dizer, isso é importante, é um passo tão grande para ele. Mas é preocupante o fato de ele estar *tão* obcecado.

— Mas é legal, é uma coisa criativa! Tipo, Jamie passa horas mexendo no laboratório de química de brinquedo, criando poções. É o único momento que ele fica parado. Perguntei o que ele queria ser quando crescer e ele me disse que quer ser alquimista.

— Isso está no currículo nacional?

E assim transcorreu a hora que passamos juntos. Aonde quer que a conversa nos levasse, acabávamos voltando aos nossos filhos e ao autismo, e ao grande pé no saco que ele pode ser às vezes: a forma como cada viagem tem de ser planejada e discutida seguindo táticas militares; as perguntas sem fim; as estranhas inibições; os olhares de reprovação de outros pais; as sugestões que não ajudam em nada; as noites sem dormir. Mas também conversamos sobre o quão divertidos e idiossincráticos nossos meninos são — a forma como veem as coisas e como isso moldou a nossa própria visão de mundo; as coisas que dizem, e como aprendem frases inteiras de programas de TV e as repetem como papagaios, em contextos totalmente inapropriados. Nossa conversa se transforma em uma versão da cena de *Tubarão* em que Robert Shaw e Richard Dreyfus comparam cicatrizes, só que no nosso caso são histórias de terror dos ataques dos meninos.

— Uma vez a escola mandou Sam para casa porque ele deu um soco no meio das pernas do professor.

— Jamie cuspiu comida na moça da cantina e depois fez xixi nas calças.

— Sam derrubou uma TV dentro da PC World, então eu o botei debaixo do braço e saí correndo.

— Jamie jogou uma raquete de tênis através da janela novinha do jardim de inverno dos meus pais.

— Vamos decretar empate.

Isobel é inteligente e divertida. Não importa o que tenha passado criando sozinha um filho autista, ela é o tempo todo positiva e otimista. O copo não está meio cheio, está transbordando. Os olhos dela brilham por trás daqueles óculos de armação grossa, e eu não consigo tirar os olhos deles.

— Então, o que você faz além do trabalho e de Jamie? — pergunto.

— Bem, eu já te contei das festas que organizo? Eu sou meio apaixonada pelos anos sessenta, como você deve ter notado. As bandas formadas por mulheres, a moda, os filmes, as peças. Tudo era tão empolgante e novo, havia tantas possibilidades. Hoje temos todas essas coisas, todos esses gadgets, que eles nem podiam conceber naquela época, e mesmo assim todo mundo é cético e solitário.

— E quanto ao pai do Jamie, ele curtia essas coisas todas?

— Rá! Não, de jeito nenhum. Nem sei se ele gostava de música. A gente se conheceu na faculdade. Eu estudava moda, naturalmente, e ele cursava produção televisiva. Ele arrumou um trabalho de produtor em Londres e desapareceu. E agora é diretor-assistente ou algo assim.

— Às vezes me pergunto se Sam algum dia vai... você sabe...

— Virar diretor-assistente de televisão e abandonar a família?

— Não! Quer dizer, ter um relacionamento.

— Já pensei nisso também. Bem, o Jamie é patologicamente egocêntrico, óbvio, mas não sei se é porque é autista ou porque é homem. Brincadeirinha. Sei que seria bom ele ter um homem por perto para aprender sobre coisas do mundo masculino, para receber uma orientação prática. Infelizmente escolhi um péssimo professor.

— O Sam definitivamente gosta de garotas, mas, no geral, prefere aplicativos de voos e *Minecraft*. Não sei se vai ser diferente daqui a dez anos. As pessoas são cansativas e complicadas para ele.

— Sei como ele se sente. E você?

— É... Quer dizer, eu em relação à Jody? Eu...

— Não, eu digo você. O que você faz? Do que você gosta?

— Cara, não sei. Fui tragado pelo trabalho e pela paternidade por oito anos. Meio que perdi o contato com todo o resto.

Olho ao redor, tentando pensar nas coisas pelas quais eu me interesso. A cafeteria está mais vazia, com poucos clientes, um ou outro engravatado. Meu olhar recai momentaneamente em uma mãe sentada perto do vidro com uma criança; tenho certeza de que a conheço, mas não sei de onde — uma antiga cliente da corretora, talvez? Não consigo lembrar.

— Então? — diz Isobel. — Você gosta de *alguma coisa*?

Saio do meu transe e me agarro à primeira coisa que vem à mente.

— Bem, é... eu era muito fã de música eletrônica na época da faculdade. Tinha um blog sobre isso, eu era DJ. Ajudei um amigo a montar uma gravadora, o que foi uma catástrofe e um fracasso imediato. Agora, quando olho para trás, para aquela época, me sinto outra pessoa. Mas comprei dois discos hoje, então é um começo.

— Exatamente! Ei, você deveria ir a uma das minhas festas. Vou te apresentar ao dono do pub, quem sabe você não organiza um evento seu?

— Rá, acho que não... Ah, quer dizer, eu não acho que conseguiria organizar um evento, mas eu adoraria ir à sua festa.

— Ótimo, vou te mandar uma mensagem no celular com os detalhes. Aparece se quiser. Traz um amigo, sei lá. Foi legal conversar com você.

— É, foi, sim.

— Tchau, Alex.

Ela me dá um abraço apertado e anda pela Park Street em direção ao grande prédio da universidade. Começo a andar na direção oposta, repassando na cabeça o nosso breve contato físico, o toque ligeiramente áspero do vestido vintage, o aroma de coco em seus cabelos

Capítulo 21

Jody me liga para conversar sobre a competição de *Minecraft*. Sam tem falado nisso como se fosse algo certo de acontecer. Nem eu nem Jody estamos muito convictos disso.

Mas o amor dele pelo jogo é inquestionável. Jogamos juntos on-line sempre que podemos, às vezes por uma hora, outras por alguns minutos roubados antes da hora de dormir dele. Procuro o servidor do Sam e, quando vejo que está on-line, sinto um frisson que não sentia desde que tinha a idade dele, quando George e eu começávamos a dominar algum jogo de tabuleiro maneiro. Então mergulhamos de cabeça, adicionando novos detalhes arquitetônicos ao castelo, conquistando novas terras, vendo nosso reino se expandir lentamente a cada sessão. Algumas vezes conversamos, outras nos concentramos em silêncio nas nossas tarefas individuais, felizes por estarmos juntos naquele mundo. Nesses momentos, Sam é assertivo o suficiente para me dar instruções, me mandando melhorar as cercas da fazenda ou sair e caçar zumbis. Ele está ficando mais confiante — talvez até o suficiente para que sua confiança seja testada do lado de fora desse reino protegido.

— O que você acha de levarmos o Sam para a festa da Tabitha? — pergunto. — Vamos ver como ele lida com muita gente e barulho. Já faz algum tempo que não tentamos algo assim.

E ambos gememos por dentro ao nos lembrarmos do incidente que passamos a chamar de A Grande Catástrofe do Vômito de Sorvete que encerrou a última aparição dele em festas de aniversário. No entanto, estamos no recesso escolar de outubro, e, depois de vários dias tentando manter Sam entretido fora das duas horas diárias permitidas de Xbox, suspeito que Jody vá estar mais aberta a esse tipo de experimento. Quer dizer, se estivermos os dois lá supervisionando tudo, o que pode dar errado?

— É, é uma ideia — diz Jody. — Boa sorte.

E, com isso, a responsabilidade parental é oficialmente transferida para mim.

Busco Sam de manhã cedo no dia da festa. Ele parece um pouco temeroso, então pergunto se quer continuar com isso e ele faz que sim com a cabeça devagar. Fica claro que Sam foi subornado com algum tempo de iPad.

— O.k., que fantasia você quer usar? — pergunto. — Piloto de avião? Super-herói?

— Hum, de Creeper — responde Sam.

— Ah, o.k. Por que de Creeper?

— Porque eu sou como um Creeper!

— Por quê? Porque se as pessoas chegam perto você explode?

— Isso! — grita.

E nós dois rimos, mas eu me pergunto se apenas um de nós está ciente da verdade metafórica nessa afirmação. De qualquer forma, sei que a opção exclui uma ida rápida ao supermercado no fim da rua para comprar uma dessas fantasias prontas e baratas. Dou um suspiro. Vou ter de fazer a fantasia do zero. Como um pai normal — com um filho normal que gosta de criar a própria fantasia.

— Nesse caso, temos muito a fazer — aviso.

Primeiro vamos de carro ao centro de Bristol e passamos uma hora indo de uma loja de roupas infantis para outra, com Sam o tempo todo perguntando aonde estamos indo e o que estamos fazendo. A rotina de sempre. Finalmente encontramos um short de pijama verde e uma camisa de malha de manga comprida também verde.

— Essa é a minha fantasia? — pergunta Sam.

— Não, isso vai *por baixo* da sua fantasia.

— Por que vou usar uma fantasia?

— Ai, Jesus.

No caminho de volta para a casa do Dan, paro em uma papelaria para comprar tinta e em um supermercado para providenciar caixas de papelão de vários tamanhos e formatos. Quando chegamos ao apartamento, cubro a mesa de centro com jornais e coloco em cima dela tesouras, pinceis e fita adesiva transparente. Pintamos juntos as diversas caixas em diferentes tons de verde. Para minha surpresa, Sam consegue se concentrar na tarefa por pelo menos meia hora antes de a atenção dele se dispersar. No entanto, descubro que, se eu ficar fazendo perguntas sobre Creepers, consigo fazer com que ele volte ao trabalho. Esta é a maior quantidade de tempo que passamos realizando uma atividade assim, e, por um segundo, percebo o que estive perdendo, sentado naquele escritório por noites sem fim, depois passando os fins de semana tentando encontrar formas de fugir e relaxar em vez de brincar com o Sam. Como diz a sabedoria popular, as últimas palavras de ninguém jamais foram "gostaria de ter passado mais tempo no trabalho".

Estou me sentindo muito orgulhoso de mim mesmo quando Sam pega a caneca cheia de água em que vínhamos lavando os pincéis e decide fazer um experimento despejando quase todo o conteúdo no chão. Enquanto Dan e eu enxugamos tudo freneticamente com algumas camisas de malha sujas dele, conto sobre o evento de games e da competição. Não sei se ele já foi a alguma dessas coisas antes.

— Você está brincando? — diz. — É a feira de games GEN X. Vou todo ano. Já até comprei meus ingressos. É irado.

Parece que eu despertei acidentalmente seu eu interior de treze anos.

— GEN X? — pergunto. — Isso significa que vai estar apinhada de quarentões alienados?

— Não, cara. GEN X é a abreviação de GENERATION XTREME!

— Claro. Claro que é.

No fim, a fantasia consiste de uma grande caixa para o corpo do Sam, em que cortamos um buraco para ele enfiar a cabeça; de uma caixa de vinho para cada braço, e de duas caixas de lenços de papel para os pés. Eu trapaceei comprando uma máscara quadrada de Creeper em uma loja, mas não está nada mal para a primeira fantasia que criamos. Visto tudo nele com cuidado — sei que com o peso e as texturas desconhecidas ele não vai aguentar ficar com aquilo por muito tempo. Levo Sam até o grande espelho no quarto do Dan. Para que diabos Dan tem um espelho de corpo inteiro? Pelo menos não tem um no teto, penso, antes de lenta e temerosamente olhar para cima e verificar. Enfim, com essa imagem banida da minha mente, volto a focar no Sam, que parece maravilhado.

— Eu sou um Creeper! — grita ele. — Vou explodir você!

— Não, fica longe de mim! — grito e fujo pelo corredor.

Ele me persegue e dá de cara com a parede. Eu me viro e o vejo cambaleando comicamente por um segundo antes de se estatelar de costas no chão. Fico esperando o choro, mas, em vez disso, ele gargalha e luta para se levantar. Sam dominou a comédia pastelão. Essa tarde pode acabar dando certo.

Chegamos à casa de Matt e Clare antes do almoço. Mesmo antes de estacionar, posso ouvir o barulho lá dentro — o som inconfundível de crianças excitadíssimas, entupidas de doces e refrigerantes. Toco a campainha, com Sam ligeiramente escondido atrás da minha perna, e logo a porta é aberta por um pequeno Batman. É o Archie.

— Fantasia maneira! — diz ele, e então sai correndo e gritando.

Entramos na casa. Há crianças com fantasias bizarras por todo lado. Duas personagens de *Frozen* estão subindo e descendo a escada correndo, derramando refrigerante por onde passam. O Drácula está perseguindo um robô pelo corredor que dá na sala de estar, onde um grupo de Minions corre em círculos pelo tapete, coberto de Cheetos pisoteados. Vejo a Clare na cozinha vestida de bruxa, com direito a maquiagem verde e tudo. Ela está servindo copos de refrigerante de cereja de um caldeirão de plástico. Sam agarra minha mão conforme nos esforçamos para passar, pisando no Homem de Ferro que está no chão ao lado do Robin Hood, jogando num Nintendo 3DS.

— Oi, Clare, adorei a fantasia — digo enquanto ela serve litros de refrigerante em uma série de copos de plástico enfileirados na bancada da cozinha.

— Meu Deus, é o caos — diz ela. — Achei que cinco anos gerenciando um restaurante teriam me preparado para isso, mas que nada. Olha para cima, Alex, tem gelatina escorrendo do teto. E eu ainda nem servi gelatina para eles. Achei que ainda estava na geladeira. Não preciso disso agora.

Ela entrega mais alguns copos para uma turba de super-heróis, princesas e policiais, que depois correm para o jardim, deixando uma trilha de refrigerante vermelho em seu encalço.

— Como você está? — pergunto.

— Nada bem. Matt me contou tudo... Oi, Sam, que fantasia legal! Quer ir encontrar os outros?

Ele se agarra firme na minha perna.

— Quando vamos para casa? — pergunta ele, enquanto Archie e Tabitha entram correndo.

— Vocês dois — fala Clare —, levem o Sam para a sala, vamos fazer algumas brincadeiras daqui a pouco!

— Vamos! — gritam eles e o pegam pela mão. Ele os segue devagar.

— Aquele canalha egoísta e burro! — vocifera ela enquanto arruma a cozinha, colocando copos no lava-louças. — Não o Sam, quero dizer o Matt.

— Ah, É. Ele é burro mesmo.

— Como ele pôde? — sibila. — Ele tem um bom emprego, não precisa de dinheiro. Por que ele fez aquilo?

— Ele estava longe de casa e entediado, e é tão fácil hoje em dia. É como jogar videogame.

— Tá, tá, ele já me disse tudo isso. Mas ainda não consigo entender. Por que ele simplesmente não jogou uma porra de um videogame? Por que ele teve que colocar todos nós em risco? E ele escondeu isso de mim por tanto tempo!

— E o que você vai fazer?

— Não sei. Estou irritada demais até para olhar para ele agora. Ele está na sala, se você quiser vê-lo. Vou para lá em um instante para organizar as malditas brincadeiras.

Então vou para a sala, onde os Minions desistiram de desgastar o tapete e agora estão cavalgando na poltrona. Matt está no canto do cômodo, tristemente debruçado sobre o aparelho de CD portátil, fantasiado como o pirata mais deprimido do mundo. Ele está usando um lenço rosa de bolinhas em volta do pescoço, que se abriu, assim como seu colete. O tapa-olho desceu para o queixo. Até o papagaio preso ao ombro com fita adesiva transparente parece desanimado e infeliz. Uma menina dança sem parar, exigindo músicas do One Direction e atirando Cheetos no Matt.

— Oi — diz ele. — Sou o DJ de uma rádio pirata.

— Percebi. Como você está?

— Nada bem. Clare não está falando comigo. O ambiente está horrível. Estou com medo de perder a minha família. Com medo de perder tudo.

Nesse exato instante, o papagaio despenca do ombro dele.

— Você não vai perder ninguém — digo, tentando ignorar essa profunda metáfora visual. — Clare está furiosa, mas não vai te colocar para fora.

— Ela disse isso?

— Não precisou dizer.

— Mas pode acontecer, né?

E ele está falando de mim e de Jody — da mesma forma que a Clare fez. É tão bom que ambos nos tenham como o exemplo de pior cenário do que pode acontecer em uma relação.

— Olha, isso é diferente — digo, com uma forte sensação de déjà vu. — Vocês são uma equipe; não importa o que aconteça, vocês vão sempre dar um jeito juntos. É assim que conseguem dar conta de quatro crianças com menos de dez anos sem estrangular um ao outro. Vocês dois dão um jeito em tudo. É o que fazem. Mas você tem que parar de apostar e procurar ajuda. Mostre a ela que você foi um imbecil, mas que agora tem tudo sob controle.

— BRINCADEIRAS! — grita a Clare, desencadeando um estouro de crianças berrando, talvez umas vinte, entrando na sala aos tropeços e lutando por espaço no chão.

Sam entra atrás delas e agarra a minha perna. Alguns pais chegam depois e ficam parados observando de longe, segurando o vinho em copo de plástico e conversando animadamente. Tudo isso parece muito normal para eles.

— Quem quer brincar de passar o pacote? — grita Clare.

A sugestão é acolhida por um ressoar de gritos afirmativos. Sam tapa as orelhas e Clare anda pela sala tentando organizar os convidados em um grande círculo, muitas vezes os suspendendo e os jogando no lugar certo.

Tento encaixar Sam num espaço entre o Homem-Aranha e uma fada, louco para ele participar — ou, pelo menos, não me envergonhar ao ficar amuado em um canto. Sinto uma pontada de culpa ao pensar isso, mas os olhares de reprovação dos outros pais são cansativos demais.

— Vamos lá, está tudo bem, é só a brincadeira de passar o pacote — encorajo.

Clare pega um grande embrulho de um armário e o coloca nas mãos do Archie.

— Bom, vocês todos sabem o que fazer. Passem o pacote até a música parar — diz Clare. — Se ficarem segurando por muito tempo, vou pedir ao meu ajudante pirata que corte suas cabeças com o cutelo dele. Se ainda não tiver sido penhorado.

Matt abaixa a cabeça, desanimado.

Quando a música pop não identificada começa a tocar, Archie imediatamente atira o pacote do outro lado da sala, atingindo a Bela, de *A Bela e a Fera*, no rosto. Várias crianças já começaram a brigar; a menina que não para de dançar está agora no meio do círculo, girando com entusiasmo. O pacote é recuperado e roda rapidamente pelo círculo, com cada criança dando um puxão no papel de embrulho brilhante. Quando ele chega ao Sam, ele o segura e não quer largar, então o Homem-Aranha o joga no chão e a fada arranca o pacote das mãos dele. Fico acompanhando tudo boquiaberto. É como uma espécie de ritual xamânico pré-histórico, um estrondo infernal de música repetitiva, fantasias espalhafatosas e violência incontida. Um copo de refrigerante de cereja voa no vestido da Cinderela, e ela reage com um grito tão feroz que várias outras crianças vão às lágrimas. Olho para Matt e Clare e, de repente, os dois estão gargalhando, a mão dela no ombro dele, deleitando-se com o caos. Apenas *eles* poderiam estabelecer um vínculo dentro dessa jaula frenética de poliéster e aditivos alimentares. Sinto uma ponta de inveja. Essa afeição sem esforço, a habilidade deles de driblar os percalços — seja um tapete arruinado ou uma crise financeira — é horrivelmente tocante.

A música para, uma camada de papel é retirada do embrulho em uma explosão de papel rasgado, e o ritual continua. Sam fica gradualmente mais interessado, os olhos grudados no pacote enquanto este percorre o círculo de crianças de forma imprevisível. Mas, quando o embrulho está vindo em sua direção na última volta, a música para e o Homem-Aranha agarra o pacote, vitorioso. Ele arranca a última camada de papel e revela um pequeno kit de LEGO. Sam tenta agarrar o brinquedo, mas rapidamente interfiro. Ele sai correndo para a cozinha chorando. Eu o trago de volta, sorrindo constrangido para os outros adultos, que não conheço e nem quero conhecer, mas ainda aparentemente pronto para brigar com meu filho para agradá-los.

É assim que a coisa continua pela hora seguinte, com dança das cadeiras (que parece uma manifestação de rua na Disneyland), brincadeira de estátua (que sempre acaba em no máximo vinte e cinco segundos) e outras três rodadas de passe o pacote. Sam chora mais algumas vezes, e, no fim, já estou literalmente rezando para acabar, enquanto olho inquisitivamente para Matt e Clare, que estão muito ocupados procurando músicas na sua coleção de *Now...* bom, na sua compilação de CDs.

Quando as brincadeiras finalmente acabam, há uma diáspora em massa da sala para o jardim e para o andar de cima.

— Você quer subir para ver nossas luzes de discoteca, Sam? — pergunta Tabitha.

— Vamos! — diz Archie.

Os dois seguram os braços do Sam, e, antes que ele saiba o que está acontecendo, eles o arrastam pelo corredor e para o andar de cima. Matt aproveita a oportunidade para colocar um dos seus CDs do Coldplay. Clare vem até mim com uma taça de vinho.

— Para você — diz ela. — Então, como *você* está?

— Hum, bem, não vamos falar disso agora, você já tem muito com que se preocupar.

— Você está fazendo a coisa certa. Ajudando o Sam, assumindo responsabilidades, estando presente. E Jody está tendo a chance de fazer algo por ela mesma. Você já foi à galeria? É maravilhosa.

— Ainda não. Eu devia ir. Não estamos exatamente nos falando. Não sei quais são as regras de uma separação experimental. Procurei no Google. O que foi um erro. Em geral duram seis meses e depois vem a separação definitiva, aparentemente.

— Ah, Alex, nunca pesquise nada sobre saúde, relacionamentos ou seu próprio nome no Google. É a primeira regra do uso da internet.

— Valeu pela dica, Wicked Witch of the Web.

De repente, ouvimos um barulho ensurdecedor no andar de cima, o som de um CD sendo tocado no volume máximo. Ele é seguido por um grito prolongado, alguns baques e depois a batida de uma porta. Um rebuliço de passos desce a escada.

— Mamãe! — diz Tabitha. — O Archie assustou o Sam.

— Foi um acidente — choraminga Archie. — Eu liguei o som alto demais.

Posso ouvir o som distante e abafado de Sam chorando.

— Onde ele está? — pergunto.

— Ele se trancou no banheiro — responde Tabitha, dando uma risadinha.

— Isso não é engraçado — diz Clare.

Atravesso o corredor, subo os degraus de três em três, e vou até o banheiro. Posso ouvi-lo claramente agora, berrando e batendo no vaso sanitário. Sinto uma onda de medo, a paralisia de sempre. Fico de pé no patamar da escada, a cabeça no corrimão, sem saber direito o que fazer. Jody é quem normalmente lidaria com isso. Ela deveria estar aqui. Eu me aproximo da porta e tento abri-la, mas está trancada.

— Sam — digo, baixinho. — Sam, você pode sair, está tudo bem.

— Não! — grita. — Não gosto do barulho alto!

— O barulho já parou. Pode sair.

— Não, eu não gosto do barulho. Quero a mamãe!

Encosto minha cabeça na porta. Posso ouvir Sam levantando e soltando a tampa do vaso. Então ouço o barulho de objetos sendo empurrados da prateleira para a banheira ou para a pia. Conheço esse padrão de comportamento e sei que, se ele não for distraído com alguma coisa, só vai piorar. Mas, enquanto estou pensando no que fazer, algo de vidro cai no chão e se quebra, então explodo.

— SAM, PARA COM ISSO! — grito.

E sei que foi a coisa errada a fazer. Porque agora os objetos estão sendo jogados contra a porta. Ele está assustado e eu piorei tudo. Estraguei tudo.

— Cala a boca! — grita ele. — Cala a boca!

Tento desesperadamente pensar no que Jody faria para acalmá-lo, mas eu nunca estava lá, ou, se estava, me afastava com raiva e deixava que ela lidasse com a situação. Sinto a presença de Clare atrás de mim agora, se aproximando com cautela pelo patamar da escada.

— Não sei o que fazer, me desculpa — digo.

Jogo as costas contra a parede e escorrego até o chão, em desespero. Ela encosta na porta e bate devagar.

— Sam, é a Clare. Você quer jogar no iPad? O meu está aqui comigo. Tem uns jogos bem legais. *Angry Birds*, *Candy*...

A porta se abre e ali está meu garotinho, sua fantasia destruída, a máscara de Creeper descartada e amassada no chão. Os olhos e o rosto estão vermelhos, o cabelo todo bagunçado. Atrás dele, na banheira, há dezenas de frascos de desodorante e latas de creme de barbear, além de um vidro de perfume estilhaçado, impregnando o cômodo com um forte aroma floral. Em silêncio, ele pega o iPad das mãos de Clare, se senta no chão e começa a tocar na tela e arrastar o dedo por ela.

Clare olha para mim e dá de ombros.

— Sempre funciona com os meus filhos — diz.

— Foi mal pelo banheiro. É o autismo, sabe; às vezes não há nada que se possa fazer para pará-lo.

Ela balança a cabeça negativamente, com certo desdém.

— Você sabe que outras crianças fazem isso também, né? Tabitha já destruiu o quarto dela várias vezes. É como viver com um roqueiro alcoólatra. Ela não tem televisão no quarto porque o aparelho corre o risco de ser atirado pela janela.

— Bem, eu vou limpar, arrumar e repor tudo.

— Ah, eu venho adiando a arrumação dessas coisas há semanas, e odeio esse perfume. A mãe do Matt me deu de presente. Honestamente, o Sam me fez um grande favor.

Mais tarde, no carro, conforme nos afastamos da casa, fico olhando para o Sam no banco do carona, ao meu lado: seus lindos olhos tristes, seu rosto ligeiramente rechonchudo. Pela milionésima vez me pergunto como é a forma dele de pensar, e o que se passa naquela cabeça. E me dou conta de que, pela vida inteira dele, eu vi o autismo como uma espécie de rival; sentia como se estivéssemos batalhando para ver quem assumia o controle sobre ele. Mas talvez seja a hora de assinar um acordo de paz. Afinal, nenhum de nós vai a lugar algum.

— Sabe de uma coisa? — digo. — Talvez a gente deva fazer alguma outra coisa. Tirar umas férias. Só eu e você.

Ele permanece calado ao meu lado, olhando pela janela.

— A gente podia, sei lá, acampar ou algo assim. Talvez seja isso, ir para o campo. Quando eu era pequeno, adorava acampar com a tia Emma e a vovó. Claro que isso era no verão e não no outono, quando está chovendo e fazendo um frio congelante.

Quando chegamos de volta a casa, Jody abre a porta e Sam corre para o andar de cima.

— Vocês voltaram mais cedo. Como foi?

— Não muito bem. Houve um incidente com o som, ele teve um pequeno ataque e se trancou no banheiro. Mas está bem agora. Só que me fez pensar de novo na competição de *Minecraft*. Não sei se ele iria aguentar.

— Não desiste dele — pede Jody.

A voz dela é conciliatória, mas algo em mim explode.

— Não vou desistir dele. Sam é meu filho também, merda!

— Não foi o que eu quis dizer! Qual é o seu problema?

— O que você acha? Essa separação experimental parece muito com um divórcio agora, eu não faço ideia de como falar com o meu filho nem sei se ele dá a mínima para o fato de eu não morar mais aqui. Então, é isso, talvez tenha mesmo algum problema comigo.

— Tentei falar com você sobre isso, mas você sempre virava as costas, porque é isso que você faz.

De repente, estou fervendo de raiva. Meu cérebro é um redemoinho de adrenalina. Não tenho ideia do que está acontecendo, mas me sinto encurralado e sendo julgado.

— Sempre tentei fazer a coisa certa, foi tudo que eu sempre quis fazer! Passei oito anos trabalhando naquele maldito escritório para poder pagar uma casa e tudo que a gente precisava.

— E o que eu estava fazendo? Tomando conta do nosso filho vinte e quatro horas por dia! Você teve uma tarde ruim porque ele deu um ataque em uma festa? Vai se foder, Alex, a minha vida é só isso!

Ela está certa. Eu desvio o olhar e vejo minha respiração se tornar névoa no ar gelado da noite.

— Me desculpa. Não sei mais o que está acontecendo. Estou completamente perdido.

— Eu sei. Também estou perdida.

E então ouvimos uma vozinha lá de cima.

— Mamãe, já é hora de dormir? Que horas são?

— É melhor eu entrar — diz Jody. — Olha, acho que ele *deveria* entrar na competição. Tem sempre a chance de ser um desastre, mas qual é a pior coisa que pode acontecer?

— Você quer realmente saber? Eu tenho uma lista, se quiser ver.

— E a gente tem que resolver a situação da escola. Acho que precisamos tomar uma decisão esse mês. Gostaria que *ele* decidisse. Mas tudo o que diz é que não quer ir para escola nenhuma, nunca mais.

— É — digo. — Sei como ele se sente.

De alguma forma, o tom da conversa muda novamente. É assim que funciona uma separação? Uma série de guinadas confusas entre confronto e conciliação?

— Alex, você está fazendo um bom trabalho buscando o Sam na escola toda semana. Sei que não tem sido fácil.

Por um segundo parece que ela vai se aproximar de mim, tocar o meu rosto ou me puxar para perto. Mas isso não acontece e o momento passa. Talvez tenha passado há muito tempo. Em vez disso, ela esfrega as mãos e olha para o fim da rua. A luz da sala de estar empresta ao seu rosto um calor radiante. Meu coração dói de saudades dela.

Capítulo 22

— Então você vai levar o Sam para acampar — diz Jody ao telefone na noite seguinte. Estávamos falando das escolas de novo, discutindo os acontecimentos do dia anterior, sobre como cada vez que pensamos que Sam está progredindo, acontece alguma coisa que o puxa de novo para trás.

— Hum... O quê? Quer dizer, eu sugeri isso no carro, mas não achei que o Sam estivesse prestando atenção. Ele estava chateado.

— Bem, acontece que ele estava prestando atenção. E já colocou a mochila perto da porta.

— Certo.

— Quer dizer, eu sei que vai estar frio, então se quiser que eu invente uma desculpa por você...

Naturalmente ela deduziu que eu iria querer pular fora dessa, o que me deixa com raiva, porque realmente *quero* pular fora dessa.

— Não, não, está tudo certo. Vamos levar alguns edredons e dormir de suéter. Vai ficar tudo bem. Conheço um lugar ótimo, sério, é muito organizado.

Quando desligo o telefone, pego o iPad e começo a pesquisar enlouquecidamente por acampamentos.

Eu não estava mentindo de todo para Jody; sei que há dezenas de campings em Devon — minha mãe costumava nos levar lá quando éramos pequenos. Tínhamos uma barraca de escoteiro velha e medonha que deixava a umidade e tudo mais entrar, e era comum voltarmos de um dia chuvoso e com muito vento na praia e encontrar caracóis rastejando nos nossos sacos de dormir. Nós os atirávamos na Emma, e ela saía correndo e gritando pelo campo. Então mamãe montava um pequeno fogareiro a gás e cozinhava salsicha e feijão, que devorávamos sob as estrelas. Quando era hora de dormir, George inventava histórias de terror macabras, que invariavelmente continham cavaleiros sem cabeça. A experiência de acampamento britânica padrão.

Talvez haja uma chance de eu reviver uma parte disso com o Sam. É impossível *não* fortalecer laços quando se está preso em um pântano a vários quilômetros da civilização, certo? Mas é preciso lembrar de que se trata do Sam aqui, então a imprevisibilidade e o desconforto de dormir em uma barraca mesmo que por uma noite vão provavelmente levar ao inferno na terra da insônia agoniada. Mas, quando se está acampando, até isso faz parte da diversão.

Depois de um tempo, encontro um camping barato perto de Sidmouth — ele promete ser um ambiente familiar, o que escolho entender como "não tem problema se seu filho chorar a noite toda". Só resta uma questão: eu não tenho nem quero uma barraca. No momento não tenho nem uma casa.

— Você tem barraca? — pergunto ao Dan quando ele chega ao apartamento mais tarde.

Ele ri pelo que parecem ser vários minutos.

— Não, mas você pode pegar meu Porsche emprestado se quiser — acaba dizendo.

— Posso? — pergunto todo animado.

Ele começa a rir de novo.

Envio uma mensagem de texto para Emma, que ainda está ficando na mansão da amiga.

>Você trouxe alguma barraca das suas viagens?

Ela responde:

>Não, mano, eu sempre dormia com outras pessoas ;)

Mas, obviamente, Matt e Clare têm barraca, uma barraca gigantesca de armação por polos que comporta a família deles inteira, assim como uma espécie de cozinha portátil que digo que não vou precisar.

E, assim, na manhã seguinte, com o mínimo de reflexão ou preparo, busco Sam e sua mochila e sigo para a casa de Matt e Clare. Ele está alegre e relaxado, longe de parecer a criança que deixei ali dois dias atrás, enrolado em posição fetal na beira da cama. Isso aumenta minha confiança — estou estranhamente calmo. Um tempo atrás, essa empreitada teria me levado a paroxismos de apreensão e medo, e, apesar de eu sentir o espectro dessas tensões que me são tão familiares, as coisas parecem diferentes agora. Decidi pensar nisso como um tipo de "missão paterna". Acho que, se quero conhecer o Sam melhor, na vida real e não num videogame, passar uma noite com ele no meio do nada pode ser exatamente aquilo de que precisamos.

Matt deixou a barraca pronta me esperando na entrada de veículos da casa, junto com um fogão e uma mala de plástico que se abre numa mesa de piquenique com quatro cadeiras.

— Você está maluco — diz ele, enquanto enfio tudo na mala do carro. — Vai fazer um frio de rachar hoje à noite.

— Eu sei. Vamos ver como as coisas se desenrolam. — Há certa tensão na minha voz. — Como vão as coisas entre você e a Clare? A situação parecia estar melhorando durante a festa.

— Verdade. É impressionante o que um caos completo, música pop e um pouco de vinho fazem por um relacionamento. Mas ainda não estamos totalmente bem. Sinto que temos que fazer alguma coisa. Separar algum tempo para conversar. É difícil.

— Nem me fala.

— Bom, boa sorte — deseja Matt, dando tapinhas no meu ombro. — Pelo menos a barraca é fácil de armar.

E então, de alguma forma, estamos na estrada para Devon. Entrego para Sam um cronograma que organizei para o nosso dia, com a lista de todas as coisas que vamos fazer. Em vinte minutos estamos fora de Bristol e já passamos pelo aeroporto (no qual Sam pede para parar; "outro dia", eu digo). Conforme a estrada margeia as Mendip Hills em direção à rodovia M5, Sam está sentado no banco do carona ao meu lado, mexendo constantemente no rádio e no aquecedor, e fazendo uma série de perguntas, que repete num ciclo de dez minutos.

— Aonde estamos indo?
— Devon. Veja o cronograma que eu fiz.
— Estamos chegando?
— Não, porque acabamos de entrar no carro.
— Onde está nossa barraca?
— Na mala. Temos que montar quando chegarmos lá.
— Quando vamos voltar para casa?
— Amanhã, provavelmente. Vamos ver.
— O.k. Aonde estamos indo?

Nossa viagem passa voando.

Depois de parar num mercado para comprar comida, talheres de plástico e tudo que esqueci de trazer, chegamos ao camping na hora do almoço. Não é nada muito sofisticado, um grande campo no topo de uma colina, com vista para uma fazenda nos fundos. No lado sul, por entre as árvores, dá para ver uma nesga de mar, que de longe parece agitado e frio. Há cinco ou seis barracas lá, e no meio delas um grupo de crianças corre atrás de uma bola de futebol. Enquanto passo devagar da pista rachada de concreto para o terreno gramado, revejo mentalmente os cinco cenários de pesadelo que vim compilando na viagem:

O camping se revela, na verdade, um pântano. (Parece tudo certo aqui, então posso eliminar esta opção.)

Banheiros ecológicos pavorosos ao ar livre em que você faz cocô num buraco e depois joga terra em cima. (Posso ver um prédio de tijolos do outro lado do campo que parece abrigar banheiros convencionais, então nada de pânico ainda.)

Famílias profissionais de acampamento, presunçosas e superequipadas. ("Querida, você viu a máquina portátil de fazer massa?")

Barulhos incomuns da natureza durante a noite. ("Papai, o que é isso?" "Não sei, larga tudo aí e entra no carro".)

Cachorro gigante solto. (Nenhum sinal, mas quase inevitável).

*

Estacionamos longe das outras famílias e pego a bolsa na mala do carro, torcendo para que contenha uma barraca e não o que parece conter — dois cadáveres enrolados em um edredom. Graças a Deus é fácil de montar — um bastão central, sobre o qual jogo a lona e uma série de cordas para amarrar e prender as pontas ao chão. Sam pega a grande marreta de aço e pergunta se pode martelar as estacas. Concordo, mas, enquanto seguro a primeira delas encostada no chão, sinto como se esse fosse o início de um episódio de *Casualty*. Mas ele fica entediado depois de duas batidas temerárias e, aliviado, termino o trabalho sozinho. Por fim, estendemos o chão da barraca, e então descobrimos que a bolsa dela também guarda outros dois itens essenciais de "acampamento classe média": bandeirinhas floridas e cinco metros de luzinhas de natal que funcionam a energia solar. Sam insiste em que penduremos as duas coisas, então, quando terminamos, o interior se parece menos com o refúgio rústico que eu tinha em mente e mais com uma barraca feita à mão em uma feira de artesanato.

Mas tudo está indo bem. Tudo está calmo. A gente comemora esquentando espaguete enlatado no pequeno fogareiro do Matt e o comemos em tigelas de plástico, sujando nossa roupa e nosso rosto. Sam estuda o camping em silêncio.

— Você está bem? — pergunto.

— Estou. As pessoas moram em barracas?

— Algumas moram, mas não essas, elas estão a passeio. Quando a vovó nos levava para acampar, nós tínhamos de tudo: mesas, cadeiras, um fogão, até uma televisão e uma geladeira. A vovó levava tudo muito a sério.

— Onde você mora, papai?

— No momento, moro com meu amigo Dan.

— Você vai voltar para casa logo?

— Não sei. Acho que a mamãe e eu temos que conversar mais e resolver umas coisas.

— O que vocês precisam resolver?

— O quanto ainda gostamos um do outro. Estávamos ficando zangados o tempo todo e isso nos deixava tristes. Mas ainda nos amamos. É complicado.

— Eu gosto primeiro de casa, e de *Minecraft* em segundo lugar. Gosto de acampar também.
— E da escola? — decido arriscar a pergunta.
— Não gosto da escola — responde ele.
— Eu sei. Qual é a pior coisa de lá?
No entanto, em vez de se abrir mais, ele olha na direção da fazenda e vê um pequeno rebanho de vacas passando devagar pela cerca.
— Aonde as vacas estão indo?
— Talvez para a ordenha. O que tem a escola? Você ia dizer...
— A gente pode ir ver as vacas?
— Pode, se você me disser do que não gosta na escola.
— Não sei. Às vezes eu fico irritado. Eu sou um vilão, como um Creeper. Às vezes eu entendo errado e choro.
— O quê? O que você entende errado?
— Tudo.
E então Sam vai correndo até a cerca, as galochas afundando na terra macia. Coloco a tigela no chão e vou atrás dele, pensando no que ele disse. "Tudo." Está explicado, penso. Tudo é difícil, tudo é uma luta. Ele passa a maior parte do tempo sendo jogado de uma situação inexplicável para outra. Não é à toa que gosta de *Minecraft*, onde tudo é simples e lógico, onde a própria paisagem é maleável aos seus desejos. Nada mais na vida dele é assim.

Nós nos aproximamos das vacas com cautela. Duas delas param e nos encaram. Sam chega mais perto do que imaginei que chegaria e estende a mão. Estou prestes a dizer "cuidado", quando uma delas bufa e levanta a cabeça. Sam dá um pulo para trás, rindo. Sem se deixar abater, ele estica o braço de novo e dessa vez acaricia a lateral do corpo da vaca. É um momento surpreendente de bravura.

Percorremos todo o perímetro da cerca, passando da entrada e descendo por uma clareira. Dali temos uma visão melhor do mar, que se funde imperceptivelmente com o céu cor de ardósia. Sentamos um pouco num toco de árvore. Sam segura minha mão.
— O mar parece que não acaba nunca, mas ele acaba — diz ele.
— No fim tem sempre uma ilha ou um país, mas pode ser que você não encontre nenhum dos dois. Aí você afunda e se afoga.

— Hum, obrigado pela informação. Vamos lá, gênio, vamos procurar algumas espadas de madeira.

Andamos por um pequeno bosque e pegamos um graveto para cada, atacando ruidosamente diversas árvores e arbustos, nossa respiração criando névoa à nossa volta. Não há outro som senão o do vento sussurrando pelos galhos nus acima de nós. Parece que só existimos nós dois no mundo.

Depois de um tempo, voltamos para o campo e uma das crianças que vimos mais cedo, um garoto de calças cargo e parca, corre até nós e pergunta se queremos jogar futebol. Sam olha para o chão, balançando a cabeça negativamente, em silêncio.

— Obrigado pelo convite — digo.

Quando voltamos para a barraca, nos sentamos e lemos revistas em quadrinhos por um tempo. Mas então um garotinho, com dois ou três anos talvez, vem de outra barraca com uma daquelas bolas de futebol de plástico macias e leves. Ele a joga para nós. Sam se levanta e chuta a bola bem devagar, e o garotinho dá uma risadinha, deliciado.

— Ele está incomodando vocês? — grita da outra barraca um homem de bermuda cargo e camisa polo.

— Não, está tudo bem — respondo.

O garoto rola a bola para Sam, que se senta e a manda de volta. Ele sempre teve jeito com crianças menores — o tempo todo paciente, protetor e tolerante. Talvez se sinta aliviado pelo fato de elas serem mais vulneráveis que ele, ou porque o vejam como um garoto mais velho e não um pirralho chorão que vai dar um chilique se uma brincadeira no parquinho não for feita do seu jeito. Qualquer que seja a explicação, eles permanecem sentados assim por um bom tempo, passando a bola de um lado para o outro, enquanto fico lendo o jornal em uma das cadeiras de camping do Matt. Lendo *mesmo* o jornal.

Mais tarde, pegamos nossos nécessaires no carro e vamos ao prédio dos banheiros. Lavo o rosto do Sam e removo o molho de espaguete do cabelo dele. Quando voltamos, sentamos em um cobertor e comemos batata de saquinho, sanduíches e cookies de chocolate enquanto o sol se põe. Logo vejo a luz fraca de lanternas penduradas em outras barracas.

— Podemos ver a noite caindo — digo.

E é isso que fazemos por alguns minutos, sem falar nada, simplesmente vivenciando juntos esse espaço desconhecido. É só fim de tarde, mas estou cansado da viagem e aquela tranquilidade é relaxante. Só que não duradoura. Enquanto tudo escurece à nossa volta, a realidade parece recair sobre Sam, que aos poucos chega mais perto de mim.

— Estou com medo — diz ele. — É grande demais aí fora. Não gosto disso.

— Está tudo bem. É o campo. É a mesma coisa de noite que durante o dia.

— Não, não é. A gente pode voltar? Eu quero ir para casa. É grande demais, papai.

— Como assim?

— Não gosto do espaço. Não gosto da sensação. Não posso ver o que está em volta. Não gosto disso.

E o que Sam diz me soa imediatamente familiar. Entendo o que ele quer dizer. O medo do espaço, da liberdade, da incerteza — é assim que venho me sentindo nos últimos três meses, isolado de tudo o que significa alguma coisa para mim. Eu não tinha pensado nisso antes, em como o autismo é uma versão amplificada e muito centrada de como todos nos sentimos, das ansiedades que todos temos. A diferença é que o restante de nós esconde tudo sob camadas de negação e de condicionamento social.

Abro a barraca e entro. As luzinhas iluminam fracamente o interior.

— Vem, está quentinho aqui — digo.

— Eu quero ir para casa! — grita ele.

Por alguns instantes sinto aquela combinação de terror e pânico que me domina sempre que um ataque de fúria se anuncia, a sensação de impotência frente ao que está a caminho. Todos os pais no nosso grupo de autismo mencionaram algo similar: seu cérebro procura freneticamente algo para dizer ou fazer que possa resolver tudo rapidamente. E quase sempre o meu não consegue pensar em nada.

Sam está sentado com as pernas cruzadas na frente da barraca; as mãos no rosto, balançando o corpo devagar. A bonança antes da tempestade. Mas, dessa vez, eu meio que tenho uma ideia.

— Já sei — digo. — Se fecharmos os olhos, podemos entrar no *Minecraft*. Estamos no modo pacífico, então não tem Creepers nem zumbis, só os porcos e as vacas. Ouça, dá para ouvir as vacas. Nós construímos uma barraca de... hum... arenito. Fica no topo de uma colina muito íngreme e, ao longe, podemos ver o oceano. Nós viajamos muitos dias para chegar até aqui porque sabemos que lá no meio do mar tem uma pequena ilha, e nela tem um templo com muito ouro. Agora está tocando aquela música suave e, olha só, o céu está ficando laranja e vermelho. Vamos, carrega o jogo, vamos jogar juntos! Eu quero explorar!

Muito lentamente, ele entra mais na barraca.

— Estou do lado de fora — diz ele, tapando os olhos. — Dá para ver o sol daqui.

E então visualizamos juntos. O sol é um hexágono reluzente que vemos descer pelo horizonte. Conforme se põe, o céu escurece em ondas de pixels.

— O que vamos fazer? — pergunto.

— Vou descer até a praia e procurar um barco — responde Sam.

Imaginamos que estamos perambulando pelo campo escuro, passando pelas outras barracas em forma de blocos. Corremos procurando cavernas e buracos, observando a forma como a luz da lua é refletida na neve no topo das montanhas distantes.

— Vem, vamos descer o penhasco — chama Sam.

E descemos, um bloco de pedra de cada vez, da face do penhasco até a praia. Ali, na areia que faz barulho sob nossos passos, paramos e observamos a lua quadrada completar sua ascensão. Em poucos segundos ela está sobre nós, grande e cheia, pontilhada de pixels cinza e brancos. Sam caminha até dois barcos que flutuam na beira d'água.

— Vamos navegar.

Corro atrás dele. Sam sobe num barco e eu fico com o outro.

— Você consegue ver alguma ilha? — pergunto.

— Consigo. Lá bem longe.

O mar brilha à nossa volta enquanto a terra recua atrás de nós e se perde na distância escurecida. Mas não estamos com medo. Sabemos as regras desse mundo. No fim da nossa jornada, e não muito longe dali, haverá uma ilha repleta de tesouros. Nós vamos encontrá-la, com certeza.

Quando abro os olhos, vejo que Sam — para minha surpresa — está dormindo ao meu lado, o cabelo úmido grudado nas orelhas, o corpo imóvel, o pequeno lampejo de um sorriso no rosto. E experimento um instante peculiar e chocante de clareza: Sam é um ser humano separado de mim, separado até da Jody. Não é um problema a ser resolvido, um compromisso na minha agenda, outro elemento preocupante da minha lista diária de afazeres. Ele é uma pessoa, e em algum lugar em sua mente estão suas próprias ideias, suas prioridades, suas ambições para o futuro. É impressionante notar como foi fácil ignorar tudo isso, no meio de tudo o que estava acontecendo, em meio à luta com o autismo, as batalhas diárias com escolas, comida e roupas. Ele é uma pessoa — ele quer coisas, quer entender seu lugar no mundo. E meu dever é ajudá-lo.

Sam não é só algo que aconteceu comigo.

Tiro uma parte do cabelo da frente do rosto dele e beijo de leve sua testa. Pego sua mão e ela treme por um segundo, e então seus dedos se entrelaçam aos meus.

Capítulo 23

Sam está totalmente aceso às seis da manhã, o sol fraco banhando a abertura da barraca. Tento fazer com que ele se distraia com uma revista em quadrinhos para que eu possa voltar a dormir, mas não há a menor chance de isso acontecer.

— Você quer ficar mais uma noite aqui? — pergunto.
— Não. Dá muito medo — responde ele.

Não sei se o truque de *Minecraft* vai funcionar de novo, então decido parar de apostar enquanto ainda estou ganhando.

— O.k., que tal fazermos outra coisa?
— O quê?

Andamos até um canto do camping em que há sinal de celular, ainda que fraco, e ligo para a Jody.

— Está tudo bem? — pergunta ela. — Vocês sobreviveram à noite?
— Sobrevivemos, estamos bem. Pode ser que a gente fique mais uma noite, tá?

Há uma pequena pausa, e olho para o celular para ter certeza de que a ligação não caiu.

— Você tem certeza? — questiona Jody. — Quer dizer, isso é ótimo, se ele estiver bem.
— Está, sim. Eu tive uma ideia. Acho que ele vai gostar.
— Então tá. Muito bem, Alex! Foi mal, eu não quis dar uma de superior.
—Sei o que você quis dizer. Nós vamos voltar amanhã à tarde.
— Valeu, Alex. Boa sorte!

Encerro a ligação e guardo o celular no bolso.
— Certo — digo para Sam. — Eu tenho um plano, se você topar.

A casa da minha mãe fica numa estradinha tranquila que gradualmente se transforma numa rua estreita ao serpentear pelos campos sem fim do leste da Cornualha. É a primeira de um pequeno aglomerado de casas ridiculamente antiquadas, uma imagem de caixa de bombom retratando o inglesismo clássico. Atrás delas, um caminho coberto de mato leva até os penhascos, onde degraus de pedra desgastados constituem um acesso improvisado à baía escondida. A primeira vez que trouxemos Sam aqui ele ainda era bebê, mas as intermináveis dicas da minha mãe de como cuidar de uma criança foram levando Jody à loucura. No fim das contas, várias noites sem dormir, conselhos não solicitados e estar no meio do nada não são uma boa combinação.

Assim que estacionamos em frente à casa, vejo minha mãe no jardim, de avental, varrendo folhas mortas do gramado.

— Ora, isso, sim, é uma bela surpresa — diz ela quando abro a porta do carro. Sam pula para fora, sai correndo e a abraça. — O que vocês dois estão fazendo aqui?

— A gente estava acampando em Devon. Então achei que não custava nada vir até aqui fazer uma visitinha rápida.

Ela me olha com uma expressão meio desconfiada.

— Distância grande essa só para fazer uma visitinha rápida — diz.

Pronto. Mais uma vez sua impressionante habilidade de fazer com que eu me sinta como um menino boboca de dez anos entra em ação.

— Bem, se for atrapalhar... — começo a dizer, mas ela acena com a mão para encerrar o assunto.

— Não seja bobo, vocês já estão aqui. Vamos, Sam.

Ela nos leva pela porta lateral até a cozinha, onde vemos o fogão Aga e o piso de ardósia preta. No peitoril da janela há flores desidratadas em pequenos vasos de estanho e pilhas de livros de receitas antigos. É como entrar no cenário de uma das fotos da *Country Living*.

— Eu não esperava visita, então a casa está um pouco desarrumada — diz ela, nos levando pela sala de estar impecável, com o enorme sofá e o chão de carvalho imaculados. Na cornija acima da lareira há algumas fotos em porta-retratos. Imediatamente vejo aquela em que George e eu estamos do lado de fora do café em Londres. Não há fotos do nosso pai.

O lugar estava em ruínas quando minha mãe o comprou. Passou anos restaurando a casa e os jardins — ou fazendo ela mesma o trabalho ou aterrorizando os comerciantes locais. Ela fica sozinha aqui quase o ano todo — a maioria das casas em volta da dela é de veraneio e seus donos são pessoas ricas que trabalham na cidade grande e que só aparecem no verão com suas picapes reluzentes. Alguns deles pagam minha mãe para que vá às casas enquanto estão fora e cuide dos jardins, abra as janelas e verifique se as adegas climatizadas estão indicando a temperatura correta.

Para o nosso almoço, ela prepara sanduíches de queijo, não se esquecendo do piccalilli do Sam. Depois disso ela se oferece para levá-lo até as piscinas de pedra, vasculhando suas coisas atrás de uma rede e de um balde. Apesar de tudo estar indo bem até agora, aceito a oferta com incontido entusiasmo.

Descanso por algum tempo lendo o jornal (mamãe assina o *Times*, mas a cavalo dado não se olha o dente) e navegando a esmo pela internet no meu iPad. Então dou uma volta pela casa, olhando a cozinha, a sala de jantar e depois vou ao segundo andar, ao quarto de hóspedes impecável com suas duas grandes camas de solteiro. Tudo está arrumado e em ordem. No vão embaixo da escada vejo que há um pequeno armário, parcialmente escondido atrás de uma fileira de galochas.

Algo me compele a abrir a porta.

O que encontro primeiro são vários cartões, dezenas deles, agrupados em pilhas e amarrados com barbante, a maioria ilustrada com flores em aquarela. Pego uma das pilhas, me perguntando se são cartões de aniversário ou algo do gênero, mas então vejo que todos têm uma mensagem semelhante na frente, escrita com uma caligrafia rebuscada: "Meus pêsames." Não quero olhar o conteúdo de nenhum deles.

Em outra prateleira há uma caixa de sapato pequena e velha. Algo chacoalha lá dentro quando a pego. Lentamente, com muito cuidado, abro a caixa. Dentro estão algumas fotos de George, andando de bicicleta, em alguma praia, com o uniforme da escola, sorrindo. Dobrado em meio às fotos está o que é claramente um documento oficial, as informações escritas à mão visíveis através do papel fino. Sei que é a certidão de óbito dele, sei que ali o acidente vai estar registrado em termos médicos. Rapidamente, eu o coloco de volta na caixa, com a intenção de fechá-la e guardá-la, mas então vejo mais um objeto, que de relance parece uma pulseira velha, de plástico, arranhada e suja. Mas não é. Quando o coloco na luz vejo que é o relógio digital do George, que ele usava o tempo todo, sua pequena tela um amontoado de arranhões e rachaduras. Ele economizou sozinho os próprios trocados e um dinheiro extra que ganhou lavando o carro e realizando tarefas em casa durante semanas para poder comprar o relógio. Então, em um sábado, mamãe o levou à Argos para fazer a compra, e por dias a fio ele não o tirava nem para tomar banho. Isso virou motivo de piada na família. "Que horas são, George?", perguntávamos o tempo todo. Ele o estava usando naquele dia.

Seguro o relógio com as duas mãos e o levo ao rosto.

— Me perdoa, George.

Com cuidado, coloco tudo de volta onde estava e fecho o armário, reorganizando as botas lado a lado, exatamente como estavam. Seguro o corrimão por alguns segundos, com a respiração pesada, perdido no passado.

Já está escurecendo quando mamãe e Sam voltam. Vejo os dois se aproximando — Sam está com uma toalha enrolada na cintura, parecendo uma saia florida, e mamãe está carregando as calças dele.

— Eu caí num laguinho! — grita ele quando os dois invadem a cozinha fazendo muito barulho.

— Ele está bem — diz mamãe. — Sam foi muito corajoso.

— A gente pegou alguns peixes e um caranguejo bem grandão. Eu vi uma anêmica-do-mar.

— Anêmona — corrige minha mãe.

Eu me abaixo e abraço Sam, mas seguro por tempo demais e ele me empurra, impaciente.

— Papai, você tem que ver as piscinas de pedra! — grita ele.

— Eu vou ver! Mas agora vou colocar água para ferver.

— Vai pegar um jogo de tabuleiro para a gente jogar — diz mamãe. — Eles estão no armário ao lado da lareira.

Sam corre para a sala de estar.

Em silêncio, encho a chaleira e pego as xícaras. Mamãe fica me observando.

— Você está bem? — pergunta ela.

— Estou. Estou bem.

— Deixa eu adivinhar: armário debaixo da escada, atrás das botas.

Ela é como uma versão materna do detetive Columbo.

— É. Foi mal.

Ela balança a cabeça negativamente.

— Eu nunca sei onde guardar essas coisas. Ficaram no sótão durante anos, mas eu não gostava de escondê-las. Aqui parece que estão acessíveis, mas não de forma óbvia. Achei que você ia acabar encontrando. Vamos falar disso mais tarde.

Sam pega todos os jogos de tabuleiro da nossa infância e nós jogamos todos, um por um, em rápida sucessão. Pinote, Ratoeira, Cai-Não-Cai, todos os clássicos. De alguma forma, minha mãe conseguiu mantê-los mais ou menos intactos, apesar de estar faltando um osso do cotovelo em Operando e de haver só sete vogais em Palavras Cruzadas Júnior.

— Vamos ter que jogar em galês — sugere minha mãe.

Então chega a hora do jantar — mais espaguete para o Sam, e, para nós, enormes porções de *fish and chips* do restaurante de comida para viagem do vilarejo mais próximo. Mamãe fala com Sam, lhe fazendo perguntas, satisfeita com suas parcas respostas — fico me perguntando se ela se identifica com ele de alguma forma. Nenhum dos dois quer se abrir de jeito nenhum. Mas, quando ela toca no assunto *Minecraft*, Sam abre o verbo, contando sobre os diferentes materiais, os mobs, os animais de fazenda. Ele conta até sobre a competição de construção em Londres, e diz que vai participar. Essa possibilidade parece muito real e definitiva para ele agora. A conversa se estende pelo demorado banho de banheira e dura até a hora de dormir. Sam pega no sono quase imediatamente. Fico tentando imaginar se é assim que funciona com outras crianças, com as crianças comuns — elas simplesmente deitam na cama e caem no sono? Não parece plausível.

Pouco depois minha mãe abre uma garrafa de vinho e acende a lareira da sala. Ficamos sentados em silêncio por um tempo, ouvindo a lenha crepitar e soltar pequenas fagulhas no meio das chamas.

— Então — diz ela. — Jody.

— É, a Jody.

— O que está acontecendo?

A inflexão de sua voz é neutra, com apenas um leve tom de preocupação, como se estivesse perguntando sobre um problema no aquecedor em vez de sobre a desintegração do meu casamento. Mas ela é assim desde que éramos pequenos, tanto para lidar com uma queda minha de bicicleta, ou com um término de namoro de Emma, ou com George.

— Não sei. É óbvio que a gente vivia exausto. Eu trabalhava até tarde, ela ficava o dia inteiro em casa com o Sam, e havia toda essa tensão. Tivemos uma discussão num domingo e pronto. Fui posto para fora. Uma separação experimental.

Conto sobre a minha demissão, sobre Jody e o fim de semana do casamento, dos possíveis encontros com Richard. Conforme essas palavras saem da minha boca, parece que se trata de algo que aconteceu há muito tempo, e com pessoas desconhecidas.

— O que você vai fazer a respeito? — pergunta ela, afinal.

— Não sei. Mas estou resolvendo as coisas do meu lado. Sam e eu temos conversado de verdade, temos nos divertido juntos. Sinto como se eu estivesse começando a entendê-lo. Nós jogamos *Minecraft* e lá é um lugar onde podemos ficar juntos e nada é muito complicado nem estressante. Sei que fiz muita coisa errada. Sei que tenho que fazer algumas mudanças na minha vida.

— Então você precisa conversar com a Jody, consertar as coisas. Contar tudo isso para ela.

— Não sei. Acho que é tarde demais.

— Não me venha com essa de "tarde demais". Eu sei reconhecer quando é tarde demais, acredite. Não é o caso.

— Aconteceram tantas coisas. Eu não fui bom para ela. No passado, eu...

— Ah, lá vamos nós! No passado. É onde sua cabeça está a maior parte do tempo. Se eu puder lhe dar um só conselho, é para abandonar de vez o passado. Não é lugar para se viver.

— Foi assim que você conseguiu viver com tudo o que aconteceu?

— Eu precisei fazer isso. Qual era a minha alternativa? Nunca tive a quem recorrer. Só fugi uma vez na minha vida e foi o maior erro que cometi. Embora muita coisa boa tenha advindo disso.

— Mas George e tudo mais... Não sei como você sobreviveu, como nos manteve juntos.

Ela pega a taça de vinho e toma um gole.

— Na hora de cuidar dessas casas grandes aqui no inverno — diz ela —, é muito difícil manter tudo aquecido. Então você determina que cômodos vai aquecer, aqueles que precisa usar de verdade, e fecha o restante. Você simplesmente deixa que fiquem frios, e se compromete a voltar a eles quando a primavera finalmente chegar. Foi assim que me senti depois que George morreu, Alex. Como se eu tivesse que fechar tudo de que não precisava ou tudo com o que não conseguia lidar. E aí esperei por algum sinal de flores se abrindo.

Ficamos em silêncio de novo. Penso ter ouvido uma coruja ao longe, na escuridão, mas pode ter sido o vento assobiando nas janelas frágeis lá de cima.

— Foi mal eu não ter vindo te visitar mais vezes — digo.

— Ah, para com isso! Vem mais vezes no futuro, simples assim. Traz a Jody. Traz aquela sua irmã. Mas, não importa o que aconteça, Alex, você precisa viver. Você precisa viver. É o que George ia querer. Onde quer que ele esteja, provavelmente está gritando isso para você há meses.

Permanecemos em silêncio por um tempo. Além do leve crepitar da lareira, o silêncio é tão intenso que parece palpável, como uma névoa densa. Ter paz e tranquilidade é uma coisa boa, mas me levaria à loucura depois de alguns dias. Por fim acabamos escutando mesmo uma coruja, um som distante mas distinto, e isso nos tira da inércia.

— Você já pensou em se mudar para algum lugar mais... civilizado? — pergunto.

— Às vezes. Não sei. Quando você e Emma saíram de casa, eu quis me afastar da cidade e das pessoas de lá. E a vida aqui tem sido boa, tão tranquila. Mas aos poucos as famílias foram embora e os banqueiros compraram tudo. Não é mais uma comunidade, e sim um local de veraneio do qual sou a zeladora. Não quero terminar meus dias assassinando todos com um machado como o Jack Nicklaus.

— Esse é o jogador de golfe, mãe. Acho que você quis dizer Jack Nicholson em *O iluminado*.

— Mas eu tenho mesmo um machado. E uma máquina de escrever também, a propósito.

— Talvez seja uma boa ideia eu pegar o Sam e sair correndo.

Ela ri e balança a cabeça.

— Eu sou uma grande hipócrita, mandando você viver o aqui e o agora, aproveitar a vida. Enquanto continuo no meu refúgio como uma velha solteirona. Enfim, acho que vou subir e ir para a cama.

Ela se levanta, enche minha taça com vinho e vai para a cozinha. Eu a escuto colocando os pratos no lava-louças. E então ela aparece de novo na sala.

— Filho, vou lhe dizer uma coisa, e nunca mais vou repetir, porque essa sempre foi a verdade e jamais vai deixar de ser. Enfie isso logo nessa sua cabeça dura.

— O.k. — respondo.

— Você não foi responsável pelo acidente. O que quer que tenha acontecido entre você e o George naquele dia, não importa e nunca importou. Aquele garoto estava sempre dois passos à frente, nunca pensava no agora, era sempre "o que vai acontecer em seguida?". Eu vi isso nele desde o início. Desde que começou a andar, fez maluquices. Lembra quando fomos ao Leigh Woods e ele escalou aquele carvalho gigantesco e queria se pendurar num galho como o Tarzan? Você implorou a ele que não fizesse aquilo e chorou até ele descer. Se você não tivesse estado lá, ele teria se pendurado e o galho provavelmente teria quebrado. E daquela vez que ele resolveu pular do telhado da nossa antiga cozinha para o galpão...

— Eu ameacei dedurá-lo, e ele não pulou.
— Exatamente. George era corajoso e esperto, mas era tão imprudente, Alex. Quando recebi aquele telefonema da escola, eles disseram "Seu filho sofreu um acidente terrível". Na hora eu soube qual filho era. Soube que era ele. Tentei dizer isso a você dezenas de vezes ao longo dos anos. Você não deve sentir culpa por nada. *Nada*.

E, de repente, meus olhos ficam marejados, minha garganta dói tanto que não consigo engolir.

— O.k., mãe.
— Você entendeu?
— Entendi.
— Ótimo. Agora para de se lamuriar e resolve os seus problemas.

Capítulo 24

Eu meio que vou me encontrar com a Isobel de novo. Ela está dando mais uma de suas festas anos sessenta e me mandou uma mensagem de texto com os detalhes. É na quinta-feira, em algum tipo de clube em Saint Werburghs. Respondo dizendo que vou, mas então imediatamente penso: a) Ai, meu Deus, o que eu estou fazendo? e b) Como será que as pessoas vão vestidas nessas festas? Tenho três ternos sem graça e uma bolsa cheia de calças jeans e suéteres — nada que possa ser considerado vintage além de uma camisa de malha do Chemical Brothers de 1997. Penso em ir à loja da Isobel e comprar algo lá, mas imagino que isso vá parecer um pouco desesperado da minha parte. Em vez disso, entro no eBay e encontro um vendedor anunciando um terno azul-marinho da Aquascutum, original da década de sessenta, que parece ser mais ou menos do meu tamanho. Sem pensar muito, clico no botão "comprar agora" e pago 125 libras pela roupa. Em seguida pesquiso "sapatos dos anos sessenta" no Google e encontro um par de botas Chelsea que combina com o terno. É muito dinheiro para ir a público parecendo uma espécie de Austin Powers de folga, na expectativa de alguns momentos fortuitos com uma mulher que encontrei precisamente duas vezes.

O terno e as botas chegam dois dias depois. As calças estão ligeiramente curtas e a cintura é justa o suficiente para garantir que eu tenha de prender a respiração a noite toda, mas cai bem. Quer dizer, existe a possibilidade de eu desmaiar, mas é um preço pequeno a pagar. Pelo menos ninguém que eu conheço vai estar lá para testemunhar. Dan tem outros planos, Emma acharia a coisa toda engraçada demais, e, se eu convidasse Matt, a Clare iria querer saber o que está acontecendo e, inevitavelmente, a Jody descobriria. Não estou pronto para tudo isso. Não, trata-se de um experimento e nada mais, digo a mim mesmo. Eu me desconectei tanto do que quero, que tenho de extrair a informação do meu próprio cérebro, como um coelho de uma cartola: "Surpresa, você vai sair com alguém, e agora?"

O clube é um tipo de cabana pré-fabricada retangular em frente a uma série de casas geminadas pequenas e feiosas. Parece um Portakabin amplo, ou o tipo de abrigo que você construiria na sua primeira noite em *Minecraft*.
Estou pensando demais nesse jogo.
Quando vou me aproximando do lugar, vejo luzes de discoteca multicoloridas piscando nas janelas escuras, e ouço o som fraco de uma música da Motown cruzando o ar úmido da noite. Do lado de fora, um pequeno grupo de adolescentes fuma e espia pela porta aberta, nenhum deles parecendo muito impressionado. Passo por eles, e, quando abro a segunda porta dupla, uma onda de barulho, calor e suor me atinge. Há umas quarenta pessoas dançando e bebendo, a maioria com vinte e muitos anos, ou trinta e poucos, embora haja alguns casais muito mais velhos que com certeza se lembram de tudo isso de quando vivenciaram aquela década da primeira vez. As mulheres estão todas com vestidos autênticos, os cabelos e a maquiagem reproduzindo de forma extravagante a moda da época. Os homens — o que me dá um certo alívio — estão em sua grande maioria de terno, ainda que haja um pequeno grupo perto da pista de dança com calças jeans e blusas Fred Perry. Esses parecem estar participando de um tributo ao Blur.
Um senhor sentado a uma mesa feita de cavaletes perto da entrada grita "Cinco libras, cara" quando entro. Dou uma olhada geral procurando por Isobel e a vejo no canto oposto, falando com o DJ, cuja moderna mesa de som composta por decks de CD, mixer e um laptop parece incompatível com todo o acrílico, cabelos presos

em coque colmeia e brilhantina. Vou até o bar (onde trabalham duas mulheres que parecem estar vestidas como aeromoças da época), e peço uma cerveja leve. A faixa da Motown deu lugar ao The Kinks. Um grupo de nove ou dez pessoas começa a dançar com movimentos angulares no meio do salão.

Essa realmente não é a minha praia.

O que em parte é culpa da minha mãe. Ela odeia a música dos anos sessenta, diz que faz com que se lembre dos bailes horríveis no salão da igreja da cidade em que nasceu e de quando era apalpada por jovens fazendeiros desajeitados. Acho que esse é mais um motivo que a leva a se recusar a viver, ou até a pensar remotamente, no passado. Ainda estou processando isso quando sinto alguém tocar meu ombro. Eu me viro e ali está Isobel, sorrindo para mim. Ela está de vestido curto xadrez preto e branco, claramente no ambiente dela.

— Oi! Obrigada por vir! — grita ela. — Você veio sozinho?

— Vim. Pensei em dar uma passada e ver o que você estava aprontando. — Isso soou bem estranho.

— Amei o seu terno — diz ela.

— Obrigado. É uma roupa qualquer. Então, você conhece *todo mundo* aqui?

— A maioria. Apresento você depois. Ah, a Rachel veio! Tenho que ir ali dar um oi para ela. Volto num minuto!

E ela se perde na multidão, cumprimentando e abraçando pessoas, dançando por alguns segundos, rindo. Eu me recosto no bar, pouco à vontade, bebendo minha cerveja. Pego meu celular, mas logo tenho medo de que isso seja considerado um crime num evento vintage, então o guardo no bolso e tento olhar casualmente ao redor do salão sem parecer algum tipo de rato de bar procurando uma presa. A música pop dá lugar à mod, que se transforma num rock psicodélico, que por sua vez se dilui num estilo Northern soul. Mais gente começa a chegar depois das dez e o bar vira um ponto de encontro movimentado de casais flertando. De repente vejo Isobel se aproximando de novo.

— Oi! Foi mal, tem um monte de gente que não vejo há séculos. Está tudo bem?

— Está tudo ótimo, estou curtindo a música — minto.

— Volto em um segundo, prometo.

E então ela estende o braço, coloca a mão atrás do meu pescoço e se inclina para mim. O beijo dura alguns segundos, e é mais que um selinho. Consigo colocar o copo no bar e, sem ter certeza do que fazer, ponho a mão de leve na cintura dela. Meus olhos estão fechados, a música parece ficar mais distante. Não sei o que estou pensando. Tudo está circunscrito ao contato entre nós. Ela se afasta, mas então me beija rapidamente, de novo. Quando abro os olhos, ela está olhando para mim.

— Vejo você mais tarde — diz ela ao meu ouvido, sua respiração fazendo cócegas no meu rosto.

E, quando ela some no meio da multidão, volto à realidade com um estalo, e um pensamento claro emerge da sensualidade do toque dela, da vertigem da surpresa e do desejo. Isso não está certo. Isso é um erro. Sinto uma onda de pavor revirar meu estômago, e de repente parece que o salão inteiro, a noite inteira, foi inundado por uma culpa que me deixa enjoado. Que diabos estou fazendo aqui? Deixo para trás a cerveja que vinha tomando há mais de uma hora e me dirijo à saída, meio que andando, meio que cambaleando, tirando da minha frente sem paciência os casais dançantes com suas roupas estranhas e antiquadas. Estou perto da primeira porta dupla quando sinto um braço me agarrar e fico em pânico — em pânico de verdade — ante a possibilidade de ser Isobel. Mas é o cara da porta.

— É proibido voltar depois das dez — adverte ele.

— Eu não vou voltar — retruco.

E então saio no ar frio da noite. Caminho rapidamente pela rua, dobrando a esquina, e depois sigo para a avenida principal, onde sei que vou conseguir um táxi. Faço sinal e um deles para. Quando entro, o primeiro endereço que dou ao motorista, quase instintivamente, é o da minha casa — da casa de Jody, a casa para onde nos mudamos há nove anos quando ela estava grávida e tudo era novo e empolgante. Rapidamente me corrijo e dou o endereço do Dan, e dez minutos depois estamos parando em frente ao grande condomínio de prédios — essa monstruosidade moderna, estranha e asséptica, essa Estrela da Morte da vida urbana chique. Não quero ficar mais aqui. Preciso reunir forças para sair do táxi e andar até a entrada do prédio. Quando chego à porta, meu telefone vibra no bolso. Pego o aparelho. É uma mensagem de texto da Isobel.

Onde vc está?

E penso com meus botões: não sei. Honestamente não sei onde estou. Mas, onde quer que seja, não é onde eu deveria estar.
— Jody — digo num sussurro. — Sinto muito. Vou consertar as coisas, prometo.

No dia seguinte, meu alarme dispara às sete da manhã. Mal preguei os olhos. Em vez de dormir, passei horas e horas olhando pela janela, relembrando coisas do passado. Devo ter repassado minha história inteira com a Jody — aquele primeiro encontro no pomar, os maravilhosos primeiros meses do nosso relacionamento, a viagem de férias, a gravidez, Sam. É estranho como uma vida inteira pode ser destilada em uma série de momentos e como, sem pensar, colocamos esses momentos em ordem, montando uma história que faz sentido e parece significar alguma coisa. Somos eternos editores das nossas próprias histórias. Mas às vezes entendemos tudo errado. Parte de mim achou que o rompimento com a Jody era inevitável, que entramos nesse caminho há anos e que não havia como sair dele. Em algum ponto por volta das quatro e meia da manhã, percebi uma coisa: isso não é verdade — sempre houve uma forma de resgatar o que tínhamos. O primeiro passo é eu ir conversar com Jody e dizer a ela que estou tentando resolver as coisas. Ainda não tenho as respostas, mas pelo menos sei que as perguntas existem. Ou, pelo menos, tenho que dizer algo *assim* sem parecer um especialista em relacionamentos de algum programa diurno da TV americana.

Uma hora mais tarde, ainda estou pensando no que exatamente quero dizer enquanto dirijo até a nossa casa, costurando no trânsito, tirando finos de obras e desviando de ciclistas. Quero gritar: "Sai da minha frente" e "Estou tentando salvar o meu casamento!" Mas, em vez disso, fico tamborilando no volante, encarando o para-choque do carro da frente, tentando fazê-lo andar com o poder da mente.

Saindo da avenida principal e entrando em ruas secundárias, voo pelas filas de carros estacionados, passando por crianças correndo para a escola, seguidas por pais que ainda não acordaram direito. Quando chego perto da nossa casa, estaciono numa vaga do outro lado da rua e então vejo a porta abrindo. Sei que Sam logo vai aparecer com sua calça cinza, provavelmente puída nos joelhos, e sua camisa polo azul, pronto para encarar outro dia imprevisível e desconcertante na escola.

Mas não é Sam quem aparece. É um homem que não conheço. Ele está de blazer preto, calças jeans skinny pretas e um cachecol xadrez marrom. Quase imediatamente sei de quem se trata. É o Richard. Ele exibe um enorme sorriso no rosto, e, quando se vira, vejo Jody aparecer na soleira da porta. Eles dizem algo, ele dá de ombros e então Jody se inclina para a frente e o beija. Assisto a tudo em silêncio — um silêncio que ruge, o mais ruidoso que já vi na vida, parecendo que vai romper meus tímpanos e reverberar pelo carro. Ela olha para ele por um segundo, acena, então entra em casa e fecha a porta. Richard sai com o carro e passa dirigindo sua BMW branca. Ele passou a noite toda lá. Talvez esteja ficando por lá com frequência. Talvez esteja morando aqui agora.

Permaneço sentado por um tempo, as mãos grudadas ao volante, incapaz de me mexer. Engulo em seco e o som é ensurdecedor. Meus olhos estão secos e percebo que ainda não pisquei. Quando o faço, sinto uma enorme lágrima escorrer pelo nariz e cair no canto da boca.

Muito lentamente, tiro o carro da vaga e piso fundo no acelerador, passando pela casa e indo para o fim da rua. De repente estou dirigindo rápido, rápido demais, passando por grupos de pais e crianças de mãos dadas, correndo e conversando. Piso bruscamente no freio e paro o carro bem em cima de uma faixa de pedestres, e quase esmurro a buzina enquanto espero um casal de idosos atravessar devagar, agarrando-se um ao outro para se apoiar. Saio cantando os pneus assim que o caminho fica livre, pegando ruelas e atalhos para chegar logo ao meu destino. A casa de Matt e Clare.

Archie está brincando no jardim quando subo aos solavancos pela entrada de veículos.

— Oi, Alex! — grita ele.

Bato à porta e toco a campainha.

— Já vai, já vai! — grita Matt lá de dentro.

Ele abre a porta com o terno apertado da Marks and Spencer e uma gravata de bolinhas horrorosa.

— Ah, oi, Alex. O que você está fazendo aqui?

— Cadê a Clare? — pergunto.

— Está na cozinha, mas...

Passo por ele como um raio, seguindo pelo corredor e pela sala de estar. Clare está sentada à mesa da cozinha, de robe, as gêmeas ao seu lado em cadeirinhas de bebê idênticas.

— Você me disse que não era nada sério — rosno.

Minha voz sai tão alta que as gêmeas levam um susto e ficam me olhando espantados. Clare se vira para me olhar.

— O que...

— Jody e Richard! Você disse que não era sério!

— Eu sei, eu sei. O que está acontecendo?

— Acabei de ver o Richard saindo da nossa casa.

Nessa altura, Matt chega à cozinha também, seguido por Tabitha.

— Alex — diz ele, delicadamente. — Eu não sei o que está acontecendo, mas...

— Sua mulher sabe, porra! — grito.

Não era minha intenção, mas é como se uma válvula tivesse se rompido e não desse para conter o fluxo.

— Alex — diz ele de novo, mas agora com um tom de voz diferente. — Você não pode entrar desse jeito e começar a falar palavrões para a Clare. O que diabos está havendo?

Agora Tabitha está chorando, assustada com esse cenário inesperado de adultos raivosos.

— Você me disse, você me garantiu, que não tinha nada acontecendo, que era tudo um erro. Bem, esse erro passou a noite com a minha mulher na porra da minha casa.

— Eu quero que você vá embora — diz Matt.

Ele põe a mão no meu ombro, mas eu a tiro de lá com força.

— Estou falando sério! — diz ele.

Clare se levanta da cadeira.

— Alex, eu não faço ideia do que você viu, mas não tem *nada* a ver comigo. E o que quer que a Jody tenha me contado ou não, você acha que invadir minha casa e gritar comigo na frente dos meus filhos é o jeito certo de descobrir? Qual é o seu problema?

Há um momento de silêncio. Tabitha abraça a perna do pai e choraminga baixinho. Um dos bebês está batendo com uma colher de plástico na mesa da cadeirinha.

— Você tem razão. Foi mal — digo, minha voz quase inaudível.

— Só vai embora — diz Matt. — Senão te boto pra fora, sério.

Olho para ele, confuso e perplexo, e sei nesse instante que causei um mal terrível. Esse bondoso homem de família, meu amigo, está tomado de uma fúria protetora que o torna quase irreconhecível.

Saio pela casa, andando devagar e de um jeito automático, como se estivesse numa espécie de torpor. No meio da sala de estar caótica, escorrego numa revista em quadrinhos jogada no chão, mas consigo me reequilibrar e não cair; Archie me vê e corre para o andar de cima. Então chego ao lado de fora e escuto a porta bater atrás de mim — um baque final assustadoramente alto — e estou sozinho de novo. Não ouso olhar para trás. Em vez disso, ando até meu carro, entro e soco o volante, com muita força, várias vezes. Quando vejo a porta da casa se abrir de novo, viro a chave, dou ré rapidamente para sair da entrada de veículos e manobro para seguir caminho. Do outro lado da rua, uma mãe segura os filhos para protegê-los, gritando comigo e socando a mala do carro. Minha mente instantaneamente se transporta para aquele motorista dirigindo rápido demais na frente de uma escola, vinte anos atrás, e o desfecho terrível de sua imprudência. Porque é assim que as coisas funcionam. Em algum momento, inevitavelmente, tudo acaba convergindo para aquele momento.

Capítulo 25

Dan e eu vamos a uma pequena lanchonete de burritos na esquina da rua onde ele vem fazendo um trabalho. Os únicos lugares disponíveis são duas banquetas ridiculamente altas viradas de frente para o vidro da lanchonete. Escalamos as banquetas e ficamos sentados em silêncio por um tempo, observando o tráfego se arrastar pela Stokes Croft em direção ao centro da cidade. Tento reviver mentalmente o dia, encontrar algum sentido no que aconteceu, mas é tudo um grande emaranhado e só consigo me lembrar dos destaques: o beijo da Jody, a fúria de Matt. Sinto o arrepio do pânico, sutil mas crescente, como um objeto aterrorizante entrando na minha visão periférica — não consigo suportar a ideia de encará-lo de frente. O burrito está murchando na minha mão, seu recheio pingando na caixa de papelão reciclado. Jody o levou até a porta e se despediu com um beijo. Onde estava Sam? Onde estava o meu garoto? Será que eles vão tirá-lo de mim?

De algum lugar na fronteira mais extrema da minha consciência, percebo que Dan está remexendo a própria comida, desanimado, o mesmo olhar perdido. Eu deveria perguntar o que há de errado, mas estou muito absorto na minha própria tristeza. Nós dois devemos ser uma visão e tanto para quem passa. A qualquer momento um dos funcionários da lanchonete vai me dar um tapinha no ombro e apontar para uma placa com os dizeres: *Por favor, nada de crises existenciais nas banquetas em frente ao vidro.*

Acabo me virando para o Dan.

— Está tudo bem? — pergunto. — Preocupado com trabalho?

— Hein? Não. Nada a ver com trabalho. Sempre pinta algo.
— Qual é o problema, então?
— Você acha que a Emma vai embora de novo?
— Eu ficaria surpreso se ela não fosse — digo.
E percebo logo que não era isso que ele queria ouvir.
— Seria tão bom se ela não fosse — comenta ele baixinho.
E finalmente, com cerca de duas décadas de atraso, a ficha cai.
— Dan. — Paro de falar enquanto ele se volta lentamente para mim. — Você está apaixonado pela minha irmã?

Ele toma um gole da Coca Diet e olha pelo vidro para o enorme mural do Banksy do outro lado da rua.

— Estou — responde. — Desde a primeira vez que a vi.
— Por que você não me contou nada?
— Ah, amigo, eu tentei. Mas, cara, você não queria ouvir.

Ele tem razão. Sempre estive envolvido demais com meu próprio drama para notar o dele. Teria sido óbvio para qualquer pessoa: pelos últimos dez anos ele curtiu absolutamente todas as fotos que ela postou no Facebook ou no Instagram; perguntava por ela constantemente. Era sempre ele que me encorajava a ligar para Emma no Skype. E então ela aparece no apartamento dele e o Dan fica radiante — só para desaparecer de novo depois. Emma sempre soube como fazer uma entrada triunfal, mas é ainda melhor na saída de cena.

A porta da lanchonete se abre e um jovem pai a segura para que sua companheira passe empurrando um carrinho de bebê. Ela transpõe os bancos perto da entrada, sorrindo e pedindo desculpas. O pai olha radiante para a filha no carrinho. Os três se dirigem juntos para o balcão, um grupo feliz. Dan e eu os vemos passar, e então voltamos nossa atenção para a comida fria e nada apetitosa.

— Foi mal, Dan.
— Você estava com a cabeça cheia. E ainda está, pelo jeito.
— É.
— Aquela mulher? Isobel?
— Não. Aquilo foi um erro. Não estou pronto para seguir em frente. Mas acho que a Jody está. Vi o Richard saindo da casa dela hoje de manhã cedo.

— Ah. Você falou com ela? Perguntou o que está acontecendo?
— Ainda não.
— Por que não?
— Porque não quero ouvir a resposta.
— Hum. Conheço essa sensação.

Estou jantando quando recebo a ligação. São seis da tarde e estou assistindo ao noticiário, deixando cair macarrão instantâneo no piso de tábua corrida encerado do Dan. Verifico o identificador de chamadas. É a Jody.

— Oi, Jody. Foi mal, estou com a boca cheia de macarrão. Peraí.
Mas ela não está ouvindo.
— Alex, é o Sam.
Ela parece estar em pânico. Coloco a tigela na mesinha de centro e me sento ereto no sofá.
— O que foi? O que aconteceu?
— É aquele jogo, alguma coisa aconteceu naquele jogo.

Por um instante, relaxo. Não foi um acidente. Ele não está no CTI. E logo fico frustrado e um pouco irritado. Se isso tem a ver com a droga do jogo, por que ela está tão nervosa? Jesus, ela me deu o maior susto.

— O.k., calma. O que aconteceu? O jogo travou ou algo assim? Não tem problema. Não vai...
— Não, não é isso. Você sabia que ele está fazendo amizades on-line, com o irmão da Olívia e os amigos dele? Alguma coisa aconteceu. Acho que eles destruíram o castelo do Sam. Alex, ele está deitado na cama, catatônico, sem dizer uma palavra, só encarando o vazio. Alex, estou com medo.
— Estou indo para aí agora.

Já ouvimos falar nesse tipo de coisa. Pessoas com autismo, quando as coisas ficam difíceis demais, demais da conta, podem desligar. É um mecanismo de sobrevivência, uma forma de bloquear o mundo. Alguém em uma das nossas reuniões de pais disse que é como um computador sendo desligado e reiniciado. Mas isso nunca tinha acontecido com o Sam. Sem pestanejar, já estou no carro e a caminho.

O tempo passa voando. Eu me lembro de uma vez quando Jody me ligou da emergência do hospital — Sam tinha caído de cabeça do braço de uma cadeira, direto no chão duro e frio da cozinha. Eu estava numa reunião de financiamento imobiliário, mas saí correndo. Nessas horas, o mundo se comprime à sua volta até se tornar um túnel entre você e sua família. Com Sam isso sempre foi acentuado pelo fato de ele se irritar com os arranhões mais superficiais, com os menores machucados — ele tem um medo atroz da dor. Outros meninos caem, se levantam e sacodem a poeira; para Sam, um joelho ralado é uma lesão gigantesca. Então estar num hospital, estar sangrando...

De repente já estou na nossa rua e estacionado. Vou até a porta e bato nela com força. Jody atende parecendo estressada e confusa.

— Ele está lá em cima. Não sei o que fazer. Devo chamar um médico?

— Deixa eu ver o Sam primeiro.

Subo a escada e entro no quarto dele. O silêncio é total. O jogo está na tela, mas só o que consigo ver é a cadeia de montanhas ao longe, do lado oposto à planície do nosso castelo. Viro para a cama e lá está Sam, todo encolhido, olhando para a parede. Os olhos estão abertos e inertes, o rosto está pálido. As mãos e as pernas, normalmente tão agitadas e inquietas, agora abraçam rigidamente os joelhos. Essa visão me remete a outro lugar, a uma memória terrível. Um garoto desligado. Afasto o pensamento para o fundo da mente.

— Sam? Sam, é o papai.

Nada, nem mesmo um reflexo de reconhecimento. Por alguma razão, coloco a mão na testa dele, a rotina parental padrão. Verificar a temperatura, pegar um antitérmico. Ele está frio, mas não gelado. Deixo minha mão perto dos lábios dele por um instante e fico aliviado quando sinto sua respiração nos meus dedos.

— Sam, o que aconteceu?

Jody está na porta do quarto agora. O cabelo está preso, o rímel, borrado. Ela coloca a mão no meu ombro, e eu a seguro por um segundo antes de mudar de ideia e soltá-la.

Nós dois saímos para o corredor. A pequena janela no topo da escada está aberta. Ouço o barulho dos carros passando na rua.

— O que vamos fazer? — pergunta ela.

— Acho que devíamos dar um tempo para ele. O Sam tem que sair dessa sozinho. Talvez eu me sente um pouco com ele. Posso dar uma olhada no jogo, ver o que aconteceu.

— Estou com algumas chamadas não atendidas da mãe da Olívia no celular. Talvez eu possa ir até lá ver se ela sabe de alguma coisa. Tem certeza de que não devemos chamar o médico?

— Vamos ver como as coisas ficam. Acho que não.

— Estou com medo.

— Eu sei.

Volto ao quarto dele e me sento na beirada da cama. Ponho minha mão nas costas do Sam para que saiba que estou ali. Estou perto fisicamente, mas é só isso. Estou perto. Os olhos dele ficam inertes quando pisca.

Eu me volto para o jogo e pego o controle.

Assim que me viro para olhar o castelo, vejo o que aconteceu. O prédio foi totalmente destruído. A cerca do perímetro está quase intacta, mas dentro não há nada além de uma casca fantasmagórica da nossa construção. Dois andares inteiros se foram, os mais baixos estão detonados e em ruínas. As torres agora parecem dedos de esqueletos apontando tortos para o céu. Percebo que há grandes abismos no terreno em volta. Quem fez isso usou dinamite, os blocos explosivos do jogo. A intenção era arrasar com tudo. Eu me sinto péssimo. Eu me sinto péssimo porque não estava ali para impedir que isso acontecesse, ou pelo menos para estar ao lado dele quando descobrisse o estrago. Eu não estava lá.

— Ah, Sam — digo. Nenhuma reação. — Sam, nós podemos construir de novo. Podemos, sim. Você é um grande construtor.

Sem saber ao certo o que fazer, começo a limpar o terreno em volta do castelo, preenchendo os buracos com terra. Percebo que preciso de ferramentas, então vou até os destroços para ver se os baús onde guardamos tudo ainda estão lá. Não estão, mas algumas das nossas coisas estão jogadas pelo lugar: picaretas, comida, enxadas e alguns pães. Não sobrou muito. Não sobrou quase nada de semanas de trabalho. Trabalho que fizemos juntos. Então me lembro das Joias da Coroa, escondidas no nosso baú secreto. Corro até o outro cômodo e cavo freneticamente no único pedaço de piso diferente. O baú ainda está lá, intacto, o conteúdo preservado.

Ouço a porta da casa sendo aberta e fechada devagar. Jody entra no quarto andando na ponta dos pés.

— Falei com a mãe da Olívia — conta. — Aparentemente, Sam aceitou o pedido de amizade do Harry, irmão da Olívia, e dos amigos dele, e os convidou para jogar. Acho que Harry deixou os amigos jogando e saiu de perto por um tempo. Eles estavam a fim de zoar e plantaram algumas bombas ou algo assim. Ela disse que os garotos pensaram que o castelo era do Harry. Parece que ele está muito chateado. Quer vir aqui pedir desculpas.

— Não acho que seja uma boa ideia agora.

— Olívia também está chateada.

— Não é culpa dela.

— Ele falou alguma coisa?

— Não. Eu me sinto totalmente responsável, Jody. Construí essa coisa toda como um grande projeto para nós e agora... Sinto como se fosse minha culpa. Eu estava me agarrando muito a isso.

— Não é culpa sua. Ele ama esse jogo, o Sam só fala nisso. Estava tudo bem até agora. E o vi jogando com você on-line. Ele adora.

Ficamos sentados em silêncio na cama com nosso filho, perdidos em pensamentos. Aqui estamos nesse quartinho com seus brinquedos quebrados e pôsteres rasgados, uma família reunida, mas de alguma forma muito afastada; a galáxias de distância. Quero dizer algo, mas nada me ocorre, nada que nos dê força ou esperança, nem que seja irônico ou engraçado. Nada.

Então, depois de meia hora ou pouco mais:

— Desliga o jogo.

— Hã? Sam? — digo.

— Desliga — repete ele.

Jody vai abraçá-lo, mas ele se encolhe ainda mais. Por um segundo me lembro da cena de *Alien*, quando trazem o John Hurt de volta da espaçonave alienígena com o abraçador preso a ele — quando tentam removê-lo, a câmera focaliza em sua cauda se enroscando silenciosamente em volta do pescoço de Hurt. Jody tira a mão.

— Vou salvar o jogo — digo.

— Desliga — diz ele de novo. — Eu não ligo. Eu não ligo.

— Mas... — começo a dizer.

— Eu não quero mais. Nunca mais quero jogar.

— Mas, Sam, a gente pode consertar tudo.

— Eu não quero. Eles vieram e destruíram o castelo, e ele era meu. As pessoas destroem tudo.

Ouvimos um barulho no andar de baixo. Ficamos imaginando se seria a Olívia vindo se desculpar. Mas é a Emma.

— Olá? — grita.

— Aqui em cima — diz Jody.

Ela sobe a escada devagar e para na soleira da porta.

— Dan me disse que tinha acontecido alguma coisa com o Sam. Eu estava nas redondezas então pensei em vir até aqui. Está tudo bem? Oi, Sam.

— Alguns garotos estragaram o jogo dele — explica Jody.

— Ai, não! — diz Emma com um horror teatral.

A presença dela, intrusiva e barulhenta, é quase insuportavelmente incômoda, mas quebra o clima tenso da tarde. Sam se remexe, soltando os braços das próprias pernas.

— Eu nunca mais quero jogar — diz ele.

— Garotos são terríveis — concorda Emma. — Você não, óbvio, mas a maioria dos outros garotos. Eu fico longe deles o máximo que posso. Eles sempre estragam tudo, né?

Sam faz que sim com a cabeça, taciturno. Mas ele não está no clima para ser alegrado. Ele afunda na cama de novo e fecha os olhos.

— As Joias da Coroa estão salvas — conto a ele.

— Eu não ligo — é o que diz.

Mais tarde naquela noite, estou sentado na cama vagabunda no quarto de hóspedes improvisado no apartamento do Dan. Não tem nada aqui, nada meu nem da minha vida, só uma pilha de roupas e uma foto apoiada no computador do Dan — a foto do café, e eu e George sorrindo, o mundo pela frente, ou era isso que pensávamos.

Mas o tempo dele tinha acabado, e agora estou sozinho aqui de novo. É engraçado como a tristeza puxa você direto de volta, ligando os pontos pela sua vida — as memórias despencam como fotografias esmaecidas de um álbum velho e caindo aos pedaços. Pensei ter encontrado um lugar seguro para mim e para o Sam, mas estava errado. O que posso fazer por ele quando estou aqui e ele lá? O que ele precisa é de estabilidade, e não posso criar isso para o Sam com blocos de pedra e baús de tesouros que só existem numa tela. Certamente não posso criar estabilidade para ele se eu mesmo não a tiver. Nada é seguro — e essa foi uma lição útil que aprendi na vida. Uma lição que todo pai quer manter longe do filho o máximo que puder. Mas, se você a deixa de lado por tempo demais, a vida dá um jeito de ensinar na prática.

Capítulo 26

O único som é o do grande relógio na parede, seu potente tique-taque reverberando pela sala, ressaltando o silêncio constrangedor entre nós quatro. De um lado da grande mesa de carvalho está o diretor da escola atual de Sam, um homem quase totalmente careca e de aparência melancólica com um terno preto austero, o que resta de cabelo raspado rente à cabeça. Ao lado dele está a conselheira de necessidades especiais da secretaria de educação, Jan Parker, uma mulher esquelética e aquilina com seus sessenta anos, olhando fixamente para mim e para Jody sentados juntos — mas também separados — do outro lado da vastidão de carvalho.

Ninguém diz nada. O diretor, Sr. Jones, tem uma carta à sua frente. Enviamos a correspondência para ele na semana anterior, na verdade Jody enviou, comunicando a mudança de Sam para outra escola. Os olhos dele vão da folha de papel A4 para nós e de volta para ela.

— Entendo suas preocupações, mas não tenho certeza de que mudá-lo de escola seja a melhor solução — diz ele, por fim.

— Já estive aqui em diversas ocasiões para vê-lo — continua Jan enquanto folheia um grande dossiê em seu colo. — Ele está progredindo em matemática e na alfabetização, ele está...

— Ele está infeliz — interrompe Jody.

— Muitas crianças se sentem infelizes na escola — diz o Sr. Jones, em um tom estranhamente conciliatório que parece quase escárnio.

— E então isso é normal? — pergunta ela.

— Não, é claro que não, eu...

— Não temos certeza se mudá-lo de escola contribuirá para o bem-estar dele. O Sam terá que se encaixar em uma nova rotina, com outras crianças — diz Jan.

Sei que precisamos agir como uma frente unida, que precisamos trabalhar juntos. Mas, depois de tudo o que aconteceu, não conseguimos — nem ao menos fingir. Essa manhã, em vez de eu pegar a Jody em casa e entrarmos aqui juntos, ela me enviou uma mensagem de texto dizendo que iria direto sozinha. Nem nos falamos sentados na recepção, com medo de Sam sair de uma sala de aula e nos ver, desencadeando algum tipo de ataque de fúria. E agora estamos sentados aqui como duas crianças levadas, esperando o sermão deles terminar.

— Talvez as outras crianças não façam bullying com ele lá — digo.
— Talvez eles levem esse tipo de coisa mais a sério na Avon.

— Analisamos a situação com o outro garoto — fala Jones, batendo com a caneta na mesa. — Acreditamos que já foi tudo resolvido.

— E, para ser honesto, é muito pouco provável que vocês consigam uma vaga na Avon. Ela é muito concorrida e vocês precisarão de uma declaração sobre o autismo do Sam.

— Uma declaração sua? — pergunta Jody.

— Estarei envolvido no processo.

— Processo? — eu me intrometo. — Estamos falando de uma criança aqui. Não estamos levando nosso carro para uma vistoria.

— E a outra escola? St. Peter's? Eles têm vagas — diz Jody.

— Mas isso não dará conta do problema fundamental — responde Jan. — Ele tem que aprender a fazer amigos, a socializar com pessoas da própria idade. Isso não será resolvido com uma mudança de escola. Acho que esse é um problema do qual vocês, enquanto pais, precisam se afastar. Isso é algo que Sam tem que desenvolver, e em um ambiente que conhece, e no qual se sente seguro.

Silêncio.

Parece que a sala está se fechando à nossa volta, como se as paredes em si quisessem nos expulsar dali. Estou tão cansado de me sentir assim — impotente, sem rumo, fustigado de uma crise aparentemente sem solução para outra, como um barco perdido no meio do oceano e agora sujeito aos caprichos das ondas se quebrando. Mas estou começando a entender uma coisa. Se eu não sou a pessoa certa para ajudar o Sam, se isto é algo que eu não consigo fazer, então preciso que ele esteja com pessoas que consigam.

— Sendo assim, por que não deixamos as coisas como estão até o fim do ano, para ver o que acontece? — sugere o Sr. Jones pegando a carta e simbolicamente deixando-a cair em uma bandeja de papéis no canto direito da mesa, como se dissesse: essa reunião acabou, e tenho dito.

Jody dá de ombros e olha para mim; ela está mordendo o lábio inferior e eu sei o que isso significa — ela está à beira das lágrimas e tentando manter a compostura.

Viro para o Sr. Jones.

— Não, não vamos esperar até o fim do ano. Vamos transferir o Sam dessa escola o mais rápido possível. Você disse que as crianças às vezes se sentem infelizes. Nós sabemos disso, acredite. Mas, quando visitamos a St. Peter's, eles disseram que Sam seria feliz lá. Deram a entender que essa era a coisa mais importante, o ponto em que eles tinham de acertar. Quanto à outra escola, vamos lutar por ela se precisarmos. Se for o que ele quiser. Vamos lutar por isso. Vamos botar pra quebrar. Se nós mesmos não podemos ajudá-lo, vamos levá-lo a algum lugar que possa. É isso que vai acontecer. Adeus.

Eu me levanto e, sem nem pensar, estendo a mão para Jody — um gesto automático de união. Por um segundo, de alguma forma, uma parte do meu cérebro acha que estou ajudando Sam a atravessar uma rua com tráfego intenso. Caindo em mim, começo a recolher a mão, mas, para minha surpresa, Jody a segura e se põe de pé também. Saímos da sala da mesma forma que entramos — num silêncio constrangedor e incerto. O som do relógio fica mais baixo quando fechamos a porta da sala atrás de nós.

— E agora? — pergunta ela, e vejo seus olhos ficando marejados, e em seguida uma lágrima caindo, depois outra.

— Bem, vamos ver o que o Sam diz e partiremos daí. Eles não podem...

— Não, não estou falando do Sam agora. Estou falando de *nós*, Alex. E agora para *nós*?

Vejo a recepcionista à sua mesa, perto de nós, tentando parecer ocupada, digitando num teclado, claramente prestando atenção à cena dramática que se desenrola na frente dela. Nesse momento, sinto uma raiva impotente e destrutiva. Quero ir embora, sair desse lugar, sair dessa situação.

— Acho que você já fez a sua escolha — vocifero, lembrando a imagem de Richard pela manhã, do beijo.

Começo a me afastar, determinado a não olhar para trás.

— Você vai ficar com Sam hoje à noite, não vai? — grita ela.

— Não, estou ocupado.

Quero dizer "Peça ao Richard", mas, por mais revoltado que eu esteja, não consigo chegar a admitir, a confirmar a existência dele nas nossas vidas dizendo o nome em voz alta.

— Alex! — grita ela.

Mas já estou longe. Muito longe. Fora do prédio, passando ao lado da janela de uma sala de aula, e depois na rua. Estou correndo, a toda velocidade, pelo beco que margeia o campinho da escola. Eu costumava correr assim da escola para casa, quase todos os dias, depois que George morreu. Imprimia a maior velocidade de que era capaz e continuava até quase vomitar. Eu precisava criar uma distância entre mim e o acidente. Mas às vezes você não consegue se distanciar o suficiente, não importa o quanto se esforce. Todas as coisas que importam em sua vida, mesmo as que ferem, têm uma força gravitacional. Se você consegue se libertar, é o fim. Você flutua pelo espaço. E nunca mais volta.

— Jody — murmuro para mim mesmo.

E, quando saio intempestivamente do beco, paro, as mãos nos joelhos como se eu estivesse prestes a vomitar. Estou numa rua tranquila, uma fileira de pequenas casas vitorianas, idêntica à rua onde eu morava com Jody e Sam. Cambaleio para trás e me sento em um muro de tijolos baixo que cerca o jardim bem-cuidado de alguém. Não sei ao certo onde estou.

*

Mais tarde, estou na sala de estar do Dan com as luzes apagadas, ninguém mais em casa. Quase dormindo, uma garrafa de vinho tinto barato vazia ao meu lado, me estico do sofá e ligo o Xbox. A tela ilumina as paredes de um tom de verde estranho que me faz sentir enjoado por um instante. Clico no ícone de *Minecraft* e me ajeito devagar no sofá enquanto o jogo carrega. Para minha surpresa, quando entro vejo que o Mundo do Sam e do Papai está disponível. É meia-noite, então é impossível que ele esteja lá. Deve ter deixado o console ligado. Clico no botão.

É de manhã cedo, mas o céu está cinza, e a chuva cai torrencialmente. Além do som da chuva, ouço apenas os barulhos do gado próximo — por alguma razão, não há música. Caminho pela planície em direção ao castelo, com um misto de esperança e expectativa de encontrar o castelo intacto de novo. Mas não, ainda está em ruínas, as pedras que sobraram pretas sob a tempestade.

E então percebo uma silhueta, algumas centenas de metros adiante, onde costumava ficar a fazenda. Ando para a frente, a princípio devagar, achando que poderia ser um zumbi ou algum outro monstro. Mas não está se movendo, e, quando me aproximo, sei o que é. É o Sam. Completamente imóvel, olhando para o que restou do castelo. Ele parece um senhor de terras que perdeu tudo após um cerco implacável examinando seu lar ancestral, agora destruído e arruinado. Sei que Sam não pode estar jogando, claro que não, mas pego o fone de ouvido de qualquer jeito e o ligo.

— Sam? — pergunto.

Mas o boneco está perfeitamente imóvel, o olhar fixo nas torres caídas.

Viro o rosto depressa, percebendo que de alguma forma estou com medo dessa visão espectral.

E é nesse instante que o vejo.

Um boneco com roupa laranja fugindo para um bosque de bétulas, quase imperceptível para além dos véus de chuva incessante. Instintivamente, começo a caçá-lo, saltando sobre um cume estreito de blocos, contornando as árvores, cortando folhas e galhos, agachando e saltando obstáculos. Quando chego ao fim do bosque, a chuva parece estar diminuindo, o barulho ensurdecedor ficando mais baixo. Mas, quando passo pelas últimas árvores e o mundo se abre, nada vejo além de um deserto lunar de pedras que leva até a margem de um grande lago. Quem quer que fosse poderia facilmente ter retornado pela floresta ou desviado para as montanhas. Se é que havia mesmo alguém ali. Sacudo a cabeça involuntariamente, minha visão borrada pelo vinho e pela exaustão. Penso em voltar para o Sam, mas não consigo encarar aquela silhueta solitária, mesmo que o sol esteja brilhando e o céu esteja azul.

Fecho os olhos e, quando os abro com um sobressalto, estou em outro lugar no mundo e não sei como cheguei ali. Tento me levantar do sofá, mas caio de costas. Há pequenas manchas de vinho tinto na minha camisa de malha e os cantos da minha boca estão ressecados.

Desligo o console e me aninho nas almofadas. Meu telefone toca e depois emite um bipe — uma chamada não atendida da minha mãe, a terceira esta semana.

Não consigo encarar ninguém nesse momento.

Capítulo 27

No sábado seguinte, Jody vai passar a tarde toda em algum evento da galeria. Incapaz de inventar uma desculpa e cheio de remorso, digo que é óbvio que posso ficar com o Sam. Ela o leva até o apartamento do Dan depois do almoço e me avisa que preciso deixá-lo na casa da Olívia às quatro da tarde. Os dois vão brincar juntos. Sam trouxe uma mochila cheia de livros e bonecos, mas parece cansado e amuado quando Jody o abraça e o empurra de leve na minha direção. Como numa cena tensa de troca de reféns. Vejo Jody partir com o carro e então puxo Sam delicadamente pelas portas automáticas do edifício, tirando-o do frio congelante. Beijo o topo da cabeça dele, o cabelo despenteado exalando um aroma suave de sabonete Johnson & Johnson.

Emma e Dan estão no Old Ship, então estamos sozinhos no apartamento. Por um tempo ficamos sentados no sofá, vendo seus livros; acho o de Londres, mas ele pula a foto da Torre. Então sugiro abrirmos o Flight Track e observar os aviões que sobrevoam nossas cabeças. Por um segundo ele fica entusiasmado, saltando do sofá e correndo até a janela — mas então vemos que o céu está um caldo grosso de nuvens pretas. Tento criar uma história com os bonecos, mas minha mente está divagando: será que Jody está com o Richard agora? Quando ela vai me contar?

Sinto que estou em algum tipo de limbo, preso entre dois planos da existência — minha antiga vida com Jody e Sam, e o que quer que há de vir pela frente.

— O que você quer fazer agora? — pergunto. — Ei, talvez a gente possa jogar *Minecraft*, praticar para a competição. Ainda dá tempo.

— Não, eu não quero! — grita ele.

Decido que provavelmente é melhor não forçar a barra.

— Então, o que a gente faz?

— Não sei. Onde está a titia Emma?

— Ela está no pub.

— Onde é o pub?

— No fim da rua.

— O que ela está fazendo?

— Provavelmente se embebedando com o Dan.

— Podemos ir lá ver a titia Emma e o Dan?

E, por algum motivo, esse parece um plano aceitável.

Quando entramos pela porta estreita e desgastada do Old Ship, vemos que ele está relativamente cheio — e com isso quero dizer que algumas das mesas estão de fato ocupadas. Há um casal de idosos folheando o *Daily Mail* e um pequeno grupo de operários com roupas fosforescentes, claramente no meio de uma folga do trabalho na construção do novo prédio no fim da rua. Vejo Sid em sua mesa de sempre, o tabuleiro de xadrez arrumado, um copo de Guinness ao lado. Então há Dan e Emma em um canto perto da janela, copos de cerveja vazios e pacotes de batata frita vazios espalhados pela mesa. Estão afundados no assento, encostados um no outro. Ponho meu braço no ombro do Sam e me pergunto se essa foi uma ideia tão sensata assim, no fim das contas.

— Sam! — grita Emma.

Ela se levanta meio desajeitada e corre até nós. Sam se encolhe atrás de mim, mas ela se abaixa perto dele, o agarra pela cintura e beija sua testa, deixando uma marca de batom. Ele enterra a cabeça no meu peito, mas está sorrindo. Dan está de pé agora, vindo até mim.

— Bebidas? — pergunta ele.

— Duas Cocas — respondo.

Conforme Dan se dirige até o bar, vejo um dos operários, forte e atarracado, mas com jeito amistoso, caminhando até a mesa do Sid, um copo de cerveja na mão.

— Vou jogar com você — diz, batendo o copo na mesa.

Mas, como sempre, Sid dá uma guinada brusca com o corpo, abaixa a cabeça e começa a se sacudir devagarinho. O operário dá de ombros, levanta o copo e olha para o colega, murmurando a palavra "maluco" e girando o dedo indicador ao lado da têmpora. Emma leva Sam de volta à mesa e o acomoda ao seu lado. Eu pego o banquinho instável da outra extremidade da mesa e me sento com cuidado.

— Então, sobre o que vocês estavam conversando? — pergunto.

— Ah, você sabe — diz Emma, girando o copo devagar com o ar despreocupado de quem há muito tempo deixou a sobriedade para trás. — Os velhos tempos.

— Arrã — digo.

— Arrã, arrã — repete Sam.

Quando Dan nos entrega as bebidas, traz com ele mais três sacos de batata frita, que abre desajeitadamente e joga em cima da mesa à moda dos pubs. Sam pega logo um punhado de batatas.

— Ei! — digo. — É para dividir!

— Está tudo bem — fala Dan.

Tento iniciar uma conversa com Emma sobre seus planos de vida atuais, mas fica claro que não vou conseguir extrair dela nada que faça sentido, então, em vez disso, encaro a TV engordurada no canto do pub, exibindo resultados de partidas de futebol. Isso me faz pensar em Matt e Clare e me pergunto como eles estão. Ouço Dan tentando engatar uma conversa com Sam. Essa vai ser boa.

— E aí, Sam, o que você anda curtindo no momento? Ainda gosta de aviões?

Sam faz que sim com a cabeça, a boca cheia de batata frita.

— Você gosta de computadores?

Ele faz que sim de novo.

— Você acha que vai ser programador quando crescer?

— Piloto ou artiqueto — responde Sam. — Qual é o seu trabalho?

Olho para eles, fascinado pelo fato de Sam estar fazendo uma pergunta, espontaneamente, e parecendo interessado. Fica claro que venho fazendo isso errado por oito anos — parece que eu só precisava ter estado ligeiramente bêbado o tempo todo.

— Eu crio coisas no computador. Crio o design de websites, pôsteres e revistas. Às vezes faço música. Faço coisas numa tela grande.
— Como construir — diz Sam. — Mas com formas achatadas.
— Isso — diz Dan. — Formas e cores. O importante é saber quais formas combinam mais e quais cores combinam mais.
— Se você junta tudo errado, é triste olhar para elas — diz Sam.
Dan chega para a frente.
— Exatamente! — exclama Dan. — O objetivo do design é provocar uma reação em alguém. Se você usa formas e cores de uma determinada maneira, pode fazer com que as pessoas sintam coisas diferentes, quase não importa o que as palavras estão dizendo ou o que as fotos na página estão mostrando.
— As palavras não são mais importantes do que as formas, as palavras são só formas também.
— Às vezes olho para a cidade pela janela, e é tudo... Nada foi devidamente projetado. É uma bagunça.
— As pessoas são formas e cores. Elas não sabem disso, mas são.
— É isso! É exatamente isso! Tudo tem a ver com design. Cada pessoa, a maneira como se veste, como fala. É um tipo de layout.
— Algumas pessoas são um layout bagunçado!
E, com isso, os dois começam a rir. Emma e eu olhamos para eles e depois um para o outro.
— O que diabos foi isso? — pergunta ela.
Dan ergue a mão e Sam avidamente bate nela, num high-five.
Atrás de nós, o operário que queria jogar xadrez está no jukebox, analisando a seleção antiquada de faixas. Ele coloca algum dinheiro e seleciona algumas músicas. Está voltando para o lugar quando começa a tocar "My Way", de Frank Sinatra.
— Ei, eu não escolhi essa — reclama ele para o proprietário.
— É, todos os CDs caíram quando eu estava consertando a máquina alguns anos atrás, cara. Agora é na sorte. Como apertar o botão de embaralhar.
Os operários se entreolham tentando conter o riso. Quando voltarem para a obra, vão avisar a todo mundo que evite esse lugarzinho estranho.

Quando começa a primeira estrofe da música, Dan resolve cantar junto, sua voz um barítono ridículo.

— *Regrets, I've had a few...*

Sam tapa os ouvidos e Emma logo faz o mesmo — seguida pelo próprio Dan, para delírio do Sam.

— Eu me arrependo de três coisas — diz Dan, a voz arrastada. Emma olha para ele, sutilmente. — Eu me arrependo de ter pedido um Nintendo 64 em vez de um PlayStation no Natal de 1996; me arrependo de não ter feito faculdade porque o curso de arte era para otários; e me arrependo de não ter comprado um exemplar de colecionador do EP *Drill*, do Radiohead, que vi num sebo por cinquenta pence. Só isso.

Ele ergue o copo e sorve um grande gole.

— Alex?

— O quê?

— Arrependimentos?

Eu não quero entrar nesse tipo de conversa, num sábado à tarde, com Sam ao meu lado e todo mundo meio bêbado.

— Ai, meu Deus, Dan, quanto tempo você tem?

— Até a hora de fechar, acho.

— Então não temos tempo suficiente. Emma?

Ela faz um gesto com a mão indicando que está pensando. Sam se levanta e anda em direção à máquina de jogo perto do Sid. Estou concentrado no que Emma está para dizer.

— Bem, tem todo aquele drama de *O rei leão*. — Ela dá de ombros. — Na semana que o George morreu, mamãe ia me levar ao cinema para ver esse filme. Todos os meus amigos já tinham visto, todo mundo só falava nisso. E eu queria fazer parte daquela onda. Mas nós nunca fomos. Não consegui deixar para lá, nem sei por quê. Fiquei com tanta raiva da mamãe. Eu me arrependo de ter sido tão insuportável e mimada. *Até hoje* eu não vi o filme.

De repente ela se empertiga toda, como se percebesse que falou demais, e ri.

— E... hum... — diz ela, num tom mais leve. — Ah, eu me arrependo muito de nunca ter ido à América do Sul: Brasil, Argentina,

Peru. Eu queria ir, mas por algum motivo nunca consegui. Eu ainda vou, ainda vou.

Ela bate com a mão na mesa e pega o celular com gestos teatrais.

— Vou procurar voos — declara. — Foda-se.

— Isso é sério? — pergunta Dan, a voz falhando.

Nos olhos dele há algo que nunca esteve ali — pânico. Pânico de verdade, emergindo da alma, para logo em seguida ser habilmente subjugado. Ele sorri e segura o copo, parecendo examinar a cerveja. Olho para o celular da Emma e vejo que há uma chamada não atendida. Reconheço o número. É o da mamãe. Antes que eu consiga tocar no assunto, Emma já abriu o navegador e está digitando "voos para o Brasil" no campo de busca.

E nesse exato momento reparo em algo que acontece do outro lado do salão, algo quase inacreditável. Preciso que mais alguém veja, para confirmar que está realmente acontecendo. Eu encaro Dan, que desvia a atenção de Emma para mim, e aponto para o outro canto do pub. Ele se vira devagar e fica boquiaberto.

Sam está sentado com Sid e os dois estão jogando xadrez.

Ambos estão em silêncio absoluto, Sid com os olhos fixos na mesa e Sam olhando pela pequena janela ao seu lado. Eles fazem seus movimentos rápida e silenciosamente, se revezando na análise do tabuleiro.

Nós não fomos os únicos a notar a cena. O barman está parado com um copo de cerveja e um pano de prato nas mãos, imóvel, observando em silêncio.

Só agora, finalmente, percebo uma coisa sobre Sid — enquanto ele está pensando, dá batidinhas na orelha num movimento constante, quase rítmico. E, dã, eu sei o que é isso, sei o que está acontecendo, fico surpreso por nunca ter me dado conta antes. Ele é autista. É claro que é. Aquele bater ritmado — venho lendo sobre como as pessoas no espectro autista muitas vezes se autoestimulam balançando os braços, fazendo ruídos repetitivos, ou tocando os próprios rostos. Sempre associei o autismo com crianças. Que idiota. Este pobre homem, ele foi estigmatizado provavelmente a vida inteira. E pensar que Jody e eu ficamos irritados porque a pessoa do conselho pedagógico levou dois anos para formalizar um diagnóstico para o Sam. Ninguém nunca diagnosticou esse cara.

— Ah — diz Dan, afinal. — Ele quer jogar com as pessoas, mas não quer que elas falem.

— Sou totalmente solidária a ele — diz Emma.

O jogo dura uns cinco minutos no máximo. Sid é bom demais. Com vinte movimentos ele tomou as torres, um cavalo e a rainha do Sam. Por fim, Sam capitula seu rei, e depois, ainda em silêncio, os dois arrumam as peças em suas posições iniciais. Sam se levanta e caminha até nós, pega um monte de batata e se senta de novo à nossa mesa. Dan e eu ainda estamos olhando fixamente para ele.

— O que foi? — diz Sam, a boca cheia, a voz abafada. — *O que foi?*

— O.k. — digo. — Vamos encontrar a Olívia agora.

Na caminhada de volta para o apartamento, o vento está atrás de nós, empurrando nossos corpos pela calçada lisa e molhada, Sam alegre e falante. Parece estar em seu melhor humor desde todo o episódio apocalíptico de *Minecraft*.

— A titia Emma vai pegar um avião de novo?

— Parece que sim.

— Posso ir?

— Não.

— Por que não?

— Porque ela não vai voltar.

— Por que ela vai embora?

— Acho que ela fica frustrada aqui.

— Você fica frustrado aqui?

— Ah, de vez em quando.

— Você vai pegar um avião?

— Não.

— Por quê?

— Porque tenho você e a mamãe, e eu sentiria saudades de vocês.

Ele fica pensando nisso quando viramos na rua do Dan e vemos o condomínio estranhamente artificial recuado da rua, cada prédio com sua própria área de estacionamento perfeitamente retangular. Então me dou conta de que as construtoras simplesmente substituíram uma construção industrial por outra, mas esses novos blocos armazenam seres humanos em vez de produtos. De repente sinto que preciso sair daqui o mais rápido possível.

— Por que a Emma voltou? — pergunta Sam.

Levo um tempo para sair do meu modo divagante e registrar a pergunta dele.

— Como assim?

— Se ela gosta de pegar aviões e visitar lugares novos, por que ela voltou?

— Não sei. Achei que ela quisesse ver a vovó, talvez, mas não foi isso. Pode ser que ela tenha vindo descobrir alguma coisa, e, agora que achou a resposta, pode ir embora.

— Não entendi o que isso quer dizer.

— Nem eu, Sam.

Chegamos ao prédio do Dan, andamos até o estacionamento, entramos na nossa velha perua, uma anomalia constrangedora ao lado dos BMWs, Audis e Mini Coopers novinhos em folha, e do reluzente Porsche do Dan. É a mesma história quando paramos em frente à casa da Olívia, atrás do Range Rover da família, que se agiganta diante de nós quando saltamos do nosso carro. Não consigo deixar de notar que o carro deles não tem mofo em torno das janelas.

Assim que o Sam toca a campainha, Olívia chega e abre a porta para ele.

— Sam — grita ela. — Entra!

Eles desaparecem dentro de casa e, sem dominar as regras de etiqueta que a situação exige, avanço pelo pequeno caminho que leva à grande porta de madeira e dou uma espiada.

— Oi — diz Prudence do corredor, parecendo autoritária como sempre, com um blazer de tweed verde-escuro e um suéter de gola alta. — Entra!

Meio a contragosto, sigo pelo corredor, passando pela ampla escadaria e por um aparador de carvalho, que, na nossa casa, estaria coberto de chaves, cartas por abrir e canecas sujas, mas que aqui está impecavelmente arrumado e enfeitado com dois vasos que parecem muito caros. O piso é de carvalho envernizado. As paredes são pintadas em um tom verde-oliva clássico.

— Você aceita uma xícara de chá? — pergunta Prudence.

Definitivamente não. Quero ir embora o mais rápido possível sem quebrar nada, nem derramar nada, ou, pior, sem ter que bater papo com o marido dela, um compositor de música clássica formado em Cambridge que, de acordo com Jody, parece o Doc Brown de *De volta para o futuro*, só que mais excêntrico. Ouço passos corridos no andar de cima e depois o som de crianças pulando em uma cama.

— Não precisa se incomodar, obrigado — digo. — É melhor eu ir embora, se não for problema?

— Claro, tenho certeza de que está tudo bem — diz ela, com o que interpreto como alívio. — Desculpa, está um pouco caótico aqui em casa. Há pouco havia operários por todo lado, expandindo a cozinha nos fundos. Uma bagunça.

Olho em volta e depois na direção do corredor que leva à cozinha. Não há evidência alguma de operários ou de bagunça.

Nessa hora, ouço Sam berrar.

— NÃO, EU NÃO QUERO!

E então um grito alto e estridente. Olho para Prudence e ela olha para mim, seu rosto uma máscara grotesca de pavor. Viro para subir a escada, mas ela me empurra e sobe os degraus correndo. No topo está Harry, o irmão da Olívia.

— Sam jogou um controle na Olívia! — grita ele.

Então Olívia sai de um quarto, andando devagar, a mão na cabeça. Quando ela a remove, há um filete de sangue escorrendo pelo cabelo loiro impecavelmente penteado.

— Está tudo bem, mamãe — diz ela, baixinho.

— Olívia! — exclama Prudence.

— Sam! — grito.

Ele está dentro de um quarto — da Olívia, julgando pelas bonecas espalhadas pelo chão e pelo pôster do One Direction na parede. Em frente a uma enorme cama de ferro há uma TV de tela plana e, na tela, *Minecraft*. Sam está deitado na cama, todo encolhido, a cabeça escondida atrás dos braços protetores.

— Sam, o que diabos você fez?

— Ela queria que eu jogasse *Minecraft*, mas eu não quero jogar! Porque ELE quebrou o meu castelo! E agora não é mais o meu lugar.

Não dou bola para o que ele diz. Eu o puxo da cama à força, Sam tenta se segurar nos lençóis, mas eu os arranco da mão dele.

— Vem pedir desculpa.

Eu o tiro do quarto e vejo Olívia e a mãe no banheiro. Prudence está pressionando um pano molhado na cabeça da filha, acariciando seus cabelos.

— Eu sinto muito — digo. — Ela está bem?

— Foi um corte feio — responde Prudence com um tom acusatório quase infantil.

— Pede desculpa — exijo de Sam.

Mas ele está curvado, abatido e começou a chorar de soluçar.

— O.k., talvez eu deva levá-lo embora — digo.

— Não — diz Olívia. — Foi um acidente. Ele não queria me machucar. Não, mamãe.

Mas Prudence olha para mim sem disfarçar a fúria protetora.

— Acho que seria melhor — vocifera ela.

— Vamos — digo.

E em parte sei que deveria ser protetor também. Ele atirou o controle por frustração, imagino, sem a intenção de acertá-la. Mas estou estressado, irritado e constrangido — e sou uma bomba relógio de adrenalina. A cegueira de sempre causada pelo turbilhão de emoções. A mesma velha cena.

Eu o pego pelo braço e saio, meio guiando, meio arrastando o Sam pela escada atrás de mim. Atravessamos a porta e chegamos à rua.

— VOCÊ ESTRAGA TUDO! PORRA! — grito furiosamente.

O vento frio me açoita, mas nem sinto — sigo direto para o carro. Abro a porta do carona e o enfio lá dentro, então bato a porta e dou a volta como um raio. Quando entro, ainda furioso, ainda cheio de rancor, olho para ele, pronto para despejar mais fúria. No entanto, em vez disso, tudo para. Vejo Sam lutando para botar o cinto de segurança, as mãos tremendo enquanto puxam o cinto travado. E meu coração se parte. Sou tragado pela culpa. Ela invade os meus sentidos como uma enchente.

— Eu só queria que uma visita, uma visita apenas, não terminasse assim — digo baixinho, mais para mim mesmo. — Só uma. Você entende, Sam?

— Estou com fome — diz ele.

— Eu sei, mas você entende por que o papai fica tão chateado?

— Cadê a mamãe?

— Não sei, Sam. Não sei.

Quando chegamos à casa do Dan eu estaciono e, assim que desligo o carro, eu me viro e toco no ombro do Sam. Às vezes ele se encolhe quando faço isso, mas desta vez levanta o braço e põe a mão na minha.

— Perdão — digo. — Perdão por eu ter gritado e dito uma palavra feia.

— Você disse a palavra com P. Acho ela a mais feia de todas. É pior do que cocô ou xixi.

— Eu sei, eu sei. Perdão. Eu te amo, Sam.

Ficamos mais um tempo sentados no carro.

— Estou com fome — diz ele.

Capítulo 28

Naquela noite, Sam fica comigo na casa do Dan. Eu arrumo uma pequena cama no chão ao lado da minha para ele, usando almofadas, sacos de dormir e edredons. Por um tempo, fico deitado ao lado dele e nós olhamos o aplicativo de voos, traçando os caminhos de aviões aleatórios pelo mundo todo.

— Ei, seu ingresso para o torneio de *Minecraft* chegou — digo a ele. — Quer ver?

Trata-se de um estratagema patético movido pela esperança — uma última tentativa de insuflar qualquer tipo de interesse nele. Sam balança a cabeça negativamente e volta para o aplicativo.

— A capacidade máxima de passageiros de um Boeing 747 é de seiscentos e sessenta pessoas — diz ele.

Talvez este não seja o momento certo.

Talvez não haja mais esperança.

Na manhã seguinte levo Sam de volta para casa, onde tenho a oportunidade de me dar ao luxo de mais uma interação silenciosa e extremamente desconfortável com Jody. Suspeito que, em algum momento, essas transferências de mão do Sam vão evoluir para o tipo de troca que se vê em filmes de espionagem de Hollywood — vamos nos encontrar em estacionamentos subterrâneos ou em propriedades rurais remotas.

— Você está com a criança?

— Estou. Veio sozinho?

— Vim.

— Trouxe o dinheiro em notas não marcadas e não sequenciais?

Em vez de ir direto para o apartamento, decido dar uma volta pelas ruas ainda tranquilas de manhã. Vou para a grande rotatória da Bedminster Bridge com seu emaranhado de pistas e saídas, e sigo o rio, passando pela estação Temple Meads até Totterdown. Tinha um pub ali ao qual Dan e eu costumávamos ir, com lâmpadas fosforescentes e chão de linóleo, mas com um jukebox fantástico repleto de punk e reggae clássicos. É tudo prédio agora. Isso me faz pensar no café — o nosso café — que provavelmente vai ter um destino semelhante, engolido pela insaciável expansão imobiliária.

É incrível o pouco controle que temos sobre nossas próprias vidas, se você parar para pensar. Em teoria, eu poderia continuar dirigindo, voltar para a cidade, pegar a M32, a M5, a M6. Eu poderia chegar à Escócia no início da noite. Mas, obviamente, isso não vai acontecer. Família, responsabilidades, medo, a terrível realidade da comida nas paradas de beira de estrada. O jeito mais fácil é aceitar seu papel como passageiro, olhando pela janela para a paisagem lá fora. Os anos passam como o trânsito.

Decido voltar em direção a Bedminster, passando pelas sinuosas ruas vitorianas, os carros estacionados de um jeito bem compacto em ambos os lados da via fazendo com que você tenha que andar muito devagar, rezando para não deparar com outro veículo vindo na direção oposta.

Sinto que preciso tomar uma decisão efetiva sobre alguma coisa. Qualquer coisa.

Olho para o celular no banco ao meu lado e vejo que há outra chamada não atendida da mamãe. Percebo que é isso. Preciso juntar as duas: Emma e mamãe. Preciso convidá-la a vir a Bristol, colocá-las num mesmo cômodo, e fazer com que falem uma com a outra — resolver o que quer que seja. De uma vez por todas. Talvez isso seja algo que eu possa consertar — pelo menos isso.

De volta ao apartamento, encontro Emma descansando no sofá, um iPad no colo, música alta saindo dos alto-falantes via Bluetooth do Dan. Assim que me vê, ela se lança no controle remoto e diminui o volume antes de desligar. No chão há pilhas de roupas dela, aparentemente separadas por tipo: saias, calças jeans, blusas, vestidos. Ela parece ter sido pega fazendo algo que não devia.

— Oi, Alex — diz ela. — Como você está? O que tem aprontado?

— Levei o Sam para casa e depois fui dar uma volta de carro — respondo, tentando sentir como está o humor da Emma.

— Ah, legal.

Há uma atmosfera estranha. Ouço o barulho da geladeira, o som distante de uma televisão em algum apartamento acima de nós.

— Estive pensando — digo. — Talvez eu consiga trazer a mamãe para Bristol, quem sabe no ano-novo. Colocá-la em um bom hotel, mostrar a cidade de novo. Pode dar a vocês duas algum tempo para conversar, talvez?

— Ah — diz.

— O quê?

— Alex...

Ouvimos a porta do apartamento sendo aberta e fechada. É o Dan, com uma parca enorme e calças jeans skinny, uma sacola de plástico cheia de coisas para o café da manhã na mão.

— Chegou bem na hora, cara — diz ele. — Sanduíches de bacon e chá.

Mas não estou prestando atenção.

— O que, Emma? — pergunto. — O que foi?

Dan fica parado na entrada da sala de estar, deduzindo rapidamente ter interrompido algo.

— Eu reservei um voo para o Rio — diz ela. — Vou embora em três semanas. Então vou para o Peru, e em seguida para o México. Depois, não sei.

— Você está indo embora? — pergunta Dan, o choque e a incredulidade tornando sua voz quase infantil.

— Estou — responde ela. — Foi mal, eu deveria ter contado. Não me sinto como pertencendo a esse lugar.

— Porque você fez um teste de três meses — digo.

— Alex...

— Que diabos, Emma? — explodo.

Dan coloca a sacola na bancada da cozinha e tira o casaco devagar. Ele dá uma geral na sala como se tivesse perdido alguma coisa e depois sai.

— E quanto à mamãe? — pergunto. — Você não acha que deveria pelo menos se encontrar com ela?

— Por que, Alex?

— Por quê? Porque você mal falou com ela nos últimos oito anos! Curtir as malditas fotos dela no Facebook não conta!

— Eu sei! Eu sei disso! Mas não posso encará-la.

Emma gira o corpo no sofá e desvia os olhos de mim, olhando para longe pela janela. Outra fuga. Vou até ela, ficando bem ao seu lado.

— Emma, o que diabos está acontecendo? Por que você não fala com ela? Por que você não se encontra com ela?

De repente, ela volta a olhar para mim, o rosto vermelho, há um lampejo de raiva ou mágoa em seus olhos.

— Porque aconteceu uma coisa comigo, Alex! — Ela leva alguns instantes para se acalmar, para recuperar a compostura, antes de recomeçar. — Ano passado, eu conheci um cara. Foi uma aventura, nada sério. Mas fomos burros e nos arriscamos e, é claro, minha menstruação atrasou, e atrasou *muito*. Fiz um teste de gravidez, e foi tipo, merda, e agora? Fiquei meio entorpecida por duas semanas, não sabia o que pensar ou fazer... Mas a decisão foi tomada por mim, no fim das contas. Sofri um aborto espontâneo. Deveria ter sido um grande alívio. Quer dizer, eu estava vivendo em uma cabana de praia, pelo amor de Deus. Fui ao hospital, eles me examinaram e eu disse que tinha sido melhor assim, que estava tudo bem. Mas então fui para casa e chorei por dois dias. Tudo que eu queria era a mamãe. Queria a minha mãe para cuidar de mim. Isso me fez pensar em tudo o que ela passou, e me senti tão terrível por ter ido embora, tão egoísta. Eu não fazia ideia. Eu não fazia ideia de nada. Eu tive que vir para casa, para vê-la, para me desculpar por desaparecer e tornar as coisas mais difíceis. Mas, agora que estou aqui, não consigo encará-la.

— Por que não? Ela vai entender. Ela não vai ficar chateada com você por não voltar mais vezes.

— Ah, Alex, não é isso.
— Então o que é? Por que é tão difícil?
— Porque eu sei o que vai acontecer. Um papo cheio de cerimônia, evitando todos os assuntos sérios, como a gente tem feito há vinte anos, porra! Quero que ela fale comigo! Mas ninguém conversa sobre nada nesta família, ou no que sobrou dela.

Com isso, ela se levanta e vai até a porta, no exato momento em que Dan aparece no corredor. É óbvio que ele ouviu tudo. Parado no caminho dela, sua expressão é de horror e surpresa, como se ele tivesse acabado de ser equivocadamente reconhecido como o suspeito de um crime. Ele não sabe se sai do caminho ou se a impede de ir embora; sua boca faz movimentos de fala, mas não sai som algum. Por fim, ele dá um passo ao lado sem dizer uma palavra e ela passa — mas então se vira.

— Ninguém diz uma palavra! — grita.

Ela balança a cabeça e escancara a porta, fechando-a atrás de si com tanta força que o prédio todo parece tremer.

Dan e eu ficamos imóveis, olhando um para o outro, os olhos arregalados.

— Ela teve um aborto espontâneo — digo, balançando a cabeça. — Ela viveu uma vida inteira da qual não sabemos nada.

Afundo de novo no sofá. Dan vem e se joga ao meu lado. Ficamos sentados assim um bom tempo.

— Eu devia ter dito a ela como me sentia... como me sinto — diz ele. — Eu sou um babaca. Escrevi uma carta para a Emma antes de ela ir embora da primeira vez. Fiquei sentado a noite toda e escrevi uma carta no meu computador, pedindo a ela que não fosse embora. Todas as coisas que eu não conseguia dizer a ela pessoalmente. Eu não queria que ela risse de mim. Então abri meu coração naquela carta, até revisei os erros de ortografia. Depois a imprimi, coloquei num envelope e colei um selo na frente. Mas nunca enviei. Pensei que, com tudo o que estava acontecendo na vida dela, isso não era importante. Que direito eu tinha de dizer a ela como eu me sentia? O que isso importava? É a mesma coisa agora.

Viro para ele devagar.

— Importava, seu idiota — digo ao Dan. — Ainda importa. Se tem alguém que pode chegar até ela é você. Jesus, nós temos que parar de ser passageiros nesta vida. Temos que, sei lá, tirar o motorista do volante, dar um soco na cara dele e roubar o veículo.

Ele pensa nisso por um segundo e então bota o braço no meu ombro.

— Eu não devia ter deixado você jogar *Grand Theft Auto*.

Capítulo 29

Já está escuro quando busco Sam na escola. Não falamos muito no caminho para casa. Privado de *Minecraft*, estou de volta às velhas tentativas de puxar assunto: "Como foi seu dia?", "Aconteceu alguma coisa?", "Todo mundo foi legal com você?" — todas ignoradas ou rebatidas. Sei que Sam reage ao nosso estado de espírito, ficando nervoso e mais distante, mesmo quando não entende o que está acontecendo — especialmente quando não entende o que está acontecendo. Às vezes, desde o diagnóstico, tenho me perguntado se *eu* estou dentro do espectro autista — talvez seja por isso que eu nunca tenha sido capaz de lidar com o que aconteceu com o George, ou com qualquer outra coisa, na verdade. Quando chegamos a casa, subimos direto para o quarto dele e sentamos na cama, afastados e sérios.

Mas então me dou conta, meio de repente, que não estou preparado para regredir. Não vou me contentar com isso. Todas as horas que passamos juntos nesse jogo, compartilhando a mesma aventura, elas significaram alguma coisa. Elas nos mudaram. Sei algo sobre ele agora, algo verdadeiro e importante. O Sam é inteligente, criativo e engenhoso. A gente chegou longe demais para cair de volta na velha rotina.

Assim, pego o controle do Xbox que está no chão e ligo o console. Talvez eu não consiga despertar o interesse dele para construir outra coisa, mas imagino que, se eu jogar bem na sua cara, o sentimento de posse pelo jogo vai aflorar e ele vai demonstrar algum interesse.

O jogo carrega. Encontro o Mundo do Sam e do Papai no menu e o seleciono. Enquanto ouço o ruído do disco rígido no interior da máquina, eu me lembro do dia que criamos esse arquivo, esse universo inteiro — como estávamos animados e conectados. Olho para ele, mas sua cabeça está escondida atrás de um livro grande de capa dura, então volto minha atenção para a tela, uma nova determinação crescendo em mim.

Tudo está estranhamente calmo. A música do piano, lenta e calculada, estabelece o tom pacífico. O sol está a pino, e ao longo do cume das colinas posso ver bandos de ovelhas. À minha frente estão os destroços do castelo, mais patéticos que nunca, as fundações irregulares quase perdidas no meio da grama como uma antiga abadia em ruínas. Eu poderia tentar reconstruí-lo, mas levaria muitas horas e a construção em si, obviamente, não é a questão. O que mais? O que mais posso tentar?

E então, quando estou andando para a base do muro dianteiro para verificar o velho baú do tesouro, uma mensagem aparece na tela. Olívia entrou no jogo. Não consigo vê-la de primeira, mas depois ela vem caminhando de trás de um pequeno amontoado de árvores danificadas. Não estou com os fones de ouvido, então a voz dela soa alta e clara através do alto-falante da televisão.

— Sam?

Olho para ele de novo, me permitindo uma pequena centelha de esperança, mas, de novo, nenhuma reação. Dou de ombros e volto ao jogo.

— Não — respondo. — É o pai do Sam. Oi, Olívia.

— Ah, oi.

Ela passa por mim e vai até as ruínas, olha para cima e em volta como se estivesse realizando uma avaliação informal.

— O Sam está com você — pergunta ela.

— Está, mas está lendo um livro.

— A gente estava esperando por ele há séculos.

— Ah, que pena. Ele não quer mais jogar, eu acho.

— A gente quer pedir desculpa.

— Eu sei, isso é muito gentil da sua parte, Olívia. Ele sabe que não foi culpa sua. Mas vou dizer isso para ele.

— Não — retruca ela. — A gente não quer dizer isso para ele, a gente quer mostrar para ele.

E então surge outro nome na tela, um nome de menino. Logo o vejo andando do mesmo lugar de onde Olívia saiu. Ele está com uma roupa diferente, como uma fantasia de super-herói. Ele olha para mim, assente com a cabeça, e vai determinado até a Olívia. Ouço uma troca de palavras — a conversa parece ligeiramente distante como se estivesse acontecendo bem longe, e não fosse para eu escutar.

— Esse é o meu irmão, Harry — diz Olívia, por fim.

Harry sai andando, passa por mim, e vai em direção às montanhas, a picareta na mão. Nesse meio-tempo, Olívia está pegando do chão o que restou das cercas que costumavam formar o cercado da nossa fazenda.

— O que você está fazendo? — pergunto.

— Arrumando — responde ela. — Peraí.

Mais vozes, muito baixas, muito distantes. A conversa é etérea, quase fantasmagórica. Fico me perguntando se ela está falando com a mãe ou o pai, ou talvez esteja entediada e se preparando para sair. Não vejo Harry em lugar algum. Cansado e frustrado, estou prestes a desligar quando duas mensagens aparecem na tela: `BatBOY03 entrou no jogo. PoTTer45 entrou no jogo.` E, em seguida, mais dois nomes, talvez três, aparecem e desaparecem rápido demais. Recuo e me afasto da construção, sem saber o que fazer nem o que está acontecendo. Eles não podem ter voltado para causar mais estragos, né? Qual é o propósito disso? E então os vejo surgindo do meio das árvores, um pequeno grupo de personagens com roupas vibrantes, como algo saído de uma animação da Disney, todos carregando machados, alguns se dirigindo para as montanhas, a maioria para a praia do outro lado do castelo.

— O que está acontecendo? — pergunto.

Ninguém responde. Sam ainda está com a cara enterrada no livro, embora eu perceba que as páginas não estão sendo viradas. Ele ouviu as notificações; sabe que há várias crianças aqui agora. Sinto uma raiva crescente. Como puderam fazer aquilo? Pego o celular com a intenção de ligar para os pais da Olívia e perguntar por que diabos eles não estão de olho nos próprios filhos.

Mas então lá vêm eles, voltando da montanha rochosa e da beira do mar. Há uma pausa enquanto eles se reúnem. A música se agita um pouco, depois se expande em um belo soar de cordas.

— Certo — diz o irmão da Olívia. — Mãos à obra.

Um turbilhão de atividade. Eles se deslocam pelo castelo destruído em todas as direções, uma força-tarefa perfeitamente sincronizada.

Uma equipe de construção.

Os blocos começam a aparecer em fileiras perfeitas, traçando as linhas originais do antigo castelo. A mesma combinação de paralelepípedos e arenito, camada sobre camada, rapidamente, mas com habilidade e precisão. Os personagens escalam as paredes e adicionam bloco sobre bloco, um estranho enxame de insetos construtores, quase silencioso mas também simbiótico, em perfeita sintonia.

— Sam — digo, baixinho.

E, abaixo deles, na frente do castelo, Olívia está reconstruindo a fazenda, instalando as cercas, adicionando os portões, os currais todos exatamente do mesmo tamanho, as dimensões corretas, dimensões que Sam tão meticulosamente estabeleceu e respeitou.

— Sam.

Entre as paredes aparecem os rudimentos dos pisos de carvalho, partindo de diferentes pontos, se espalhando através do esqueleto do prédio, que fica cada vez mais robusto. Ainda não há janelas, mas os construtores estão deduzindo onde elas deviam ficar e deixando espaços vazios.

— Não sei o formato das janelas — diz uma voz.

— Deixa assim por enquanto — diz outra. — O Sam vai saber.

É a menção do seu nome, pelo outro garoto, que finalmente captura a atenção do Sam. Ele coloca o livro em cima da cama e olha para a tela, os olhos semicerrados, incapaz de entender o que está acontecendo num primeiro momento. Ele chega mais perto da televisão e esfrega os olhos.

As torres estão visíveis agora. Cada uma delas, em cada canto. Erguendo-se ligeiramente mais alto que o telhado principal. Não estão exatamente corretas, um pouco estreitas demais, mas parecidas o suficiente — o suficiente para entender a intenção.

— Eles estão reconstruindo — digo. — Estão consertando tudo.

— Sam? — chama Harry. — Sam, você está aí?

Passo o fone de ouvido para o Sam. Ele levanta a mão e timidamente o pega, acertando o microfone no rosto.

— Não... Não está certo — diz ele. — A torre tem oito blocos de comprimento. Oito.

— Foi mal. Jay, as torres têm oito blocos de comprimento, seu pirralho.

Na mesma hora um personagem volta a trabalhar nas torres, adicionando os blocos, remodelando. Do lado de fora, Olívia já está trabalhando no estábulo, construindo as paredes de pedra bruta. Sem dizer uma palavra, Sam pega o controle da minha mão, delicadamente, e chega mais perto da tela. Ele anda até a Olívia.

— Eu não lembro... — diz ela.

— Dez de comprimento, oito de altura — diz ele. — Vou ajudar.

E, droga, eu abro um sorriso de orelha a orelha. Sorrio como uma criança quando vejo Sam ir até a parede e ajudar na construção dela. A música se agita novamente, se elevando, ressonante e vigorosa — e eu mordo o lábio. Ponho a mão no ombro do Sam e observo enquanto ele constrói, já totalmente absorto. As outras crianças constroem em torno dele, e o castelo se ergue até o céu azul e límpido.

— A gente precisa da sua ajuda — diz alguém para o Sam.

— Eu sei onde as janelas foram parar — diz ele. — Vou te mostrar.

— Claro, por favor. Por favor, Sam.

E então ele está lá em cima nas ameias denteadas no topo do telhado orientando os construtores. As janelas devem ser cruzes, três para cada andar. No intervalo de uma hora — talvez mais, não sei — está quase completo: o castelo que construímos e reconstruímos juntos. Um dos garotos começou a plantar trigo. Logo eles poderão usá-lo para arrebanhar vacas e ovelhas. A fazenda estará viva de novo.

Viva.

Sam ri e conversa. Suas palavras às vezes saem embaralhadas, algumas ditas pela metade, outras repetidas pela metade. Mas ninguém o corrige. Eles entendem. Vieram aqui para corrigir um erro, mas agora fica claro que estão aprendendo também. Sam constrói uma fornalha e começa a produzir vidro; ele mostra para os outros o baú escondido; conta que conseguimos pendurar quadros e construir uma biblioteca com uma mesa de feitiços no centro que dá poderes mágicos às armas e armaduras. Então eles podem usar *redstone* para fazer portas de correr e quartos secretos. Ele leu sobre isso tudo, veja bem, nos livros e revistas espalhados pelo chão do quarto, no guia de *Minecraft* que comprei há muito tempo.

Quando terminam, as crianças se afastam para admirar a construção. Está melhor agora, com paredes de pedra na base das cercas de madeira, para lhes dar maior altura, e uma nova porta grandiosa em forma de arco. Lá dentro, eles construíram quatro camas de dossel, candelabros e grandes lareiras.

Por um tempo, conversam sobre projetos futuros como um bando de velhos arquitetos entediados.

— Temos um plano — fala um deles. — Você conhece o Ender Dragon?

— Conheço! — responde Sam, excitado e animado. — Ele mora no fim do jogo. É muito difícil capturar esse dragão. Ele vive numa caverna enorme.

— A gente vai derrotar o dragão. Quer vir também? — pergunta Olívia. — Você tem que vir, é o melhor jogador.

— É, Sam, vem, por favor.

— A gente vai precisar de arco e flecha — diz ele devagar. — Vai precisar de diamantes e de muito ferro para fabricar armaduras.

— Isso — diz um coro de vozes. — Isso.

Entrando no clima, naquele burburinho de aventura infantil, encorajo Sam delicadamente.

— Vamos lá, a gente pode fazer isso, Sam. Eu li sobre o Nether, sobre como conseguir os ingredientes certos, sobre como perseguir a Ender Pearl até o fim. Posso extrair a obsidiana de que precisamos e você...

Ele põe a mão de leve no meu joelho. Primeiro acho que vai concordar, vai me deixar participar, mas percebo, com um sentimento quase chocante de incredulidade, que é um gesto conciliatório.

— Está tudo bem, papai. Está tudo bem, obrigado.

— Vamos nos reunir no grande salão — diz Olívia.

— É isso aí! — fala outra voz.

E com isso as crianças saem de seu descanso, correndo pela construção, subindo um novo lance de escadas de pedra lisa e entrando em uma sala iluminada por fileiras de tochas. Mas sinto que estou longe, como se a porta tivesse se fechado. Sam está tagarelando pelo fone de ouvido, sozinho com seu clã de ajudantes, seu novo exército. Levanto devagar da cama e paro, esperando, esperando que ele diga "não vai embora, preciso de você". Porque eu me lembro, não dá para esquecer, que fiquei sentado aqui com ele noite após noite, e nós construímos esse castelo juntos, e às vezes eu deitava na cama ao lado dele e nós líamos o livro de *Minecraft* para planejar nossas aventuras.

Quando Matt e eu conversávamos sobre a paternidade, ele dizia que, conforme os filhos crescem, eles se afastam de você de uma forma tão natural, tão silenciosa, tão gradual, que você quase não vê acontecer. E então eles são eles mesmos e não dependem mais de você. Jody e eu nunca tivemos certeza de quanto disso seria verdade com o Sam.

Mas, dentro deste mundo que criamos, quando a noite enfim cai, posso ver acontecendo. É tão estranho e repentino, como os dedos de uma criança deslizando de sua mão, ficando livres e só restando o ar entre vocês. E é assim que deve ser; é o que se espera, e é algo com que se espera conseguir lidar. Você tem que deixá-los ir.

Eu me lembro de uma vez que mamãe nos levou, o George e eu, para um grande parquinho, não tenho certeza onde — talvez estivéssemos visitando parentes. Mamãe se sentou em um banco e ficou lendo uma revista, e George correu para um trepa-trepa, comigo em seu encalço, como sempre. Nós nos balançamos para a frente e para trás pendurados nas barras. Enquanto um tentava aguentar o máximo que podia, o outro o puxava pelas pernas. Caíamos repetidas vezes, um por cima do outro, rindo. Então decidimos brincar de esconde-esconde, e fiquei pendurado na barra com os olhos fechados, contando, enquanto George ia se esconder.

Quando abri os olhos de novo, fiquei surpreso ao ver que estava cercado por três garotos maiores. Eles tinham o cabelo muito curto, como *skinheads*, pensei, e os rostos redondos próximos do meu, cheios de má intenção. Quase imediatamente, um deles me deu um soco no estômago e eu caí no chão, o que provocou risadas generalizadas. Logo depois, um outro se preparou para me chutar e eu protegi minha cabeça com as mãos, me enrolando como uma bola. O chute nunca veio. Em vez disso, ouvi um barulho, um som de tapa, e quando olhei para cima vi George batendo no menino que tinha me dado o soco. Meu irmão virou bicho — o rosto transfigurado de ódio. Ele batia e batia, o cuspe borbulhando da boca que rosnava. Os outros meninos fugiram, deixando o amigo para apanhar sozinho, mas nessa hora mamãe olhou do banco em que estava sentada e viu George debruçado sobre a vítima encolhida.

— Para com isso! — gritou. — Para agora mesmo!

E, quando George olhou para ela, o último garoto aproveitou a oportunidade e fugiu mancando, choramingando.

Durante dez minutos, minha mãe gritou com o George, berrou que crianças não deviam tentar lidar com coisas como essas sem um adulto por perto. Mas, enquanto ela berrava e brigava com ele, eu me esgueirei até o meu irmão, o mais perto que pude, e pelas nossas costas peguei a mão dele. Nós nos entreolhamos e de repente soubemos — soubemos algo muito importante. Ela era nossa mãe, nós a amávamos e entendíamos que devíamos sempre ouvi-la. Mas haveria momentos, momentos como este, em que teríamos de resolver as coisas sozinhos.

E agora me dou conta de outra coisa — outra coisa tão óbvia que quase caio na gargalhada. Mamãe ficou mais chateada porque, naquela hora, ela soube disso também.

Capítulo 30

Dias depois, e ainda me sentindo um tanto excluído pela independência recém-descoberta de Sam ("Então você está triste porque Sam está jogando videogame com outras crianças?", perguntou Dan, perplexo. "Qual é o seu *problema*?"), eu o levo ao café depois da escola. O céu é uma massa branca e fria, uma partícula ou outra de gelo rodopia pelo ar. Andamos de mãos dadas, desviando de outros pais e crianças que tagarelam sobre o dia na escola. Decido perguntar sobre o dia dele, esperando a resposta curta de sempre.

— Como foi a escola, Sam?
— Boa. O Ben bateu na minha perna com uma régua. Mas eu contei pro professor. Eu dedurei o Ben, e o professor mudou ele de lugar. Agora é a Gracie que senta do meu lado.
— Isso é bom. Você fez a coisa certa. Muito bem.
— Eu tenho amigos agora. Tipo a Olívia. Eu sei o que amigos fazem. Eles são legais.
— Isso mesmo. Amigos são legais.
— Quando a gente estiver no café, posso tomar leite com espuma?
— Pode, claro, mas aconteceu mais alguma coisa na escola? Teve alguma aula legal?
— Eu sei como fazer uma maçaneta que funciona.
— Isso é coisa da escola ou de *Minecraft*?
— *Minecraft*.
— Tá, isso não conta. Mas, mesmo assim, parabéns.
Um passo de cada vez, penso comigo. Um passo de cada vez.

Quando chegamos àquele lugar que nos é tão familiar, vemos que uma placa de *Aluga-se* já foi pendurada na parede acima da pesada porta de vidro. Alguns pais estão sentados com crianças de uniforme; tem o homem de cachecol e casaco de veludo de sempre; um jovem casal em silêncio, os dois concentradíssimos nas telas de seus celulares. O barista preferido do Sam está atrás do balcão, batendo na cafeteira como se fosse uma televisão com problema de sintonia. Ele nos vê e sorri, acenando para Sam.

— O de sempre? — pergunta ele.

Sam assente todo animado e diz:

— Eu sei fazer uma maçaneta.

Enquanto estamos nos encaminhando para o fundo do salão, avisto de repente um rosto conhecido, e vacilo por um segundo. É Isobel, sentada em uma das poltronas velhas de guerra, com Jamie deitado com o rosto na mesinha de centro em frente, empurrando um carrinho de brinquedo pelo chão. Ai, meu Deus, penso, que situação. Tenho um *flashback* daquela noite na festa anos sessenta: a excitação, o beijo, eu saindo pela porta como um idiota. Fico vermelho de vergonha, mas, quando penso em sair de fininho, Sam puxa meu braço e aponta.

— Olha, papai, é sua amiga — grita ele.

Isobel ergue o olhar e, sem pestanejar, sorri e acena para nós dois. Sinto-me como um coelho paralisado diante dos faróis do carro — um coelho particularmente covarde que pulou fora de um encontro e nunca explicou por quê. Mas, de algum modo, consigo me arrastar na direção dela, tomado pela culpa, enquanto Sam escala a mesa para se juntar a Jamie. Ela está com outro lindo vestido vintage, dessa vez com uma saia volumosa de um azul-escuro cintilante.

— Oi — diz ela de um jeito genuinamente amistoso. — Como você está?

— Tudo bem — digo devagar enquanto me sento na cadeira em frente à dela.

Não sei como me comportar nessa situação, nem mesmo que situação é essa. Vamos fingir que nada aconteceu? Será que ela sequer se lembra?

— Não tenho notícias suas desde a noite da festa — diz ela.

Ah, sim, ela se lembra.

— Não — digo. — Eu, hã, eu sinto muito.

Olho para o Sam, em nome da prudência, mas ele está ocupado tentando tirar um carrinho de brinquedo das mãos do Jamie. Os olhos de Isobel seguem a direção dos meus e, quando volto a olhar para ela, vejo um sorriso tranquilizador.

— Está tudo bem — afirma ela baixinho. — Eu entendo. Foi meio rápido, não foi?

Na minha mente, estou dizendo para mim mesmo: não fale "Não é você, sou eu", não fale "Não é você, sou eu".

— Não é você, sou eu — digo. Droga. — Quer dizer, foi mal, isso é tão clichê.

Agora Sam e Jamie estão rolando pelo chão no que poderia ser tanto um abraço amigável quanto uma briga violenta, mas estou tentando ignorá-los. Quando tombam perto de mim, levanto os pés para que possam rolar direto por baixo deles, desimpedidos.

— Mas você poderia ter falado comigo de novo — diz ela. — Eu me senti uma boba.

— Eu sei. Eu fiquei sem jeito. E meio que atônito, e agradecido, e confuso. Uma combinação de emoções que eu não sentia há algum tempo.

— Vamos ser amigos — sugere ela. — E tratar isso como uma experiência de vida.

— Você está sendo muito legal comigo. Eu sou tão idiota.

— É, você é. Mas meu filho parece gostar do seu, então vamos agir como adultos.

O barista se aproxima com nossas bebidas e Sam se levanta do chão, saltando no sofá ao meu lado, ansioso pelo leite com bolo.

— Aqui está, *monsieur* — diz o barista, colocando a bebida de Sam na frente dele· — Esse poderá ser seu último leite conosco, eu suponho.

— O lugar já está para fechar? — pergunto.

— Esta é a última semana. Não conseguiram alugar ainda, mas fecharemos de qualquer forma.

— É uma pena tão grande — digo.

— É, esse lugar é bem legal. Você passa a conhecer todo mundo. Vê relacionamentos sendo formados, famílias crescendo. Vê as crianças brincando e...

Ele olha para Jamie e Sam.

— ...batendo na cabeça umas das outras com bonequinhos. Tudo faz parte. Aqui não é como um daqueles cafés da moda de cidade grande, onde as pessoas entram apressadas, pedem um *mocaccino* e saem correndo. Tem gente que passa o dia inteiro aqui. Não existem mais muitos lugares onde você possa fazer isso.

— Você não chegou a pensar em assumir o café? Você é tão bom no que faz — elogio.

— Ah, não. Só estou trabalhando aqui enquanto termino o doutorado. Vou embora assim que acabar. Até lá, o lugar já vai ter sido transformado em um condomínio de luxo, como tudo mais tem sido.

— Não, não diga isso — exclama Isobel. — Esse é o único lugar que o Jamie frequenta no qual consegue ficar realmente à vontade.

Jamie está pulando numa poltrona, jogando peças de xadrez na janela.

— Ei, talvez um de vocês devesse fazer isso — opina o barista. — Vocês passam mais tempo aqui que os outros funcionários.

— É, essa é uma ótima ideia — concorda Isobel, virando para mim. — *Você* deveria, com certeza!

— O quê? Não! Eu não sei nada sobre gerenciar um café. Eu acabaria explodindo a cafeteira.

— Elas são bem indestrutíveis — retruca o barista. — Gerenciar um café é bastante simples, segundo o dono daqui, contanto que você goste de um horário de trabalho louco e de chorar sobre planilhas de gastos.

— Hum, isso parece ser bem a minha praia — digo.

— Sinceramente — diz Isobel. — Essa área precisa de um bom café. Todas essas cadeias gigantes estão se mudando para cá, e, se não são elas, serão um daqueles lugares extremamente chiques em que você precisa de um diploma em café para pedir alguma coisa.

E eles ainda te olham de um jeito estranho se você pedir açúcar. Ou biscoitos para molhar no café.

— Bem, eu não sei...

— O que você acha? — pergunta o barista a Sam. — O papai conseguiria ser o dono de um café?

— Sim! — exclama Sam. — A gente podia ter um Xbox e todo mundo ia poder jogar. Mas eu primeiro.

— *Viu?* — diz Isobel. — Isso é um plano de negócios. Quer dizer, eu entendo de varejo, poderia te dar uma força. Quando assumi a loja de roupas eu tinha uma lista enorme de prós e contras, e os contras ultrapassavam em muito os prós. Precisei continuar em outra folha! Mas então imaginei um ambiente cheio de lindos vestidos vintage, um rock'n'roll antigo tocando no gramofone, pôsteres de filmes nas paredes. Eu desejava tanto um lugar daquele. Dá trabalho, mas eu teria me arrependido para sempre se não tivesse feito isso.

— Mas essa é a questão. Você tinha uma paixão e foi em frente. Eu não tenho certeza se tenho isso em mim.

— Ah, você tem — diz ela. — Ninguém sem paixão consegue beijar daquele jeito.

Sinto meu rosto ficar vermelho como uma beterraba, e instintivamente olho em volta, procurando por Sam.

— Está tudo bem — diz ela. — Ele está naquela mesa lá longe com Jamie, lutando com uma espada de jornal enrolado.

— Certo — digo. — Eu sinto muito, de novo.

— Olha, esquece aquilo, seu bobo. A questão é: existe paixão dentro de você. Você sabe como isso aqui é importante para o Sam, para o Jamie, para mim. As pessoas precisam de algum lugar para ir que não seja a própria casa, o trabalho, e que não seja gerido por uma grande empresa que vai tratá-las como gado. Você entende isso. Você faria as pessoas se sentirem bem-vindas. As pessoas precisam se sentir bem-vindas, especialmente gente esquisita como nós. Tudo o que você precisa é de um pouco de ajuda, de alguém com alguma experiência no ramo alimentício.

E, do nada, eu penso: Clare. A Clare estava no ramo alimentício. Mas logo afasto isso da cabeça, em parte porque toda essa conversa é ridícula, e em parte porque o Matt e a Clare ainda não estão falando comigo. Eis outro relacionamento desfeito que preciso tentar consertar de alguma forma. Este tem sido basicamente meu trabalho em tempo integral no momento.

Então converso com Isobel enquanto os meninos rodam e perseguem um ao outro a nossa volta. Conto a ela sobre *Minecraft* e sobre o torneio; sobre como íamos participar, mas agora provavelmente não vamos, mesmo que o castelo do Sam esteja consertado, mesmo que ele pareça adorar o jogo de novo. Abordei o assunto com o Sam algumas vezes, mas ele sempre ignora. Isobel fala da loja e das festas. De algum jeito permitimos que nossa aventura fique em segundo plano. Mas a lembrança dos lábios dela nos meus permanece comigo por toda a tarde. Misturada a essa memória está a desagradável dor da culpa. Mesmo sabendo da Jody e do Richard, meu comportamento me parece totalmente injustificado, e sei exatamente o motivo. Não estou nem perto de desistir de nós.

Ficamos sentados em silêncio por alguns minutos, assistindo a Sam e Jamie brincando esparramados no chão, batendo dois carrinhos de brinquedo sem parar com uma ferocidade crescente, até que aquilo finalmente explode em violência e eles começam a se bater. Os ânimos se exaltaram.

— O.k., o.k., meninos — digo. — Sam, acho que já está na hora de levar você para casa, para a mamãe.

— É, vamos, Jamie — chama Isobel. — Não estraga outra tarde fazendo a gente ser preso por agressão com um caminhão mortal do Hot Wheels.

Levantamos todos ao mesmo tempo e sigo até o balcão para pagar a conta.

— Vamos, aluga o café — diz o barista.

— A gente pode morar aqui — diz Sam.

— Vocês dois! — suspiro.

No meio do caminho para casa, me lembro do horário que marquei com a terapeuta há várias semanas. É amanhã. Nesse exato momento, Sam olha para mim, o cenho franzido, como se tentasse ler meus pensamentos, sua expressão séria e inquisitiva.

— Papai, o que você *está fazendo*? Eu acho que você está empacado.

— Como assim?

— Às vezes eu fico empacado num pensamento e não consigo me livrar dele, não por um bom tempo. Ele fica e fica. Você está empacado num pensamento?

Paro de andar.

— Ei — digo. — É, acho que você está certo. Está totalmente certo. Eu *estou* empacado num pensamento. Bem, estou empacado em vários pensamentos. Caramba, você é muito esperto.

E isso me vem como um choque e uma surpresa, o que suponho que sejam mesmo. Os vislumbres do interior do Sam são tão raros e fugazes que, quando aparecem, eu os considero verdadeiras joias. Fico tão comovido que me agacho na frente dele.

— Obrigado por pensar em mim — digo. — Obrigado, Sam.

Ele desvia rapidamente o rosto, seus olhos vasculhando a calçada, evitando meu olhar e minha gratidão. Bagunço seus cabelos delicadamente, mas ele se inclina para trás, se esquivando. É tudo muito real agora, essa conversa casual. Ele não sabia que levaria a isso. Essa emoção.

Eu desisto e, com alguma dificuldade, fico de pé, pego sua mão e continuo a andar, achando que o momento passou totalmente, essa pequena janela de intimidade. Mas, quando paramos numa rua, ele tira a mão da minha por um instante, e então bate de leve nas minhas costas.

— Meu papai — diz ele.

E a cena é tão perfeita que sinto que as estrelas vão cair sobre nós.

Capítulo 31

O Assembly Centre ocupa duas casas georgianas em uma rua arborizada atrás do Royal Crescent de Bath. É lá que minha terapeuta tem o que ela me descreve ao telefone como sendo "um consultório nem um pouco intimidador e muito aconchegante", então, por algum motivo, estou esperando encontrar pufes e uma luminária de lava. Estou aqui e não em Bristol porque não queria que ninguém que eu conheço me visse saindo de uma clínica e perguntasse o que está havendo. Essa não é uma conversa que estou pronto para ter comigo mesmo, que dirá com outra pessoa. Felizmente, discrição parece mesmo ser uma preocupação central no Assembly Centre. A plaquinha de bronze perto da porta é a única indicação do motivo pelo qual as pessoas vêm aqui, e, quando tento espiar por uma das enormes janelas de guilhotina, as cortinas de renda por dentro estão fechadas, então só consigo vislumbrar um sofá Chesterfield que parece caro. Não sei o que espero ver — talvez uma pessoa deitada num divã com um homem parecido com Sigmund Freud sentado atrás dela, tomando notas em uma prancheta.

Empurro a porta para entrar e o interior da espaçosa sala de espera está vazio, exceto pelo sofá encostado em uma parede e, acima dele, um grande quadro vitoriano mostrando a cidade de Bath do alto. O assoalho de carvalho encerado range ruidosamente quando entro, e, como se estivesse esperando sua deixa, uma mulher emerge de uma porta do outro lado, vestida casualmente com um suéter preto de gola alta e uma saia xadrez. Ela deve estar na casa dos quarenta e muitos anos, parece inteligente e confiante, seu cabelo loiro tornando-se levemente grisalho.

— Alex? — pergunta.

— Sim — balbucio.

— Sou Jennifer, é um prazer conhecê-lo. Foi fácil nos achar? Ótimo, venha por aqui.

Passamos pela porta e entramos num corredor, as paredes repletas de quadros menores com cenas de Bath. A sala dela fica no fim do corredor. É pequena, mas arejada e acolhedora, como um pequeno escritório caseiro, com duas poltronas (não pufes, infelizmente), uma estante de livros e uma janela com vista para o jardim do pátio.

— Sente-se — diz ela.

De repente, tudo parece muito real. Eu estou fazendo terapia. Estou sentado aqui com uma terapeuta e ela está prestes a me fazer algumas perguntas sobre a minha mãe. Será que tenho de preencher algum tipo de teste de personalidade? O que eu faço?

— O.k. — começa Jennifer, sentada na poltrona em frente à minha, um pequeno caderno de capa dura na mão. — Nesta sessão nós vamos só nos conhecer. Eu vou fazer algumas perguntas, você pode me fazer outras. Se ambos ficarmos felizes, podemos pensar a respeito e talvez marcar outra consulta. Tudo bem?

— Tudo. É, parece uma boa ideia. Obrigado.

Ela começa perguntando como estão as coisas na minha vida neste momento e o que me fez tomar a decisão de ir até ali. Faço um relato conciso dos últimos cinco meses: a exaustão, a preocupação e a frustração crescentes que levaram à nossa separação. Ela quer saber sobre meu passado, meus relacionamentos, minha família. No começo, minhas respostas são curtas e pouco enfáticas, o som da minha voz está estranho e vacilante — a ideia de simplesmente descarregar tudo isso em um ambiente tão estranho é bizarra. Mas as perguntas dela são delicadas e positivas, então tudo se torna gradualmente algo muito próximo do natural. E então chegamos ao Sam.

— Por muito tempo, eu não queria nem ouvir falar de autismo — digo. — Eu sentia como se fosse uma desculpa, um rótulo. Eu achava que ele não falava direito por ter algum tipo de infecção no ouvido e não conseguir nos ouvir. Achava que ele era só ansioso e tímido. Eu não queria encarar a realidade. Não queria encarar nada.

— Como se sente a respeito disso agora?

— Eu sinto como se houvesse uma linha divisória entre Sam e o mundo. Não é uma linha gigantesca, mas está lá. É como se todos falássemos com sotaques impossíveis de entender e ele tivesse dificuldade de compreender o que dizemos e de se integrar. Não sei o quanto ele consegue absorver. Mas, então, às vezes, ele me surpreende, diz algo engraçado ou demonstra um tiquinho de afeto. E isso me deixa sem ar.

— Mas você conversa com ele? Pergunta como ele se sente?

— Eu tento. Não muito, mas tento. E isso me faz pensar que, bem, se é difícil para seu próprio pai, como é com outras pessoas? Como é na escola? Ele deve se sentir tão solitário. Tem um senhor no pub perto de casa, tenho certeza de que é autista também. Ele fica sentado sozinho a uma mesa e ninguém sabe como falar com ele. Tenho medo de que esse seja o futuro do Sam. Quer dizer, ele foi classificado como um autista de "alto desempenho", o que faz com que ele soe como um computador ou um freezer tecnologicamente avançado, mas, comparado às outras crianças da idade dele, o Sam está muito atrasado. Perdão, isso é tudo sobre o que a Jody e eu temos conversado nos últimos anos. Isso e eu trabalhar até tarde.

— Você acha que ficava até tarde no trabalho para não ter que se preocupar com o Sam, para não ter que lidar com tudo?

— Não sei. Isso seria terrível, não seria?

Ela faz que não com a cabeça.

— Todos temos maneiras de nos proteger.

Então voltamos para o passado, para a infância, e para George; provocando pequenas ondas naquela vasta represa de sofrimento. Noventa minutos depois — embora pareça não ter passado nem meia hora — paramos de falar e a sessão termina. Ela fica escrevendo em silêncio por alguns segundos e então olha para mim.

— Bem, acho que podemos trabalhar juntos, se você quiser — diz.

— Claro, se não tiver problema. Eu não tinha ideia de como seria isso aqui, mas foi bom. Passou muito rápido.

Eu me dou conta de que isso soa como se eu tivesse acabado de fazer uma pequena cirurgia dentária.

— Bom — diz Jennifer, ficando de pé e fechando o caderno. — Vamos marcar uma consulta. Além disso, tenho um dever de casa para você. Antes de voltar aqui da próxima vez, quero que seja espontâneo, quero que faça algumas coisas diferentes do que está acostumado a fazer. Você falou sobre paternidade, mas quero que *você* seja infantil. Pelo menos uma vez. Depois falaremos sobre isso, o.k.?

— O.k. — respondo.

Do lado de fora, enquanto ando pelas amplas ruas de Bath em direção à estação de trem, sinto que estou mais leve fisicamente, na verdade. É como sair da academia, só que não estou de calça de ginástica e não cheiro a vestiário suado. Contei a essa desconhecida mais do que contei a qualquer outra pessoa em anos, ela sabe tanto sobre mim quanto Jody — talvez mais. Por que nunca fiz isso antes?

Mas eu sei por quê. Havia sempre algo no caminho, uma escuridão que eu tinha que suprimir. Mas a escuridão sempre vem, não importa o que você faça. Em algum momento, você tem que se virar e encará-la de frente.

Quando chego de volta a Bristol, sigo para a casa do Dan, mas ele me manda uma mensagem de texto e pergunta se posso encontrá-lo no Old Ship. Uma sessão de terapia seguida de uma cervejinha parece uma programação razoável.

— Tive uma ideia — diz ele, assim que me sento ao seu lado.

Estamos jogados na mesa do canto, como sempre, tentando ignorar um cara de jaqueta de couro franjada que silenciosamente dá cabeçadas no caça-níqueis. Sid está à sua mesa, olhando de relance para nós de vez em quando, mas desviando o olhar em seguida.

— O.k. — digo. — Você vai me dizer o que é?

— É sobre a Emma.

— Ah.

— Quer dizer, é tarde demais, mas... você sabe que o aniversário dela é na quarta-feira, né?

— Claro — minto.

— Bem, tem uma coisa que eu quero fazer para ela, mas preciso da sua ajuda.

Nossa, o dia está cheio de surpresas.

— Claro — digo. — O que você quer que eu faça?

Ele não entrega os detalhes, mas diz que envolve o uso de artimanha e um bom café, então é claro que prometo ajudar. Quando estamos prestes a nos levantar e sair, vejo que Sid veio até nós.

— Seu rapaz está por aí? — pergunta.

Ele não está olhando para mim nem para Dan, e sim para algum ponto no chão a alguns metros de nós dois.

— Não — respondo, tentando esconder minha surpresa. — Ele deve estar em casa jogando videogame.

— Bom jogadorzinho de xadrez — diz ele.

— É, acho que puxou isso da mãe. Mas tenho certeza de que ele gostaria de voltar e jogar, se você quiser.

Ele assente distraidamente.

— Bom jogadorzinho — diz mais uma vez.

— Direi isso a ele. A propósito, o nome dele é Sam.

— Sam — repete. — Sam é um bom jogador.

Enquanto Sid volta à sua mesa, Dan e eu nos entreolhamos e saímos. Sei como foi difícil para Sid vir até nós — e agora reconheço isso em Sam, esse esforço de chegar a um acordo com o mundo. Mas o mundo quer sempre mais, e Sam está tentando, se esticando por sobre o abismo para alcançar Olívia e os outros. Preciso aprender com ele agora. Preciso ser forte o bastante para me reconectar com o mundo.

Capítulo 32

No dia seguinte Matt me liga, a fala mansa, cheio de dedos.

— Alex, você está livre esse fim de semana? — pergunta, antes de eu sequer ter a chance de me desculpar por ter invadido sua casa e gritado com todo mundo.

— Acho que sim. Matt, olha, eu...

— É que, bem, Clare e eu precisamos de um tempo para nos acertar. Estávamos pensando em passar uns dias fora. Podemos levar as gêmeas, mas queríamos saber se você poderia vir pra cá e tomar conta dos outros dois. De sábado pela manhã até domingo à tarde. Se você não estiver ocupado.

Faço uma análise da situação. Estou em dívida com eles, claro, e já tomei conta da Tabitha e do Archie antes, embora na maioria das vezes tenha sido depois que eles já haviam sido colocados na cama, ou por uma horinha, aqui e ali. Nunca um dia inteiro, que dirá um fim de semana.

Matt parece captar minha linha de raciocínio.

— Olha, eu sei que ser babá não é de jeito nenhum a sua praia. Mas nós confiamos plenamente em você, as crianças gostam de você. Além do mais, estamos desesperados — diz Matt.

A questão é que eles já tentaram todo mundo que conhecem: Jody (estará fora da cidade, num festival de artes em Exeter), os pais deles, vizinhos, parentes muito distantes, um cara que foi lá oferecer um plano de TV a cabo — acho que Matt estava brincando quando mencionou esse. Mas ninguém estava disponível. Eles não têm opção.

— Todas as regras da casa estão abolidas — continua Matt. — O que quer que vá tornar as coisas mais fáceis para você. As crianças podem ver filme, jogar videogame e comer batata frita por dois dias, não estamos nem aí. Cataremos os cacos quando voltarmos.

— Bem, Sam vai estar comigo no sábado...

— Traz o Sam — diz Matt. — Traz quem você quiser. Vou encher a geladeira de cerveja. Você pode beber sozinho ou dividir com as crianças.

Alguns meses atrás eu teria dado uma desculpa na mesma hora. A perspectiva de tomar conta só de Sam já teria sido apavorante o suficiente, mas de três crianças? Por um fim de semana inteiro? Loucura. Eu acabaria deitado no chão da garagem em posição fetal e as crianças estariam num nível de anarquia tipo O *senhor das moscas*. Mas, pensando bem, Tabitha é precoce o bastante para tomar conta de si mesma, e Archie é muito menos desafiador do que Sam na idade dele. Também consigo ouvir a voz de Jennifer na minha cabeça, como uma versão feminina do Ben Kenobi: "Seja espontâneo, confie em seus sentimentos, diga sim à vida." Não parece uma loucura tão grande. Parece algo que eu poderia fazer por um amigo.

— O.k. — digo. — O.k., estou dentro.

Quando ligo para Jody para saber se está tudo bem levar Sam junto comigo, ela parece surpresa com minha descrição do tom solene de Matt.

— Isso é estranho, porque encontrei a Clare ontem — diz Jody. — De acordo com ela, eles já se acertaram. Ela assumiu o controle da conta conjunta, ele deu a ela os cartões de crédito. Clare parecia bem com relação a tudo. Eles se sentaram, conversaram e resolveram as coisas, na verdade. Meio que como adultos.

— Ah — digo, escolhendo ignorar temporariamente a mordacidade da Jody. — Talvez eles tenham tido um recaída?

Então, na manhã de sábado, vou buscar Sam e espero pacientemente enquanto ele faz várias tentativas de prender as tiras de velcro do tênis do jeito que gosta. Em seguida, consigo que entre no carro e partimos. No caminho, ele faz uma série de perguntas sobre por que vamos morar na casa do Matt e da Clare, onde vamos dormir e como exatamente vamos passar as próximas trinta e duas horas.

— Não sei, a gente vai ter que ser flexível — digo.

— O que é "flexível"? — questiona Sam.

Por um segundo, reflito sobre a ironia da pergunta.

— Significa que temos de ver como as coisas vão se desenrolar e não fazer muitos planos.

— Eu não gosto disso.

— Eu sei, mas às vezes você não sabe o que vai acontecer, então tem que ir improvisando conforme vai vivendo.

Ele pensa nisso por um segundo.

— Quando eu for adulto, vou planejar tudo muito bem, com certeza — diz ele.

— É, mas às vezes a vida simplesmente joga coisas em você.

— Aí eu me agacho.

Quando chegamos a casa, vejo que Matt já está do lado de fora, inclinado sobre sua perua Audi prateada, colocando as gêmeas em suas cadeirinhas. Ele me vê e acena freneticamente, parecendo ao mesmo tempo surpreso e entusiasmado por eu ter de fato aparecido.

— Oi — digo, saindo do carro, que parece particularmente em mau estado ao lado do dele na entrada de veículos. — Foi mal, estou um pouco atrasado.

— Oi! — diz ele. — Muito obrigado! Como você está? As crianças estão lá em cima vendo *Hora de aventura*. Já tomaram café da manhã. A boa notícia é que a mãe da Clare vai tomar conta das gêmeas. Ficaremos oficialmente livres de crianças por trinta horas. Temos que ir agora. A viagem até Cotswolds é longa. Vamos ficar no pub em Burford onde eu a pedi em casamento. Vamos, Clare!

Clare surge pela porta carregando uma malinha, que joga na mala do carro. Eu me preparo todo para pedir desculpas.

— Oi, Alex, obrigada por isso!

— Oi, Clare. Olha, eu sinto tanto por aquele dia. Eu não devia ter vindo até aqui.

Ela me lança um olhar benevolente e põe a mão no meu braço.

— Tem um bilhete na mesa para você. Obrigada, Alex.

E ela desaparece carro adentro.

Sam e eu ficamos parados como dois patetas na entrada de veículos enquanto Matt fecha a mala com força, entra correndo no carro e bate a porta. O motor do Audi ganha vida com um rugido, e o carro segue de ré até a rua. Os pneus chegam até a cantar quando ele pisa no acelerador. Eu me lembro do que a Jody disse ao telefone e de repente me dou conta de que eles não tiveram nenhum fim de semana a sós desde que as gêmeas nasceram.

Eles armaram para mim.

— Ah, já entendi — resmungo para mim mesmo. — Eles vão fazer as pazes com sexo.

— Como assim? — pergunta uma vozinha conhecida ao meu lado.

De algum modo, Tabitha se esgueirou para fora da casa e agora está de pé na entrada de veículos, vendo o carro desaparecer pela rua.

— Hã, nada não — respondo. — O que você e seu irmão estão aprontando?

Nesse momento, Archie sai aos tropeços da casa e corre em círculos à nossa volta.

— Estamos vendo desenho! — grita ele. — E podemos jogar *Minecraft* depois!

Olho para o Sam e ele segura a minha mão.

— Eles dão medo e são barulhentos — diz ele.

— Os dois estão animados, só isso. Quer ver desenho? Chego lá em cima em um minuto.

— O.k.

Entramos na casa, e Sam segue os dois com cautela pela escada, que está, como sempre, repleta de armadilhas na forma de carrinhos, patins e blocos de LEGO. Mas o Matt deve ter arrumado a casa, porque alguns dos degraus estão de fato visíveis sob os detritos coloridos.

Na sala de estar, há alguns jornais que eles deixaram para mim, uma garrafa de vinho e o bilhete de Clare, que diz:

Faça o que for preciso, tem muita comida no congelador, as crianças podem sobreviver de nuggets por muitos dias.
Não se preocupe em dar banho nelas.
A hora de dormir é geralmente por volta das sete da noite.
Ligue se tiver qualquer problema.
Ah, e eu te perdoo.

E é isso. Esta é claramente a minha penitência. Agora só preciso sobreviver.

Como qualquer adulto responsável, deixo que vejam desenho por duas horas, então preparo sanduíches com batata frita para todos e peço que desçam. Comemos sentados à mesa de centro da sala. Tabitha insiste em sentar ao lado do Sam, tagarelando, fazendo perguntas e não se importando quando a resposta é um grunhido ou um movimento de cabeça. Mas ele está sorrindo e percebo que gosta de toda aquela atenção. Archie resmunga baixinho, desmontando os sanduíches e esfregando as partes pelo rosto.

— Alex, é verdade que você não mora mais com a Jody? — questiona Tabitha.

Seu tom é educado e indiferente, como se estivesse querendo saber qual é a minha cor favorita. Eu me pergunto se ela entreouviu Matt e Clare conversando. Olho para Sam, sem saber se ele está prestando atenção no assunto.

— É, é verdade — digo, hesitante.

— Mamãe disse que vocês estavam sob muita pressão.

Agora vejo que Sam nos observa, mas sua expressão é impassível. Isso é mais do que ele jamais perguntou sobre o que está acontecendo, e ainda não sei o quanto ele é capaz de entender. Mas preciso proceder com cautela. O tempo todo a gente ouve falar de crianças que se culpam pela separação dos pais. Será que isso já passou pela cabeça dele?

— A gente teve que lidar com uns problemões — digo, por fim.
— E depois a gente brigou. Então achou melhor passar um tempo separado.

Olho para Sam de novo, mas sua atenção foi desviada para a tigela onde está a batata frita, analisando atentamente a louça que ele não conhece. Espero para ver se vai perguntar alguma coisa, mas ele permanece em silêncio, o rosto ainda inexpressivo.

— Mamãe gritou com o papai porque ele soltou um pum — diz Archie.

As crianças desatam a rir e eu fico grato por essa distração. Alguns minutos depois, chega a mensagem de texto número um da Clare, querendo saber se está tudo bem e avisando que o pub é maravilhoso. Respondo perguntando se o galpão no jardim *deveria mesmo* estar pegando fogo.

Depois do almoço, é hora de jogar *Minecraft* no novíssimo Xbox One do Matt. Verifico meticulosamente as mãos de todos para ver se estão meladas antes de permitir que toquem nos controles; sei que isso chatearia Matt, que deixou um pacote de lencinhos umedecidos ao lado da TV para esse exato cenário. Tabitha claramente conhece o jogo e assume o controle da tela de menu, enquanto Archie aperta os botões para ver como funcionam. Iniciamos um novo mapa de sobrevivência e a tela se divide em quatro, de modo que todos temos nossa própria visão. Passamos uma hora caótica construindo e explorando. Juntos, conseguimos montar um povoado interconectado bizarro com muitas extensões de formatos esquisitos, feitas de paralelepípedos, tábuas de madeira e terra. Parece o set de filmagem de um dos *Mad Max*. Tabitha e Sam adicionam uma piscina com trampolim e eu tento criar uma montanha-russa de carrinhos de mina, mas Archie destrói tudo com uma picareta. É barulhento e divertido, e, quando digo a todos que é hora de desligar, aplaco sua ira com a sugestão de fazer uma casa de *Minecraft* na sala de jantar. Arrasto até lá um cabide de pé, vários lençóis e edredons; Sam e Tabitha trabalham juntos na construção de um telhado sobre a mesa, usando pregadores de roupa para prendê-lo no lugar. Fico concentrado no processo, saqueando os armários da garagem atrás de lanternas, fazendo uma bancada de trabalho com uma caixa de papelão. Ajudo Tabitha a encontrar sua cozinha de brinquedo para passar por fornalha.

— A gente tem que deixar espaço para entrar — grita Tabitha.

— Não, a gente tem que fazer uma porta, senão os zumbis e os esqueletos vão nos atacar — diz Sam.

Ele se vira sozinho na conversa, fazendo planos, respondendo perguntas. Eles transformam o cabide de pé numa torre, e Sam põe um banquinho dentro para conseguir ver de cima.

— Dá para ver muitas ovelhas, podemos fazer camas — diz ele.

— Eu quero matar o Ender Dragon — diz Tabitha.

— Precisamos de ob... obsidiana para fazer um portal. Sei como fazer.

— Você é muito bom no *Minecraft*, Sam.

Ligo o forno e peço a Tabitha que escolha um livro, que leio para todos debaixo da mesa de jantar, no nosso abrigo de *Minecraft*. Sam se aconchega em mim quando começo, apoiando a cabeça no meu joelho. A naturalidade desse pequeno ato é tão surpreendente que paro e sorrio para ele. Eu me lembro de ler para o Sam quando ele ainda era bebê, livro após livro, ele nos meus braços. Sam amava rimas e frases repetidas, tentava aprendê-las, mas saíam truncadas e sem sentido. Um dia ele perdeu a paciência de ficar sentado me ouvindo. Então passou a se desvencilhar de mim; era demais para ele. Guardamos os livros mesmo assim. Às vezes, eu ia ao quarto do Sam e lia enquanto ele dormia.

Quando a comida fica pronta, permanecemos entocados comendo montes de nuggets e palitos de peixe cheios de ketchup. Tabitha consegue fazer Sam experimentar um nugget, mas ele sente ânsia de vômito e acaba vomitando nas minhas mãos em concha, para deleite do Archie. Em vez de surtar, Sam ri com os outros dois enquanto eu rastejo para sair de debaixo da mesa com as mãos cheias de comida semidigerida e jogo tudo no lixo da cozinha. Depois conversamos sobre o que cada um de nós vai querer ser quando crescer.

— Quero ser atriz ou então programadora de computadores — diz Tabitha.

— Quero ser o Batman — fala Archie.

— Arquiteto! — acrescenta Sam.

— Qual é o seu trabalho? — pergunta Tabitha para mim, mais uma vez exibindo sua inacreditável habilidade de ir direto ao ponto.

— Não tenho um trabalho no momento — respondo. — Mas estou pensando em comprar um café. Que tal?

Dizer isso em voz alta, como se fosse algo que pudesse de fato acontecer, provoca em mim uma sensação inusitada de alegria.

— Podemos ir lá e comer todos os bolos? — pergunta Tabitha.

— É claro. O que você acha, Sam? — pergunto.

— Sim! — grita ele. — Você vai dizer: "Olá, senhor, o que quer beber, sente-se, por favor!"

Ele imita a voz de um adulto ao falar, e os outros morrem de rir.

— Então você acha que é uma boa ideia? — pergunto, tentando extrair algo útil dele.

Sam faz que sim com a cabeça, entusiasmado.

— Eu posso ir ver você depois da escola — responde, mas está gostando demais da plateia para falar algo a sério, e volta a fazer a voz bizarra, que só agora percebo ser uma imitação minha. — Olá, Sam, você quer bolo? Sente-se, por favor. Quem é o próximo? Silêncio, pessoal. Quem quer leite com espuma?

Os outros riem de se acabar. A tarde vai ser longa.

Horas depois, subo com as crianças para o quarto de Tabitha, onde há uma cama arrumada para Sam e Archie no chão. Inventamos uma história juntos, um épico interminável envolvendo bruxas, super-heróis, a Torre de Londres e a busca por diamantes mágicos. A mensagem de texto número dois da Clare chega nesse momento. Eu respondo dizendo que está tudo bem e que vamos virar a noite vendo uma maratona de *Jogos mortais*. Fico com as crianças até elas estarem quase dormindo.

Vou até o Sam para lhe dar um beijo de boa-noite e ele olha de relance para mim.

— Você vai mesmo ter um café? — pergunta.

— Talvez. Vamos ver. Não sei se consigo.

— Eu acho que você consegue — diz ele. — Acho que consegue.

— Você não vai fazer aquela voz de novo, vai?

Eles estão com a corda toda às seis da manhã, correndo pela casa com fantasias variadas. Sou acordado por Sam, que faz uma entrada triunfal no quarto de hóspedes com a máscara do Homem de Ferro e uma capa de vampiro. Olho para meu relógio de pulso. Tenho pelo menos mais oito horas pela frente. Por um segundo, penso na Jody e no que está acontecendo com a gente. Fico me perguntando onde ela está — e com quem — e qual será o próximo estágio. Penso na Isobel e no que aquilo significa. Mas Sam está agarrado ao meu braço, me puxando. Então descemos e, junto com Tabitha e Archie, transformamos a cozinha numa região apocalíptica devastada de Sucrilhos derramados, marcas de mão de geleia e poças de leite.

— Certo — digo, contrariando meu bom senso. — Que tal se formos até o parque?

Leva uma hora até os três estarem prontos para sair, então os coloco no carro e dirijo pelas ruas silenciosas, Sam ao meu lado, os outros dois no banco de trás, sentados nas cadeirinhas que o Matt deixou para mim. Estaciono e logo estão todos do lado de fora, correndo pelo portão em direção aos balanços. Faço a costumeira verificação da área, atento para a presença de cães e grupos de crianças mais velhas. Mas o Sam não está escondido atrás de mim, está longe brincando com Tabitha e Archie.

— O trepa-trepa é o nosso castelo! — grita Sam.

— Eu sou a rainha! — diz Tabitha.

E eu posso me sentar e ficar observando, como fazem os outros pais. Sam não procura por mim e nem me dá a menor bola, não reproduz as manias e rotinas de sempre — ele está em outro lugar, um lugar ao qual outras crianças nem dão valor, acho.

Matt e Clare voltam às duas da tarde. As crianças já almoçaram e estão lá em cima vendo um filme.

— Eles chegaram a sair do quarto? — pergunta Matt.

— Jesus, o que aconteceu aqui? — diz Clare quando entra na sala de jantar.

— Isso agora é um mapa de *Minecraft* — digo a ela. — Melhor se preparar psicologicamente antes de entrar na cozinha.

— Bem — diz ela quando volta de lá. — Parece que vocês se divertiram. Muito obrigada, Alex.

— Estou liberado agora? — pergunto.

— Só depois de deixar o dinheiro da faxineira — responde Clare.

— Na verdade, tem uma coisa boba que eu queria perguntar.

— Pergunta.

— Sabe aquele café aonde eu vou com o Sam? O atual dono não vai renovar o contrato. Eu tive essa ideia louca de... assumir o lugar. É maluquice, eu sei, mas...

— Não acho que seja maluquice.

— Bem, obrigado. Mas não faço ideia de como administrar um lugar como aquele.

— Ah — diz ela. — Já entendi aonde você quer chegar.

— Pensei só que... Eu marquei uma visita com o corretor. Você poderia ir comigo? Dar uma olhada?

— Claro. Mas já faz anos que estou fora do mercado.

— Eu sei. Mas seria maravilhoso ter você lá comigo. Quer dizer, seria maravilhoso ter a sua ajuda com a coisa toda.

Clare fica me olhando por um instante, como se estivesse ponderando se estou falando sério mesmo: se valho o investimento ou se estou tendo algum tipo de crise de meia-idade.

— Uma coisa de cada vez — diz ela. — Vamos ver o lugar primeiro.

No carro, voltando para a casa da Jody, Sam está calado ao meu lado.

— Você se divertiu? — pergunto.

— Muito! — responde. — Você foi engraçado, papai. Eu gostei de fazer o abrigo do *Minecraft*.

— Também gostei.

— Papai?

— O que foi?

— Eu quero participar da competição.

— Quer?

— Quero.

— Tem certeza?

— Tenho certeza.

E penso: na verdade, este fim de semana não foi difícil, não foi cheio de medos — tudo que eu precisava era parar de me preocupar um pouco. Ser um bom pai talvez tenha a ver com improvisação e espontaneidade; talvez seja estar de verdade e por inteiro *com* seu filho.

Às vezes, porém, também é ser capaz de pegar o vômito com as mãos em concha.

Capítulo 33

— A gente pode conversar?

Minha pergunta paira entre nós quando Jody se afasta para deixar Sam passar correndo para dentro de casa e subir até o quarto dele.

— Claro — responde.

Enquanto ando atrás dela, reparo que está com uma das minhas camisas de malha antigas, agora puída e com alguns furinhos. Suas calças jeans pretas têm grandes rasgos nos joelhos e seus cabelos estão presos num rabo de cavalo com uma xuxinha vermelha encardida. Ou é dia de faxina ou ela não está dando a mínima porque não vai se encontrar com o Richard. Só de pensar nesse cara sinto uma ira sendo deflagrada na minha mente, disparando como fogos de artifício, mas não quero entrar nessa. Quero que esta seja uma conversa tranquila.

— Como está a galeria? — pergunto.

— Bem — responde ela. — Estou assumindo mais tarefas de curadoria e planejamento, conhecendo artistas, essas coisas. É fascinante. Estou adorando. E você?

Conto a ela do café e do meu plano ridículo. Jody não rechaça de cara essa insanidade, o que interpreto como um bom sinal.

Dou uma olhada ao redor — em todos os nossos livros empilhados em cada canto e brecha, a mesinha de centro perdida sob um mar de quadrinhos e revistas. Tudo parece igual a como estava quando fui embora. Meu rosto não foi riscado de todas as fotos de família entulhadas na cornija da lareira. Não há retrato algum de Richard ali.

Ouço o Xbox sendo ligado lá em cima, com sua música característica. Sam está praticando para a competição.

— Então, correu tudo bem na casa do Matt e da Clare?

— Correu, sim. Foi divertido, na verdade.

— Deu para ver, a Clare me mandou pelo celular uma foto do abrigo que vocês fizeram.

— Uau, a Clare foi bem rápida.

— Ela está bastante impressionada.

Jody segue para a cozinha e vou atrás. Ela enche a chaleira elétrica e a liga na tomada, pegando duas canecas no armário, o mesmo armário em que sempre estiveram. Ela não pergunta se eu quero chá ou café, ela já sabe a resposta — já passa das duas da tarde, então é chá, claro. De preferência acompanhado de biscoito de gengibre. E então, como se seguisse um roteiro, ela tira uma embalagem de dentro do vidro de biscoitos que fica sobre a bancada.

— Você lembrou — brinco.

— Eu nunca esqueço um biscoito.

Sorrimos, mas ambos sabemos que só estamos preparando o terreno. Esse é um bate-papo preliminar, uma maneira de testar o ambiente, sentir o clima. Alguém tem de tomar a iniciativa e passar a próxima marcha.

— Eu estou... hum... indo a uma terapeuta — digo. — Ela parece boa, um tanto maternal até, ou seja, bem diferente da minha mãe nesse sentido. Eu não estava muito certo quanto à terapia, mas vou dar uma chance para ela.

— Ótimo — diz Jody, e ela reage com um entusiasmo genuíno. — É uma ótima notícia.

— Veremos — digo. — E você? Além do trabalho, tem mais alguma coisa rolando?

— Ah, quase nada. Eu tenho pensado muito em toda essa questão da escola do Sam, pensando no que é melhor para ele. Recebi cartas das duas escolas essa semana, e elas precisam de uma resposta logo.

— Você ia me contar isso? — pergunto. — Eu ainda estou envolvido nessa tomada de decisão?

Posso sentir um leve fervilhar de adrenalina. Formo uma imagem na minha cabeça, um mero vislumbre — Richard buscando Sam na escola.

— Estou te contando agora, não estou?

Não digo nada. A chaleira começa a ferver, Jody a desliga com um baque, em seguida a tira da base e despeja água quente nas nossas canecas — e em toda a bancada. Ela passa por mim me tirando da frente dela, pega uma caixa de leite na geladeira e o derrama também.

— Sinceramente, você tem certeza de que ainda está interessado *em nós dois*? — pergunta ela. Em vez de olhar para mim, ela esfrega a bancada com um pano, furiosamente. — A Lottie viu você com aquela mulher no café umas semanas atrás.

Ah, é, penso, aquela *era* uma das mães da escola. E, de repente, numa fração de segundo, os papéis foram invertidos e agora sou eu o acusado — não estava preparado para isso. Não tenho uma estratégia pronta. Sinto um calafrio de pânico percorrer a espinha como água gelada. Num instante, os piores cenários possíveis começam a aparecer diante dos meus olhos. Eu poderia perder a Jody para sempre. Poderia perder o Sam.

Decido manter a calma, mas definitivamente não consigo.

— Ah, a Isobel? — falo apressado. — Ela também tem um filho autista. Nós engatamos numa conversa, aí nos encontramos de novo, nós dois. Então eu fui a uma festa anos sessenta que ela organiza e foi um fiasco. Nós nos beijamos, mas vi de cara que era um grande erro. Então fugi... Esses biscoitos de gengibre são excelentes. Bem fortes.

Ela olha para mim, então pega o chá e se senta à nossa pequena mesa de jantar.

— Você fugiu? — pergunta ela.

— Fugi, de verdade. Ainda tenho a manha.

Ela pensa a respeito enquanto molha um biscoito no chá, parecendo me avaliar.

— Richard foi um grande pesadelo — diz ela simplesmente. — Ele gerencia algum tipo de organização de artes em Londres. Imagino que depois de algumas taças de prosecco isso tenha parecido impressionante. Mas o encontrei de novo depois do casamento e percebi que ele é um sujeito abominável. É arrogante, pretensioso e fala sem parar. Eu não conseguia dizer uma palavra, só ele abria a boca. Sabe esse tipo de homem? Você pergunta como eles estão e eles respondem algo tipo "Bem, essa é uma longa história e começa em Peterborough no ano de 2004..." E você sabe que vai ouvir essa idiotice pela próxima meia hora.

Sinto uma enorme onda de alívio. Clare estava certa, ele é um imbecil. Mas então me lembro daquela manhã, do beijo. Jody parece ler minha mente e entender o que estou processando nela, como sempre fez todos esses anos.

— A última vez que o vi foi quando ele apareceu aqui de manhã, a caminho de Londres. Ele queria me oferecer um emprego no seu escritório, como secretária particular ou coisa assim.

— E o que você fez? — pergunto.

— Bem, Alex, você sabe o que eu fiz porque estava estacionado a poucos metros daqui. Eu dei um beijo de despedida nele.

— Você me viu?

— Talvez — diz. — Ou talvez meia hora depois eu tenha recebido um telefonema de uma Clare muito irritada, dizendo que você havia aparecido na casa deles gritando e contando ter me visto com o Richard. A propósito, ela também me disse para eu deixar de ser idiota.

— Certo — digo. — Sempre gostei da Clare. — Meu cérebro está girando, parece que estamos tendo essa conversa em uma montanha-russa. Eu me seguro na bancada, a caneca tremendo na minha outra mão. — Mas e agora?

— Eu não sei — responde Jody. — Sinto muito. Vamos ver como as coisas se desenrolam... por mais um tempo. Nós dois temos coisas para resolver nas nossas vidas.

— Bem, que tal nos encontrarmos para um café? — pergunto.

— Tem uns lugares legais perto de onde eu trabalhava. Ou podemos nos encontrar perto do seu trabalho. Ou em algum lugar no meio do caminho.

— Sim, claro. Seria legal.

— Ótimo! Podemos falar das escolas.

— Ou talvez de nós, para variar.

Quando termino meu chá, decido que devo ir embora aproveitando a deixa desse clima ambíguo, mas levemente positivo. Pela primeira vez em muito tempo não sinto aquela compulsão de sair dali tão rápido quanto é humanamente possível, mas também me preocupo porque, se continuarmos conversando, eu poderia facilmente cometer algum deslize. Grito um tchau para o Sam e vou com Jody até a porta. Parece natural, como se eu estivesse apenas saindo para passar um fim de semana fora. Fazemos planos vagos, nos abraçamos. Quando a porta se fecha atrás de mim, o mundo parece, se não pleno de possibilidades, pelo menos um pouquinho menos descaradamente malévolo. Enfim, é um começo. E é onde a vida parece estar nesse momento: cheia de começos, ao invés de finais.

Capítulo 34

Do lado de fora do velho café, a chuva cai torrencialmente. Poças enormes já se formam na calçada irregular, e, toda vez que um carro passa, uma grande onda lamacenta invade o meio-fio, então tenho que chegar bem para trás, quase encostando no muro de tijolos desgastado pelo tempo. As vitrines do café estão cobertas com tábuas e, do outro lado da porta de vidro, há uma pilha de correspondência fechada e jornais locais gratuitos espalhados pelo chão. Toda a mobília se foi; o balcão de madeira e algumas poltronas quebradas são tudo o que resta. É tão estranho e tão triste ver assim esse nosso lugar de refúgio, meu e do Sam.

E agora cá estou eu, com o plano fadado ao fracasso, movido por um capricho, de tentar assumir o lugar. Eu me sinto quase culpado por ter chamado a Clare. Ela é uma mãe de verdade, com uma família de verdade e problemas de verdade, não precisa ser tragada para a minha fantasia de ter um café. Enfim, mas ela está vindo. Ou pelo menos disse que estava. Quando olho o relógio, percebo que tanto ela quanto o corretor de imóveis estão dez minutos atrasados. Ao olhar para o fim da rua, piscando para tirar dos olhos a água da chuva, vejo um Corsa de cor berrante estacionando algumas centenas de metros adiante — e sei que tipo de pessoa dirige um carro desses. Como era de se esperar, sai do veículo um jovem de terno cinza, com um guarda-chuva gigantesco e uma prancheta. Ele também poderia estar gritando "Sim, eu sou corretor de imóveis" em um megafone. Então, conforme ele se aproxima, percebo, com certo horror, que o conheço.

— Oi, Daryl — digo.

— Ah, oi, cara! Como você está? — diz, meio sem jeito.

Depois de exagerar nos trejeitos, olhando à minha volta e para o fim da rua, como um ator de teatro infantil bem afetado, ele se toca.

— Ah, *você* é o cliente?

Faço que sim com a cabeça e dou de ombros.

— Os últimos meses têm sido estranhos — comento.

Olhamos um para o outro em silêncio.

— Bem... — Ele suspira, apoiando o guarda-chuva no chão depois de quase ter prendido a cabeça na copa espalhafatosa ao fechá-la.

E então, quando começo a achar que não tem como as coisas ficarem mais constrangedoras e desconfortáveis, Clare chega empurrando um carrinho de bebê duplo, as duas pequenas ocupantes cobertas por uma grande bolha de plástico transparente.

— Desculpa o atraso — exclama.

— Essa é minha amiga Clare — apresento. — Clare, esse é Daryl, um ex-colega de trabalho.

— Bom dia — cumprimenta ele, retomando lentamente sua postura profissional. — Pois é, cara, eu saí da Stonewicks um mês atrás. Ficou tudo meio esquisito depois da fusão. Estou trabalhando com aluguéis comerciais agora. É um pouco mais dinâmico.

Ele lança um olhar malicioso para Clare, girando as chaves do café no dedo. Inevitavelmente, elas voam para o meio da rua e ele quase é decapitado por um ônibus quando tenta recuperá-las.

— Então você está pensando em entrar no ramo do café? — pergunta ele, fingindo que nada aconteceu. — É um bom momento para isso. Uma área movimentada, muitos jovens se mudando para cá, localização privilegiada... Posso parar com a enrolação e botar todo mundo para dentro antes que a gente se afogue?

Ele se atrapalha com a fechadura, e então tem que forçar a porta com o ombro para abri-la, espalhando a pilha de correspondências pelo chão de madeira sem graça.

— Obrigado por vir — digo a Clare.

— Fico feliz em estar aqui, é empolgante — declara ela.

— Como estão as coisas em casa?

— Melhores. Ainda estou brava com o Matt, mas, pelo menos, desde aquele fim de semana ele parou de se esconder pela casa como um cachorro machucado, o que me irritava ainda mais. Quer dizer, esse jamais teria sido o fim do nosso casamento, mas vai demorar um bom tempo até eu confiar nele de novo. Transferi tudo para a conta conjunta, para poder monitorar o dinheiro. Sinto que estou tratando o Matt como um menino levado, mas a situação não está mais tensa, o que é bom. Estava afetando a Grace e a Amelie também. As crianças captam essas coisas, não captam?

— Eu não sei. Eu nunca sei.

— Certo — diz ela. — É diferente com o Sam. Foi mal.

— Vem, vamos ver o que você acha desse lugar, sócia.

Temos dificuldade em colocar dentro do café o enorme carrinho de bebê que mais parece um tanque de guerra. E, assim que entro, reconheço imediatamente o cheiro de café e de lustra-móveis. Esse é, afinal, o lugar onde passamos tantos fins de semana, primeiro nós três, e depois só eu e o Sam, afundados nas confortáveis poltronas e sofás, em meio a todas as outras famílias, felizes em simular relaxamento e satisfação por alguns preciosos minutos. Sem os móveis enormes e surrados, o salão parece maior, mais frio, e, conforme percorro seu interior, estou vagamente consciente da presença de Daryl ao meu lado, citando as características do local, repetindo no automático a sua lengalenga.

— Há bastante potencial para você imprimir seu próprio estilo no interior — fala ele, sem emoção. — Você pode tentar o estilo lanchonete americana, que é bastante popular, ou, como tivemos em Clifton, um daqueles bares de gatinhos de Tóquio, sabe, com gatos andando por toda parte: você vai lá para tomar uma xícara de chá e fazer um carinho. Só que ele foi fechado pela Vigilância Sanitária por duas semanas: os pentelhinhos faziam cocô em todos os cantos. Eu não recomendaria isso.

Clare tomou a liberdade de ir para trás do balcão e seguiu para a área da cozinha; as gêmeas permanecem tranquilas no carrinho, olhando ao redor, os olhos arregalados e dóceis. Vislumbro uma cena de nós dois gerenciando o lugar: as paredes repintadas, o piso polido.

Sem arte local espalhafatosa nas paredes, nada de música alta nem de gatinhos, talvez alguns jogos de tabuleiro, livros... Um ambiente para as pessoas relaxarem e se sentirem seguras e à vontade. Só de pensar nisso sinto um frisson.

— Bem, a cozinha parece boa — diz Clare, voltando ao salão principal. — Quer dizer, não tem nada lá no momento, mas tem bastante espaço, não é úmida, há muitas tomadas, e está tudo dentro dos padrões de saúde e segurança, pelo que me lembro. É ótimo, Alex.

Daryl olha para mim, cheio de expectativa.

— Quanto você acha que vai custar para botarmos isso aqui para funcionar? — pergunto a Clare.

— Bom, você vai precisar de uma vistoria completa de toda a instalação, de uma cafeteira, de uma vitrine expositora refrigerada se for vender comida, lava-louças, micro-ondas, móveis, serviços de marcenaria, encanamento, eletricista, e também de talheres, alarmes, extintores de incêndio... Uns quinze mil, arredondando para cima.

— Vocês vão precisar pagar três meses de aluguel adiantados — acrescenta Daryl. — Mas o aluguel está bom para essa área... honestamente. E não é bem o centro de Bristol, então eles sabem que não se trata de uma filial do Costa Coffee aqui.

A voz dele fica diferente por um segundo. Soa estranhamente... humana. Percebo, surpreso, que ele está mesmo falando a verdade.

— Quer dizer, eu adoraria ajudar, adoraria investir, mas... — Clare para de falar por um instante. — Bem, essa não é uma opção no momento.

Verifiquei meu saldo bancário antes de vir para cá; não é suficiente. Pagar a prestação da casa e o aluguel ao Dan consumiu toda a indenização que recebi com a demissão.

— Você poderia tentar um empréstimo para pequenas empresas — sugere Daryl, captando meus pensamentos. — Isso ajudaria.

Ficamos em silêncio por alguns segundos, olhando o salão vazio.

— Bem, eu tenho que ir — diz Clare, por fim. — Tenho que levar essas duas para casa, para almoçar. Mas, Alex, ficarei feliz em ajudar. Quer dizer, tudo tem que se adequar à rotina dessas duas, mas estou aqui. Qualquer coisa é só gritar.

— Obrigado, pode deixar — digo.

Ela assente e vai até o carrinho. As gêmeas sorriem e se agitam, empolgadas. Ela prende a capa de chuva de novo e vou rapidamente ao seu auxílio, segurando a porta.

— Clare. Obrigado — falo. — E me desculpa, de verdade. Por ter entrado como um raio na sua casa e falado palavrão na frente dos seus filhos. Tenho vergonha do que fiz.

— Está tudo bem. Estou sempre entrando como um raio em casa e falando palavrão na frente dos meus filhos, eles estão acostumados.

Depois de empurrar o carrinho porta afora, em direção à chuva sem fim e ao trânsito infernal, ela se vira.

— Alex, acho que isso faria bem a você. Consigo te ver aqui, servindo lattes e cookies.

— É, talvez. Mas não tenho nenhuma experiência, é insano. Não sei nem assar cookies.

— Não, não é não, e eu cuidaria de tudo isso. A parte importante é criar o clima. Todos estão ficando cansados dessas cadeias de cafés idênticas, querem algo mais pessoal. E você se importa com as pessoas, Alex. Isso é evidente. Mesmo quando está sendo um imbecil. Você sabe o que a Jody me disse uma vez? "Tenho orgulho de viver com ele." E não era porque você é um gato, o que obviamente não é. É que... as pessoas gostam de você. Sabe-se lá por quê. Por isso é tão triste, você e a Jody. Por isso é que você tem que consertar essa situação. Então pode abrir esse café e destruir o Starbucks.

Sinto uma ardência nos olhos. Talvez seja o cheiro do lustra-móveis. Nós nos despedimos e eu fecho a porta. Daryl está digitando algo no celular.

— Posso dar mais uma olhada?

— Claro, cara, vai em frente.

Então o deixo e ando até o fundo do salão, onde Sam e eu costumávamos nos sentar. Posso ver as marcas no chão do lugar em que o sofá estava. Eu me sento ali, as pernas cruzadas. Às vezes, quando Sam era muito pequeno, eu o levava no colo até ali e o jogava no sofá, então fazia meu pedido e nós ficávamos olhando as revistas coloridas juntos. Eu inventava histórias para criar uma ligação entre as fotos. Às vezes, quase sempre, ele se entediava depois de dez minutos, ou o lugar ficava muito barulhento e ele chorava. Mas entrar e sentar com ele, mesmo que por alguns minutos, compartilhando a agitação de um sábado na hora do almoço, era mágico. Era restaurador. Uma semana de desafios, lágrimas, brigas e preocupações amenizada por quinze minutos com um café, um sofá e algumas pessoas a nossa volta.

Eu podia fazer isso, podia criar esse ambiente de novo, para outras pessoas. Eu gostaria de tentar. Só preciso arranjar muito dinheiro, de alguma forma.

— Tudo bem? — pergunta Daryl, indo até mim. — É só que agora eu tenho outro lugar para mostrar.

— Está tudo bem, sim — digo, levantando com dificuldade.

— O que você acha? — pergunta ele.

— Estou interessado, mas...

— Dinheiro?

Faço que sim com a cabeça.

— Vai lá ver com o seu banco, cara. Procure parentes velhos e ricos. Vou pegar leve no discurso com outros clientes, não vou empurrar muito esse lugar. Mas não conta a ninguém, tenho uma reputação a zelar.

Sinto uma estranha vontade de abraçá-lo, mas, felizmente, resisto.

— Obrigado, Daryl — é tudo que digo.

Então saímos. Ele fecha a porta e corre até o Corsa. Permaneço do lado de fora por algum tempo, apreensivo, mas estranhamente feliz. Por uma fração de segundo, o tecido da memória me leva ao passado, a um tempo longínquo, a um café em Londres, outro lugar que se tornou seguro, ainda que apenas em retrospectiva. Vejo os dois garotos do lado de fora, a irmã e a mãe, comendo bolo e bebendo refrigerante, o sol brilhando no vidro, quase cegante. De algum modo, através da chuva fria e implacável, consigo sentir o calor dele no meu rosto.

Tomado pela emoção, apoio a mão na parede de tijolos, para me estabilizar. Então ergo os olhos para a placa, ou para o local onde ficava a placa. E já sei como chamaria esse lugar, se fosse meu.

Capítulo 35

Então a isca sou eu.

Dan me liga para dizer que está tudo pronto para a Missão: Emma. Hoje à noite. Peço que não a chame de Missão: Emma, mas ele não me ouve. Tudo o que diz é que tenho de ligar para Emma e fazer com que ela me encontre no The Box, um pequeno centro de artes no fim da avenida Stokes Croft, sob o imponente prédio do alojamento dos alunos. Lá tem um café legal com DJ ao vivo, o tipo de ambiente que combina com o Dan. Eu o imagino ali de pé, pronto para entregar uma braçada de rosas e trinta minutos de Hard House.

— Mas, Dan — protesto —, eu vou ficar com o Sam hoje à tarde. Vou sair daqui a pouco para buscá-lo na escola.

— Traz o Sam — diz Dan. — Não tem problema.

Então, mais tarde, quando me encontro com o Sam no portão da escola (na verdade, a cerca de cinquenta metros do portão da escola, mas estou chegando cada vez mais perto), menciono casualmente que o Dan está preparando uma espécie de surpresa legal para a Emma e que ele pode precisar da nossa ajuda.

— É tipo um jogo? — pergunta Sam.

— Mais ou menos. Não sei. Mas pelo menos a gente vai poder sair dessa ganhando uma caneca de leite com espuma.

— Sim! Vamos ajudar o Dan.

A caminho do carro, ligo para Emma, mas fico meio nervoso, sem saber ao certo o quanto devo dizer, ou, na verdade, por que diabos eu ia querer me encontrar com ela naquela parte da cidade.

— Oi, Emma, é o Dan... quer dizer, Alex. É o Alex. Feliz aniversário! Tudo bem?

— É... Tudo bem — responde ela. — E você? Parece um pouco estressado. Tem alguma coisa errada com a mamãe? Ela está bem?

— Não. Quer dizer, sim, mas não, não estou ligando para falar da mamãe. É que eu vou estar no centro da cidade daqui a pouco com... o Sam. Vou passear com ele. Sabe, para ver a cidade.

— Eu achei que a gente ia ajudar o Dan — diz Sam.

— Shhhhhh — retruco.

Então volto a falar com a Emma.

— Fiquei me perguntando: será que você não gostaria de nos encontrar para um café de aniversário rápido? E o Sam adoraria te ver antes do torneio. Para dar sorte. Isso se você não estiver ocupada.

Isso é ridículo.

— Tudo bem — diz ela. — Estou na casa da minha amiga Pacha. Estamos planejando nossas viagens. Onde você vai estar?

— Bem, encontra a gente às cinco no The Box. Por nossa conta.

— The Box? Tá, vejo vocês lá.

Desligo e rapidamente envio para Dan a mensagem de texto que combinamos: Game on.

A resposta dele é quase imediata. Vlw!!!

No carro, passando lentamente por Bedminster e entrando no centro da cidade, Sam tem mais perguntas.

— Aonde a gente está indo?

— A um café chamado The Box.

— Por que ele tem esse nome?

— É só um nome. Como estão as coisas, Sam? E suas construções?

Ele carrega uma pequena bolsa tipo carteiro, que enchemos com sanduíches, um livro de *Minecraft*, alguns LEGOs e uma pena que ele encontrou ontem no parque e quer mostrar para Emma. Ele a tira da bolsa e a passa devagar pelo dorso da mão.

— Papai, por que a gente está indo a esse café?

— Nós vamos encontrar a titia Emma e talvez o Dan, também. Lembra? Estou ajudando o Dan com um plano. Ele quer falar com a titia Emma, mas está com um pouco de medo, então precisa da nossa ajuda.

Sei que isso está confundindo a cabeça dele, então ligo o rádio na esperança de distraí-lo. Não funciona. Após uma longa análise forense da situação, graças a Deus chegamos ao edifício garagem que custa os olhos da cara perto do shopping Cabot Circus, e começamos a subir a ladeira em direção ao centro de artes. Sam aperta minha mão enquanto andamos, mas não pede para segurar mais apertado, mais apertado — em vez disso, ele conversa. Ele me conta sobre *Minecraft* e depois explica cuidadosamente algo muito específico: Olívia e ele construíram um farol que projeta um raio de luz branca no céu.

— A luz sobe e chega ao céu — diz ele. — Eu acho que é para onde as pessoas vão depois, quando a gente não consegue ver mais as pessoas. É legal.

Eu me pergunto se ele sabe o que isso significa, ou se está simplesmente repetindo algo que Olívia lhe disse. Antes que eu consiga perguntar, Sam já mudou de assunto. Quer saber mais sobre Emma e seus planos de viagem, e com que companhia aérea ela vai voar. Conforme nos aproximamos, ele para de falar, e fico me perguntando o que Dan estará fazendo, o que planejou, e por que este lugar, mais que qualquer outro, era o local certo. Será que Emma vai dar a mínima para isso? Ela vai embora de novo em menos de uma semana, por sabe-se lá quanto tempo. O que ele vai dizer para ela na cafeteria de um pequeno centro de artes que não poderia dizer, por exemplo, na noite de *fish and chips* do Old Ship? A questão é que ele é novo nesse negócio de ser romântico. Ai, meu Deus, isso pode acabar sendo medonho. E agora já meti o Sam nessa.

Quando chegamos ao The Box, Emma já está no café esperando por nós. Ela tem um café latte e um iPad à sua frente, sentada ali com seu moletom surrado e suas calças jeans, o cabelo curto despenteado, o rosto ligeiramente iluminado pela tela. Quando nos vê, abre um sorriso de orelha a orelha e acena para nós. Sam corre até ela, para de andar perto dos braços abertos, mas, em seguida, aceita o abraço.

— Titia Emma, eu encontrei uma pena — conta ele.

— Ai, que lindo, você pode me mostrar a pena? Oi, Alex.

— Oi, feliz aniversário — digo, olhando ao redor em busca de algum sinal do Dan.

A cafeteria é pequena e tranquila, o interior austero todo feito em concreto e vidro. Há um pequeno grupo de estudantes a uma mesa no canto mais extremo, comparando fotos em seus smartphones e fazendo muito barulho, e uma mulher de meia-idade com uma camisa de malha do Sonic Youth, lendo um exemplar antigo da *Vanity Fair*. Todos são clientes habituais, imagino. Nenhum deles é o Dan. Nem mesmo o Dan disfarçado. Merda. Onde ele está? Emma e Sam estão olhando para a tela do iPad, conversando sobre voos e aviões. Eu faço que sim com a cabeça de vez em quando enquanto vasculho o ambiente. Quando Emma vai ao banheiro, olho meu celular, mas não há mensagens do Dan. Será que virou a Missão: Abandonada?

Então o vejo. Ele está ao lado de uma porta interna, com um terno azul-claro bem justo e uma camisa impecavelmente branca, como um playboy saindo para curtir a noite de San Marino. Ele me chama.

— Oi, Dan — digo. — Tudo pronto?

— Tudo — responde. — Como estou?

— Como se estivesse numa propaganda da Dolce & Gabbana.

— Certo. Isso é bom?

— Claro, por que não? Você está bem?

— É, estou. Cadê a Emma?

— Foi ao banheiro.

— O.k. Então, quando ela voltar, você pode trazê-la até aqui?

— Claro. Tem certeza de que você está bem?

— Estou um pouco nervoso.

— Vai dar tudo certo. É só a Emma, seu pateta. Vou trazê-la aqui. Vai se preparar.

Ele respira fundo algumas vezes. E, conforme me afasto, a música ambiente vai ficando mais baixa e escuto Dan dizer para si mesmo:

— *O.k., partiu.*

✱

Quando volto para a mesa, vejo Emma retornando do banheiro. Aqui vamos nós.

— É... então, Emma — começo a dizer. — Encontrei por acaso um amigo meu ali. Vamos lá para eu apresentar meu amigo a você.

Ela me olha meio desconfiada. Sam ainda está brincando com o iPad, alheio ao ambiente.

— Vamos lá, eu quero apresentar você a ele.

— Okaaaaay — diz ela, devagar.

Dan desapareceu pela porta. Pego o Sam pela mão e recolho o iPad da Emma. Ela olha para mim e eu vou até a porta com ela me seguindo preguiçosamente. Há dois atendentes atrás do balcão do café, que olham para Emma e sussurram algo um para o outro. Chegamos à porta e eu a empurro devagar para abrir. Há um corredor, então uma porta dupla, que está entreaberta, levando a uma grande sala escura. Nunca estive aqui, não tenho ideia de aonde estou indo, mas vou levando a Emma.

— Aonde estamos indo? — reclama. — Você está muito esquisito.

— Eu sei — digo. — Só me segue.

Ela parece prestes a dar meia-volta e sair correndo, mas então Dan aparece nas portas duplas exibindo aquele sorriso dele.

— O que está ACONTECENDO? — grita Emma.

— Oi, Emma — diz ele. — Eu meio que preparei uma surpresa de aniversário para você. Hum, espero que não se incomode, eu não queria que você fosse embora sem saber de uma coisa. Mas, primeiro, vem por aqui.

— O que você está fazendo, seu pirralho? — pergunta ela.

Mas Dan estende a mão e Emma se aproxima e pega a mão dele, então ambos atravessam a porta. Tenho que ir atrás, preciso ver o que ele aprontou. Assim que espio lá dentro, eu entendo.

É a sala de cinema. Eu esqueci que este lugar tinha uma. É pequena, mas, ao contrário do restante do edifício, é ricamente decorada com veludo vermelho. Pequenas cortinas com babados recobrem as paredes laterais, como naqueles cinemas clássicos dos anos trinta, e os bancos são macios e amplos.

Não tem mais ninguém ali.

Dan leva Emma até duas cadeiras bem no centro da plateia e a faz sentar, depois pega uma caixa enorme de pipoca no chão ao lado dele e a equilibra no colo.

— Ah, a gente vai ver um filme? — diz ela. — Dan, o que vamos ver? Por que não tem mais ninguém aqui?

— Eu aluguei a sala inteira, eu meio que conheço os donos. Enfim, Emma, hum, a questão é a seguinte. Quando estávamos saindo, muitos anos atrás, eu estava completamente apaixonado por você. Perdidamente apaixonado. Você pode não ter percebido. E então você decidiu ir embora, e eu entendi, entendi de verdade. Achei que com o tempo eu ia esquecer você. Mas, Emma, eu não consegui. Não consegui e acho que nunca vou conseguir. Então, quando você voltou, eu não pude acreditar, não pude acreditar na minha sorte. Eu devia ter te contado logo de cara, mas achei que tudo tinha ficado no passado para você. Agora que está indo embora de novo, não importa. Não tenho nada a perder. Então, eu queria te dizer: não importa em que lugar do mundo você esteja, ou o que você faça... você *é* o mundo para mim.

Há um breve silêncio.

— Você não vai cantar, vai? — diz Emma.

— Vou, tem uma banda de jazz completa atrás da cortina. Só preciso dar a deixa.

— Ai, meu Deus.

— Estou brincando. Olha, eu não me importo se você vai estar no Brasil, no Vietnã, na Tailândia ou na Ilha de Man... Vou ficar pensando em você. Eu não consigo evitar. Sempre pensei, sempre vou pensar. Se algum dia você precisar de alguma coisa, qualquer coisa mesmo, estarei aqui. Isso parece maluquice? Não pareceu maluquice dentro da minha cabeça, mas agora fiquei na dúvida. Enfim, antes de você ir embora, eu queria te dar uma coisa. É uma bobagem, mas acho que você vai entender.

Então ele levanta o braço. E em algum lugar seu sinal é captado, porque as cortinas da tela se abrem. Logo vemos um logotipo e a famosa melodia de "When You Wish Upon a Star" começa a tocar.

O filme começa. E, claro, *óbvio*, é *O rei leão*.

— O que é isso? — sussurra Sam. — O que está acontecendo?

Ele passa por mim e olha dentro da sala.

— Um filme? Podemos ver? É de terror? Cadê meus protetores de ouvido?

— Não, a gente não vai ver o filme, Sam, é só para a Emma e o Dan. A gente precisa deixar os dois sozinhos agora.

Levo o Sam para fora da sala, mas, por um segundo, olho através da porta se fechando e vejo que os ombros da Emma estão curvados e tremendo de leve; vejo Dan colocar a mão no ombro dela, no rosto uma expressão preocupada. Mas, de repente, Emma se rende, vira para o Dan, enlaça seu pescoço e o beija na boca. Então ele a abraça também, seus rostos iluminados pelo sol nascente na tela. O balde começa a escorregar e cai no chão. A pipoca se espalha como confete.

Esses dois. Charmosos, bonitos, mas, ai, meu Deus, tão burros. Levaram metade de uma vida para chegar até aqui — e agora estão se pegando numa sessão de desenho animado da Disney.

Penso nas crianças que eles foram e em tudo o que aconteceu desde então, e em como a felicidade é fugaz e frágil. É tão fácil deixá-la escapar. Às vezes, ela passa e você não vê. Mas, às vezes, se você for extremamente sortudo e paciente, ela aparecerá outra vez.

— O que está acontecendo? — pergunta Sam. — Ainda posso brincar no iPad?

Não respondo.

— Papai? Você está chorando.

Capítulo 36

No caminho para a casa de Matt e Clare, tento pesar tudo. Jody, Sam, a escola, o trabalho: são muitas bolas mentais para equilibrar — e esse não é um malabarismo com bolas de pingue-pongue; são bolas de boliche. Recheadas com cimento. Esta manhã, num emocionante pontapé inicial, fui a uma reunião com um consultor empresarial para falar do café. Demonstrando o mesmo tipo de piedade sorumbática e macambúzia de um agente funerário, ele me explicou todos os riscos envolvidos na abertura de uma empresa de alimentação de varejo: o índice de fracasso, as longas jornadas de trabalho, a pressão nos relacionamentos. Em seguida me entregou alguns formulários a respeito de subsídios do governo, um plano de negócios de cinco anos em branco, e recomendou que eu pensasse bem no assunto. Foi o equivalente motivacional a ouvir um álbum do Smiths antes de sair para um primeiro encontro romântico.

É Clare quem atende a porta.

— Entra — diz ela. — Como foi a reunião?

— Hum, o.k. — minto.

E, quando entro, quase saio deslizando direto num par de patins largado no chão.

— É, tenha cuidado. A faxineira tirou o ano de folga — diz ela.

Lá dentro encontro o caos habitual. Archie, Tabitha e vários amigos estão correndo vestidos com uma mistura visualmente desafiante de fantasias extravagantes — uma capa de vampiro aqui, um capacete de astronauta ali, como um tipo estranho de desfile avant garde da Paris Fashion Week. Na cozinha, Matt está debruçado sobre o fogão, onde quatro panelas borbulhantes jorram vapor no microclima já enevoado.

— Então? — pergunta Clare ao tirar do sofá uma pilha de livros de colorir, para que possamos nos sentar.

— Não sei, Clare. Quer dizer, a princípio eu poderia conseguir um empréstimo para abrir um negócio, e tenho algumas economias, mas a coisa toda é tão arriscada. É um investimento inicial enorme e depois... Bem, eu sou totalmente novo nesse negócio. E nem eu nem você podemos nos dar ao luxo de investir rios de dinheiro.

Sem querer, olho para o Matt, que estava prestes a entrar na sala, mas então volta devagar para a cozinha.

— Mas *eu tenho* experiência — fala Clare. — E sei que você consegue fazer isso. É um lugar pequeno e obviamente era popular. A gente não está tentando abrir uma nova cafeteria gigante no meio do centro da cidade.

— Eu sei, mas, para ser honesto...

Baixo o olhar, desviando do dela, para o chão, e para o que parece ser metade de uma banana amassada no tapete.

— Eu não tenho muita confiança em mim mesmo — declaro, por fim. — Quer dizer, as coisas não têm dado muito certo para mim, não sei se você reparou.

— Bem-vindo ao clube — diz Clare, mas seu tom é conciliatório, e não de escárnio. — Eu certamente não via gêmeas e dívidas de jogo no horizonte há dois anos. Estávamos indo muito bem, eu pensava. Uma bela casa, um bom carro, uma vizinhança agradável, boas escolas. Mas a vida dá um jeito de te sacudir e te dar um tapa na cara. E depois chuta o seu saco e...

— O.k., o.k., deu para entender.

— Você perdeu seu irmão, mas sobreviveu e constituiu uma bela família. Cinco meses atrás, o Sam tinha verdadeiro pavor de barulho e multidões, e agora ele vai competir num torneio de videogame. Você consegue fazer isso, Alex. Na minha opinião, você *tem* que fazer isso.

— Obrigado.

Mas é tudo que consigo dizer. E, quando estou prestes a deixar a emoção tomar conta, Tabitha entra correndo aos gritos, seguida pelo irmão empunhando uma espada de plástico e uma pistola a laser.

— Não existe mais essa coisa de estabilidade — continua Clare enquanto o turbilhão passa. — Quer dizer, o ritmo de vida, a incerteza de tudo. A gente tem que se virar de alguma forma, né? A gente descobre o que é importante e segue daí.

Ficamos sentados em silêncio por alguns segundos, ouvindo o barulho do Matt servindo macarrão na cozinha.

— Clare — digo, com delicadeza. — Você tem lido aqueles posts motivacionais no Facebook de novo, não tem?

Pelo resto da semana, passo horas curvado diante do meu laptop desenvolvendo uma planilha de custos, listando as coisas de que precisaria para o café: aluguel, móveis, equipamentos, funcionários. Todas as noites dou uma passada na casa para ver Jody e Sam — mas principalmente o Sam. Com a aproximação do torneio, nós permitimos que ele jogue mais; ele vem jogando on-line com a Olívia quase todo fim de tarde. Basicamente eles praticam construir, experimentam coisas novas, criando máquinas pequenas e simples, com pistões e baterias. Mas com seus outros amigos, eles também estão se aproximando do Ender Dragon. Eles têm vasculhado a paisagem, matando monstros, recolhendo os tesouros de que precisam para localizar o mítico portal do fim. Escondido sob a superfície, nas profundezas do mundo, este é o local final em *Minecraft*.

Lá, o dragão está à espera.

Capítulo 37

É a véspera da competição de *Minecraft*. Já planejei pelo Google Maps o trajeto que vou fazer até Londres e combinei com o Dan de nos encontrar na entrada e ser nosso guia lá dentro. Hoje, mais tarde, vou passar na casa para ver como está indo o treinamento do Sam. É, treinamento. Estamos levando isso muito a sério. É uma loucura. Clare estava certa: uns meses atrás, ele teria ficado apavorado só de pensar em participar de algo assim. Vi fotos de edições anteriores do evento no site — um hangar gigantesco lotado de adolescentes jogando em telas enormes numa escuridão quase completa. Dá até para imaginar o barulho. Parte de mim ainda acha que, quando chegarmos lá, Sam vai agarrar meu braço e pedir para voltar para casa. Então vamos poder seguir com a vida e tratar isso como uma experiência, como tudo mais que termina desse jeito. Mas parte de mim acha que ele não vai.

Eu me sento à pequena mesa do Dan, olhando a vista da cidade. Criei o hábito de imaginar cada edifício como um modelo de *Minecraft*, e me pergunto se Sam e eu poderíamos construir a Ponte Pênsil de Clifton, ou a Torre Wills, ou pelo menos a estranha Torre Cheese Lane Shot. Aberto nas minhas mãos, mas não lido, está um livro intitulado *Como gerenciar seu próprio café*, que tinha boas resenhas na Amazon. Fico tentando começar a leitura, mas sou arrancado dela por outros pensamentos. A multidão de pais, o som da freada. Não o deixe passar; não o deixe ver. As imagens me inundam sempre que penso em seguir em frente com a minha vida, em começar algo novo. Decisões que George nunca chegou a poder tomar.

Mas tem algo diferente agora. Talvez seja a terapia, talvez esse senso de propósito repentino com relação a tudo — Sam, eu, Jody —, não tenho certeza. Mas, no passado, sempre que eu pensava em George, me obrigava a retornar continuamente àquele dia. A culpa apagava todo o resto. Hoje, no entanto, voltei muito mais no tempo, revisitando cenas de nós dois juntos: chutando uma bola de futebol pelo parque numa tarde ensolarada; brincando de lutar na frente da televisão; deitados nas nossas camas depois da escola, lendo quadrinhos por horas. Percebo que estou sorrindo. Não tenho certeza se me lembro da voz do George, mas consigo evocar sua risada, um riso em *staccato* e travesso.

E isso me leva de volta ao Sam e à centelha de animação que tenho visto nele nestes últimos meses. Sem dúvida sempre esteve lá, mas eu estava cego demais para ver — envolvido demais no "problema" do Sam. Agora entendo que a forma como ele enxerga o mundo é completamente diferente da minha; ela é cheia de padrões, surpresas e belezas que não vejo e não consigo compreender. Quando ele ainda era bem pequeno, nós seguíamos uma rotina nos fins de semana. Eu o colocava no carrinho e o levava para o mesmo banco num pequeno terreno perto de uma das ruas que serpenteiam por Bedminster. Ficávamos ali sentados durante uma hora, às vezes mais, ele apontando para os carros, vans e ônibus, e perguntando, "Aonde vai, papai?", e eu inventava um destino para eles. Ao longe, podíamos ver uma fileira de casas coloridas no alto da colina; eu apontava para elas, uma de cada vez, e ele dizia "azul, amarelo, vermelho, azul". A cor que Sam indicava raramente correspondia à da casa, mas isso não importava. Eu adorava aqueles momentos de calma e proximidade. E achava que aquela era só uma brincadeira boba, um exercício de repetição tranquilizante. Eu estava errado. Era a tentativa dele de compreender e compartimentar o mundo, de entender a onda enlouquecida de coisas a sua volta. Sam precisava de sistemas, ainda que frágeis, para processar o que estava acontecendo. Porque, para ele, a cidade não era um ruído de fundo, ele não podia simplesmente desligá-lo — o mundo era uma agressão interminável aos seus sentidos. Sam precisava desesperadamente extrair algum sentido dele.

Agora parece que tudo está ficando mais claro, como a luz do sol fluindo por uma paisagem desconhecida. Ele não é um problema, ele é perfeito. Ele é meu filho lindo. É engraçado, inteligente, cheio de curiosidade, e conecta as coisas de jeitos estranhos, mas geniais. A imaginação dele é uma fornalha gigante que esculpe significado a partir dessa confusão de ruídos. Por que eu não vi isso antes? E o que é ainda mais irritante, enquanto eu lutava para desvendar tudo, crianças inteligentes como Olívia e Tabitha entenderam o Sam de primeira. O tempo todo achei que era ele, preso em seu mundinho. Mas era eu.

Meu celular vibra e é uma mensagem da Emma:

> Tenho uma chamada não atendida da mamãe, você tem falado com ela?

Chego a casa no fim da manhã, estaciono junto ao meio-fio, salto do carro e sigo pela rua que me é tão familiar. O céu é uma massa de nuvens, o que empresta um cinza estranho e pétreo ao dia, mas há um brilho cálido de luzes piscantes na árvore de Natal à janela da sala, e do quarto de Sam saem flashes coloridos. Ele está jogando *Minecraft*. Quando toco a campainha, Jody abre a porta e me abraça.

— Como você está? — diz ela. — O grande dia está chegando.

Faço que sim com a cabeça.

— O que você está fazendo?

Quando entro, vejo que a sala está arrumada, os livros todos nas prateleiras em vez de empilhados pelo chão e pelas mesas, e há dezenas de cartões de Natal pendurados em pedaços de barbante ao longo das paredes. Tem até uma nova mesa de centro com espaço embaixo para uma caixa de brinquedos e revistas em quadrinhos. Jody colocou grandes velas votivas ao longo do parapeito da janela, e um fogo de verdade crepita suavemente na lareira, emprestando à sala um clima de noite aconchegante neste dia nublado e escuro.

— Uau, a casa está linda! — elogio.

— Obrigada. Eu tenho mais tempo agora... As coisas não estão tão loucas na galeria, e Sam está... Bem, Sam tem amigos de verdade! Olívia e o irmão dela vêm aqui e eles leem revistas de jogos de computador, e falam de *Minecraft*, claro, mas também de LEGO, *Hora de aventura* e um monte de outras coisas que eu não entendo. Ele ainda tem dificuldade em acompanhar o ritmo dos dois, e ouve mais que fala, mas eles não parecem se importar. Isso me faz pensar que ele deve ter se sentido tão solitário, e não tinha como nos dizer.

— Você falou com ele sobre a escola?

— Não estou forçando a barra no momento. Ele tem tanta coisa para pensar, com essa história de torneio. Mas precisamos dar uma resposta para eles na semana que vem. Eu não quero mais um ano naquela escola. Sinto que Sam está finalmente avançando. Não a passos largos, mas devagar e sempre.

Estamos os dois de pé na sala arrumada, separados por um metro. O brilho alaranjado do fogo se reflete no cabelo e na pele de Jody. Está em seus olhos e em seu sorriso. Sinto por um segundo que sempre estivemos aqui juntos e sempre estaremos. Ela bota a mão no meu braço, delicadamente.

— Vai lá em cima ver o Sam.

Enquanto subo a escada, ouço primeiro a música, como sempre. Aquele som de piano, suave, quase hipnótico, chamando você para explorar o mundo, para fazer isso no seu tempo. Abro a porta e Sam está na cama, rodeado por livros e revistas; uma luminária de leitura fornecendo a única luz além do pequeno visor de LCD.

— Fazer algumas tochas para iluminar áreas à noite — diz ele quando me vê. — Os monstros vão evitar a área em volta das tochas.

— Oi, Sam. O que você está fazendo?

— Construindo. Tenho um muro agora. Um grande muro que dá a volta na Torre de Londres, como na foto.

Dito e feito, além da edificação que fizemos juntos todas aquelas semanas atrás está um extenso muro, construído com uma hábil mistura de pedras simples e paralelepípedos. Há janelas estreitas ao longo do perímetro e alguns portões de entrada formados por arcos blocados.

— Você quer sair em uma aventura? — pergunta ele.

Eu pego o controle e nós estamos juntos no mundo de novo.

*

Há calor vindo do sol; a sensação de uma brisa farfalhando nos quadrados folhosos irregulares que formam a cobertura da clareira do bosque mais próximo. Seguimos em frente, nos afastando do castelo e nos embrenhando pela floresta.

— Vou construir uma linha de trem — diz Sam. — Ela vai começar no castelo e ir até a vila. Vou entrar num vagão quando precisar roubar mais cenouras.

— É uma boa ideia — digo.

Passamos por um fosso que conduz a uma rede de cavernas e túneis, um lugar para explorar num outro dia. Há um lago profundo no meio das árvores de vidoeiro com uma pequena ilha no centro. Por algum motivo, ela me lembra da ilha que imaginamos no acampamento, aquela para onde levei Sam quando ele estava com medo e não conseguia dormir. Parece quase real agora. Quando a noite começa a cair, espero o Sam começar a entrar em pânico, mas, em vez disso, ele desembainha uma espada.

— É feita de ferro e tem um encantamento. É muito forte.

— O.k., mas talvez a gente deva voltar, não queremos ficar completamente perdidos.

De má vontade, ele me segue conforme me viro, as árvores agora ficando acinzentadas à luz que se esvanece.

— A gente se divertiu aqui, né? — digo.

— É. Obrigado, papai.

Com o muro do castelo à vista, ouço algo familiar e não muito distante. O som do tilintar de ossos. Muito rapidamente, há o zumbido de uma flecha, e depois mais um.

— Um esqueleto — exclama Sam.

Eu mergulho por entre as árvores, cortando a vegetação rasteira com meu machado enquanto corro. Procuro pelo Sam, mas ele desapareceu no meio dos ramos escuros. Não sei onde o arqueiro está, mas o estranho som estridente de ossos batendo parece bem perto. Então o vejo, branco sob a lua pálida, com o arco esticado. Está entre mim e o portão do castelo.

— Estou encurralado! — grito.

Ele me acerta com duas flechas em rápida sucessão. Quase sinto a energia, minha força, se esvaindo. É assim que a aventura termina? Sendo capaz de ver a nossa construção, porém longe demais para alcançá-la?

Mas, não. Numa agitação repentina de som e cor, Sam sai como um raio da floresta, a espada em punho. O esqueleto se vira, mas é muito lento. Sam dá um golpe com a lâmina e bate nele, provocando um ruído de algo sendo triturado, e o monstro é lançado para trás.

— Vai! — diz Sam, mas, quando ataca de novo, a espada se quebra, e agora é ele quem precisa correr.

Avanço até o Sam, a toda velocidade, com apenas metade de um coração sobrando, a centímetros da segurança do portão do castelo. O esqueleto se virou para mim de novo, e arma outra flecha. Quando ouço um assobio, me preparo para o ferimento fatal, e escuto o som do impacto de uma flecha. Mas ainda estou vivo.

Ao me virar, vejo Sam, agora armado com um arco, de pé ao lado do inimigo caído.

— Troquei de arma a tempo! Eu te salvei.

— Isso foi incrível, Sam!

Quando olhamos para trás, para o esqueleto, percebemos que ele deixou cair sua pilhagem, um único objeto reluzente, tombado no meio da grama e das flores. Quando nos aproximamos, vemos o que é: um capacete de ouro.

— A última Joia da Coroa — diz Sam.

— A gente conseguiu! — digo. — A gente completou a missão.

Ele caminha na frente e eu sigo atrás, atravessando o portão e rumando para a torre imponente. No interior, o salão principal foi totalmente transformado: vejo quadros nas paredes, que agora são construídas com painéis de carvalho intercalados com grandes colunas de pedra.

— Vem atrás de mim — diz ele.

E subimos juntos as amplas escadarias até o andar seguinte, onde um longo corredor leva a várias câmaras menores. Ando de cômodo em cômodo como se estivesse visitando uma suntuosa edificação protegida pelo Patrimônio Histórico, inspecionando cada detalhe, espreitando a paisagem longínqua pelas janelas. Sam me conduz por uma pequena escada caracol que leva até as ameias e caminhamos juntos pelo beiral, tão perto que estamos quase de mãos dadas. Sob nuvens poligonais ameaçadoras, permanecemos em silêncio, olhando para além do muro, para as montanhas ao longe. Do padoque abaixo ouvimos os cavalos e as vacas, nada mais. Estamos sozinhos e felizes no universo.

— Sam, você acha que está pronto para amanhã?

— O que tem amanhã?

— A competição, o evento de videogame.

— Ah, é. Eu tenho que construir algo bom. É o meu trabalho. Olívia vai estar lá para ver.

— Você sabe que vai estar cheio de gente?

— Eles têm computadores lá, então não preciso levar meu console.

— Você se lembra da ida a Londres? Comigo e com a titia Emma?

— A gente viu a Torre! Mas eu me perdi e fiquei com medo.

Sam desce das ameias e vai de novo para a escadaria; eu continuo na cola dele.

— Mas você acha que vai ficar bem nesse evento? Talvez se a gente colocar seus protetores de orelha...

— Isso. Não vou ficar triste.

— Mas não tem problema se você ficar, Sam. Não importa o que aconteça, não tem problema se ficar triste. Todo mundo fica triste de vez em quando.

— Você também?

— Sim, claro.

— Por causa de quê?

— Às vezes ele fica triste por causa do irmão dele — diz Jody.

Nós dois olhamos para trás e lá está ela, parada na soleira da porta com uma caneca de chá e um copo de leite nas mãos.

— O irmão dele, George, morreu quando ele era pequeno. Isso faz com que o papai fique um pouco triste. Mas nós vamos tomar conta dele.

Sam não tira os olhos da tela.

— Às vezes os lobos tentam entrar para comer os porcos e as ovelhas — diz ele. — Eu não posso deixar o portão aberto. Papai, não deixa o portão aberto se você entrar.

— Não vou deixar.

— Se você der trigo para as vacas elas se apaixonam umas pelas outras.

— Tá. Faz todo sentido.

Eu olho para a Jody e ela dá de ombros com uma cara engraçada. Eu sorrio e dou um beijo na cabeça do Sam. Ele não se esquiva.

— Posso me juntar a vocês? — pergunta Jody.

— Quer dizer... no jogo?

— É, o Sam me mostrou como jogar.

Ela pega outro controle, senta ao nosso lado e aperta o botão de iniciar. Um terceiro personagem aparece na tela. Um personagem de macacão laranja. A ficha cai depois de alguns segundos.

— Era você! — exclamo. — Você era o cara de laranja.

— Eu queria ver o que vocês andavam aprontando. No início eu ficava só vendo o Sam jogar, então senti vontade de fazer parte disso. Mas não queria que você pensasse que eu estava interferindo, então me escondi.

— Mamãe me pediu para não te contar — diz Sam.

— Você ficou escondida espiando a gente no *Minecraft*? — digo, fingindo estar horrorizado.

— Não muito bem, pelo jeito. Mas é. Foi mal.

— Tudo bem. Estou feliz por ser você. Da próxima vez vamos construir algo juntos, nós três.

— A gente pode começar alguma coisa nova — sugere Sam.

— O.k., mas eu quero que você saiba que, se a gente chegar à competição e você não quiser participar, não tem problema — digo.

— Podemos sair de lá e ir tomar sorvete.

Sam bufa ruidosamente.

— Não, eu vou participar. Olívia diz que é óbvio que eu posso ganhar porque eu sei construir lanternas.

— Bom, então é isso — diz Jody. — Nós vamos para Londres.

— Você vai também? — pergunto.

— Claro! Eu não perderia isso por nada no mundo. Vamos todos juntos. Vai ser uma aventura.

Mais tarde, Jody e eu descemos e eu olho a casa toda de novo, assimilando as mudanças. Mudanças que aconteceram sem mim.

— Então, sobre a terapia — diz Jody. — Vocês falaram de nós dois?

Hesito por um segundo.

— Foi mal — diz ela. — Sei que é tudo confidencial. Eu não devia perguntar.

— Não, não, tudo bem — digo. — É, a gente falou, sim.

— E?... Ai, perdão!

— Tudo bem! Ainda estamos no início, só tivemos duas sessões. Mas contei a ela sobre, você sabe, trabalho, dinheiro, o Sam e como tudo ficou complicado e cansativo. E, bem, parece que talvez eu tenha feito muitas das coisas erradas pelas razões certas.

Jody começa a dizer alguma coisa, mas a interrompo.

— Eu sei, eu sei. Você estava certa. Eu assumi tudo e não precisava ter sido assim. Eu deveria ter estado mais aqui, e, mesmo quando eu *estava* aqui, na verdade estava em algum outro lugar. Eu gostaria de ter percebido isso antes.

— Você sempre foi meio devagar quase parando — diz ela.

E, neste momento, estamos muito perto um do outro. Sinto a respiração dela no meu rosto. Ela chega para a frente e eu faço o mesmo. Seu perfume emana como calor. Nossos olhos se fecham. Fico me perguntando se isso está mesmo acontecendo.

E então, de repente, a lenha crepita bem alto na lareira e o feitiço é quebrado. Somos arrancados dele. Uma antiga possibilidade que parecia real de novo se afasta de nós.

— Bem, é melhor eu ir embora.

No rosto dela há uma expressão que não consigo decifrar.

— É — diz Jody, tirando um cacho de cabelo da frente dos olhos.

Mas nenhum de nós se mexe. Da porta atrás de mim vem um leve frio do ar de dezembro, os sons da rua, o zumbido baixo de carros ao longe e tudo ao nosso redor. Estamos olhando um para o outro.

— Quanto tempo você acha que vai ficar na casa do Dan? — pergunta Jody.

— Não sei — respondo. — É como a questão da escola, do café e de... nós. Uma decisão precisa ser tomada.

— É, precisa sim — diz ela.

Uma buzina de carro ao longe. Uma brisa suave ondula as cortinas.

— Então, eu estava pensando — diz ela. — Quer dizer, se você quiser, eu estava me perguntando se...

— O quê?

Jody ri, constrangida, e desvia os olhos de mim. O ar entre nós parece eletrificado; cintila como glitter.

— Eu estava pensando...

Sinto o celular vibrando na minha mão, e, quase como num reflexo para quebrar a tensão, olho para a tela. Tenho certeza de que vai ser o Dan perguntando onde estou. Mas então leio as palavras na mensagem de texto e não é isso. Não mesmo.

— Você está bem? — pergunta Jody. — Parece que viu um fantasma.

— É da minha mãe — respondo. — Ela está no hospital.

Capítulo 38

Eu não quis ver o George. Eu me lembro disso.
 Mamãe me perguntou se eu queria, disse que a escolha era minha. Eu poderia entrar e me despedir se quisesse — uma última vez. Ele estava numa salinha do necrotério, deitado sozinho na maca de metal. Mas eu fiz que não com a cabeça e olhei para meus pés. Não foi por causa da dor da perda — eu estava com medo. Não sabia como ele estaria, nunca tinha visto ninguém morto. Fiquei com medo de ver sangue e pele destroçada. Quando minha mãe me pegou pela mão e me levou para longe dali, senti vergonha.
 Não sei como me sinto sobre essa decisão hoje — talvez minha terapeuta vá me dizer, com o tempo. Mas sei que a minha visão de hospital foi moldada por aquele dia e pelo que veio depois. Hospitais são espaços de dor e tragédia. Pessoas que você ama não saem vivas de lá.

Ligo de volta para minha mãe imediatamente.
 — Alô? — diz ela.
 Sua voz está um pouco trêmula, mas a antiga força e confiança ainda estão lá.
 — Mãe, sou eu.
 — É, eu sei, seu nome aparece na tela do celular, querido.
 — O que aconteceu? Você está bem?
 — Eu sofri uma quedinha de nada ontem à noite. Eu estava trocando a lâmpada do patamar no fim da escada por uma dessas lâmpadas ecológicas, sabe? Elas são muito caras, não são?

— São. Mas, mãe, o que aconteceu?

— Bem, o banquinho cedeu e eu caí. Fiquei inconsciente um tempinho e quebrei o pulso. Eu teria ficado deitada lá a noite toda, mas a Sra. Ferris, que mora no fim da rua, veio me pedir para tomar conta do cachorro dela por algumas horas. Ela joga bridge às quintas. Nunca sou convidada. Enfim, como eu não respondia, ela subiu, aquela intrometida, e me achou. Ela me trouxe ao hospital e eles me obrigaram a passar a noite aqui. Eu tentei ligar. E você, como está?

Típico da minha mãe. Não se preocupem comigo, só estou no hospital com uma concussão e ossos quebrados, não há nada para ver aqui, podem ir embora. Mas a culpa lateja no fundo da minha mente — porque eu não verifiquei as mensagens no celular. Estava ocupado demais com o desenrolar de todo o resto.

— Tem uma enfermeira aqui, você pode falar com ela?

— Sim, claro.

Ouço o telefone sendo passado para outra pessoa.

— Sr. Rowe? — pergunta uma voz formal.

— Sim, sou eu. Minha mãe está bem?

— Achamos que sim. Ela sofreu uma fratura de Colles no punho, o que é comum em pessoas mais velhas quando caem, então realinhamos os ossos pela manhã. No entanto, também estamos com medo de que ela possa ter ficado tonta antes de cair, então temos que fazer alguns exames. Pode não ser nada, mas... bem, pode ser um sinal de outro problema, como diabetes ou um ataque isquêmico transitório.

— Um o quê?

— Um ataque isquêmico transitório. Um miniderrame.

Há alguns segundos de silêncio. Posso ouvir minha mãe ao fundo, protestando sobre o uso da expressão "pessoas mais velhas". Escuto o que parece ser o som da enfermeira se afastando.

— Um derrame? — repito.

Jody pousa a mão no meu braço.

— Não sabemos — diz a enfermeira. — Fizemos alguns exames, teremos uma melhor noção mais tarde. Pode ser que não haja nada. Mas ela definitivamente vai precisar de ajuda por alguns dias, por causa do punho. Seu pai está em casa?

— Não. Não, ele já se foi há muito tempo.

Esse é um jeito estranho de colocar as coisas.

— O senhor ou um parente poderia ficar com ela um dia ou mais?

— Sim... Eu, eu estarei aí o mais rápido possível. Tchau.

Olho para Jody e tento não demonstrar o medo que cresce dentro de mim. Então escuto uma voz vindo da escada.

— O que aconteceu com a vovó?

Sam desceu e está parado no último degrau, o controle na mão.

— Está tudo bem — explica Jody, indo até ele. — A vovó caiu e está no hospital, mas está bem.

— Vou até lá — digo. — Se eu sair agora, chego lá daqui a umas quatro horas.

— Quer que eu vá com você? — pergunta Jody. — Clare e Matt podem ficar com o Sam. Posso ir, se precisar de mim.

Faço que sim com a cabeça, incapaz de encontrar palavras que estejam à altura da bondade dela.

— Eu quero ir também. Quero ver a vovó — diz Sam.

— E a competição? — falo para os dois.

Há uma pausa.

— Emma e Dan podem levá-lo — diz Jody.

— Eu quero ver a vovó!

— Ai, merda. A Emma — digo. — Tenho que avisar a ela.

Ela atende o celular com uma voz rouca e arrastada.

— Alô? Alex? Ai, acordei agora. Estou de ressaca.

— Emma, a mamãe está no hospital. Ela caiu e quebrou o pulso, mas eles também estão fazendo alguns exames, acham que ela pode ter tido algum tipo de miniderrame.

Ouço alguém resmungar ao fundo, obviamente ainda dormindo. Sei que é o Dan, mas não tenho tempo para interrogá-la sobre o romance reaceso deles.

— Emma, estou indo até lá para vê-la. Queria que você soubesse o que está acontecendo.

— Eu vou — anuncia ela. — Eu vou também.

Posso ouvi-la remexendo em coisas, procurando pelas roupas.

— O quê? Tem certeza?

— Tenho. Merda. Tenho. Eu deveria ter ido vê-la há semanas. Ai, droga, mamãe. Você pode vir me buscar? Por favor, Alex, eu tenho que ir.

Coloco a mão sobre o telefone e olho para Jody. Ela já ouviu e está fazendo que sim com a cabeça.

— O.k. Esteja pronta em dez minutos.

Baixo os olhos para Sam e me pergunto o quanto disso ele realmente está entendendo. É a mesma velha pergunta. Se formos até a minha mãe, ele vai entender que perdemos a competição? Se ela estiver doente, ele entenderá isso? Eu me ajoelho ao lado dele.

— Sam, sua titia quer ir também, mas o Dan pode levar você ao festival de videogame. Você ainda pode participar.

— Não, eu quero ir com você e com a mamãe. Eu quero ver a vovó. Não quero que ela vá embora.

— Ela não vai a lugar nenhum, ela se acidentou, só isso.

— Eu quero ir. Não ligo!

— Podemos participar da competição no ano que vem — diz Jody. De início, acho que ela está falando com o Sam, mas então vejo que, na verdade, ela está olhando para mim. — Vamos todos ver a vovó, o.k.?

Andamos pela casa enfiando roupas e produtos de higiene pessoal em uma mala. Tudo está acontecendo tão rápido que é difícil processar o turbilhão de emoções. Mas, no fundo, sei que há uma coisa que consigo identificar sob a preocupação e a confusão. É decepção. Decepção pelo Sam mas também por mim mesmo. Eu queria que ele provasse algo naquele concurso bobo — eu não tinha percebido o quão importante isso era para mim.

Finalmente estamos espremidos no carro, atravessando a periferia de Bristol e seguindo pela rodovia M5. No banco de trás, ao lado de Sam, está uma Emma com ressaca extrema, segurando uma enorme garrafa térmica de café junto ao peito e se lamuriando. Ela e Dan foram a uma boate à noite passada e voltaram para o apartamento dele às três da manhã. Sam a observa com um grau de fascinação mórbida.

— Ela vai vomitar? — pergunta ele.

— Nãããããão — geme Emma.

— O que você vai dizer para a mamãe? — pergunto.

— Não sei — responde ela. — Não posso contar a ela sobre "você sabe o quê". Não é a hora certa, né?

— O.k.

— Quer dizer, o importante agora é ela, não eu.

— Eu sei.

— Vou só agir naturalmente.

— O.k. Mas não fala nada da competição de *Minecraft* do Sam. Não quero que ela ache que estamos perdendo alguma coisa para cuidar dela. O.k.?

— Tá. Tanto faz, vou dormir.

Pelo resto da viagem, só consigo pensar na palavra *derrame*. Um *derrame*. Claro, ela parece bem agora, mas aonde isso vai levar? Haverá outro? As possibilidades e as consequências atravessam o meu cérebro. Eu sempre tive como certo que minha mãe estava lá, mamãe era indestrutível. Era a única certeza que eu tinha. E agora?

E agora?

— Quer que eu dirija? — pergunta Jody.

— Estou bem. Estou bem.

Quatro horas depois, estamos parando o carro no estacionamento de um pequeno hospital comunitário. Com seus prédios de tijolos modernos, perfeitamente posicionados ao redor de um gramado bem-cuidado, o lugar parece uma casa de repouso, o silêncio tão sepulcral quanto. Saltamos do carro, Emma se apoiando na porta por vários segundos, com a respiração pesada. Sam sai correndo e pula num banco perto do gramado. Jody já está andando em direção à entrada, assumindo o controle, estendendo a mão para Sam quando passa. Todos a seguimos.

Assim que as portas se abrem, o cheiro de hospital nos atinge — aquela combinação rara de desinfetante e legumes cozidos, um lembrete instantâneo de todas as vezes que você esteve num hospital. Um soco no estômago de memórias olfativas. Atrás do balcão há uma recepcionista, e uma enfermeira muito jovem lendo algumas anotações de uma folha presa a uma prancheta. Ela parece cansada e estressada. Explico quem somos e a enfermeira nos leva por um corredor luminoso, as paredes cobertas de desenhos infantis, e através de uma porta dupla para uma pequena enfermaria. Duas das camas estão vazias; em outra há uma mulher muito idosa com algo que lembra uma camisola vitoriana. Ela está sentada falando com um homem ainda mais idoso que está numa cadeira de plástico e inclinado sobre a mulher, aparentemente cochilando. Então, do outro lado, no canto direito, vejo minha mãe, já de casaco, uma bolsa no colo, empertigada na beirada da cama. O braço e a mão estão engessados.

De repente, sou atingido por um sentimento muito familiar. Talvez seja o cansaço, talvez seja toda a preocupação, mas o mais provável é que seja uma memória, alojada no fundo da minha consciência, de um momento semelhante, anos atrás. Mamãe esperando no hospital, sozinha e confusa. Uma voz explicando que não havia nada que pudessem fazer. Você quer se despedir?

O pesar me puxa como uma corrente oculta sob a superfície de um oceano profundo e escuro.

A enfermeira olha para mim e sua expressão é de preocupação.

— Sua mãe teve um dia agitado ontem. — Sorri.

— Os exames? — pergunto.

— O médico vai explicar tudo.

E com isso ela vai embora. O médico vai explicar? O que isso significa? Isso é bom ou ruim? Por que ela mesma não pode dizer? Isso é ruim. Tem que ser ruim.

Nosso pequeno grupo começa a andar até a cama da minha mãe — e ela acena, balançando a cabeça negativamente e dando de ombros indicando a loucura de ter que estar nesse lugar.

— Olá, filho! — diz. — Eles não vão me liberar até o médico passar aqui. É como Colditz, só que a comida não é tão boa. Oi, Jody, oi, Sam. Ah, oi, Emma. Que surpresa agradável. Era isso que eu precisava fazer para você vir me visitar? Eu devia ter pensado nisso antes!

— Oi — diz Emma, dando um meio abraço constrangido na mamãe.

Ficamos em volta dela, sem saber o que dizer. Sentada ali na cama, de alguma forma distante do nosso grupo inquieto, a determinação da mamãe desvanece e ela parece velha, pálida e assustada.

— Eu gostaria muito de ir para casa — diz ela.

Seus olhos percorrem o quarto, observando as paredes verdes e sem graça, o equipamento médico que emite bipes constantes, o entra e sai de enfermeiras. Eu sei que o terror nos olhos dela nada tem a ver com o seu próprio acidente, é o mesmo que assombra todos nós.

Um homem de meia-idade com uma camisa imaculadamente branca entra no quarto, as mangas dobradas, os óculos empoleirados na ponta do nariz. Só pode ser o médico.

— Sr. Rowe?

— Sou eu — respondo.

E a minha voz é baixa e reverencial como a de uma criança.

— Estamos com os resultados dos exames da sua mãe.

Você vê esses momentos acontecerem em programas de televisão. A grande revelação. O paciente em frente à mesa, ou em uma enfermaria, preocupado, tenso. A longa pausa dramática, a câmera se aproximando do seu rosto para captar cada emoção. Mas, quando essas coisas acontecem na vida real, esses momentos de pavor e incerteza absolutos, elas ocorrem de forma tão diferente, quase como um anticlímax. Não há música de fundo nem emoção ensaiada. Apenas um homem com uma camisa imaculadamente branca se preparando para dizer o pior. E então você tem que lidar com isso, e a câmera nunca é desligada. Nunca. Sinto alguém puxar meu braço e presumo que seja o Sam, mas, quando me viro, vejo que é Emma.

O médico folheia alguns papéis.

— Ela está bem — declara ele. — Foi uma concussão leve.

De repente a sala inteira fica mais leve, como se tivesse recebido uma injeção de oxigênio puro. Eu me sinto um pouco tonto. Emma solta o ar ruidosamente.

— Mas e a tontura? — questiono.

— Bem, o que ela não contou aos médicos na noite passada foi que à tarde ela havia bebido meia garrafa de vinho com o vizinho — diz ele. — Foi isso que causou a tontura.

— Mamãe! — exclamo. — Você estava bêbada?

— Não, eu não estava! — defende-se ela. — Nós estávamos tendo um almoço agradável. Agora posso, por favor, sair daqui?

Quando ela se levanta, oscila um pouco, então corro para segurar seu cotovelo.

— Devagar! — digo.

Olho para a Emma para obter algum apoio, mas, para minha surpresa, vejo que ela está chorando.

— Sinto muito, mamãe. — Emma começa a chorar de repente, para surpresa de todos. — Eu sinto tanto!

E então ela meio que dá um passo à frente tropeçando e agarra a mamãe num abraço de urso, quase derrubando ambas da cama. Jody e eu nos entreolhamos surpresos e achando graça ao mesmo tempo.

— O que está acontecendo? — pergunta Sam.

— Não tenho certeza — respondo. — Mas acho que a tia Emma está pedindo desculpas.

A viagem para a casa da mamãe é uma pressão desconfortável de tensões nunca ditas. Toda a família Rowe junta novamente, enlatada em uma perua velha; agora com Jody e Sam entalados também É um diagrama de Venn de arrependimentos e incertezas em estado de ebulição. Paramos no caminho para comprar *fish and chips*, e, na hora que estacionamos na garagem dela, já está totalmente escuro, uma lua crescente iluminando fracamente as árvores ao redor da casa com um brilho azulado.

Lá dentro, Emma ajuda mamãe a pegar alguns pratos e a dispor sobre a mesa os embrulhos de papel cheios de batata frita muito quente e peixe empanado com uma aparência meio murcha. Felizmente Jody trouxe sanduíches de queijo e piccalilli para o Sam, que come em silêncio, observando a estranha dinâmica familiar ganhando vida novamente.

Quando nos sentamos à mesa, mamãe faz algumas perguntas a Emma sobre as viagens dela, e então minha irmã desanda a falar, proporcionando um relato detalhado de seus dez anos voando de país em país, selecionando as histórias adequadas para os ouvidos da mãe e do sobrinho. Algumas nós já ouvimos em suas visitas anteriores, mas ninguém a interrompe, porque é um alívio só ouvir depois de um dia cheio e tenso, sem ter que dizer nada. Então ela menciona a sua volta, sua tentativa de dar outra chance à Inglaterra, e seus planos para o futuro — que podem ou não incluir o meu melhor amigo.

— Você está saindo com o Dan outra vez? — pergunta minha mãe, sem rodeios.

— Estou — responde Emma. — Por quê? O que tem de errado com ele?

— Ah, absolutamente nada. Mas o pobre garoto virou um zumbi por um ano depois que você foi embora. Espero que você não faça isso com ele de novo.

Emma olha para mim, mas não diz nada.

Então é a vez de a mamãe falar. Ela atualiza Emma sobre a própria vida na Cornualha; pergunta a Jody sobre a galeria e a mim sobre o café.

— E o que você anda aprontando, Sam? — questiona.

— Nada — responde ele.

— Do que você gosta?

— *Minecraft*, aviões e não da escola. Você está melhor agora?

Minha mãe ri, mas fico com medo de que ele fale da competição.

— Estou bem — responde ela. — Mas não estou ficando mais jovem. Estou pensando em vender esse lugar, talvez me mudar de novo para um lugar um pouco mais perto de Bristol. Vamos ver.

— Sério? — pergunto. — Quer dizer, eu acho que faria sentido.

— Só se você não se importar. Isso não significa que você tem que ficar por perto.

— Não. Eu vou ficar, sim — digo.

— Ele tem que ficar — diz Jody. — Estamos aqui.

Olhamos um para o outro e me lembro de que ela estava prestes a dizer alguma coisa antes de eu receber a mensagem da minha mãe. Mas eu não quero adivinhar. Não quero alimentar esperanças.

— E até lá você já vai ter o seu café — acrescenta mamãe.

— Bem, vamos ver. É muito caro e arriscado. Eu precisaria de uns vinte mil só para começar. Eu estou... bom, um pouco longe desse valor no momento.

— Mas é isso o que você quer fazer?

— É. É empolgante, sabe? A ideia em si. Aquele lugar faz parte das nossas vidas, não é, Sam?

Ele concorda, em silêncio.

— Bom — diz mamãe. — Você tem que tentar. George iria querer isso. Ele diria: vai lá, tenta, qual é a pior coisa que pode acontecer?

Sam está prestes a dizer algo, mas não diz.

— Certo — anuncia mamãe. — Vou lavar a louça.

— Você está com o pulso quebrado. Deixa comigo — diz Emma.

— Meu Deus — exclama mamãe. — Ela mudou mesmo.

— Na verdade, tem uma coisa que eu preciso te contar. Algo que aconteceu comigo. Eu preciso te contar e preciso pedir desculpas por ter fugido. Mas eu não quero fazer isso na frente de uma plateia.

Espero mamãe fazer algum tipo de comentário inteligente, mas ela olha para Emma e percebe que a filha tomou coragem e que é algo sério. Ela coloca o braço no ombro da minha irmã e vai com ela para a cozinha. A porta se fecha atrás delas.

Mais tarde, estamos fazendo as camas: Jody e Sam no quarto de hóspedes, eu no cubículo ao lado e Emma lá embaixo no sofá.

— Então, qual é o plano? — pergunta Emma enquanto desenrolamos seu saco de dormir.

Posso ouvir a mamãe na cozinha e a Jody ajudando o Sam a escovar os dentes no banheiro de cima.

— Vamos todos ficar amanhã e ver como ela está. Seu voo é no domingo à noite, não é? Você pode ir de trem? Ou o Dan pode levar você?

— Deixa que eu me preocupo com isso. E a competição?

— Ah, está tudo bem. Não posso deixar você sozinha com a mamãe, não seria justo. Vamos participar no ano que vem. Para ser honesto, eu não sei se ele iria até o fim, de qualquer maneira. Essa é uma boa desculpa para não colocar o Sam naquela situação.

Ela balança a cabeça, concordando, mas não parece convencida.

— Boa noite, então — diz.

Capítulo 39

Ouço uma leve batida na porta do meu quarto. E em seguida uma pancada mais alta e insistente.

— O quê? O que foi? — balbucio.

— Sou eu — diz Emma.

Olho o celular. São sete da manhã. A primeira coisa que passa pela minha cabeça é que algo aconteceu com a mamãe.

— Está tudo bem? — pergunto.

— Está — responde Emma. — Mas houve uma mudança de planos.

Então vejo Sam olhando pela porta, completamente vestido e com um livro de *Minecraft* debaixo do braço. Jody está com ele.

— Tivemos uma conversinha — explica Emma. — Vocês vão à competição.

— O quê? — exclamo.

— Mamãe está ótima. Vou ficar aqui com ela hoje e pegar o trem no domingo. Não faz sentido vocês perderem o torneio. Mas vocês têm que sair agora. Vou explicar tudo para a mamãe quando ela acordar. Está tudo bem. Você precisa levantar agora e sair.

— Mas...

— Alex, está tudo bem. Leva o Sam ao torneio. Jody, fala com ele.

Jody espia pela porta.

— Alex, Emma está me perturbando desde as seis da manhã. Acho que vamos ter que fazer o que ela diz.

Sam entra no quarto.

— Vamos, papai.

— Tá bem — digo, me arrastando para fora da cama. — Vamos nessa. Onde está minha cueca boxer?

E logo estamos no carro, indo em direção a Londres. Jody na frente comigo, Sam no banco de trás estudando o livro de *Minecraft*. A competição começa à uma da tarde. Vamos levar umas cinco horas para chegar a Londres. Vai ficar apertado. Se o trânsito estiver ruim, não vamos conseguir.

Ninguém fala muito. Estamos perdidos nos nossos pensamentos, nos nossos anseios. Quero perguntar a Jody sobre aquela conversa interrompida. Será que ela ia me pedir para voltar para casa? Quero dizer para ela que me sinto tão melhor com relação a várias coisas, que sei no que eu estava errando, ficando tão distante, guardando tudo para mim. Eu sei que havia algo no meio de nós dois, talvez desde sempre, e que as raízes desse algo remontam a muito tempo atrás, a uma tarde fria e a um acidente terrível. Minha terapeuta falou da culpa do sobrevivente — o sentimento de que, de alguma forma, fui eu que causei o acidente, ou de que deveria ter sido eu a vítima. A culpa tem pairado sobre mim como um pesado dossel de espinhos.

Estamos entrando em Somerset quando meu telefone começa a tocar, então o tiro do bolso e passo para Jody.

— É o Dan — diz ela.

— Droga, era pra gente já ter encontrado com ele no evento uma meia hora atrás.

— Será que ele sabe o que está acontecendo?

— Só se a Emma contou para ele.

— Então vou chutar que não.

Ela atende o celular e coloca no viva voz.

— Alô? — grito.

— Oi, pra vocês — diz Dan. — Onde vocês estão? Sabem que a competição começa em duas horas?

— Hã, sabemos, mas sofremos um pequeno desvio de curso. Estamos um pouco atrasados.

— Tem um monte de gente aqui, cara. Sam precisa se cadastrar para participar. Você quer que eu resolva isso?

— Quero!

— Tudo bem, mas, pessoal, melhor vocês se apressarem. Emma está com vocês? Ela sumiu ontem e não está respondendo às minhas mensagens.

— Hum, não exatamente — respondo.

E, enquanto dirijo pela estrada, Jody explica o que está acontecendo, e que Emma agora está na Cornualha cuidando da nossa mãe.

— Era de se esperar que ela me contasse isso — lamenta Dan.

Três horas depois estamos na rodovia A303, zunindo por Wiltshire, campos lamacentos e fazendas se estendendo infinitamente ao nosso redor, pontuados por vilarejos anônimos. Realizo ultrapassagens em caminhões e minivans, olhando o relógio a cada instante conforme a uma da tarde se aproxima. Olho pelo espelho retrovisor e vejo Sam, calado e solitário. Seu mundo é sempre separado, isso eu entendo. Mas agora sei que é acessível. Só é estranho que eu tenha descoberto isso através de um jogo de videogame. Se chegarmos a tempo, vamos jogar esse jogo com uma centena de outras pessoas. Apesar de tudo o que aprendi, não faço ideia de como ele vai reagir.

A rodovia M3 passa com um borrão de subúrbios idênticos e pequenos trechos de florestas, mas, quando nos aproximamos de Londres, o tráfego fica mais intenso e começamos a desacelerar. Jody abre o aplicativo de navegação por satélite no celular e diz que a previsão é chegarmos dentro de quarenta minutos. Já conseguimos ver a M25 quando Dan liga de novo.

— É... Pessoal... eles vão começar em vinte minutos. Estou segurando a vaga do Sam, mas acho que eles não vão esperar.

— A gente já chegou? — pergunta Sam.

— Quase — respondo. — Dan, você consegue enrolar mais um pouco?

— Como? — questiona ele.

— Não sei! Diz a eles que estamos indo só por causa do torneio.

— Eu já disse isso. Eles não deram muita bola.

Piso fundo no acelerador e passo voando ao lado de uma fileira de ônibus, quase arrancando o retrovisor lateral de uma BWM que seguia na faixa rápida — o motorista buzina e grita algo que não entendemos.

— Aquele homem está nervoso — diz Sam.

— Vamos, Dan, você consegue pensar em alguma coisa.

A estrada está extremamente cheia, mas dou um jeito de costurar vans e ônibus, e Jody tem de se segurar no painel enquanto Sam balança de um lado para o outro no banco de trás. Estamos na periferia de Londres, rodeados pela interminável colcha de retalhos de propriedades industriais enegrecidas pela fuligem e das casas amontoadas. Ao longe, aglomerados de prédios da década de sessenta se erguem como lápides. Sam olha pela janela, fascinado.

Há um engarrafamento quando estamos saindo da rodovia, uma fila serpenteante de carros alinhados para entrar na rua que queremos pegar. Sam se inclina para a frente e olha para a tela do celular de Jody.

— Tem outro caminho — diz ele. — Aquela rua e aquela rua.

— Podemos ir por ali? — me pergunta Jody.

— Por que não? Vamos tentar — respondo.

Cantamos pneu atravessando duas pistas, cortando para uma rua lateral. Dan liga de novo.

— Consegui ganhar uns quinze minutos — avisa ele.

— Como? — pergunta Jody.

— Posso ter pedido ao meu amigo Jay que entrasse na rede deles e derrubasse o servidor. Não tem problema, é coisa simples. Eles vão resolver.

Então finalmente vemos o centro de convenções ao longe: um edifício que parece um hangar, aninhado em uma estranha região de prédios corporativos supermodernos e cercado por quilômetros de estacionamentos. Lembra uma espécie de complexo militar sinistro.

— A gente já chegou? — pergunta Sam.

— Quase — respondo.

Dirigindo pelas áreas de estacionamento labirínticas, começamos a ver grandes grupos de adolescentes e jovens na casa dos vinte anos caminhando em direção ao local do evento. A maioria está de calças jeans e moletons de capuz, mas há também pequenos grupos vestidos como guerreiros de artes marciais e zumbis, tremendo no frio intenso.

Uma série de funcionários apáticos de coletes fluorescentes nos guia até uma vaga. Saímos todos do carro, esticamos as pernas e observamos a procissão diversificada de gamers. Sobre a entrada há uma placa enorme que diz GEN X GAMES CON, ladeada por grandes anúncios de jogos dos quais nunca ouvi falar, com imagens de fuzileiros navais do espaço e homens musculosos com metralhadoras. Sam agarra minha mão quando um grupo fantasiado de stormtroopers passa correndo e rindo.

— Vamos, nós temos que ir — digo, arrastando Sam atrás de mim.

Nós nos juntamos à estranha multidão que serpenteia em direção ao local do evento e ao imponente hall de entrada cheio de lanchonetes, espaços para as pessoas deixarem os casacos e bancas vendendo mercadorias. Há centenas de pessoas nas filas para comprar comida, esperando para entrar nas salas de exposições, andando e jogando em consoles portáteis, gritando e rindo.

— Eles são barulhentos — diz Sam. — Eu não gosto disso.

Ele fica paralisado e olha para baixo, recusando-se a sair do lugar. É algo com o qual estou familiarizado das milhares de idas de carro para a escola, das milhares de manhãs frustrantes passadas em meio a negociações e sermões — até a raiva tomar conta e eu pegá-lo no colo e carregá-lo.

Mas não hoje.

Em vez disso, eu me ajoelho, me abaixando o suficiente para que ele possa me ver no meio do tumulto.

— Sam — digo. — Está tudo bem. É normal ter medo. Mas a mamãe e eu estamos aqui, e eu estou com seus protetores de orelha. Precisamos fingir que isso é um jogo, que temos que descobrir uma forma de passar por todas essas pessoas, como um espião. Lembra de Londres? Você fez isso no fim, não fez?

— Eu enfrentei meu medo. — Ele faz que sim com a cabeça.

— Você pode fazer isso de novo. Vai ser assim: nós vamos enfrentar nossos medos juntos, o.k.?

— O.k.

Sam ainda fica parado por um instante, batendo de leve na cabeça com a palma da mão, refletindo. Agora sei que preciso dar esse tempo a ele, para que processe as coisas com calma. Seguro firme os protetores de orelha no bolso do meu casaco e olho em volta procurando o portão que leva ao andar do torneio. Quando ele está pronto, pega a minha mão e me puxa para a frente.

— Por aqui — diz, confiante.

— Mandou bem — sussurra Jody para mim quando voltamos a andar.

Passamos o mais rápido possível pela segurança, e seguimos por um corredor gigante que leva à fileira de salões. É aí que o barulho nos atinge — uma saraivada de sons eletrônicos graves e desordenados capazes de estourar o tímpano, enviando ondas de choque que reverberam pelo piso de pedra lisa. E, lá dentro, o caos.

Até onde a vista alcança, através da escuridão quase total do hangar, há dezenas de estandes dedicados a diferentes empresas de jogos. Centenas de monitores gigantescos estão dispostos em fileiras, cada um exibindo cenas de jogos, cada um cercado por um bando de pessoas olhando fixamente para as imagens pulsantes e hipnotizantes, rindo, dando high-five. Centenas de caixas de som concorrentes ecoando dance music, guitarras de rock, efeitos de tiro e explosão criam uma barragem auditiva absoluta, uma câmara de explosão estroboscópica. Paramos e ficamos olhando, recebendo esbarrões e empurrões por todos os lados de multidões desesperadas para chegar aos últimos lançamentos de jogos. Olho para o Sam e vejo que ele está dizendo alguma coisa, mas não há como ouvir. Eu me abaixo até ele.

— O que foi, filho? — grito.

Não dá para entender a resposta dele.

— O QUE FOI?

— FONE DE OUVIDO, PAPAI, FONE DE OUVIDO.

Pego os protetores de orelha e ponho na sua cabeça; ele os segura com toda a força. Verifico o mapa na parte de trás do programa que foi jogado na minha mão quando passamos pela entrada. Jody aponta para a área de *Minecraft* no desenho do mapa e, em seguida, para um canto distante do salão. Começamos a nos deslocar, desviando de adolescentes com camisas de malha de jogos e funcionários vestidos como Pac-Man e Sonic. Vejo uma placa com a palavra *Minecraft* escrita na distinta fonte do jogo, e abro caminho.

Finalmente estamos em frente a uma grande área separada do salão principal por divisórias altas e decoradas com grandes figuras de papelão de Steve, Creepers e zumbis. Sam sorri para nós. Nós vamos conseguir.

Lá dentro, a atmosfera fica muito diferente de repente e, de alguma forma, mais silenciosa. Há fileiras de mesas, cada uma com seu próprio monitor e cadeira, como uma sala de informática de escola. Ao redor do perímetro há grandes caixas pintadas para parecer os blocos de *Minecraft*, amontoadas formando cabanas; há uma área acarpetada com grama sintética e cheia de pufes. A um canto, um modelo enorme de aranha parece estar subindo em um dos painéis, piscando os olhos iluminados. Com medo de que isso assuste o Sam, eu me coloco na frente dele para bloquear a visão, mas ele vê a aranha atrás de mim.

— Está tudo bem, ela não é de verdade — digo.

— As aranhas não atacam você de dia, só se você atacar primeiro — retruca ele.

Os gamers aqui são visivelmente mais jovens. A cada mesa há um adolescente de cabelos emaranhados, a maioria de camisa com desenhos de *Minecraft*, digitando em teclados ou segurando controles, olhando fixamente para suas telas — e para *Minecraft*. Pela primeira vez desde que saímos do carro, sinto que isso é algo que eu reconheço e com o qual posso me identificar. Sei o que eles estão fazendo. Olho para o Sam, que enfim soltou minha mão e está examinando o ambiente, seu olhar alternando entre uma tela e outra.

Parece que cada fileira está engajada num minijogo de *Minecraft* diferente, com gamers lutando entre si enquanto exploram. Eles gritam e riem, comentando sem parar sobre o que está acontecendo, como os YouTubers aos quais todos assistem.

— Consegui uma espada de diamante!

— Preciso de uma picareta!
— Estou escondido numa caverna, me deixa em paz.
— Encontrei um baú de tesouro.

A linguagem do jogo, seus materiais e suas regras são totalmente familiares a todos eles. É seu habitat natural. Eles são como Sam.

Encontro uma mulher com uma camisa verde de *Minecraft*, a palavra STAFF escrita nas costas, abaixada falando com um dos jogadores.

— Estamos aqui para a competição de construção — digo.
— Ah, esse é o Sam? Estávamos esperando por você. Seu amigo Dan está segurando a sua mesa. Vou mostrar onde fica.

Nós a seguimos até uma área muito maior, os monitores agora dispostos em longas mesas cavaletes, com espaço para talvez uns cem jogadores. Muitos deles já estão aqui, construindo a esmo ou correndo pelas paisagens. Finalmente vejo o Dan, sentado a uma das mesas, um Nintendo 3DS nas mãos, apertando os botões. Ele está com uma camisa do *Call of Duty* e um boné do *Tomb Raider*, e rodeado de sacolas cheias de pôsteres e mais camisas.

— Ai, meu Deus — murmuro. — Ele já se enturmou totalmente.

Quando Dan nos vê, levanta num pulo e dá um high-five no Sam, antes de me dar um tapa nas costas.

— Finalmente — exclama. — Os servidores já voltaram a funcionar, eles estão prontos para começar agora mesmo!
— Obrigado — digo a ele.
— Pelo quê?
— Ah, você sabe, estar aqui, nos ajudar, derrubar a infraestrutura on-line inteira de um evento.
— Ah, não foi nada.

Sam assume seu lugar, e me dou conta de que ele está entre duas meninas aproximadamente da sua idade, ambas totalmente absortas nos próprios jogos. Ele se senta desajeitado, e agarra a bolsa junto ao peito. Estou surpreso por Sam ter chegado tão longe, mas, agora, a realidade de estar aqui, de ficar nesse ambiente confuso, pode ser o momento em que tudo vai se tornar pesado demais, real demais. Mas eu planejei algumas coisas com antecedência.

— Trouxe alguns dos seus brinquedos para decorar a mesa — digo.

E então percebo que Jody também está vasculhando a própria bolsa e pegando vários bonecos e brinquedos.

— Mentes brilhantes... — diz ela.

— Eu trouxe o Hulk e um avião.

— Eu tenho o Batman, um carro de LEGO e uma foto de nós três na praia — mostra ela.

— Ah, sim, claro.

Arrumamos todas as coisas dele em volta do monitor. E é aí que nos damos conta de que esta é a versão para computador do jogo, não a versão para Xbox na qual temos jogado. Elas são meio que a mesma coisa, mas os controles e os menus são diferentes. Então Sam segura o mouse e carrega um mapa.

— Não sabia que dava para jogar no computador — comenta Jody.

— O irmão da Olívia tem um — explica Sam. — É fácil.

— Lembra quando ele tinha quatro anos e programou a TV a cabo para gravar todos os episódios de *Octonautas*? Ele aprendeu só de ver a gente fazendo. Também descobriu as senhas dos nossos smartphones.

— E a combinação do cadeado da minha bicicleta — lembra Jody.

— Ele tentou esconder a bicicleta atrás das plantas no fundo do jardim porque ficou com medo de você cair.

— Verdade! Eu me lembro. Estou surpresa que você também se lembre. Isso é legal.

— Comecei a relembrar muitas coisas boas — digo.

— Eu também — diz ela.

Um integrante da organização do evento nos conecta à rede.

— Você está bem? — pergunto.

— Estou dominando meu medo — responde Sam.

Parece que foi há uma vida que criamos juntos o Mundo do Sam e do Papai; aquele espaço que compartilhamos enquanto estávamos distantes. Aquela conexão entre nós. Enquanto todo o resto era caos nas nossas vidas, tínhamos um lugar para onde podíamos escapar e explorar — um lugar que tinha lógica, regras e fronteiras definidas. Sabíamos onde estávamos. Estávamos seguros e podíamos fazer o que quiséssemos. Estar aqui de repente coloca tudo em foco, um foco quase opressivo.

Enquanto Sam se instala, dou um passo atrás e fico ao lado do Dan, que parece ler minha mente.

— Nós conseguimos — diz ele, e então coloca o braço no meu ombro, em uma espécie de abraço lateral entre camaradas.

— Pois é, uma coisa tão importante para o Sam. Nem acredito que estamos realmente aqui.

— Eu acredito — retruca ele. — Eu sabia que você ia conseguir, sabia que faria tudo ficar bem.

— Eu não fiz nada — digo.

— É isso que você sempre pensa. E está sempre errado. Você faz alguma ideia do quanto eu confio em você? Tem sido assim desde que nos mudamos para a casa ao lado da sua. Você consertou minha bicicleta, me disse qual computador comprar, não me deu uma surra quando comecei a namorar sua irmã. Eu sabia que você ia trazer o Sam até aqui. Você sempre o leva aonde ele precisa estar.

— Nossa — digo. — De onde veio tudo isso, seu canalha sentimental?

— Não sei... vamos ver.

Nós nos entreolhamos, ambos pensando a mesma coisa, aquela negociação silenciosa de "vamos nos abraçar ou não?" que amigos homens tendem a enfrentar. E então nos abraçamos, para espanto da Jody. Quero dizer que espero que sejamos amigos para sempre, só que, em vez disso, digo "espero que a gente fique junto pra sempre". Mas ele sabe o que eu quis dizer, porque, bem, é *isso* o que eu quero dizer. Eu apareci no apartamento dele sem nada, uma criatura em frangalhos, e sua generosidade inata me trouxe de volta. Levou meses, e ele nunca perguntou, nem uma vez, quando eu iria embora. Para ser honesto, não tenho certeza se ele um dia perguntaria.

E então tudo fica um pouco intenso demais para nós dois, e, avistando um sofá vazio ali perto, Dan corre até ele, se jogando no estofado verde extremamente macio. Ao lado dele há uma fila de pais, alguns olhando ao redor e parecendo espantados, outros com expressões vazias, lendo revistas ou verificando os celulares, como se estivessem sentados na sala de espera de um consultório médico. Como se nada de incrível estivesse acontecendo.

Sam está passeando pela paisagem virtual, perseguindo animais de fazenda, correndo entre as árvores, pegando o jeito dos controles. A menina à sua esquerda tem uns dez ou onze anos e está com a camisa de um Creeper e óculos de lentes grossas, os cabelos compridos divididos em duas marias-chiquinhas. Ela está apontando para a tela de Sam e dizendo algo. Ele não consegue ouvir, então ela levanta devagar um dos fones; quase me encolho com medo da reação dele — não quero que ele dê um ataque por medo ou raiva. Mas ele ouve atentamente e concorda com a cabeça. Essa é mais uma coisa que estou aprendendo: a lhe dar crédito.

Na parte da frente do salão, um integrante da organização sobe em um pequeno palco, segurando um microfone.

— Olá, pessoal, a competição de construção criativa já vai começar. Qualquer um que queira participar pode parar seu jogo e carregar o modo criativo. Nós vamos passar e verificar seus nomes. Então vamos anunciar o tema da competição deste ano e vocês terão quatro horas para fazer a sua criação!

Levanto os fones de Sam e repasso o aviso para ele.

— Você quer que eu fique aqui com você? — pergunto.

— Não precisa — responde. — Dá para ver a mamãe no sofá. Vocês vão ficar no sofá o tempo todo?

— Vamos, estaremos lá. Você vai ficar bem?

— Vou. Está tudo bem. Papai, o que eu tenho que fazer?

— Eles vão dizer, Sam. Eles vão te dar uma ideia, e então você vai construir algo que tenha a ver com essa ideia.

— Posso construir um castelo?

— Acho que vai depender do tema.

— O que é um tema?

Eu me ajoelho e ponho a mão na dele.

— Sam, não importa, faz o que você quiser; constrói algo legal. Você é bom nisso, pode fazer qualquer coisa que você quiser. Divirta-se.

— Mas eu quero ganhar.

— Eu sei, e isso é ótimo. Mas não se preocupa. Se você ficar nervoso, olha para mim e eu venho até aqui, Sam. Venho aqui buscar você.

Eu me afasto quando um rapaz com uma prancheta se aproxima Ele verifica a tela do Sam e depois pergunta o nome dele. Há uma preparação animada conforme mais crianças correm para participar, escalando as cadeiras e conectando seus laptops e consoles. Agora são cerca de setenta competidores, conversando e trocando soquinhos; alguns estão na casa dos vinte e poucos anos, parecendo calmos e confiantes. Penso em passar por eles e acidentalmente tirar seus fios da tomada. Em vez disso vou para o sofá, onde Jody se ajeita para abrir espaço para mim.

— Ele está bem? — pergunta.

Mas, antes que eu consiga responder, ouvimos um grito saindo das caixas de som.

— O.k., estão todos prontos? — grita a apresentadora.

Há um burburinho baixo de "sim" vindo dos gamers.

— Não deu para ouvir: ESTÃO TODOS PRONTOS? — berra ela.

— SIM! — vem a reação.

Sam, visivelmente abalado, tira os protetores de orelha e olha em volta. A menina ao lado dele diz alguma coisa e aponta para o palco. Ele coloca os protetores no colo.

— Vamos lá. O tema desse ano da competição de construção de *Minecraft* da GEN X é...

Ela faz uma pausa dramática. Todas as crianças que vão jogar olham para ela, as bocas abertas, mãos pousadas sobre teclados e controles. Todos foram instruídos a carregar o jogo no modo superplano, onde não há cenário algum, então vejo dezenas de telas com mundos vazios, prontos para receber uma centelha de criatividade divina; esperando pela gênese.

— O tema é "A construção mais importante de Londres". VÃO!

Há um surto repentino de atividade e muita conversa enquanto os setenta gamers abrem seus inventários, todos de uma vez, e começam a percorrer os materiais de construção. Alguns abrem outra janela em suas telas e começam a pesquisar no Google "Monumentos de Londres", outros começam a construir quase imediatamente. Sinto uma súbita descarga de empolgação e confiança. Sam vem estudando os marcos arquitetônicos da cidade — até já construiu a Torre de Londres e pode fazer isso de novo. Vejo que está olhando para mim, mas não consigo decifrar a expressão no rosto dele, e agora há pessoas da organização patrulhando a área, tentando criar uma espécie de cordão de isolamento em volta dos participantes. Faço um sinal de o.k. através dos patrulheiros e abro um sorriso encorajador. Ele ainda está olhando para mim, e Jody percebeu agora. Ele está quase me encarando. E conheço essa expressão: ele está pensando. Fico me perguntando se está prestes a perguntar se pode ir embora. Porém, lenta e sutilmente, o rosto dele se ilumina em um sorriso e os olhos se voltam para a tela.

E então Sam começa a construir.

Capítulo 40

Enquanto Sam constrói, vejo algo com o canto do olho, uma silhueta familiar perto da entrada da zona de *Minecraft*, procurando alguém. É a Emma, parecendo confusa e esbaforida. Por um segundo, acho que ela abandonou nossa mãe em casa, mas então vejo — com algum alívio — que ela também está aqui. Dan as vê e começa a acenar espalhafatosamente, em seguida para e parece pensar. Ele se vira para mim e para Jody.

— Ai, meu Deus, vocês acham que a Emma contou para ela sobre nós dois?

Viro para Jody e então ambos olhamos para ele. Fazemos que sim com a cabeça ao mesmo tempo.

— Certo — diz ele.

Emma vem saltitando até nós e abraça o Dan. Vou ao encontro da mamãe, desviando de grupos de crianças que assistem aos construtores de *Minecraft*.

— Oi, você está bem? Foi mal a gente ter ido embora, foi a Emma que meio que obrigou a gente a vir até aqui.

— Eu estou ótima — responde ela, segurando meus braços. — Você devia ter me contado sobre isso, eu não deixaria o Sam perder esse evento por nada! Onde ele está?

Eu aponto para o Sam através da massa de telas. Ele parece estar pegando o jeito do mouse e do teclado. Está totalmente concentrado. Sam está feliz.

— Olha para ele! — diz ela. — Está jogando!

— Eu sei! Ele fez amizade com a menina do lado dele.

Sinto como se pudesse explodir de orgulho. É um sentimento estranho e diferente.

— Estou tão feliz que você esteja aqui — digo. — Estou tão feliz que você possa testemunhar isso.

Emma arrasta Dan para perto de nós. Ele a segue como um aluno acanhado.

— Oi, Sra. Rowe — cumprimenta.

— Ora, olá, Dan — diz mamãe, claramente gostando daquele encontro. — Ouvi dizer que você está atrás da minha filha de novo. Vai fazer dela uma mulher honesta dessa vez?

— É... — balbucia ele.

Mesmo na luz difusa e na escuridão do salão, o constrangimento dele é palpável.

— Mamãe! — exclama Emma.

— Estou brincando. É ótimo ver você de novo, Dan. E Emma está certa, você *é* um pedaço de mau caminho.

— MAMÃE! — exclama Emma de novo, no que certamente entrará para a história como a conversa mais constrangedora de sua vida adulta.

— Vem, vamos nos sentar e observar a ação — digo. — E por ação me refiro a setenta crianças sentadas na frente de um computador em um salão escuro.

E, assim, em meio ao barulho constante que reverbera do salão principal e na escuridão atenuada apenas por alguns holofotes ofuscantes, fico ali sentado com minha mulher, minha mãe, minha irmã e meu melhor amigo, vendo meu filho construir algo na tela de um computador. Só que, com o alvoroço dos organizadores e dos juízes, com crianças correndo por todo lado e com a agitação dos pais, fica difícil saber o que Sam está realmente fazendo. Então permanecemos sentados no sofá comprido e macio demais, gritando comentários quaisquer nos ouvidos uns dos outros, de vez em quando mandando alguém comprar uma dose de café velho, gosmento e caro que parece ter sido feito com água do Tâmisa.

— Se você abrir mesmo um café — grita Jody —, não deixa de pegar a receita com eles!

Mamãe está lendo uma revista, Emma e Dan foram para o salão principal jogar videogame. Quando retornam, Emma está usando uma camisa de *Call of Duty* igual à do Dan. Eu me inclino para a frente, virando a cabeça da esquerda para a direita, tentando ver o que está na tela do Sam.

E, de repente, minha mente vagueia por outras salas de espera, em outros tempos. A última vez que estive sentado assim com a minha mãe — esperando, observando, em silêncio... Bem, é insuportável pensar nisso, mas a memória espreita de qualquer maneira, me desafiando a apagá-la. Jody e eu também ficamos sentados em inúmeros consultórios e hospitais à espera de resultados de exames. Fazendo vários testes de audição, depois de habilidades motoras e, em seguida, das funções da memória. Tantos testes, a maioria com resultado inconclusivo porque Sam não cooperava com os pequenos exercícios propostos. De alguma forma, estivemos esperando por Sam durante uma década. Olho para Jody e tento captar seu olhar, mas ela também está abaixando e levantando no assento, tentando ter um vislumbre da tela do Sam.

— Não consigo ver o que ele está fazendo — diz Jody para ninguém. — A tela dele parece estar sem nada.

Isso me preocupa. E se ele estiver ali sentado sem fazer nada, confuso sobre a coisa toda? E se de repente ele não está conseguindo jogar? Mas vejo o mouse em sua mão, os dedos apertando os botões com propósito — ele está fazendo alguma coisa. Em alguns aspectos, sei que isso é suficiente para mim. É maravilhoso que ele esteja aqui em meio a essa confusão bizarra de telas e atividades. Ele está aqui, exatamente como os outros.

Mas, ao mesmo tempo, nada como os outros. Isso é o que me deixa tão orgulhoso e tão impressionado. Ele chegou aqui por vontade própria, combatendo suas incertezas. Sua compreensão do nosso mundo é delicada e efêmera. Com frequência, o mundo é um lugar assustador para o Sam. Penso no menino que brincava sozinho no parque, sempre alerta às ameaças, e eu desejando que ele fosse como as hordas de outras crianças, confiantes, correndo desgovernadas. Não quero mais isso de jeito nenhum. Sam é autêntico; ele pode construir o próprio mundo. Não será como o meu, haverá muito mais sistemas — muito mais planos e cronogramas. Não preciso me preocupar com isso, só preciso entender.

— Você está bem? — pergunta Jody.

— Sim. Estou pensando. É estranho o jeito como aprendemos as coisas às vezes. Todas aquelas noites, Sam e eu jogando juntos on--line, nós estávamos sozinhos, mas, ao mesmo tempo, meio que juntos, digo, realmente juntos, de um jeito que nunca estivemos antes.

— Eu sei — diz Jody, ainda olhando na direção da mesa do Sam. — Eu estava lá, lembra?

— Falta apenas uma hora para o final! — grita um homem ao microfone.

Quando ele deixa o palco, Jody se levanta e acena para alguém. Olho para onde ela está acenando e vejo Prudence com Olívia e Harry. Eles atravessam a turba de pais desesperados.

— Oi! — grita Olívia. — Sam disse que vocês iam estar aqui.

Jody e Prudence se abraçam com um desinteresse ensaiado, mas, quando me levanto para cumprimentá-la, damos o constrangido beijo no ar típico da classe média; tento parar em um, mas ela continua para o segundo, de modo que acabamos entalados num movimento metade cabeçada e metade beijo na boca — outra gafe terrível para a minha coleção. Como se a tarde pudesse ficar mais estranha e inquietante.

— Viemos no ano passado, as crianças adoram — grita Prudence, fingindo que o que aconteceu não aconteceu. — Eles pediram para vir ver o Sam.

— Onde ele está? — berra Olívia.

Aponto para a mesa dele.

— O que ele está fazendo? — pergunta Harry.

— Não sei, não dá para ver. O tema é a construção mais importante de Londres.

— Ele pode construir a Torre! — exclama Olívia, batendo palmas de excitação.

Mas quem sabe? Quem sabe o que ele está pensando? Imagino o cérebro do Sam como algo totalmente compartimentalizado, os pensamentos e sentimentos categorizados e armazenados separadamente, como uma velha estação de triagem dos correios. Nada deve perturbar o equilíbrio e a ordem, mas tudo o que ele experimenta abala o sistema com novas informações, com novos conteúdos, e ele não consegue arquivar tudo com rapidez suficiente. Como ele pode estar aqui, na verdade?

Mamãe ainda lê; Jody agora conversa aos berros com Prudence. Emma e Dan estão de volta com cerveja choca em copos de plástico. O tempo passa. Os competidores olham impassíveis para seus monitores como controladores de voo. Por trás de tudo isso, o som de dance music e tiros pulsa como um batimento cardíaco acelerado.

— Dez minutos!

Consigo ter um vislumbre de algumas das telas. Vejo algo que se parece com o Palácio de Buckingham, alguns arranha-céus não identificáveis e uma tentativa extraordinariamente fálica do Gherkin. De repente me dou conta da complexidade do desafio. Reconstruir um marco identificável, uma maravilha da arquitetura, em quatro horas com blocos de construção gigantes? O que eles tinham na cabeça? Será que o Sam vai se lembrar do que vimos em Londres e em seu livro? Será que vai misturar Londres com Bristol? Será que a multidão vai se abrir, revelando seu monitor e um modelo grosseiro e infantil do navio-museu SS *Great Britain*? Subitamente a culpa se mistura com receio — aquele velho amigo. Em que enrascada eu coloquei o Sam?

— Acabou, larguem os seus mouses — alguém grita do palco. — A competição acabou! Por favor, afastem-se dos seus computadores para que os juízes possam começar as avaliações.

Sam se levanta da cadeira e anda até nós, então vê Olívia e acena. Jody chega primeiro até ele, agarrando-o em um abraço apertado.

— Muito bem, Sam, estou tão orgulhosa de você!

— O que você fez? — gritam Olívia e seu irmão, em uníssono.

— É segredo — responde ele.

Então estende a mão e aperta a minha.

Conforme os juízes passam de uma tela para outra, eu os vejo conversar e fazer anotações, e a estranheza de tudo me atinge novamente. Eles estão levando isso muito a sério, como no Crufts ou no Turner Prize.

Atrás do palco, uma tela de projeção enorme se acende, exibindo o logotipo GEN X e as palavras "Construtor de *Minecraft* do ano". Técnicos mexem em diversos cabos que saem de trás da tela para um conjunto de servidores e computadores ao lado. Há um burburinho de atividade enquanto os competidores, seus amigos e parentes discutem o que eles fizeram. Fico ali, olhando em volta, piscando, inseguro. Dan coloca um copo de cerveja na minha mão e me dá um tapa nas costas. Jody põe meu braço no dela.

— Você conseguiu — diz ela. — Você fez Sam chegar até aqui.

— Você acha que ele construiu alguma coisa?

— Não sei. Não estou nem aí. Olha só para ele.

E, juntos, olhamos para o lado e vemos Sam perto da Olívia e do Harry, vendo o desenrolar de um torneio "Jogos Vorazes" de *Minecraft*, apontando e rindo. Ele está se exibindo para Olívia, apontando exageradamente para os monitores, adorando a atenção dela. Está tudo bem. Está tudo bem agora, não importa o que aconteça.

Em seguida, um homem vestido de Steve caminha para o palco, a calça azul-escuro, a camisa azul-claro, ladeado por dois outros integrantes da organização com caixas em formato de cabeças de Creepers. A multidão aplaude e uma pequena aglomeração se forma em frente ao palco quando as pessoas começam a se reunir cheias de expectativa. Chegou a hora.

— A qualidade dos projetos este ano foi muito alta. Tivemos diversos trabalhos incríveis, então vamos dar uma salva de palmas para todos eles.

Há uma salva de palmas educada e alguns assobios.

— Mas só pode haver um vencedor, e este foi um modelo realmente especial. Devo anunciar o vencedor?

Gritos de "sim" emanam da multidão. Perto de nós, um pai entediado grita "Vamos logo com isso" e outros riem. Sinto uma tensão crescente, meu estômago faz piruetas estranhas.

— E o vencedor da competição de construção em *Minecraft* desse ano é...

Uma longa pausa dramática. Olho para o Sam, seu rosto uma expressão meio entediada, meio espantada.

— Hannah James! Hannah construiu uma versão espetacular do Big Ben e do Parlamento. Venha para o palco, Hannah.

Uma adolescente que parece ter uns quinze anos, com cabelo preto espetado e um suéter listrado de preto e verde, corre para o palco, acenando para um grupo de amigos. Em seguida surgem, na tela grande, imagens de seu modelo. É realmente uma recriação impressionante do edifício do Parlamento, capturando sua grandeza gótica e imponente, suas fileiras de pequenas janelas. Olho para a Jody e ela dá de ombros. Meu coração afunda até o chão. Sam veio para perto de nós agora, e está entre mim e Jody, vendo Hannah ser entrevistada no palco, mas não aparenta muito interesse. Tento desesperadamente pensar no que dizer a ele, em como consolá-lo, me perguntando se ele sequer vai notar que o evento acabou.

Enquanto estou matutando sobre isso, ouço com dificuldade as palavras que vêm do palco.

— Mas ainda não terminamos — diz o locutor. — Houve mais um modelo... Não sabemos exatamente que construção é, ou por que é importante, mas todos gostamos demais dela. Então decidimos conceder um prêmio especial.

Há um burburinho na plateia. Diversos pais pedem silêncio aos filhos e voltam a atenção para o palco.

Olho para baixo e percebo que estou segurando a mão da Jody. Sam está com a minha mãe, examinando o gesso dela. Olívia e seu irmão estão sentados no chão, as pernas cruzadas, vasculhando as grandes sacolas de brindes adquiridos nos diversos estandes do salão principal. A luz ofusca meus olhos e me deixa um pouco tonto. Jody aperta minha mão. O tempo parece se arrastar. Crianças passam por mim em câmera lenta.

— Então gostaríamos de convidar Sam Rowe ao palco, por favor.

Eu não escuto. Ou pelo menos meu cérebro não registra. Há uma espécie de silêncio, e então um ruído, como um zumbido fraco, e

Jody está com Sam nos braços e minha mãe o está abraçando também. O braço do Dan está ao redor do meu pescoço e ele está gritando alguma coisa. E então o barulho irrompe.

A música, a multidão, o milagre de simplesmente estar aqui.

— Mamãe? — diz Sam.

Jody olha para mim e, em seguida, para o palco. O locutor está esperando, uma das mãos acima dos olhos, examinando o salão.

— Sam? — indaga ele.

— Você quer subir? — pergunta Jody. — Você não precisa, eu posso falar com eles.

Sam recua um pouco na minha direção. Olívia está de pé. Ela corre até ele e o abraça. Sam parece atordoado. Eu o sinto agarrar minha perna.

— Papai, você vem comigo.

Faço que sim com a cabeça, em silêncio. Ele coloca os protetores de orelha. E andamos juntos. Tento fazer algum tipo de sinal facial para os organizadores, que de alguma forma mágica indique que ele é autista, que não sei se ele vai realmente subir lá. Mas todos o estão chamando com vigor. Há uma rodada educada de aplausos. Como o som de chuva.

E então estamos na frente do palco e Sam, de alguma forma, sobe a plataforma devagar. Quando o locutor está prestes a se aproximar dele, eu gesticulo freneticamente para que venha até mim. Ele deve ter uns vinte anos, no máximo, e é todo saltitante e entusiasmado. Então vem até onde estou.

— Sam é autista — grito. — Meu filho é autista. Isso pode ser demais para ele.

O locutor faz que sim com a cabeça e se afasta de mim, então fala rapidamente com os outros. Depois de alguns segundos, eu o vejo desligar o microfone e se ajoelhar devagar ao lado do Sam. Ele diz algo que não consigo entender e Sam balança a cabeça positivamente. Ele está olhando para o chão, mas sorri. Então o locutor liga o microfone de novo.

— Vamos dar uma olhada no modelo do Sam — anuncia ele.

Mas estou olhando para o meu filho, tentando decifrar a expressão dele, desesperado para ver se está bem. Sam está num palco, na frente de centenas de pessoas, tão longe de sua zona de conforto que poderia muito bem estar em outro planeta. E tão longe de mim, de nós. Mas, pensando bem, ele sempre esteve.

Ao meu redor, as pessoas estão murmurando e analisando o modelo projetado acima delas, apontando e questionando. Por fim, dou alguns passos para trás, ainda pensativo, e olho para a grande tela. Demoro alguns segundos para processar, para fazer a ligação, mas, em uma explosão de reconhecimento, a ficha cai. Sei no meu coração; sei o que ele construiu.

— Ah, Sam — sussurro. — Ah, meu garoto.

Sinto a mão de alguém no meu ombro, e é a de Jody. Eu a abraço.

— Como assim ele sabia? Como assim ele entendeu? — pergunto.

— Porque você falou com ele sobre isso — explica. — Por causa da foto que você carrega para todo lado. Ele sempre entendeu, seu bobo.

Na tela, com seis metros de altura e construído em detalhes lindos e minuciosos, está o Palace Café, em Kensington. O café do George.

Lá estão o toldo vermelho, a frente de vidro, a pequena porta de madeira. De cada lado há um poste de luz, brilhando intensamente; uma das lâmpadas está até piscando — como fez naquele dia com Sam e Emma. Dentro há a estante de livros, os azulejos brancos e pretos, e algumas pinturas decorando as paredes. Sam chegou até a construir as casas de ambos os lados, e a rua em frente. Ele deixou seu personagem do lado de fora do café, assim como na foto, e ao lado dele há um farol, projetando um raio de luz branca no céu, e isso acaba comigo.

Então não consigo ver mais nada, porque meus olhos estão cheios de lágrimas e elas não param de rolar.

— Agora, Sam — diz uma voz em algum lugar na fronteira da minha consciência. — Você pode nos explicar que prédio é esse? Não se preocupe se não conseguir.

Faz-se um longo silêncio. Sam está de pé no palco, olhando para a plateia, tentando nos encontrar. Jody acena e eu olho para ele.

Quando nos vê, ele acena. Então, devagar e com cautela, retira os protetores de orelha.

— É o café — diz.

— Vá em frente.

— O café aonde meu papai foi. Ele estava com o irmão dele. Eles se divertiram lá.

— É um café em Londres?

— É. Mas depois... alguns dias depois, o irmão do papai morreu. Meu papai tem uma foto do café e carrega com ele. Ele pode mostrar, se você quiser.

— E por isso que é importante?

— É, porque o papai sempre se lembra disso. Faz ele ficar triste e feliz. Algumas construções são importantes porque são grandes, mas algumas são importantes porque têm lembranças dentro delas. É aqui que o irmão do meu papai vive, eu acho.

— Isso deve ter sido muito difícil para o seu papai, né?

— É difícil mas o papai seguiu em frente. Quando estou com medo, ele e a mamãe me dizem que...

Ele procura por mim e eu aceno. Quando me avista no meio da escuridão e da multidão, olha direto para mim — não para baixo ou para o lado. Direto para mim. Como nunca fez antes. E, quando ele diz as palavras que sei que vai dizer, também as pronuncio.

— A vida é uma aventura, não um passeio. É por isso que é difícil.

Meu coração parece que vai explodir; um grande show de fogos de artifício de orgulho e amor. Eu me viro para dizer algo para a Jody, mas não encontro as palavras.

É por isso que é difícil — porque a vida é extraordinária e cheia de significado, e coisas assim têm um custo. É preciso ser paciente, forte e estar preparado. Por muito tempo nessa aventura eu fui um tolo — eu via Sam como um obstáculo, algo do qual eu precisava desviar. Mas eu estava errado. Sam era o guia. Sam sempre foi o meu guia.

Ele se vira para o locutor.

— Por favor, posso ir ver minha mamãe e meu papai agora?

— É claro. Muito bem, Sam.

Sam desce do palco, tomando cuidado com os degraus. Os aplausos irrompem novamente, começando baixinho e depois aumentando. Ele olha ao redor, os grupos se abrem para deixá-lo passar, alguém aponta para nós, ele sai correndo, e, quando me abaixo para encontrá-lo, abro os braços e ele pula direto neles.

— Eu construí pra você — diz.
— Eu sei.
— Eu quase ganhei.
— Você ganhou. Você ganhou, sim.

Somos engolidos por gritos e vivas, mas tudo o que consigo ver ou sentir é o meu filho.

Capítulo 41

Heathrow, domingo de manhã. Ontem à noite, depois que a excitação passou, decidimos ficar num hotel perto do aeroporto para que pudéssemos nos despedir de Emma. Agora formamos um grupo cansado e confuso em volta dela na área de embarque do amplo Terminal 5. Por todo lado, viajantes correm para os balcões de check-in, empurrando carrinhos com pilhas de malas de plástico. Crianças sonolentas e confusas se arrastam atrás dos pais, tentando assimilar os barulhos estranhos e a visão de tudo. Aeroportos são sempre uma estranha mistura de empolgação e medo, mesmo para os que não vão a lugar algum.

— Odeio despedidas demoradas — protesta Emma enquanto estamos todos ali, sem saber o que fazer.

De calça de ginástica e um enorme moletom com capuz, ela poderia estar indo para o Rio ou para uma aula de pilates. Mamãe está fazendo o maior alvoroço, depois de ter se reunido com a filha por um tempo curto demais, e agora determinada a expressar seu carinho de todas as formas possíveis.

— Você por acaso está levando hidratante para o voo? E lenços umedecidos? — pergunta ela. — Você tem aquelas meias especiais, sabe, aquelas para prevenir... Como é mesmo o nome? Síndrome do Choque Tóxico?

— Você quer dizer trombose venosa profunda, mamãe — diz Emma. — E já estive em muitos voos, sei o que estou fazendo. Mas obrigada pela preocupação.

Sam está um pouco distante, perto do vidro, olhando para o céu, vendo as aeronaves se aproximarem ruidosamente. Hoje de manhã ele nos contou várias vezes sobre o concurso de *Minecraft*. Começou assim que acordou, continuou ao longo do café da manhã e depois no carro, como se tentasse dar um sentido àquilo tudo. Fora isso, ele está estranhamente calmo e deslocado — talvez o tenhamos sobrecarregado de amor e orgulho pelas últimas vinte e quatro horas.

É nisso que estou pensando quando Dan pigarreia teatralmente e diz com a voz trêmula:

— Emma, posso dar uma palavrinha com você?

Com isso, ele a leva para longe de nós, saindo pelas portas giratórias. Ficamos observando com uma curiosidade contida enquanto o vemos falando com ela, mostrando-lhe um pedaço de papel. Aí ela faz que sim com a cabeça, movimento este que evolui para um abraço, e Dan a levanta do chão por alguns segundos.

— O que eles estão fazendo? — pergunta Sam.

— Não tenho a menor ideia — respondo.

— Eu tenho — diz Jody.

Eles voltam de mãos dadas, parecendo muito animados.

— Então — fala Dan. — Eu vou também.

E ele tem nas mãos o que com certeza é uma ridiculamente romântica e para lá de cara passagem de última hora para o Rio.

— Ele comprou ontem pela internet — conta Emma. — Estava esperando o momento certo para me contar. Aparentemente o momento certo era duas horas antes da decolagem.

Há alguns gritinhos, risos e mais abraços, mas ninguém além de mim e de Sam está chocado ou surpreso. Ficamos juntos assistindo ao desenrolar desse estranho show.

— Eu não sei o que está acontecendo — comenta Sam.

— Nem eu — digo.

— Toma conta desse jovem — fala mamãe para Emma.

— Pode deixar. Foi mal, mamãe. Vou manter contato, prometo. Direito, dessa vez.

— Eu sei. Pode ser que eu vá encontrá-los em algum lugar, nunca se sabe.

— Faz — encoraja Emma.

Enquanto mamãe continua o checklist com a Emma, puxo Dan ligeiramente para um canto.

— Tudo bem, cara? — pergunto.

— Pois é, tudo bem, quer dizer, a não ser por tudo estar completamente maluco. A essa mesma hora na semana passada eu tinha um emprego e uma casa, e agora estou indo para o Brasil.

— Você *tinha* uma casa?

— Vou vender o apartamento, Alex. Não sei por quanto tempo vamos ficar longe, e não quero ter que me preocupar em alugar nem nada. Quero começar do zero. Foi mal, cara. Deve demorar alguns meses para concretizar a venda. Mas isso é tudo de que você vai precisar.

— Tudo de que vou precisar para quê?

— Para resolver as coisas com a Jody, né?

— Certo.

— Estou falando sério, seu tapado, a Jody vai te dar outra chance. E você não pode perder essa.

— Espero que sim. Não vou perder.

— E vai em frente com o café. Você consegue. Como disse o Darth Vader, é o seu destino.

— Hum, bem, o destino terá que providenciar algum capital.

Ele abre um sorriso torto e me dá um tapa nas costas.

— Sua falta de fé é perturbadora — diz ele.

Vou até Emma e a abraço. Ela sussurra em meu ouvido exatamente o mesmo conselho — volta para casa, abre o café, vive um pouco. Sam corre até eles e, pela primeira vez, abraça Emma sem pensar.

— Agora tenho que descobrir onde pegar o avião — diz. — Sam?

— Portão S48 — informa. — São quinze minutos andando.

— Obrigada — diz Emma.

Não há lágrimas, nenhuma mudança de ideia de última hora nem apelos desesperados para ficar ou repensar. Não somos esse tipo de família. Afinal, passamos por muita coisa. A partida de Emma é — acho que todos já entendemos — inevitável. Claro, eu não sabia que ela ia arrastar o meu melhor amigo, mas tudo bem, eu me acostumo.

Sempre teremos o Old Ship Inn, sempre teremos o Sid. Na verdade, Sam e eu vamos lá esta tarde para lanchar — prometi que ele podia jogar xadrez, e talvez isso se torne uma rotina. Segurança e amizade são importantes, mas, para algumas pessoas, elas são mais difíceis de conseguir. Devemos ajudar sempre que possível.

Quando nossos viajantes andam em direção à área de segurança para inspeção no raio-x, ficamos em silêncio, olhando, até que eles desapareçam atrás da divisória. Sinto a mão de alguém no meu ombro, e é a de Jody.

— Você está bem? — pergunta ela.

— Estou. Quer dizer, a Emma roubou meu melhor amigo, mas está tudo bem.

— Vamos para casa?

Pouso minha mão sobre a dela; conheço sua pele tão bem quanto a minha. Quando chego mais perto, quando nos beijamos, a sensação é de alguma forma emocionante e ao mesmo tempo natural. Pelo mais breve dos instantes, todo o restante se dissolve. As vozes ao nosso redor desvanecem em um murmúrio, os aviões cruzam o céu em silêncio. Existe apenas isso, a coisa que perdi uma vez, a ligação forjada em um pomar de maçãs num verão muito tempo atrás. Juro para mim mesmo que, se conseguirmos restaurar essa ligação, nunca mais vou deixar de dar valor a essa intimidade.

Então acho que os dois tivemos o mesmo pensamento, porque, juntos, olhamos ao redor à procura de Sam — e ele está ali, mostrando o painel de horários de partidas de voos para minha mãe, lendo o nome das companhias aéreas, das cidades e dizendo a ela a duração dos voos. Ela escuta pacientemente, segurando a mão dele.

Mais apertado, escuto Sam dizer. Um pouco mais apertado. Mais um pouquinho. E agora entendo que isso não é o Sam sendo difícil e irritante: a ligação dele com o mundo é mais frágil que a nossa — ele não confia tanto nela. Precisamos provar para ele que não vamos soltar sua mão. E, se fizermos isso, ele vai ficar bem.

— O.k. — digo, saindo desse devaneio. — Vamos achar o carro.

Minha mãe concorda e brinca de jogar o Sam para nós. Espero conseguir convencê-la a se mudar, se não para Bristol, então pelo menos para algum lugar mais perto. Além de todo o resto, fica evidente que temos uma babá em potencial aqui.

Enquanto nos dirigimos para a saída, olho por sobre o ombro para a área de segurança, e tenho certeza de ter um vislumbre de Dan e Emma passando pelo portão para o outro lado, abraçados. Fico me perguntando quando vou vê-los de novo, e quão diferentes as coisas estarão quando isso acontecer.

Capítulo 42

Primeiro dia do semestre, primeiro dia na escola nova — a escola que o Sam escolheu, com o nosso apoio. Há algum tempo, eu teria ficado apavorado com isso, teria feito qualquer coisa para fugir. Em vez disso, estou estacionando em frente à nossa casa, às sete da manhã, e correndo para a porta. Quero ser parte disso.

O Natal foi tranquilo, porém mais feliz do que eu poderia ter imaginado algumas semanas atrás. Dormi em casa na véspera; Jody e eu ficamos acordados até tarde embrulhando dezenas de livros de *Minecraft*, brinquedos e kits de LEGO para o Sam, e então passamos o Natal juntos, em família. Dormi lá de novo algumas noites depois, e a estadia se alongou pelo fim de semana. Ainda estou no quarto de hóspedes; estamos avançando com prudência. Estamos aprendendo, como família, a lidar com as coisas juntos e a ouvir uns aos outros.

Quando toco a campainha, Sam atende quase imediatamente, o uniforme novo para fora da calça e o cabelo já bagunçado.

— A gente perdeu meus sapatos novos! — grita ele.

— Eu posso ajudar.

Entro na hora que Jody passa correndo escada acima, uma caneca de café na mão, o líquido sendo derramado nos degraus. O rádio está ligado, há brinquedos, pijamas e toalhas espalhados por todo lado.

— Oi, ele ainda não tomou café da manhã — diz Jody, sem parar.

— Não estamos encontrando os sapatos dele!

— Posso te mostrar meus desenhos? — pergunta Sam. — Eu fiz um Creeper lutando com o Homem-Aranha.

— Eu adoraria ver seus desenhos. Mas vamos procurar os sapatos primeiro. Vamos, rápido. É uma missão.

Corremos pela sala, jogando para cima as almofadas, os cobertores e os brinquedos que estão pelo caminho. Finjo ser o Hulk quando levanto o sofá para ele olhar embaixo; Sam ri quando largo o sofá no meu pé. Na cozinha, rastejamos embaixo da mesa, jogando um no outro os Sucrilhos e Cheerios que encontramos pelo chão, ficando entalados entre as pernas da cadeira. Ele está mais alto. Está crescendo.

Quando finalmente conseguimos nos libertar, ali está Jody, de pé acima de nós, fingindo impaciência, segurando os sapatos.

— Estavam no cesto de roupa suja — diz ela, simplesmente, e os entrega ao Sam. — Junto com alguns livros e bonecos.

Sam diz um "ahhhhh" em reconhecimento.

— No cesto de roupa suja? — pergunto.

— Eu estava brincando. Era meu baú do tesouro — explica.

Jody está organizando uma nova exposição, a maior da galeria. O artista usa gráficos de videogame projetados nas paredes para compor tapeçarias digitais imersivas. Ela entendeu o apelo das obras no instante em que as viu — por causa do Sam, pela forma como ele descobriu e construiu um mundo em torno de si mesmo. Enquanto ela junta seus papéis, eu ajeito o uniforme do Sam, colocando a camisa para dentro, ajudando-o a vestir o suéter. A estática faz com que o cabelo dele fique em pé, o que nos faz rir.

— Você vai para uma escola nova — digo.

— Eu sei.

— Como está se sentindo?

— Estou com um pouquinho de medo. O aeroporto mais assustador é o de Gibraltar, porque a pista é muito pequena e o avião pode cair dela no fim.

— O.k. Isso parece mesmo assustador.

Quando saímos de casa, fazemos isso em família, uma família como as outras, conversando e entretidos, e não gritando, nervosos.

Então chegamos à entrada da escola, em uma manhã muito fria. Sam fica em silêncio ao ver as outras crianças passando por ele. Um novo bando de pais nos rodeia, e, apesar de eu sentir um toque daquele medo de sempre ao me aproximar do portão, continuamos andando.

Agora que estamos todos aqui, esperamos ter tomado a decisão certa. Esperamos que ele seja aceito. Precisamos disso. Parece que estamos seguindo em direção a algo melhor.

— Você está bem? — pergunto ao Sam, bagunçando o cabelo dele.

— Estou — responde.

— E você acha que essa é a escola certa? — indaga Jody.

— Acho que sim — diz ele.

Assim que seu filho nasce, você tem grandes ambições para ele: sucesso, popularidade, inteligência. Mas, conforme a vida passa, às vezes a balança pende para algo muito mais profundo. Felicidade. É isso que queremos para o Sam. Houve momentos em que ela parecia extremamente fora de alcance, como uma estrela distante. Foi preciso um jogo de videogame, dentre todas as coisas, para nos mostrar o quão perto ela estava e o quão tangível. Sam nos disse qual escola iria fazê-lo feliz e nós acreditamos nele.

Nosso menino treme de frio enquanto observa o pátio da escola, as crianças brincando em seus pequenos grupos, os pais observando ansiosos ou papeando entre si. Não sei o que ele está procurando, mas parece que está reunindo coragem para dar os últimos passos adiante e atravessar o portão. Por alguns segundos, parece que ele vai precisar de um empurrãozinho nosso. Trouxemos essa decisão para ele, criamos essa bifurcação na vida dele. Talvez precisemos lhe dar um último incentivo.

Mas então ele a vê, correndo em sua direção através da multidão e acenando com a nova mochila. Olívia.

— Sam! — grita ela, e dá um forte abraço nele. — Você vai estudar na minha escola?

— Vou — responde ele, orgulhoso e envergonhado, com um sorriso acanhado no rosto.

É isso. St. Peter's, a escola que Jody e eu visitamos quando nem conseguíamos falar um com o outro, e então a Srta. Denton nos disse que ele seria feliz lá, e, mesmo em meio à nossa própria tristeza, entendemos que havia sinceridade nessa promessa. Talvez tenhamos passado isso para o Sam de uma forma mais explícita do que pensamos. Talvez ele tenha decidido por conta própria. Talvez tenha sido Olívia, sua amiga, sua aliada, quem o ajudou.

Logo depois, chegando por trás da Olívia, Harry e seus amigos se reúnem em torno deles para dar as boas-vindas ao Sam, dando tapinhas nas costas dele. Então, de alguma forma, antes de estarmos preparados psicologicamente, eles o guiam pelo portão e Sam segue em frente. E sinto Jody tensionar ao meu lado.

— Ah — diz ela, baixinho.

Ponho o braço no ombro da Jody — um gesto que mais uma vez parece natural.

— Está tudo bem — digo. — Isso é bom, é um bom sinal.

Mas, então, conforme a turba de crianças segue o caminho até as portas da escola, em uma enxurrada de mochilas enormes e casacos de inverno, Sam para de repente e corre de volta; direto para os nossos braços.

— Tchau, mamãe, tchau, papai. Vocês vêm me buscar na escola?

— Sim, claro — diz Jody.

— O papai também?

— Claro — digo.

E então ele entra devagar pela porta e os outros o puxam para dentro.

— Vamos tomar um café? — convido.

— Vamos — responde Jody. — Acho que ainda tenho um tempinho. Para onde nós vamos?

E, enquanto andamos até o carro, reflito sobre como exatamente responder a essa pergunta.

*

Quando volto para o apartamento mais tarde naquela manhã, abro a porta, e a quietude e o silêncio me atingem como uma onda. Sem o Dan, o design moderno e arrojado desse lugar parece apenas frio e austero. Subitamente me lembro do momento em que apareci aqui, meses atrás, com uma bolsa esportiva na mão e nada mais, sem ter para onde ir. Eu estava em choque. Achei que era o fim do mundo. Mas não era.

Vou perambulando até o quarto onde minhas coisas ainda estão espalhadas, e aquele colchão de ar horrível está jogado num canto, um lembrete das minhas primeiras semanas aqui, encarando o teto, tentando mapear uma constelação dos meus medos e aflições. O que eu não conseguia ver naquele momento, mas que me parece óbvio agora, é que eu estava perdido na minha dor e na minha tristeza. Eu via medo em todos os lugares e me afastava de tudo — incluindo a Jody, incluindo o Sam. Eu não conseguia imaginar o futuro.

Foi preciso meu filho para me trazer de volta, e foi preciso estarmos separados para que isso acontecesse. É estranho como a vida funciona. Eu achava que havia uma barreira em torno dele, que não havia jeito de entrar. Eu não conseguia enxergar uma forma de criar um entendimento, um ponto de contato. Eu não sabia que teríamos de construir isso juntos e que ele me mostraria como.

Ando pelo corredor estreito até a sala de estar com sua televisão gigantesca e o console desligado embaixo dela. E ali, na mesa de centro, agora amassado e cheio de orelhas, o guia de *Minecraft* que comprei apenas por comprar.

Com a consciência ligeiramente pesada, digo para mim mesmo que os livros sobre autismo que comprei no mesmo dia chegaram a ser folheados, mas, na verdade, nunca lidos por inteiro. No fim, não foram necessários.

Saindo do prédio, verifico a caixa de correio do Dan. Há algumas contas, um jornal de bairro e algo mais.

Uma carta endereçada a mim, com uma caligrafia que acho que reconheço, mas não vejo há algum tempo. Só quando a estou abrindo é que me lembro: é a letra do Dan.

Caro Alex,

Feliz Ano-Novo do Rio de Janeiro! Espero que seu Natal tenha sido bom e que você esteja tentando acertar as coisas com a Jody. Se não estiver, pelo amor de Deus, Alex, será que eu vou ter que ir até aí e dar um jeito em você?

Enfim, antes de viajar, eu vendi meu carro (sinto muito, eu sei que você amava o Porsche), e logo depois um monte de cheques gordos chegaram de uma só vez. O apartamento vai ser vendido pelo dobro do que paguei. Então separei algo para você. Não é só um presente, é um investimento. Por favor, veja as instruções no verso — e depois as siga. É o que o George ia querer. Seja corajoso.

Do seu amigo,
Dan

Olho dentro do envelope e tiro dele um papel — levo alguns instantes para reconhecer que é um cheque. Não sabia que as pessoas ainda usavam cheques, muito menos o Dan. Essa é a primeira coisa que me ocorre. A segunda é que é um cheque no meu nome — no valor de vinte mil libras. Sinto o ar escapando dos pulmões, a cabeça girar de leve. Dan, seu doido varrido. Viro o cheque.

E, no verso, escrito em letras garrafais, está a mensagem que eu meio que sabia que iria encontrar. Imediatamente entendo por que está lá, e o que tenho que fazer agora — por mim, pela Jody, por Sam, pelo futuro. É uma frase simples.

O.K., PARIS!

Agradecimentos

Descobri que escrever um livro é uma tarefa difícil. Na verdade, para mim teria sido impossível sem toda a ajuda que recebi. Só queria agradecer a algumas pessoas que estiveram ao meu lado quando precisei.

Por exemplo, houve muita orientação prática ao longo do caminho. Jake Mattock me forneceu informações úteis sobre agentes imobiliários e Liz Andrew basicamente me contou como montar um café. Também tive longas conversas sobre autismo e paternidade com Brigid e Adam Moss, John Harris e Ginny Luckhurst. Agradeço por seu tempo e por compartilhar suas experiências comigo.

Também gostaria de agradecer aos meus colegas no *Guardian*, que foram tão compreensivos com a minha licença sabática de um mês, tirada de última hora, para escrever este livro. Obrigado Jemima Kiss e Jonathan Haynes; obrigado Alex Hern e Samuel Gibbs (acidentalmente nomeei meus personagens principais a partir deles); obrigado também a Stuart Dredge, Hannah Jane Parkinson e Shiona Tregaskis.

E, claro, este livro realmente, *realmente* não poderia ter acontecido sem o criador de *Minecraft*, Markus "Notch" Persson, e toda a equipe da Mojang. Obrigado por desenvolver esse jogo tão incrível e enriquecer tantas vidas. Gostaria de agradecer especialmente a Paddy Burns e ao 4J Studios, que fizeram a versão de *Minecraft* para o Xbox 360, que foi a primeira que descobri e aquela que compartilhei com meus filhos. Um agradecimento superespecial para o Roger Carpenter, da Microsoft, que dispôs de seu tempo para mostrar uma prévia do jogo durante um evento absolutamente lotado em São Francisco e tem mantido contato desde então. Eu gostaria que vocês, Paddy e Roger, soubessem que mudaram a vida da minha família para melhor.

Quero agradecer a todos os meus amigos e colegas da indústria de games. João Diniz Sanches compartilhou um escritório comigo durante o processo de escrita e me aturou interrompendo regularmente o seu trabalho para fazer perguntas ridículas ou apenas me lamentar, choramingando dramaticamente e batendo a cabeça na mesa. Simon Parkin, Christian Donlan e Will Porter são simplesmente maravilhosos. Também agradeço a Ann Scantlebury, Simon Byron e Ste Curran do programa de rádio *One Life Left*, além de Ellie Gibson e Helen Thorn, que apresentam o brilhante podcast *Scummy Mummies* — pois permitiram que eu aparecesse em seus programas para falar do livro enquanto ainda o estava escrevendo. Obrigado também, Ellie, pelo vinho branco, pela televisão de qualidade e pela bela acomodação.

Meus profundos agradecimentos e admiração vão para o meu editor, Ed Wood, que foi quem primeiro me abordou para falar sobre este livro, e depois me abordou de novo quando ignorei seu e-mail, e em seguida me guiou através de todo esse processo com acolhimento, paciência e entusiasmo incríveis. Ele tem sido fantástico e eu estarei sempre em dívida com ele.

Gostaria de agradecer à minha mãe e às minhas irmãs, Catherine (também minha consultora médica) e Nina. Queria que meu pai estivesse aqui para ver isso acontecer. Queria que ele estivesse aqui o tempo inteiro.

Finalmente, o meu amor e gratidão sem fim vão para meus filhos, Zac e Albie, e para minha esposa, Morag, que leu este livro durante todo o processo e forneceu um feedback brilhante, além de criar algumas das melhores cenas. Morag é a maior, de verdade, e isso é tudo.

A verdadeira história por trás de *O menino feito de blocos*

Quando nosso filho Zac tinha dois anos, minha esposa leu que nessa idade a maioria das crianças tem um vocabulário de cerca de cinquenta palavras. Zac conseguia dizer dez. Foi a primeira indicação que tivemos de que algo não estava certo. Bem, não foi a *primeira* indicação. Como Sam, a criança retratada neste livro, Zac também chorou muito — e quero dizer muito. Durante os três primeiros anos de sua vida, acho que não tivemos uma única noite de sono ininterrupta; ele acordava várias vezes, do início da noite até de manhã, e levávamos horas para acalmá-lo. Ele parecia muito ansioso, mesmo quando ainda era um bebê.

Apenas quando ele já tinha sete anos foi diagnosticado oficialmente como estando no espectro do autismo. Até então, já estávamos bastante convencidos. Sua fala e sua memória ainda eram muito restritas, ele odiava alterações na rotina, tinha dificuldade de socialização e a escola parecia apavorá-lo. Mas, enquanto percorríamos o longo e tortuoso processo de descobrir por que ele era diferente, outra coisa estava acontecendo.

Escrevo sobre videogames para viver e por isso a nossa casa é cheia de jogos e consoles. A partir dos dois anos de idade ele escalava o meu colo e brincávamos juntos com jogos simples — ele se divertia apenas em pressionar os botões no controle e ver as coisas reagindo na tela. Então, quando ele tinha seis anos, eu baixei *Minecraft*, uma simulação de construção criada por Markus "Notch" Persson e sua equipe na empresa sueca de desenvolvimento de jogos chamada

Mojang. *Minecraft* não é realmente um jogo no sentido estrito da palavra: é como LEGO, mas disposto em uma vasta paisagem que você pode explorar e alterar. Ele permite que você construa material, destrua coisas, cave buracos enormes, persiga animais de fazenda e mate monstros. Porém, o mais importante é que ele não lhe diz o que fazer, nem como. Você pode fazer o que quiser.

Zac ficou absolutamente apaixonado. Junto com o irmão, Albie, passava todo o tempo que permitíamos vagando pela imensidão em blocos, construindo pequenos abrigos ou apenas cavando para encontrar materiais preciosos como ferro e ouro. Foi lindo vê-lo tão feliz e tão envolvido com alguma coisa. Era algo que ele podia fazer tão bem quanto o irmão e seus amigos; ele não era deixado para trás. Quase tão importante era o fato de que ele estava aprendendo: começou a dizer palavras novas, adorava nos contar sobre o que estava construindo e as coisas que queria fazer. Sempre que lhe perguntávamos sobre a escola, ou como estava se sentindo, ele geralmente respondia com poucas palavras, dava de ombros ou nos ignorava. Mas se perguntávamos sobre *Minecraft* ele se iluminava completamente. Foi uma revelação.

Foram as experiências maravilhosas do Zac com o jogo que proporcionaram a inspiração para este livro. Eu queria transmitir o enorme impacto que *Minecraft* teve na vida dele, como o ajudou a se expressar e, talvez mais importante, como nos ajudou a entender como ele era e o jeito dele. Após vários anos de exames médicos, terapia ocupacional, audiometrias e visitas aos pediatras, os problemas que Zac enfrentou tinham se tornado o nosso único foco. *Minecraft* nos ajudou a enxergá-lo e a apreciá-lo como uma criança engraçada, criativa e perspicaz: ele nos ajudou a encontrar o nosso menino.

Sam definitivamente não é Zac, mas muito do que acontece com ele foi retirado das nossas vidas e do que aconteceu conosco. Muitas vezes escrevi sobre o Zac e *Minecraft* para o *Guardian*, e, a cada vez que o faço, recebo comentários dos pais cujos filhos são autistas ou apenas um pouco diferentes. Eles expressam a mesma sensação de alívio, felicidade e animação que sentimos na nossa família quando Zac se voltou para *Minecraft* e o usou como uma forma de nos contar sobre si mesmo. Videogames têm uma reputação ruim; muitas vezes pensamos neles como coisas que precisamos controlar e limitar, mas também podem ser um espaço de tolerância em que as pessoas aprendem a compartilhar e criar sem julgamento ou confinamento.

Zac agora está no segundo segmento do ensino fundamental, e, embora fique atrás de seus colegas em uma série de coisas, ele está indo bem. Estamos achando que talvez um dia ele faça seus próprios jogos — ele certamente é muito bom nisso. Mas, aconteça o que acontecer, nunca vou me esquecer da maneira como ele reagiu a *Minecraft* ou da forma com que o jogo o acolheu e o fez se sentir à vontade. A vida impõe muitas barreiras para as pessoas que são diferentes. Qualquer ferramenta que nos ajude a apreciar essas pessoas (sejam elas quem forem, não importa como diferem de nós) é uma coisa preciosa. Isto foi o que aprendi e sobre o que este livro trata.

Keith Stuart

Este livro foi composto na tipologia ITC Souvenir Std,
em corpo 11/15,1, e impresso em papel off-white,
no Sistema Cameron da Divisão Gráfica
da Distribuidora Record.